CONTRAT SUR UN VAMPIRE

OUVRAGES DE LA COLLECTION « TERREUR »

Iain Banks
Le seigneur des guêpes

Clive Barker
Secret Show

William P. Blatty
L'Exorciste : la suite

Robert Bloch
L'écharpe
Lori
Psychose
Psychose 2
Psychose 13

Randall Boyll
Froid devant
Monssstre
Territoires du crépuscule

Ramsey Campbell
Envoûtement
La secte sans nom

Matthew J. Costello
Cauchemars d'une nuit d'été

Martin Cruz-Smith
Le vol noir

John Farris
L'ange des ténèbres
Le fils de la nuit éternelle

Raymond Feist
Faërie

Ray Garton
Crucifax
Extase sanglante

Linda C. Gray
Médium

William Hallahan
Les renaissances de Joseph Tully

Thomas Harris
Dragon rouge
Le silence des agneaux

James Herbert
Dis-moi qui tu hantes
Fluke
Fog
La lance
Les rats
Le repaire des rats
L'empire des rats
Le survivant

Shirley Jackson
Maison hantée

Stephen King
La part des ténèbres
Salem

Dean R. Koontz
Le masque de l'oubli
Miroirs de sang
La mort à la traîne
La nuit des cafards
La nuit du forain
La peste grise
Une porte sur l'hiver
La voix des ténèbres
Les yeux des ténèbres

Steven Laws
Train fantôme

Charles de Lint
Mulengro

Graham Masterton
Démences
Le démon des morts
Le djinn
Le jour J du jugement
Manitou
Le miroir de Satan
La nuit des salamandres
Le portrait du mal
Les puits de l'enfer
Rituels de chair
Transe de mort
La vengeance de Manitou

Robert McCammon
L'heure du loup
La malédiction de Bethany
Scorpion

Michael McDowell
Les brumes de Babylone
Cauchemars de sable

Andrew Neiderman
L'avocat du diable

Anne Rice
Lestat le vampire
Entretien avec un vampire
La reine des damnés
La momie

Fred Saberhagen
Un vieil ami de la famille

John Saul
Cassie
Hantises
Créature

Peter Straub
Ghost Story
Julia
Koko
Mystery

Michael Talbot
La tourbière du diable

Sheri S. Tepper
Ossements

Thomas Tessier
L'antre du cauchemar

Thomas Tryon
L'autre
La fête du maïs

Jack Vance
Méchant garçon

Lawrence Watt-Evans
La horde du cauchemar

Chet Williamson
La forêt maudite

Douglas E. Winter
13 histoires diaboliques

Bari Wood
Amy girl

Bari Wood/Jack Geasland
Faux-semblants

T.M. Wright
L'antichambre
Manhattan Ghost Story
L'autre pays

COLLECTION TERREUR
dirigée par Patrice Duvic

GARFIELD REEVES-STEVEN

CONTRAT SUR UN VAMPIRE

POCKET

Titre original :

BLOODSHIFT

traduit de l'américain par :

Thomas Bauduret

PRESSECO
PAPIER RECYCLÉ
NATURE PROTÉGÉE

ISBN 2-266-04272-6

Pour Mimi

PROLOGUE

Il s'éveilla en sursaut, et ses yeux grands ouverts fixèrent les ténèbres. Pour la première fois depuis des siècles, il avait rêvé.

Et son rêve lui avait parlé.

Avant qu'ils ne viennent le chercher, il resta allongé, immobile, à réfléchir sur ce qu'il avait vu. Il y avait si longtemps qu'il n'avait pas rêvé, et il désespérait de connaître un jour la signification des images qui avaient traversé son sommeil.

Tout d'abord, il s'était vu traverser les pièces de sa maison, entouré de ses familiers, mais ceux-ci ne semblaient pas le voir. Il les avait regardés travailler, ignoré de tous. Il savait que les tâches qu'ils accomplissaient sous ses yeux étaient celles qu'ils avaient effectivement remplies au cours de la journée ; on eût dit que, pendant que son corps dormait, son esprit s'était levé et avait quitté son lieu de repos.

Puis il s'était retrouvé... ailleurs.

Les images de cet ailleurs se fondaient dans des flots indistincts, nappés de brouillard. Là, l'ordre des choses tel qu'il le connaissait n'avait plus de raison d'être. Seul comptait ce qu'il ressentait. Du soulagement. Après toutes ces années, il se croyait maudit à jamais. Et voilà qu'aujourd'hui brillait un espoir nouveau, telles les premières lueurs de l'aube sur des horizons lointains.

Il venait d'entrevoir son salut. Et plus rien ne serait jamais comme avant.

“Grand Dieu, dit-il en regardant au cœur des ténèbres, faites que tout commence *maintenant*.”

Et tout commença.

PREMIERE PARTIE :

LE CONTRAT

CHAPITRE I

Les assassins arrivèrent à l'aéroport vingt minutes après le coucher du soleil.

Trois d'entre eux portaient des armes en bois et en plastique, conçues pour échapper aux détecteurs de métal. Ils passèrent les points de contrôle, rapidement, mais dans le calme, comme pendant les répétitions.

Le quatrième n'avait pas besoin d'armes ; tout de noir vêtu, il se déplaçait sur le bitume, au milieu des ombres, invisible dans le ballet des phares des véhicules d'entretien.

Il était plus âgé que les autres, et sa connaissance des Voies était bien plus profonde : alors qu'il rejoignait sa position, au cœur des ténèbres, ses pas ne laissaient aucune empreinte sur la fine pellicule de neige qui recouvrait le sol.

Dans la tour de contrôle, le directeur de Heathrow se préparait à fermer l'aéroport.

La neige était arrivée, comme prévu, et les communiqués du ministère confirmaient une intensité accrue. Au bout d'une heure au grand maximum, Heathrow serait hors d'état de fonctionner. Déjà, les vols en procédure d'arrivée avaient été détournés pour permettre aux équipes de chasse-neige de se consacrer aux départs. Le directeur avait horreur de voir des hordes de laissés-pour-compte camper dans ses salles d'attente. Il tenait à ce qu'on évacue tout ce beau monde.

On avait bouleversé les horaires. Vingt-sept vols, pour la plupart transatlantiques ou européens, devaient être en mesure de décoller dans les quarante-cinq minutes à venir.

Pour le directeur, ces vols étaient prioritaires. Les bus ou les trains pouvaient toujours se charger du trafic intérieur.

Et malgré tout, pensait-il en regardant se multiplier des flocons de neige de plus en plus épais dans la clarté des feux de signalisation de l'aéroport, cette nuit, il y aurait des passagers qui ne se retrouveraient pas là où ils avaient prévu d'aller.

C'était pour bien s'en assurer que les assassins étaient dans l'aéroport. En ce qui les concernait, l'un des passagers ne devait pas quitter Heathrow. La menace devait être neutralisée.

Dans les lavabos et les hangars, on assemblait des armes, des armes particulières, capables de délivrer la Mort Finale. La menace *devait* être neutralisée. L'ordre serait maintenu envers et contre tous. Il n'y avait pas d'autre choix.

Les assassins entamèrent leur progression dans Heathrow.

Au comptoir des renseignements se trouvait une nouvelle hôtesse. Celle qui occupait habituellement ce poste était malade, mais avait envoyé une amie du bureau londonien pour la remplacer. Le responsable du guichet avait accepté cet arrangement avec joie. Il ne se rappelait pas avoir vu la nouvelle hôtesse au bureau de Londres, mais leur personnel avait un taux de rotation élevé.

La remplaçante savait ce qu'elle devait chercher. Elle identifia le premier assassin à une ligne incongrue au niveau du col, cachée sous un large trench-coat déboutonné, mais aussi à un léger rictus qu'elle avait appris à reconnaître au cours de son entraînement.

L'hôtesse s'excusa auprès du couple dont elle s'occupait, de vieux époux de Bonn qui n'avaient pas retrouvé leurs enfants à l'endroit convenu, et décrocha son téléphone.

Elle appela un autre poste dans Heathrow même. La diversion était lancée.

Le long des vastes couloirs menant aux portes d'embarquement, deux hommes revêtus du blazer bleu des stewards de British Airways accompagnaient une femme en noir. L'un des stewards poussait une civière d'hôpital, surmontée d'un cercueil protégé par une couverture brune molletonnée de déménageur.

C'était là une procédure inhabituelle, mais la femme devait accompagner dans le cockpit d'un 747 le corps de son mari, qu'elle rapatriait à New York.

Le défunt avait été riche. Sa veuve éplorée avait réservé tous les sièges pour ce vol, ce qui incita les officiels de la compagnie à autoriser l'accès du cercueil dans le compartiment passagers. Irrégularités ou non, l'argent avait tout arrangé, jusqu'à l'emprunt de deux blazers de la compagnie pour les gardes du corps de la veuve.

Cette absence de mise en scène impressionna le second assassin. Ils cherchaient un visage, un voyageur nerveux se faufilant hors d'Angleterre ; à la place, ils découvraient un objet qu'on emmenait au vu et au su de tous.

Le second assassin apprécia à sa juste valeur le choix d'un cercueil. Il donna le signal convenu. Les deux autres le rejoignirent. Ils s'avancèrent vers les stewards, la veuve, et leur cible cachée dans le cercueil.

La civière s'approcha du comptoir des renseignements.

Le premier assassin surprit le hochement de tête qu'échangèrent l'hôtesse et la veuve, et sut qu'il était repéré. Si les assassins continuaient sur leur lancée, ils se retrouveraient avec les stewards face à eux et l'hôtesse dans leur dos. Pris entre deux feux.

Le premier assassin ralentit. L'hôtesse ouvrit un tiroir et y plongea la main. Leurs regards s'affrontèrent.

Il pivota pour se retrouver face au comptoir et brandit l'arbalète cachée sous son manteau. L'hôtesse leva son revolver.

En voyant l'arme à feu, l'assassin ressentit un certain soulagement. Elle signifiait que leur véritable nature n'avait pas été révélée. Il crispa ses doigts sur la détente.

L'hôtesse plongea derrière le comptoir.

La flèche libérée par l'arbalète transperça les airs et alla épingler l'homme de Bonn contre le mur, derrière le guichet. Ses pieds animés de mouvements spasmodiques touchaient à peine le sol.

La diversion, puis l'attaque s'étaient déroulées dans le silence le plus complet ; silence qui fut finalement rompu par les hurlements de la vieille dame. Suivit le sifflement des balles tirées par des armes pourvues de silencieux.

La veuve avait ouvert le feu à travers la poche de son manteau. Le premier et le troisième assassin furent tous deux atteints et déséquilibrés. L'arbalète du troisième tira vers le plafond.

Le second assassin lâcha son trait, qui alla percer la gorge de la veuve. Elle émit un léger gargouillement en s'effondrant, agrippant la couverture recouvrant le cercueil et l'entraînant à terre avec elle.

Les deux assassins touchés par la veuve étaient toujours debout, et rechargeaient frénétiquement leurs armes. Un steward marcha sur eux.

Le second assassin vit l'hôtesse des renseignements réapparaître de derrière son bureau. Le sang du vieil homme l'avait éclaboussée, engluant ses cheveux contre sa joue. Elle leva son arme en direction du second assassin.

Il bondit sur elle.

Deux balles le transpercèrent avant qu'il n'atteigne l'hôtesse et ne déchire à mains nues sa gorge vulnérable.

La vieille dame hurla plus fort encore en voyant le cadavre de la jeune femme heurter le sol, ses artères béantes déversant des flots de sang.

Pendant un bref instant, l'assassin réalisa qu'il aurait dû y avoir d'autres personnes en train de hurler. Mais le long couloir menant aux portes d'embarquement était désert. Il n'eut pas le temps de s'interroger. Il vit ce qu'avait en main le steward qui l'attaquait et sut que les défenseurs du cercueil avaient bel et bien découvert la nature de leurs adversaires. Aucun doute là-dessus.

Pendant que le second steward emmenait la civière, l'autre s'approcha des assassins, toujours occupés à recharger leurs armes. Il portait un bâton dont l'extrémité avait été affûtée en une pointe mortelle.

Le troisième assassin, qui n'avait pas fini de recharger, jeta son arbalète vers l'assaillant et bondit sur lui.

Le steward se baissa, évitant le projectile improvisé, et se jeta en avant. Le bâton plongea dans la poitrine de son agresseur ; l'élan du corps empalé l'arracha des mains du steward.

Désarmé, celui-ci se retourna pour faire face au premier assassin.

La crosse de l'arbalète frappa si vite que le steward ne put la voir ; l'impact lui fracassa la tempe et le souleva de terre.

Le corps du steward s'effondra. Sa victime rampait lentement vers l'entrée d'un lavabo, répandant sur son passage un liquide blanc et épais.

Les deux autres assassins visèrent le second steward qui s'en allait avec le cercueil.

C'est alors qu'ils comprirent pourquoi cette partie de l'aéroport semblait déserte.

Six soldats anglais apparurent à l'autre extrémité du couloir. Quatre d'entre eux portaient des mitraillettes Sterling, deux autres des arbalètes.

Le steward s'arrêta en chemin. On ne l'avait pas informé de la présence des soldats. Il jeta un coup d'œil nerveux derrière lui, vers les deux assassins, puis fit face aux nouveaux venus.

Le silence retomba sur le couloir.

Cet instant se termina lorsqu'une porte de sortie métallique fut arrachée de ses gonds et que le quatrième assassin, tout de noir vêtu, se jeta sur le steward.

Ses mains gantées retournèrent la tête de l'homme selon un angle de 180 degrés. Le craquement résonna dans le couloir.

Le quatrième assassin se tourna vers le cercueil.

Les soldats munis d'arbalète lâchèrent leurs flèches.

L'une se perdit. L'autre frappa sa cible à hauteur de la taille, pénétrant jusqu'aux ailettes.

Le quatrième assassin arracha le projectile de sa chair et le tint brandi comme un poignard au-dessus de sa tête. Il ouvrit violemment le couvercle du cercueil et, avec une rapidité stupéfiante, abattit la flèche.

Celle-ci se brisa.

Le cercueil était vide.

L'assassin en noir hurla sa rage, saisit la civière et projeta le tout sur une longueur de cinq mètres. Elle alla s'écraser contre le mur, au bout du couloir.

Les Sterling crachèrent une salve meurtrière.

En un mouvement fluide, l'assassin en noir se précipita vers la porte qu'il avait défoncée. Les deux autres le suivirent dans sa course folle, malgré la grêle de balles qui les cinglait, faisant jaillir chair et tissu.

Les soldats n'en croyaient pas leurs yeux. Personne ne pouvait survivre à un tel mitraillage. Ils se ruèrent vers la porte et dirigèrent le faisceau d'une lampe-torche au bas de l'escalier métallique menant à la piste.

Il n'y avait pas un seul cadavre.

A travers la vapeur de leurs respirations dans l'air hivernal, la lumière fit luire les gouttes de liquide blanc répandues sur les marches ; mais devant les soldats, la couche de neige était lisse et immaculée, et s'étendait au loin jusqu'à la limite des ténèbres.

CHAPITRE II

Dans un petit bureau du ministère de la Défense britannique, un officier tenait le combiné de son téléphone pressé contre son oreille. Il écoutait avec attention un des soldats placés sous ses ordres qui, depuis Heathrow même, lui racontait les derniers développements de l'affaire. Les yeux de l'officier étaient fixés sur le col blanc recouvrant la gorge de l'homme qui se tenait assis devant lui. Dans la pénombre du bureau, il semblait irradier une lumière blême.

Les doigts de l'officier se crispèrent sur le combiné alors qu'on lui détaillait les horreurs dans lesquelles l'avait entraîné l'homme au col blanc. Il y avait eu des morts, des morts commanditées par cet homme qui se tenait devant lui, et qui se disait prêtre.

L'officier s'appelait Noël Tremworthy, et était colonel. Il était âgé de soixante-trois ans, dont quarante-cinq passés au service de la Couronne. En écoutant le rapport du sergent, à l'autre bout d'une ligne protégée contre toute intrusion extérieure, il réalisa que ses années de service touchaient à leur fin. Pour décrire ce qui s'était passé à Heathrow, il ne put trouver qu'un seul mot : terrible. Terrible..

Il y avait eu trop de témoins, trop de victimes. Rien ne s'était passé comme ils l'avaient prévu. Il redoutait le moment où il devrait tout dire au prêtre, mais il n'y avait pas moyen d'y échapper. Tremworthy sentait la situation lui échapper. S'il revoyait jamais sa femme, serait-il capable de lui expliquer ? Quelqu'un saurait-il jamais pourquoi il avait fait ce qu'il avait fait ? Après quarante-cinq ans de carrière militaire, Tremworthy savait qu'il n'y avait qu'une réponse possible.

Finalement, le colonel parla.

— Très bien, sergent. Restez en ligne.

Il pressa le bouton "pause" sur l'unité de brouillage du téléphone.

Le père Clément attendait, plein d'espoir.

— Ils ont opéré une diversion, dit Tremworthy.

— Qui ça ?

— Je ne sais pas. Le sergent dit que, selon toute vraisemblance, il y avait un autre groupe suivant le cercueil. Quatre hommes, armés d'arbalètes. Ils se sont heurtés à l'équipe du sergent. Dans la confusion, elle nous a échappé. Avez-vous envoyé une unité de soutien sans m'en informer ?

— Une autre équipe n'était pas nécessaire, siffla le prêtre. Vous me l'aviez assuré, colonel. Bouclez l'aéroport. *Immédiatement.*

Le colonel secoua la tête.

— Trop tard. La neige n'était pas prévue au programme. On a modifié les horaires. Les vols intérieurs ont été annulés pour faire place aux transatlantiques. Tout le monde est parti. Il semblerait qu'elle ait réussi, malgré tout.

Le père Clément se leva d'un bond ; son visage s'empourpra et ses yeux brillèrent de rage. Tremworthy tressaillit, comme si le prêtre allait se jeter sur lui.

Clément partit à grandes enjambées nerveuses. Le Colonel reprit la parole :

— Cinq personnes sont mortes. Six, peut-être.

— Que voulez-vous dire par "Six, peut-être" ? fit le prêtre sans interrompre son va-et-vient.

— L'un des quatre hommes a été poignardé par ceux qui couvraient la fuite de la femme. Dans la poitrine, à l'aide d'un couteau ou d'une sorte de lance. L'attaquant s'est traîné jusqu'aux lavabos. Le temps que nos hommes viennent le chercher, il avait réussi à s'enfuir, sans doute sous un déguisement quelconque. Ils ont trouvé les vêtements qu'il portait, mais...

Le colonel laissa traîner sa phrase, comme si, pour la première fois, il réalisait ce qu'il disait, ce qu'il avait entendu.

— D'après le sergent, lorsqu'il s'est traîné hors de vue, l'arme l'avait transpercé. Ils recherchent son cadavre. Il ne peut...

Le prêtre jeta un regard méprisant à Tremworthy.

— Vous y croyez vraiment, après tout ce que je vous ai appris ? On ne trouvera *jamais* le corps, colonel Tremworthy. “Frappé à la poitrine” signifie : poignardé en plein cœur. Ce corps n'est plus que poussière sur le carrelage. Disparu. Dissous. Quand accepterez-vous enfin la vérité telle que je vous l'ai décrite ?

La voix du Colonel refléta la panique qui montait en lui.

— Cinq personnes ont été *tuées*.

Le prêtre se fit railleur.

— Vous êtes sûr qu'ils les ont comptés tous les cinq, n'est-ce pas ? Il n'y a pas d'autres cadavres empalés attendant d'être découverts, non ?

— Cinq, fit le Colonel en tentant vainement de se contrôler. Les quatre hommes qui accompagnaient la veuve et un *civil*. Un vieillard, un Allemand.

Tremworthy regarda le prêtre, implorant.

— Pour l'amour de Dieu, père Clément.

Le prêtre explosa.

— Je ne vous permets pas, colonel. Comment osez-vous nous juger, me juger ?

Il se pencha sur le bureau, dominant le Colonel de toute sa taille. Sa voix se fit murmure.

— Nous entrons dans la dernière phase d'un conflit dont vous n'avez pas la moindre idée, colonel. Et vous ne pourrez jamais comprendre. Je ne suis qu'un rouage. *Elle* n'est qu'un rouage. Vous et vos hommes, ceux de Heathrow, ne comptent pas face à ce que nous affrontons. Nous vivons des temps exceptionnels, colonel, et ils requièrent des mesures exceptionnelles. Vous n'avez pas à les remettre en question.

Clément se redressa. Les larmes aux yeux, le colonel tremblait comme une feuille. Le voyant rouge du téléphone clignotait silencieusement.

Finalement, le prêtre parla.

— Cinq morts, donc. A-t-on employé des armes à feu ?

Tremworthy hocha la tête.

— Contre les cinq qui sont morts, ou sur ceux qui, pour employer le point de vue d'un témoin, sont sortis "miraculeusement" indemnes de la fusillade ?

— Ceux qui... se sont échappés.

Tremworthy tenta de ravaler ses larmes.

— Et si certains parmi ceux qui se sont échappés ont servi de cible aux mitraillettes, j'imagine que vos hommes ont quelques questions à vous poser.

— Oui... Le sergent m'a demandé... Et les arbalètes... C'est de la folie...

— Pas de la folie, colonel. Une erreur. Il vous faudra en supporter les conséquences. Tout ceci ne doit pas s'ébruiter.

Tremworthy lui jeta un regard sans vie.

— Comment ? C'est arrivé.

— Vous vous en arrangerez, comme l'ont toujours fait certains éléments du gouvernement de votre Majesté. Nous savons tous deux qu'un échec nous coûterait cher, colonel. Ou vous faut-il un autre incident ? Un autre exemple pour vous convaincre de mon autorité ?

Le colonel pensa à ce qui était arrivé à sa femme. Tout irait bien, disaient les docteurs. Elle avait de la chance. Le prêtre était d'un autre avis. Ce qu'il prétendait était ignoble. Pour lui, ce n'était pas un accident.

— Non. Je sais. Il faudra les affecter ailleurs.

Le prêtre hocha la tête.

— C'est bien ça, colonel. Les affecter. A Belfast. Un camion de transport. Une bombe, une attaque terroriste. Une tragédie regrettable. Mais plus de questions. Rien ne s'ébruitera.

Le colonel regarda le voyant qui clignotait dans le vide. Trente-quatre de ses soldats se trouvaient à Heathrow. Trente-quatre.

Le prêtre alla au portemanteau, près de la porte, décrocha son pardessus, et se pencha vers le colonel.

Tremworthy fixa sans comprendre le prêtre qui avait tué

cinq personnes et en avait condamné à mort trente-quatre autres, et qui enfilait à grand-peine ses caoutchoucs.

Non, dit une voix intérieure, *c'est toi qui les condamnes à mort. Cet homme en a juste donné l'ordre. Un ordre que tu te charges d'exécuter. Un traître et un meurtrier, voilà ce que tu es. Après quarante-cinq ans de service.* Pour ma femme Lila, pensa-t-il. Pour Lila. *Meurtrier, meurtrier.* Ces années tiraient à leur fin.

— Peut-être, dit le colonel, peut-être que Washington saura ce qu'il faut faire, maintenant que vous opérez aussi aux Etats-Unis.

Le visage de Clément se durcit. Sa main se crispa sur la poignée de la porte. Il retrouva son air méprisant.

— Pauvre idiot. Vous ne comprenez rien à tout cela. Vous croyez que je... Washington ? Washington est une *obscénité*. Ils œuvrent ensemble, colonel. Washington et cette femme sont alliés. Autrement, pourquoi croyez-vous que nous devions l'arrêter à tout prix ?

Tremworthy se sentit mal. C'en était trop. Trop pour qu'il ose y réfléchir.

— Mais votre organisation ? La façon dont vous opérez. D'où vient votre pouvoir ? Qui vous contrôle ?

Le prêtre s'arrêta, laissant s'étendre sur le visage de Tremworthy l'expression de son désarroi, de sa perplexité. Il réfléchit soigneusement avant de répondre.

— Colonel Tremworthy, malgré tout ce que nous vous avons révélé, pensez-vous toujours que je sois autre chose que cela ? (Il désigna son col blanc clérical.) Nous considérez-vous comme un groupe de terroristes déments ? Ou des espions du gouvernement, ou des agents de qui vous voudrez ? Ce col n'est pas un déguisement, colonel. J'ai même administré une paroisse, il y a bien longtemps. Une terrible paroisse au cœur des mines, de la pauvreté, de l'ignorance et de la maladie. J'ai fini par bien connaître mes paroissiens. J'ai su alors comment ils réagissaient face aux pressions, aux forces d'un monde bien trop complexe pour eux. Je pouvais regarder un homme, colonel Tremworthy, et d'après le son de sa voix, sachant ce qu'il avait récemment vécu, je pouvais prédire avec exactitude comment cet homme réagirait face à une situation donnée, et s'il pourrait trouver la force de la surmonter.

Le prêtre s'interrompit, fixant le colonel, puis son bureau. A droite. Là où se trouvait le tiroir. Là où était caché le revolver.

— Colonel, je n'ai jamais pensé à vous poser la question. Etes-vous toujours catholique ?

Le colonel hocha la tête en un mouvement presque imperceptible.

— Je ne devrais pas m'en inquiéter.

Le prêtre regarda à nouveau le côté droit du bureau.

— Ce sont des temps exceptionnels. Par la suite, je pourrai prendre les arrangements nécessaires. Tout se passera bien pour vous.

Le colonel Tremworthy resta immobile. Il prenait peu à peu conscience. Conscience du geste qu'en son for intérieur, il avait déjà décidé d'accomplir.

— Pour répondre à votre question, Colonel. *Ad majorem Dei gloriam.* Je reçois mes ordres de Rome.

Le prêtre quitta la pièce, refermant la porte derrière lui.

Rome. Pour la plus grande gloire de Dieu. L'énormité, l'horreur de ces mots se répercuta en un écho silencieux. Tel était le credo des jésuites. Tout ce qui était arrivé était de leur fait. Pour *Rome.* Des vieillards coincés dans des rites que plus personne ne prenait au sérieux. Comment en étaient-ils arrivés là ? Des jésuites qui tuaient ? Sur l'ordre de Rome ?

Après un long moment, le colonel Tremworthy appuya sur le bouton du téléphone et parla à son sergent. Lorsqu'il eut terminé, il appela un aide de camp pour qu'il communique la version officielle de l'histoire, celle d'un assaut avorté de l'IRA sur Heathrow, puis se mit à remplir les papiers que compléteraient ses employés, envoyant ses hommes à Belfast, vers le silence. *Meurtrier, meurtrier.*

Il faisait tout cela pour sa femme.

En lui-même, il savait tout autant que le prêtre que, dans le tiroir, il y avait un revolver. Le père Clément avait dit qu'il arrangerait tout. Comme pour l'inviter à fuir la folie qui l'entourait.

Le prêtre — non, pas seulement un prêtre, un jésuite — l'avait déclaré. Le monde était devenu bien trop complexe pour le colonel. Rome, sa base profondément enracinée, s'était levée tel un ver monstrueux qui se tortillait dans des directions impossibles, incroyables. Et ces créatures de l'ombre étaient, d'une façon ou d'une autre, devenues réalité. Le colonel Trentworthy était trop fatigué pour continuer la lutte. Trop fatigué.

Il passait le relais au jésuite et à cette personne, qui qu'elle soit, de si important, de si inexplicablement dangereuse, qui traversait désormais l'Atlantique en direction de l'Amérique.

Il leur laissait le champ libre.

Quelque temps plus tard, il ouvrit le tiroir.

Ad majorem Dei gloriam.

Rome.

CHAPITRE III

Les ténèbres qui l'enveloppaient étaient pour elle un réconfort, car dans ces ténèbres résidait sa force. Tout comme ses espoirs pulsaient au rythme du bourdonnement et des légères vibrations des réacteurs qui la propulsaient à travers la nuit, loin au-dessus de l'Atlantique.

Elle était bien loin des violences de Heathrow. Les risques qu'elle avait pris s'était révélé payant.

Elle avait survécu.

Mais après l'échange, alors que le cercueil-leurre était emmené vers les salles d'attente, elle avait entendu les coups de feu. Ses familiers ne pouvaient faire le poids face à de telles armes. Elle savait que les derniers d'entre eux avaient été tués ; c'était le prix à payer pour son évasion.

Maintenant, elle était en sécurité dans ce container frappé des mots *Isotopes à usage médical*. Mieux qu'un cadenas, les sigles "Danger radioactif" qui le constellaient la mettaient à l'abri de la curiosité des douaniers.

Serrée dans une position inconfortable au cœur du container, lui-même encastré dans la soute à bagages du 747, elle pensa à sa libération. D'abord du container. Puis ce serait la fin des ténèbres et du danger. Et par-dessus tout, elle ne souffrirait plus de la faim. Et, en même temps, elle rêvait au moment tant attendu où elle échapperait enfin à l'emprise du Conclave.

Perdue dans ses songes, des images d'aubes futures plein les yeux, elle sourit, car elle s'éloignait à 800 kilomètre-heure de ceux qui voulaient la détruire. Elle se croyait en sûreté.

Mais, dix kilomètres en dessous d'elle et près de trente mille kilomètres au-dessus, tout avait commencé. Des voix, graves et sifflantes, murmuraient le long de la toile d'araignée des câbles transatlantiques, volaient sur le réseau ténu des satellites-relais.

Pour la première fois, le conflit allait se répandre au-delà des océans. Mais souvent, les voix avaient considéré l'impossible et toujours paré à toute éventualité.

Quelqu'un de nouveau serait désigné ; quelqu'un dont le potentiel avait été calculé, notifié et enregistré il y avait bien longtemps. Maintenant, il fallait le trouver et l'activer. Déjà, dans le passé, le système avait fonctionné avec d'autres opérateurs. Il n'en serait pas autrement aujourd'hui.

On fit des recherches. Des réseaux en sommeil revinrent à la vie. On localisa la cible.

Quelques heures plus tard, lorsque l'avion entama sa descente, tout était prêt. Les voix s'étaient tues.

D'ici vingt-quatre heures, on saurait où elle avait atterri, et le conflit atteindrait sa conclusion inévitable.

Puis Rome comme Washington ne seraient plus que poussière dans la clarté solaire, tournoyant dans l'oubli, et le Conclave régnerait.

A jamais.

CHAPITRE IV

L'homme à la parka bleue s'arrêta et étudia les empreintes qu'il suivait. La dernière chute de neige ne les avait pas encore effacées. Elles n'étaient vieilles que de quelques minutes.

Il inspira profondément, appréciant la morsure de l'air glacé qui remplissait sa gorge et ses poumons. Le froid hivernal avait rougi ses joues, et cette couleur nouvelle le rajeunissait de plusieurs années. Il approchait de la quarantaine, mais son visage n'en montrait rien. La peau était tendue, le nez mince, comme il convient à un athlète habitué depuis longtemps à prendre soin de son corps. Seuls ses yeux, grands, bleus et hantés, trahissaient son âge. Il y avait trop de rides autour de ces yeux. Ils avaient vu trop de choses qu'ils auraient préféré ne pas voir.

L'homme se redressa lentement, fixant les fourrés, une trentaine de mètres plus loin. Les gros flocons avaient recouvert ses épaules d'un manteau blanc et teint en gris sa toque noire.

Il essuya la neige molle agglutinée sur ses sourcils et resta immobile. Il savait que le cerf était derrière les fourrés, cherchant, fouissant le léger tapis blanc à la recherche d'herbes ou de racines, mais il n'avait pas le courage de se lancer à ses trousses.

Il ne portait que son Olympus avec son servo-moteur et son téléobjectif, mais ne pouvait remuer un cil. L'excitation de la chasse, s'il pouvait l'appeler ainsi, l'avait quitté. Même dans cette situation pour le moins innocente.

L'homme hurla en direction du cerf qu'il ne pouvait voir, tout en frappant dans ses mains gantées. Pendant un instant, il crut que le silence ouaté de la neige avait absorbé le son. Puis une biche émergea d'une section particulièrement dense des fourrés, ses pattes ramenées en un bond parfait, défiant la gravité. Puis elle disparut.

Ce moment fit resurgir les souvenirs. Devant lui, le paysage enneigé disparut pour être remplacé par un fin brouillard de sang, répandu en gouttelettes minuscules, appliquées sur les planchers crasseux, pénétrant lentement les fissures et les sillons du bois. L'impact de ces souvenirs le fit tituber, leur férocité hoqueter pour reprendre son souffle. Il revit le visage surpris, les yeux ouverts, encore humides, fixant d'un regard mort la pointe fragile de la langue gisant dans la poussière quelques centimètres plus loin, inutile.

Il secoua la tête pour chasser ces images. Derrière lui, il vit un vieux tronc d'arbre abattu et partit dans sa direction ; il fallait qu'il s'assoie.

Lorsqu'il eut repris son calme et sa respiration, puis stabilisé ses mains tremblantes, l'homme se prépara à examiner en détail son souvenir. Par le passé, il avait appris que son subconscient était un élément important de sa réussite, et si un événement pouvait avoir un tel effet sur lui, il devait le reconsidérer. Ce ne serait pas la première fois qu'il constatait une erreur après l'avoir commise. Mais cette fois-ci, l'objet de son trouble se situait si loin dans le passé que, peut-être, il ne pourrait rien y changer. Juste attendre qu'ils viennent le chercher.

Sur ce, Granger Helman contempla les collines enneigées du New Hampshire ; elles lui rappelèrent l'exécution du contrat Delvecchio, la vingt-troisième et dernière fois qu'il avait tué pour de l'argent.

Un an plus tôt, Joe Delvecchio avait disparu alors qu'il se rendait à un rendez-vous d'affaires avec ses associés. Delvecchio était président de la Fraternité inter États des Manutentionnaires et s'était retrouvé impliqué dans un certain nombre d'actions illégales, dont des détournements de pensions, des élections truquées et, du moins le prétendait la rumeur, le meurtre de représentants des syndicats et de manifestants non syndiqués qui s'étaient opposés à sa politique. Lorsque Delvecchio disparut, les Manutentionnaires disposaient d'un pouvoir égal, voire supérieur à celui de tout autre syndicat des transports. Personne ne sembla s'étonner de son absence ; tous savaient avec qui il traitait. Certaines organisations avaient investi des sommes considérables dans l'expédition de marchandises sur les routes de l'Etat à l'insu du gouvernement, sans payer de taxes, et ne toléraient pas les empêcheurs de trafiquer en rond.

La plupart croyaient que Delvecchio s'était montré trop gourmand. On le tint donc pour mort, bien qu'on n'ait pas découvert son corps et qu'aucune plainte n'ait été déposée.

Helman disposait de sources différentes du commun des mortels. Il *savait* que Delvecchio était mort, pour les raisons que tous soupçonnaient — et pourtant, ils étaient dans l'erreur. Helman savait aussi pourquoi on n'avait pas trouvé le corps, et pourquoi on ne le retrouverait jamais.

L'organisation que Delvecchio avait doublé, du moins en apparence, investissait régulièrement dans des affaires légales afin de déguiser les bénéfices provenant d'autres sources. Et toute organisation similaire des Etats-Unis possédait ou contrôlait au moins une entreprise de pompes funèbres parmi ses autres couvertures légales.

Ces endroits opéraient de façon normale, sauf lorsque parfois, tard dans la nuit, on leur livrait un cadavre non identifié.

Après la dernière crémation, le corps n'existait plus. Les vrais professionnels n'en laissaient pas subsister la moindre trace.

Joe Delvecchio avait été invité à monter dans la voiture d'un associé qui avait des informations urgentes à lui transmettre. On égratigna les phalanges de Delvecchio avec une aiguille cachée dans le cylindre d'un stylo-plume. Trois secondes plus tard, ses muscles étaient hors service. Le poison utilisé était un dérivé du curare, employé dans certains types de chirurgie du cerveau ; durant l'opération, il fallait éviter que l'examen du cortex cérébral n'entraîne des mouvements brusques du corps. Delvecchio pouvait voir, entendre, mais était incapable de remuer un cil.

On l'emmena vers un garage souterrain pour le transférer dans une ambulance privée. Celle-ci le transporta jusqu'à une entreprise indépendante de pompes funèbres. Une crémation était déjà inscrite sur leur planning, prévue pour le soir même.

Les ravisseurs de Delvecchio lui expliquèrent avec minutie tout ce qu'ils faisaient. Ils précisèrent que le poison l'empêcherait de perdre connaissance. Malgré sa terreur, sa panique, Delvecchio ne s'évanouirait pas. Il devait s'attendre à rester conscient durant le peu qui lui restait à vivre.

Il fut placé dans un cercueil, par-dessus un cadavre, et glissé dans le crématorium. Ses dernières sensations furent le "clong" de la porte en fer qu'on refermait derrière lui et celle de ses poumons se desséchant lorsque les premières flammes craquelèrent le couvercle du cercueil.

Ils avaient dit à Delvecchio tout ce qui allait lui arriver, mais jamais pourquoi. S'ils l'avaient fait, ils auraient compris. Compris qu'ils s'étaient trompés de victime.

Six mois plus tard, lorsque le transfert de pouvoir devint effectif, les querelles et les manœuvres politiques au sein de la Fraternité s'aplanirent et ceux qui avaient arrangé la disparition de Delvecchio réalisèrent que le réseau qu'ils avaient tenté d'éradiquer était toujours actif. Il restait caché, tentaculaire, et la mort de Delvecchio ne l'avait pas affecté.

Delvecchio n'avait été qu'une marionnette. D'autres marionnettes avaient déjà pris sa place.

Le véritable pouvoir avait été, et était toujours, entre les mains de la femme de Delvecchio, Roselynne. Épouse, mère, meurtrière.

Des négociations étaient alors engagées avec un agent spécialisé opérant depuis Miami. On chargea Granger Helman de corriger la situation. Ou plutôt, pensait-il, de terminer le travail.

Pour un contrat à l'intérieur des Etats-Unis, sans caractère politique, le prix était exorbitant : 100 000 dollars américains, cash.

Son agent s'en adjugea le tiers. La part de Helman fut versée en petites coupures, dont certaines se retrouveraient sur son compte en banque après son retour de vacances à Las Vegas, où il les aurait gagnées au jeu. Le solde resterait dans l'un des trois casinos "arrangeants" de Las Vegas. En échange d'un autre pourcentage, la direction investirait l'argent liquide de Helman dans un certain nombre de sociétés importantes ; là, il serait versé en guise d'honoraires de consultation et viré sur des comptes bancaires mis aux noms d'individus qui ne manqueraient pas de déclarer ces revenus au fisc et de payer les impôts correspondants. Tous ces individus étaient Helman. Sous divers pseudonymes.

Si le gouvernement avait des doutes, il pouvait vérifier les comptes de ceux qu'il soupçonnait d'activités illégales. Helman avait pris la précaution d'employer un agent. Ainsi, il se ménageait la possibilité de refuser un contrat — ce qui aurait signé son arrêt de mort s'il œuvrait en indépendant ; mais, de plus, les précautions que prenait l'agent pour cacher, par des voies tortueuses, les sources de ses revenus avaient contribué à la survie de Helman. Celui-ci avait vu trop de professionnels de haut niveau tout perdre suite à un contrôle fiscal, au cours duquel ils ne purent expliquer comment ils étaient entrés en possession de 20 000 dollars en petites coupures.

Le prix astronomique de ce contrat était justifié. D'autres s'étaient peu à peu intéressés aux activités de Roselynne Delvecchio. Helman devrait remplir son contrat alors que son enjeu — sa cible — était sous surveillance du FBI.

On avait posé d'autres conditions. Cette fois-ci, le corps devait être découvert. Il convenait de donner une leçon à ceux qui, des deux côtés de la barrière, traitaient avec Roselynne Delvecchio. Il ne devait planer aucun doute sur le fait qu'elle avait été délibérément exécutée.

La dernière condition était la plus difficile. Il fallait s'attendre à ce que, dans les trois semaines, le ministère de la Justice désigne une commission d'enquête pour vérifier les opérations de la Fraternité des Manutentionnaires. Roselynne Delvecchio disparaîtrait alors derrière la barrière impénétrable d'une détention préventive.

Helman avait étudié une seconde fois les conditions et analysé la meilleure méthode à employer.

Premièrement. Il savait ne pouvoir remplir le contrat tant que le FBI était sur le coup, parce que, dans ce cas, il ne pouvait garantir sa propre retraite après l'exécution. Pour les mêmes raisons, il ne pouvait enlever sa cible et l'arracher à la surveillance du FBI. Il devait donc s'arranger pour que Roselynne s'éloigne d'elle-même de ses chiens de garde.

Il fallait une menace. Une menace dont la nature serait évidente à Roselynne, mais invisible aux observateurs. Roselynne était mère. La menace serait donc dirigée contre ses enfants.

Helman interrompit son compte rendu. Il se rappela la facilité avec laquelle il avait pris la décision d'impliquer des innocents, et se sentit mal à l'aise. Le changement qu'il sentait bouillonner au fond de lui était déjà si près de la surface. Il rassembla ses pensées et, malgré sa gêne, reprit son récit.

Deuxièmement. Il fallait trouver un endroit aussi sûr que possible pour mener à bien le contrat. Un bref appel à une partie intéressée pouvait toujours assurer la découverte du cadavre. Pour que la leçon porte, le coup de fil ne devait toucher ni la police, ni les journaux. Il convenait d'avertir des membres du groupe qui travaillait avec Roselynne ; des gens haut placés, qui se croyaient hors d'atteinte, intouchables. La panique qui s'ensuivrait donnerait tout son poids à la leçon.

Troisièmement. Pour rendre évident qu'il s'agissait d'une exécution, plusieurs méthodes étaient à éliminer d'office. Le poison indétectable qu'affectionnait Helman, qui imitait les symptômes d'une crise cardiaque ou d'une attaque d'insuline, était trop subtil. Les procédés mécaniques, balles ou armes blanches, laissaient trop de possibilités aux enquêteurs en cas d'autopsie. Une goutte de sang, une simple analyse du métal, et une chaîne d'indices pouvaient permettre de remonter jusqu'à Helman. Il emploierait ses mains nues. Si on recherchait du côté de ceux qui avaient reçu un entraînement approprié pour infliger de telles blessures, le nom de Helman tomberait sans doute. Mais, à moins qu'on assemble une liste de tous ceux qui désiraient mettre en pratique leur entraînement, il serait invisible parmi des milliers d'autres noms.

Helman ne voyait aucune faille dans son raisonnement. Il lui avait fallu un jour pour concevoir son plan et deux semaines pour le préparer. Il était prêt à remplir le contrat une semaine avant la réunion de la commission d'enquête. Il agit alors sur-le-champ.

S'introduire chez les Delvecchio était la phase la plus risquée de l'opération. Mais Helman savait comment fonctionnait le FBI, comment ils pensaient, et agissait en conséquence.

Il trompa la surveillance du FBI durant la nuit. Il prit trois heures pour traverser avec d'infinies précautions le jardin de derrière, qui n'était pas éclairé, et se cacher dans l'embrasure d'une des fenêtres du sous-sol. S'il était entré à ce moment-là, le système d'alarme protégeant le premier périmètre de la maison se serait déclenché et il aurait été pris. Il préféra donc attendre.

Au matin, les trois enfants de Roselynne partirent à l'école et elle pour le quartier général du syndicat ; le système de sécurité fut désactivé pour leur permettre de quitter la maison. C'est à ce moment que Helman entra.

Il n'y avait pas de détecteurs de mouvement ultrasoniques parce que les chats des enfants se déplaçaient librement dans la maison. Le signal d'alarme du second périmètre consistait en un système de tapis ultrasensibles à la moindre pression, cachés sous la moquette au bas des fenêtres et sur les marches d'escalier ; ils devaient réagir en présence d'un intrus plus lourd qu'un chat. Helman évita les fenêtres et monta les escaliers en grimpant le long de la rampe.

Une fois la maison vide, Helman passa à la cuisine. Les poseurs d'écoutes du FBI s'était surtout intéressé aux téléphones du syndicat. Helman put appliquer deux micros au combiné de la cuisine sans les alerter.

Dans le réfrigérateur, il trouva le carton de lait, encore scellé, que Roselynne avait acheté le soir précédent, à son retour du bureau. La seringue glissa facilement à travers le sceau du carton sans laisser de déchirure visible.

Helman retourna au sous-sol. Il avait jeûné pendant deux jours afin d'éviter tout besoin corporel, ce qui lui permit de rester plusieurs heures dans cette pièce.

Lorsque les enfants rentrèrent, désactivant à nouveau le signal d'alarme, Helman alla se cacher dans l'embrasure de la fenêtre. Plus tard dans la nuit, il se retira par le jardin, au nez et à la barbe des agents du FBI.

Helman récapitula encore et encore son intrusion dans la maison. Elle ne présentait aucune faille, il en était sûr. Il ne savait pas que cette nuit-là, il y avait eu d'autres observateurs dans le jardin, eux aussi invisibles au FBI.

A trois heures du matin, Helman passa son premier coup de fil chez les Delvecchio. Roselynne répondit d'une voix lasse, ensommeillée. Les agents du FBI écoutèrent avec attention.

D'une voix d'ivrogne, Helman demanda à parler à M. Till. Roselynne ne connaissait personne de ce nom. Helman lut un numéro de téléphone, celui des Delvecchio moins les deux derniers chiffres qu'il avait modifiés. Roselynne lui raccrocha au nez.

Le FBI étudia les différentes possibilités. Le coup de fil pouvait être : un message codé, une tentative pour déterminer si Roselynne était chez elle, ou un appel visant à activer un système d'écoutes caché dans un des téléphones de la maison. Comme Helman l'avait prévu, le FBI se tourna immédiatement vers le numéro qu'il avait donné à Roselynne. C'était celui d'un dénommé Paul Till. Le FBI lui téléphona et, oui, il avait reçu un coup de fil peu de temps après qu'un poivrot eut demandé à Roselynne s'il pouvait parler à *Peter* Till. Le FBI arrêta là son enquête. Pour autant qu'ils sachent, l'appel était un authentique faux numéro. Pendant ce temps, le micro caché dans le téléphone de la cuisine avait été activé et fonctionnait à la perfection.

Le matin suivant, Helman écouta les Delvecchio se lever et se préparer à un autre jour de travail et d'école. Après avoir entendu les enfants qui mangeaient leurs céréales dans la cuisine, Helman passa son second coup de fil.

Ce qu'entendit Roselynne Delvecchio la terrifia. Ce que perçut le FBI était incompréhensible. Le second gadget que Helman avait fixé au téléphone était une unité de brouillage compatible avec le micro à travers lequel il parlait. La communication brouillée était décodée lorsqu'elle parvenait au téléphone de la cuisine. Le FBI ayant placé ses écoutes sur le câble extérieur, ils ne purent capter que des interférences. Ils finiraient bien par réagir, mais Helman savait qu'il serait trop tard.

Roselynne jeta le combiné sur le meuble de la cuisine. Elle courut vers la table et, d'un grand geste du bras, envoya les bols de céréales et les verres se briser sur le sol. Suivant les instructions qu'il lui avait donné, elle prit le carton de lait, maintenant presque vide, l'emmena au salon et en versa quelques gouttes dans l'eau de l'aquarium. Derrière elle, elle pouvait entendre les pleurs de son plus jeune fils pendant que les autres tentaient de nettoyer le carnage. Ces bruits furent couverts par les pulsations de son propre sang lorsqu'elle vit les poissons de l'aquarium tressaillir et se tordre avec violence, puis monter vers la surface, le ventre en l'air.

L'homme au bout du fil avait dit la vérité. Il y avait bel et bien une toxine innervante dans le lait des enfants. Etant donné leur taille réduite, les poissons avaient été foudroyés. Ses enfants ne disposaient que d'une heure tout au plus.

Ils devaient rester à la maison. Si Roselynne faisait tout ce qu'on lui disait, un homme viendrait leur apporter un jus de fruit. Les enfants devaient en boire. C'était un antidote.

Mais pour que cet homme se déplace, Roselynne devait se trouver à un endroit donné dans les cinq minutes. Le téléphone se tut.

Quelques secondes plus tard, Roselynne sortit sa Cadillac dernier cri du garage et démarra en trombe. Elle partait une heure plus tôt que d'habitude. Sans véhicule pour la poursuivre, le FBI était coincé. Le temps qu'on envoie des instructions à la police locale, Roselynne était arrivée au parking désigné pour y monter dans une autre voiture. Helman la conduisait. Il lui restait deux conditions à remplir.

A quinze kilomètres de là se trouvait une aire de stockage. Une compagnie de location immobilière y parquait ses éléments mobiles : des bureaux-caravanes conçus pour être installés là où on requérait leurs services. Ils ne contenaient rien qui puisse avoir la moindre valeur et le seul garde posté à la porte était vieux et lent. Il s'endormit sans avoir eu le temps de considérer Helman comme une menace potentielle.

Helman se dirigea vers la cabane qu'il avait déjà préparée. Un fil en partait et s'étendait jusqu'au poteau téléphonique, derrière le kiosque du garde. Roselynne y entra la première, guidée par le revolver que tenait Helman.

La femme ne semblait pas se rendre compte du danger. Elle demanda à Helman de faire envoyer l'antidote à ses enfants. Il répondit que le parking était sous surveillance ; ses enfants étaient déjà soignés. Elle n'avait pas à s'en faire.

En fait, les enfants n'avaient jamais été en danger. La substance injectée dans le carton de lait était un poison naturel dérivé d'une espèce de sole qu'on trouvait dans la mer Rouge. La Navy l'utilisait pour que ses plongeurs puissent travailler dans des eaux infestées de requins. Elle était mortelle pour les poissons, mais sans effet sur les humains. Pour remplir ses contrats, Helman n'avait jamais recours à une aide extérieure. Ainsi se croyait-il parfaitement en sécurité.

Il appela ses clients pour leur confirmer la conclusion prochaine du contrat. A leur tour, ils téléphoneraient à ceux qui commanditaient les actions de Roselynne. Le coup de fil fut bref. Les clients raccrochèrent après que Helman eut donné le message codé. Mais Helman garda le combiné contre son oreille et feignit la confusion. Il tint une conversation en sens unique avec une ligne vide pendant quelques secondes avant de raccrocher.

Roselynne le questionna du regard.

Il lui expliqua qu'il y avait eu erreur. Certaines personnes avaient soupçonné Roselynne de diriger les détournements de pensions. Pour cette raison, elle devait mourir. Mais de nouvelles preuves avaient été découvertes. Les véritables voleurs avaient été détectés. Elle était libre.

La terreur quitta le visage de Roselynne, remplacée par l'exultation. Elle se retourna d'un bond, toujours habillée d'une chemise de nuit et d'une robe de chambre, pour regarder par l'une des fenêtres ternes de la cabane. Au cours de cette dernière heure, elle avait abandonné tout espoir, et tout lui était miraculeusement restitué. Sa dernière pensée, sa dernière sensation fut cette libération, puis les phalanges de Helman frappèrent le bas de son crâne, tranchant la colonne vertébrale et écrasant sa *medulla oblongata*.

Roselynne Delvecchio était morte avant même de heurter le plancher.

Durant ses dernières secondes, elle dut humecter ses lèvres asséchées par la tension. Le choc violent contre sa tête avait fait claquer ses dents, tranchant le bout de sa langue dans une fine brume de sang.

Ce fut le sang qui fit réagir Helman. Il s'attendait à un contrat propre, simple. Il lui avait donné sa liberté finale en un geste de compassion, une façon de s'excuser du fait que, pour qu'il réussisse, elle devait mourir.

Assis sur un tronc d'arbre, en Nouvelle-Angleterre, Helman tressaillit. Il savait pourquoi le sang l'avait ainsi alarmé, et pourquoi il n'en finissait pas d'y revenir.

C'était la seule chose qu'il n'avait pas prévue.

Tout avait été minutieusement organisé. Il avait tant de fois réévalué le moindre geste avant de se lancer dans l'exécution du contrat que celle-ci devenait mécanique. Une affaire à régler, rien de plus.

Mais lorsque Roselynne avait passé sa langue sur ses lèvres, lorsque la brume de sang s'était répandue en minuscules gouttelettes, perlant sur le plancher crasseux et coulant lentement dans les rainures, quelque chose de nouveau avait été ajouté. Quelque chose qui ne rentrait pas dans le cadre de son plan bien ordonné.

Le visage surpris de Roselynne, les yeux ouverts, encore humides, fixant sans la voir la pointe délicate de sa langue gisant, inutile, dans la poussière, encadrée par ce sombre halo de sang, tout ceci faisait de son élimination autre chose qu'un contrat.

C'était un meurtre.

C'est alors, dans cette cabane de chantier, que Helman sut. C'était son dernier contrat. Il fixa, hypnotisé, le mince filet de vie qui s'écoulait d'entre ces lèvres qui avaient parlé, mangé, embrassé, et vit dans le scintillement moite du sang se refléter la clarté de la neige qui l'attendait dans sa chère Nouvelle-Angleterre. Son refuge, son soutien. Les 100 000 dollars étaient juste la somme qui lui manquait pour acheter sa propre ferme, à quelques kilomètres de celle de sa sœur Miriam. Il serait débarrassé de sa profession. Sa liberté à lui ne serait pas la promesse éphémère qu'il avait faite à Roselynne, mais une réalité.

Le sang lui avait servi de révélateur. Il s'y plongea et vit les vingt-deux autres personnes qu'il avait assassinées, toujours avec calme, parfois avec fierté, en se disant qu'il punissait ceux que la loi ne pouvait atteindre, qu'il rendait la justice, tout comme cette première fois, lorsqu'il avait tué au nom de sa sœur. Et Helman sut alors que tout ceci n'était que mensonge, et que tout était terminé.

Mais à ce moment, alors qu'il était seul dans les collines, enveloppé dans la neige, la chaleur de la ferme de Miriam l'attendant à moins d'un kilomètre, pour la première fois, il put le *ressentir* : Sentir que tout ce qu'il avait fait *était* bel et bien du domaine du passé. Le changement explosa en lui, et le combat cessa.

Blanchi par les flocons virevoltants, les oreilles emplies du silence enneigé, Granger Helman pleura sur cette vie que, désormais, il laissait derrière lui.

Plus tard, soulagé de sa tension par cette révélation, Helman se leva du tronc d'arbre et regarda l'horizon fait de collines bleues et blanches qui s'assombrissaient lentement dans le crépuscule. Son ancienne vie l'avait quitté. Il lui faudrait peut-être des années pour guérir les vieilles blessures oubliées, reléguées dans les profondeurs où il rejetait les souvenirs indésirables ; mais maintenant, il avait d'autres considérations.

Le jour précédent, il avait effectué un dépôt chez l'agent immobilier de Goffstown. Au printemps, la ferme qu'il désirait depuis si longtemps serait à lui. Tout ce qu'il remettait au lendemain depuis des années, en se disant qu'il s'y consacrerait un jour, remplirait désormais sa vie.

Il lui serait agréable de pouvoir recevoir Miriam et ses deux fils, Steven et Campbell, pour leur rendre toute l'affection qu'ils lui avaient montrée, au fil des années, lorsqu'il était constamment en déplacement, impossible à joindre. Il était heureux. Et ainsi, sans plus de justification, il poussa un cri.

Il tendit l'oreille, attendant un éventuel écho. A la place, il perçut le grondement d'un véhicule qui s'éloignait de la ferme de sa sœur.

Il le suivit du regard, des éclairs intermittents entre les arbres dénudés bordant la route. Il était trop tard pour que ce soit le camion des déménageurs arrivant de Concord, et sa couleur n'était pas celle d'un véhicule des postes. Tout comme les agents du FBI qui s'étaient immédiatement déplacés pour vérifier une erreur téléphonique innocente en apparence, Helman savait qu'il fallait toujours accorder de l'attention à l'inhabituel. Un léger picotement s'insinua dans son estomac. Le camion était parti. Il se demanda s'il devait retourner à la maison.

Puis la porte de derrière s'ouvrit et une silhouette apparut, regarda autour d'elle et, voyant Helman, lui fit un geste du bras. Helman leva son Olympus et regarda dans son téléobjectif. C'était son neveu Steven, qui lui faisait signe de redescendre.

Le picotement se fit raideur et se répandit dans son abdomen.

Pendant un instant abominable, Helman se dit que le camion avait un rapport avec lui. Sa gaieté d'il y avait quelques instants le déserta, remplacée par un sentiment trop familier, concentration affûtée à l'adrénaline qui l'envahissait avant l'exécution de chaque contrat. Cette terrible concentration, toute tendue vers un but précis, et qu'il avait décidé de ne plus jamais ressentir, le réclamait maintenant.

Tout était comme avant. L'esprit clair, le corps insensible, il entama sa dure marche à travers la neige en direction de la maison plongée dans l'ombre et du message qu'avait apporté le camion.

Le paquet était à peine plus grand qu'une boîte à chaussures et soigneusement enveloppé dans du gros papier kraft maintenu à l'aide de bandes adhésives ; il était là, posé sur une bûche, adossé à un arbre du jardin.

Helman se tint sur le porche de derrière, invisible à tout voisin qui aurait pu s'étonner de le voir déposer le paquet aussi loin de la maison, et enveloppa soigneusement le canon de sa vieille carabine Remington 722 dans une grosse couverture.

Il semblait taillé dans de la glace.

Derrière lui se tenait Miriam. Elle avait renvoyé les garçons à l'intérieur avec consigne de ne pas s'approcher des fenêtres qui, si les soupçons de Helman étaient justifiés, pouvaient se briser. Malgré cela, Miriam refusa de quitter son frère.

Elle était plus âgée que Helman, bien qu'il l'appellât en plaisantant sa petite sœur. Mais il partageait avec elle l'héritage de leurs parents : un visage sans rides, un teint clair, des traits anguleux.

Son visage était alors voilé par l'anxiété ; ses sourcils froncés crééaient des ombres au-dessus de ses yeux. Elle avait toujours porté le poids de la culpabilité, car elle croyait avoir lancé son frère dans sa carrière, et ce sentiment se voyait désormais poussé à l'extrême : en effet, c'était elle qui avait accepté le paquet, ce paquet qui se trouvait là, dans le jardin, attendant la première balle.

Il portait une adresse tapée à la machine. Il n'y avait pas de timbres, pas de mention d'expéditeur ; le coursier qui l'avait livré n'avait pas fait signer de reçu.

Le colis était adressé à Helman. Et pourtant, nul ne savait qu'il se trouvait chez sa sœur. Helman contrôlait sa vie. Personne ne le connaissait.

Mais Miriam, dans sa confusion, l'avait trahi en acceptant le paquet, admettant ainsi sa présence.

Helman visa soigneusement, laissant des années d'expérience dans le maniement des armes compenser la perte de précision due à la couverture. Il retint son souffle, se prépara à l'explosion qui s'ensuivrait, et tira une première fois.

Le paquet s'envola de la bûche et tomba avec légèreté dans la neige.

Il tira quatre autres fois. Déchiqueta la moitié de l'emballage. Des lambeaux de papier en jaillirent. Et rien d'autre.

Helman eut un soupir de soulagement. Au moins, ce n'était pas une bombe.

Il marcha vers le paquet et inspecta la neige tout autour. Rien ne trahissait une exhalaison chimique. Il n'y avait pas d'aérosol déclenché par la violence des impacts.

Il s'agenouilla près du paquet et, dans les ombres profondes du crépuscule, déballa ce qu'il en restait.

Le contenu était plutôt simple, plutôt direct, plutôt terrifiant.

D'abord, il y avait une coupure de journal. Elle avait été à moitié déchirée par la balle qui avait emporté la manchette, mais il en restait assez pour qu'il constate que l'article parlait du meurtre de Roselynne Delvecchio.

Ensuite, il y avait un petit circuit électronique. L'unité de brouillage qu'il avait placé dans le téléphone de la cuisine.

Enfin, il y avait un rectangle découpé dans un carton de lait. La taille et la marque étaient les mêmes que celui dans lequel il avait injecté le poison.

Son esprit se vida. Ses entrailles se ridèrent comme une surface d'eau. Ses rêves menaçaient de s'effondrer.

Granger Helman, le professionnel qui avait couvert ses agissements avec une perfection telle que personne n'avait pu le percer à jour, avait été démasqué de fond en comble.

Son monde était au bord de la destruction. Mais il ferait tout pour sauver sa peau.

Il fixa le contenu du paquet jusqu'à ce que le soleil fût couché et qu'il n'y eût plus assez de lumière pour le voir.

Il entendit Miriam qui l'appelait, une silhouette sombre se détachant sur la chaleureuse lumière de la porte de derrière.

Quelqu'un au téléphone. Pour lui. Lui dont personne ne savait qu'il était là.

Pensées et émotions se bousculèrent en lui. Helman entra dans la maison, prit le combiné et entendit la voix.

Celle-ci était grave, sifflante et avait une proposition à lui faire.

CHAPITRE V

Dans les ténèbres qui emplissaient sa chambre à coucher, le docteur Massoud évalua mal ses distances. Le combiné du téléphone s'écrasa sur la table de nuit et glissa, entraînant dans sa chute le reste de l'appareil qui s'abattit sur le parquet.

A côté de lui, dans son lit, sa femme avait fini par se réveiller. Elle avait remué de temps en temps, tentant d'ignorer la conversation très matinale de son mari — ce qui, depuis leur installation à Stockholm, n'avait plus rien d'inhabituel —, mais la chute du téléphone fut la goutte d'eau qui fait déborder le vase. Elle tendit la main vers lui et demanda ce qui se passait.

— C'est ces rats de merde. Ils sont morts.

Il était quatre heures du matin. Pour autant qu'elle sache, les rats de son mari mouraient toujours pour un oui ou pour un non. Mais son ton était inquiétant.

— Quels rats, chéri ?

— Mes connards de rats, ceux de Berkeley. Ce putain d'ordinateur les a grillés.

Erica Massoud se redressa, s'assit contre le dossier du lit et massa les épaules de son mari.

— Tu peux répéter ? Je ne vois pas de quoi tu veux parler.

Robert soupira et se pencha pour ramasser le téléphone. Une voix enregistrée l'enjoignait, en suédois, de raccrocher et recomposer son numéro.

— C'était Frank, expliqua-t-il. Il appelait de Berkeley. Ce matin, il est entré dans le labo et a retrouvé les rats morts. Tous les rats, les inoculés, les infectés *et* les deux groupes de contrôle, tous y sont passés. Deux ans de travail foutus.

Erica restait dans le vague. Elle ne comprenait rien au travail de son mari. Parfois, il était heureux de voir mourir ses rats.

— J'ai toujours cru que s'ils crevaient, ça voulait dire que tu avais isolé quelque chose, prouvé qu'un produit était dangereux.

Robert s'allongea sur le lit.

— En général, c'est ça. Mais cette fois-ci, ce n'est pas un cancer qui a tué les rats. L'ordinateur a fait une erreur en réglant la température des cages d'isolement. Il l'a fait monter jusqu'à plus de cent vingt degrés. Les rats ont grillé comme des steaks.

— Comment un ordinateur peut-il commettre une erreur pareille ?

— Pas la moindre idée. Frank non plus. Je ne savais même pas que l'ordinateur du labo contrôlait la température des cages. Je croyais qu'il y avait un thermostat.

Il était au bord des larmes. Erica devait empêcher ça. Il fallait qu'elle lui parle. S'il se mettait à pleurer, demain matin, les autres chercheurs de l'Institut verraient ses yeux rougis. Ils étaient capables de s'imaginer qu'il avait bu, la nuit précédente. Et s'ils le prenaient pour un ivrogne, ils pouvaient freiner la carrière de son mari, laquelle progressait à une vitesse incroyable.

— Le major Weston ne peut pas s'en occuper et tout arranger ? Lorsqu'on t'a proposé de prendre ce poste à Haaberling, il a bien promis de superviser l'expérience jusqu'à son terme.

Robert leva les mains.

— Oh, je ne sais pas. Il a dit beaucoup de choses qui ne se sont pas réalisées.

Erica essaya de distraire son mari en lui caressant la poitrine.

— Pourtant, tu as bien obtenu ce poste à l'Institut Haaberling, n'est-ce pas ?

Robert se remémora sa première rencontre avec le major Weston, et l'incroyable honneur qu'on lui avait fait en lui proposant un poste au prestigieux Institut Haaberling. Il avait à peine trente ans. Du jamais vu. Pourtant, il rechignait à abandonner ses expériences en cours à Berkeley. Après deux ans d'efforts, il se sentait proche de la réussite. Il ne lui manquait plus qu'un coup de pouce, un bond en avant qui lui permettrait d'isoler le mécanisme par lequel certains cancers semblaient se déclarer simultanément dans plusieurs endroits du corps au lieu de se développer dans un endroit précis pour grignoter peu à peu l'organisme. Mais Weston avait insisté. Un Américain à Haaberling, c'était bon pour l'image de marque du pays. De plus, lorsque sa mission à Stockholm prendrait fin, Robert pouvait s'attendre à se voir proposer immédiatement un poste au Centre d'épidémiologie, à Atlanta : là, il pourrait travailler en toute liberté.

De plus, Weston avait promis de surveiller personnellement l'expérience qu'il laissait derrière lui.

Avec quelques inquiétudes, mais beaucoup d'enthousiasme, Robert avait accepté. Et maintenant, un ordinateur qui n'était même pas censé contrôler la température avait grillé ses rats.

— Je crois que tu as raison, finit-il par soupirer, mais Weston semble passer pas mal de temps à Washington. Il est trop occupé pour surveiller mes rats.

Erica eut un petit rire.

— Moi, je sais comment m'occuper de tes rats, dit-elle, et elle se mit à chuchoter à l'oreille de son mari.

Il rit à son tour en s'allongeant sur elle. Ils s'embrassèrent. Mais plus tard, pendant qu'elle dormait, il fixa le plafond, tentant d'y voir clair.

— Bon Dieu, dit-il à l'obscurité, j'étais si près. J'y étais presque, je le sais.

Lorsque le réveil sonna, deux heures plus tard, il y pensait toujours. Mais jamais l'idée qu'on puisse avoir sciemment saboté son expérience ne lui traversa l'esprit.

CHAPITRE VI

Granger Helman fixait des ténèbres piquctées d'étoiles qui disparurent sous une avalanche de lumière lorsque le bus Greyhound plongea dans le tunnel.

Cette discontinuité lui donna la vague impression d'avoir perdu le fil de ses pensées. Il s'adossa à son siège et tenta de reprendre la position qu'il avait adoptée quelques instants auparavant, dans l'espoir de retrouver, par association d'idées, l'objet de ses réflexions. Mais rien n'y fit. Une seule certitude lui trottait dans la tête. Pour la première fois depuis son enfance, il avait peur. La sensation était différente de l'appréhension qu'il ressentait lors de l'exécution de ses contrats : il ne pensait alors qu'à tous les problèmes qui pouvaient survenir et qu'il devait éviter. Mais maintenant, il avait vraiment peur.

Il se rappela un épisode de son enfance : il se trouvait seul dans la maison lorsque le ballon avec lequel il jouait était passé par la porte ouverte de la cave, dévalant les escaliers de bois. Il devait récupérer sa balle, mais était trop petit pour atteindre l'interrupteur ; il lui fallut donc descendre les marches dans l'obscurité. Ce n'est qu'une fois à mi-chemin que son esprit d'enfant avait transpercé les ténèbres et vu ce qui l'y attendait.

Ils souriaient d'un rictus idiot, et la lumière diffuse provenant de la cuisine, derrière lui, faisait scintiller leurs dents dégoulinantes de bave, leur fourrure graisseuse et leurs yeux qui, toujours, le suivaient à travers le plancher. Ils attendaient qu'il descende à la cave, rien qu'une fois, un jour où il serait seul et où il ferait noir. Il pouvait sentir la porte de la cuisine qui se refermait doucement sur son passage, alors que la lumière décroissait, que les ténèbres s'étendaient, et que les créatures silencieuses allongaient leurs bras démesurés à travers les degrés de bois pour lui saisir les chevilles.

En deux bonds, il avait volé en haut des marches et claqué la porte derrière lui. Il savait les avoir entendus soupirer, dans les profondeurs de la cave, et s'installer pour reprendre leur attente.

Quelques jours plus tard, son père retrouva la balle, coincée derrière la chaudière. Granger savait qu'elle ne pouvait s'y être fourrée toute seule, et ne la toucha plus jamais.

C'était ça avoir peur, et c'était ce qu'il ressentait alors que le bus sortait du Lincoln Tunnel et parcourait les rues de Manhattan.

Le terminal des bus de Port Authority brillait de tous ses feux fluorescents ; bondé, il semblait perpétuellement en construction, ou en rénovation, ou sur le point de s'écrouler. Une partie des cloisons était recouverte d'une épaisse couche de plastique ou de contreplaqué constellée de graffitis. L'autre moitié du terminal débordait de monde, de vrais ou de faux voyageurs qui attendaient, assis ou adossés aux murs, à l'abri de la neige et du froid. Helman étudia chaque visage, regarda à travers chaque cloison de plastique. Celui qui l'avait appelé était là, quelque part, et le surveillait. Au cours des vingt heures précédentes, il avait tenté tous les trucs possibles et imaginables pour échapper à un poursuivant, mais il savait qu'ils étaient toujours sur ses talons. Helman avait perdu le contrôle de la situation.

Chez Miriam, la voix au téléphone lui avait suggéré un rendez-vous, à Manhattan.

— Quand ? avait demandé Helman.

— Dans vingt-huit heures, monsieur Helman. A onze heures, demain soir.

Helman n'avait jamais entendu parler de cette façon. Il supposa qu'un gadget devait déformer la voix normale de son interlocuteur. Il ne pouvait même pas dire avec certitude s'il s'agissait d'un homme ou d'une femme.

— Où ?

Helman savait qu'il n'avait pas le choix. Il devrait accepter tout ce qu'avancerait la voix. La menace que contenait le paquet garantissait sa docilité.

— A Manhattan.

— Où dans Manhattan ? protesta Helman, dans un bar, un hôtel, à quelle adresse ?

— Nous savons où vous avez été, nous savons où vous êtes. Nous vous trouverons à Manhattan demain soir, quel que soit le chemin que vous prendrez. Affirmatif ?

Le mot était étiré, comme un sifflement.

— Affirmatif, dit Helman, et on raccrocha.

Le lendemain matin, Helman conduisit la Volkswagen Rabbit de sa sœur jusqu'à une agence de location, à Concord. Là, il loua une Citation, qu'il déposerait le soir même à l'aéroport de La Guardia.

Il prit l'autoroute 93 vers le Sud, changeant d'allure de temps en temps, guettant d'éventuels poursuivants, des voitures adoptant les mêmes variations. Il n'en vit aucune.

Il sortit à Manchester et se gara à l'aéroport de La Guardia. Au bureau d'American Airlines, il acheta un billet pour le vol qui partait deux heures plus tard, et alla attendre au bar Skyline.

Une demi-heure plus tard, il alla aux toilettes. Lorsqu'il en ressortit, ses cheveux bruns étaient devenus noirs, il portait une moustache et ses joues étaient gonflées de rembourrage en coton qui lui donnait l'apparence bouffie d'un homme plus lourd d'une dizaine de kilos. Il avait remplacé ses bottes L. L. Bean par des chaussures de ville noires pourvues, à l'intérieur, de deux contreforts métalliques épais de cinq centimètres qui serraient douloureusement ses talons et la cambrure de son pied, modifiant ainsi sa démarche. Il avait troqué ses jeans pour un pantalon noir rayé, et sa parka bleue, qui se trouvait maintenant repliée contre son estomac pour renforcer l'illusion des dix kilos en plus, avait fait place à un pardessus de cuir noir. Au lieu du simple sac de campeur qu'il avait au départ, il portait une petite mallette. Il tenait dans sa main gauche un sac de papier brun qui, de toute évidence, contenait une bouteille d'alcool qu'il avait saisie par le goulot.

Le sac était l'élément de désorientation nécessaire à un déguisement réussi. Les hommes de la Sécurité inspectaient toujours les bagages à main : c'était par là que voyagaient les armes, les appareils photo et les objets volés. On ne pouvait les ignorer, à moins que leur contenu ne soit identifié après quelques secondes d'inspection, comme le serait la bouteille de Helman. Le goulot de la bouteille, autour duquel Helman avait soigneusement replié le sac en papier, ne laissait planer aucun doute. Néanmoins, les quelques secondes d'attention que lui consacrerait un éventuel observateur se dirigeraient vers cet élément particulier : on ne remarquerait pas la stature, ni le visage du porteur. Celui-ci resterait au second plan. L'examen qui s'ensuivait était généralement moins soutenu, surtout s'il fallait aussi surveiller un certain nombre de personnes qui entraient et sortaient de l'aire de contrôle. Helman avait déjà expérimenté avec succès cette technique. Il ne savait pas si elle remplirait aussi bien son office aujourd'hui, en admettant qu'on le surveille, mais il devait essayer.

S'étant ainsi mis dans la peau d'un homme d'affaires, marchant d'un pas las, les épaules affaissées, semblant n'avoir pas d'autre but que de trouver un Holiday Inn et de s'y installer avec sa bouteille, Helman alla au comptoir d'Eastern Airlines et acheta un billet pour Newark. L'avion partait vingt minutes plus tard.

A bord, il n'y avait qu'une douzaine de passagers. Il les reconnut pour les avoir croisés dans les couloirs de l'aéroport ou au bar. Soit aucun d'entre eux ne le filait, soit quelqu'un savait se déguiser mieux qu'Helman lui-même.

A Newark, Helman ôta le coton de ses joues et s'installa dans un bar. Le bus pour Port Authority partait de l'aéroport toutes les vingt minutes. Il attendit le dernier moment pour sauter dans celui de dix heures du soir.

A onze heures moins vingt, il montait les escaliers débouchant sur la 8e Avenue. Il était prêt ; il serait à l'heure au rendez-vous. Dans son milieu, personne n'était enclin à proférer de menaces sans fondement.

Pour le simple plaisir de marcher, il se dirigea vers Times Square. C'était l'heure de la sortie des cinémas et des salles de spectacles, et les rues adjacentes étaient encombrées de taxis et de limousines. Les klaxons résonnaient en une incessante ondulation d'impatience. Des grappes de gens marchaient d'un pas vif sur les trottoirs et dans les rues embouteillées, tentant de profiter au maximum de la protection de la foule avant qu'elle ne se dissipe pour laisser la place au peuple de la rue, ces êtres inquiétants qui rendaient nerveux les visiteurs.

En d'autres temps, Helman se serait laissé entraîner par les lumières, l'activité, l'excitation de toute cette vie qui l'entourait. Mais, cette fois, il avait autre chose en tête.

Il était onze heures moins dix.

Si le contact n'était pas établi à minuit, il avait décidé de se cacher. Malheureusement, sa sœur et ses deux enfants devraient l'accompagner. Quelqu'un en avait après lui. Il ne pouvait se permettre de les laisser derrière, à la merci de ses poursuivants. Il les aimait trop pour ça. Ils étaient sa seule famille. Son seul refuge. Miriam attendait son coup de fil. Il examina la foule de Times Square.

Onze heures moins cinq.

Il décida de traverser la rue pour boire un café chez Nathan's. Il pourrait s'asseoir près de la fenêtre et continuer son attente.

Deux hommes apparurent et l'encadrèrent. Deux mains s'emparèrent de ses bras.

— Regardez droit devant vous, monsieur Helman. Continuez de marcher. On vient vous chercher.

Une main s'empara de sa mallette. On le força à accélérer l'allure le long de la 42e Rue, vers la 6e Avenue.

Une limousine Fleetwood argentée, aussi commune à Manhattan qu'un taxi jaune, attendait au coin de la rue, marinant dans les brumes menaçantes que dégageait son pot d'échappement.

Les deux hommes entraînèrent Helman vers la voiture. Derrière les vitres teintées, il ne put voir celui qui l'attendait à l'intérieur. Au moins, se dit-il, ils ne vont pas me tuer sur les coussins, ils coûtent trop cher pour qu'on les éclabousse de sang. Mais quoi qu'il en soit, malgré tous ses efforts, ils l'avaient ramassé quelques minutes après son arrivée dans une cité obscure peuplée de millions d'habitants. Peut-être qu'ils ne regardaient pas à la dépense.

Lorsqu'ils arrivèrent à quelques pas de la limousine, la portière s'ouvrit lentement. Il ne vit aucune main sur la poignée. Helman se sentit poussé à l'intérieur. Les deux hommes restèrent sur le trottoir.

Une autre silhouette était assise à l'autre bout du siège.

— Merci de votre ponctualité, monsieur Helman. Je suis M. King, et je vais vous accompagner à votre rendez-vous.

Helman sentit sa poitrine se serrer. C'était la voix au téléphone. Pas d'erreur. Il n'y avait pas de brouillage. M. King parlait bel et bien comme ça.

Helman se reprit, résistant à la tentation de sauter à la gorge de son interlocuteur. L'homme en face de lui avait la situation en main. Helman devait attendre, choisir avec soin le bon moment pour passer à l'action.

— Votre surveillance est de premier ordre, monsieur King.

M. King se pencha vers lui, et Helman vit son visage, gravé dans les ombres tissées par la lumière du plafonnier. Il ne présentait aucun signe particulier, si ce n'était ses yeux. Pendant un instant, ils semblèrent briller d'une lueur qui leur était propre. Et pourtant, ils étaient noyés dans l'obscurité.

Helman n'eut pas le temps d'étudier la question.

M. King tendit la main, arracha la fausse moustache de Helman et enleva sa perruque.

— Notre surveillance doit être de premier ordre, monsieur Helman. Comme toutes nos procédures.

Il plaça les postiches dans un sac en plastique qu'il posa sur la lunette arrière, puis reprit :

— Monsieur Helman, votre réputation vous a bel et bien précédé. C'est pourquoi vous allez vous allonger, face contre terre.

Helman ne bougea pas.

— Il est possible, monsieur Helman, que vous repartiez sain et sauf après votre rendez-vous. En ce cas, il sera nettement avantageux pour vous de ne pas disposer de plus d'informations qu'il n'est nécessaire. Me fais-je bien comprendre ?

Helman s'étendit sur le plancher, le visage à hauteur des pieds de l'homme. Ils ne voulaient pas qu'il sache où on l'emmenait. C'était un bon signe, une raison d'espérer. Tout comme la liberté qu'il avait octroyée à Roselynne Delvecchio, quelques secondes avant de la tuer.

Helman sentit une main sur son cou, un pouce et un petit doigt raidis se poser sur les points névralgiques, puis il ne sentit plus rien.

Alors seulement, M. King appuya sur un bouton, signalant au chauffeur qu'il pouvait les amener à destination.

Helman se réveilla par étapes.

D'abord, il constata qu'il avait repris conscience, et tenta de se situer dans l'espace. Il se rappelait s'être allongé sur le plancher de la voiture, et s'étonna de se retrouver en position assise. Le siège était moelleux et confortable sous les parties de son corps qui n'étaient pas totalement engourdies. Il ne ressentait plus les vibrations de la voiture.

Puis il se rappela qu'il avait des yeux, et les ouvrit donc.

Onze regards lui rendirent le sien.

Il se leva d'un bond, se tordit pour déterminer dans quelle position il se trouvait et s'il était pris au piège. La douleur embrasa son cou et sa tête ; il retomba sur sa chaise, le front nimbé de sueur, ravalant un gémissement.

La voix retentit sur la droite de Helman. C'était celle de son interlocuteur, au téléphone et dans la voiture.

— Il y a de l'aspirine, de l'eau et du cognac sur la table à côté de vous. Prenez ce qu'il vous faut.

Helman tourna lentement la tête et vit M. King assis à quelques dizaines de centimètres de lui, dans une chaise identique à la sienne. Un instant, Helman se crut dans une sorte de club.

Les murs étaient tapissés de sombre, les plafonds hauts et traversés de poutres en bois brillant, reflétant les innombrables lumières d'un lustre de cristal.

Puis il vit à nouveau les yeux, et ils oblitérèrent toute autre réflexion.

Onze personnes se tenaient là, assises derrière une table massive et ornementée. Tous le regardaient fixement, et leurs visages n'étaient que des yeux. Il les regarda à son tour, forçant ses pupilles à lui révéler clairement la vérité de ce qu'il avait en face de lui.

Chaque visage n'était bel et bien *que* des yeux. Le reste était recouvert de tissu noir, retenu par une cordelette nouée à l'arrière du cou et passant au dessus du nez. Leurs corps étaient drapés de capes noires informes — des robes ? Même leurs mains étaient gantées de noir, comme revêtues de moufles.

— Qui êtes-vous ? dit-il doucement.

Le mouvement de ses mâchoires déchira sa nuque comme une lame chauffée à blanc.

Une voix lui répondit. Helman eut quelque mal à localiser son interlocuteur. Seul le frissonnement du tissu noir masquant sa bouche le trahit. C'était la troisième silhouette sur la gauche.

— Vous vous appelez Robert Granger Helman. Vous êtes aussi David Michael Franklin, William Terrence Rosner, Stephen Phillip Osgood.

La silhouette s'interrompit. L'homme sembla sourire à travers son masque, puis reprit :

— Et ainsi de suite.

Tous ces noms étaient ceux qu'Helman et son agent avaient choisis pour ses fausses identités, à travers lesquelles transitaient ses paiements, et que Helman activait lorsqu'il remplissait un contrat. Il disposait de bien plus de pseudonymes que les trois cités par la silhouette, tous authentifiés par des passeports, des cartes de crédit, des cotisations à la Sécurité sociale et des adresses, mais ces trois-là étaient les plus actifs. Les autres restaient en sommeil en attendant qu'on ait besoin d'eux. Cette révélation n'inquiéta pas Helman. Il s'y attendait.

La silhouette continua :

— Tous sont nés courant 1975, semble-t-il. Ce qui correspond approximativement au moment où vous avez contacté un agent (Helman remarqua avec intérêt que son nom n'était pas mentionné) et vous êtes lancé dans l'exécution de certains “contrats”.

Une troisième personne assise à la table prit la parole.

— Monsieur Helman, vous êtes ce qu'on appelle dans le langage courant un tueur à gages. Nous avons pris connaissance d'une douzaine de ce que vous appelez vos contrats. Nous disposons de preuves directes vous incriminant dans sept d'entre eux. Nous estimons que le total de vos assassinats se situe entre vingt et vingt-cinq. Néanmoins, toute plainte déposée contre vous ferait certainement plus qu'intéresser vos anciens “clients”. En fait, étant donné les noms que vous êtes en mesure de révéler en échange de votre liberté, ils seraient certainement pris de panique. Si vous deviez vivre jusqu'à la date de votre procès, soyez sûr que votre sœur et son fils n'auraient pas cette chance. Nous y veillerons personnellement.

Dans le silence qui suivit, Helman sentit le piège qui se refermait inexorablement sur lui. Il jeta un coup d'œil à la pièce qui l'entourait : les tableaux, les sculptures près des doubles portes, et le somptueux tapis oriental sous ses pieds. Un décor qui parlait de richesse, ancienne et considérable. Les gens qui se tenaient là, devant lui, ces gens aux voix toutes étrangement semblables à celle de l'homme à ses côtés — un accent régional d'une langue autre que l'anglais, du moins c'est ce qu'il soupçonnait — parlaient de meurtre.

Meurtre, fortune, et un groupe basé dans un pays étranger. Pour lui, tous ces éléments n'avaient qu'une seule signification possible. Une guerre allait se déclarer. L'une des familles de New York avait établi un lien entre lui et des contrats pouvant avoir été passés par une autre famille. D'une façon ou d'une autre, l'élimination de Delvecchio était un piège, et maintenant, ils attendaient de lui l'identité et les mobiles de ceux qui l'avaient engagé. Ce qui pourrait justifier un conseil de guerre et, finalement, les amener à prendre possession de New York. Helman s'était toujours tenu à l'écart des associations criminelles. Maintenant, il avait l'impression de ne pas avoir gardé assez de distance.

Il était temps de réagir.

— Vous disposez probablement de plus d'informations que moi sur ces contrats, commença-t-il. Tous ont été arrangés via l'agent que vous avez cité. En général, à moins qu'un nom ou un visage n'ait fait la une des journaux, je ne sais pas sur qui porte le contrat, et je ne connais *jamais* l'identité de mon client.

Il entamait son approche en leur faisant croire qu'il n'était qu'un pion.

Les interlocuteurs de Helman eurent alors une étrange réaction, comme si, de tout ce qu'avait dit Helman, seule cette dernière phrase était inattendue. Les silhouettes masquées se regardèrent en silence pendant quelques instants. Celle du milieu, qui n'avait pas encore parlé, se tourna vers M. King et demanda :

— Souhaite-t-il nous voir louer son ignorance ? N'est-ce pas bien évidemment la seule stratégie possible ?

L'interpellé s'adressa au groupe.

— Non, Sei...

Il s'interrompit brusquement et recommença sa phrase, mais Helman l'avait entendu. Allait-il vraiment appeler l'homme "Seigneur" ?

— Non, monsieur. Il croit que vous faites partie d'une des organisations contre lesquelles ses assassinats étaient dirigés. Il va certainement se figurer que son dernier contrat, dont nous lui avons présenté les preuves, a été arrangé pour le mettre en votre pouvoir. Il croit que, maintenant, vous allez exiger des informations quant à ses employeurs précédents afin de les utiliser contre lui. Il tente d'établir son innocence dans la programmation des assassinats pour que vous ne le tuiez pas.

Cette analyse des paroles de Helman sembla impressionner une autre silhouette.

— Est-ce vrai, monsieur Helman ?

Celui-ci était troublé. Tout ceci n'avait ni rime ni raison.

Il se sentit mis en vitrine, et non soumis à un interrogatoire débouchant sur une guerre des gangs. Et pourquoi appelait-on l'un des hommes attablés "Seigneur" ?

— Qui diable êtes-vous ?

Helman était à bout de théories. Il n'avait aucune idée de ce qu'il faisait ici.

La troisième silhouette à gauche parla à nouveau :

— Nous voulons vous proposer un contrat. Nous voulons que vous assassiniez pour nous.

Une partie de Helman, froide et détachée, trouva cette requête tout à fait légitime. Voilà pourquoi ils l'avaient contacté : ils avaient besoin de ses services. Il les étudia avec attention. Onze silhouettes, toutes semblables. Toutes masquées et gantées de noir. Toutes parlant avec la même voix sifflante. Leur demande semblait raisonnable, même si eux ne l'étaient guère. Mais elle ne tenait pas debout. Qu'avaient-ils à cacher ?

Ils disposaient de ressources permettant de démonter point par point l'un de ses contrats. Ils pouvaient le localiser quelques minutes après son arrivée à New York. Ils étaient entourés des signes extérieurs de la fortune. Helman ne doutait pas qu'ils aient les capacités et les moyens pour embaucher n'importe qui au monde pour tuer n'importe qui. Pourquoi s'étaient-ils tournés vers lui ?

— J'ai pris ma retraite, dit-il tout simplement.

Immédiatement, M. King fut derrière lui, et ses doigts d'acier s'imprimèrent profondément dans les muscles cervicaux de Helman.

La pièce vira au rouge. Le sang rugit à ses oreilles. La tête de Helman se vit lentement, douloureusement tordue jusqu'à ce que son regard croise les yeux incroyables de l'homme qui le maîtrisait. Ceux-ci brillaient bel et bien. Ou était-ce le sang qui affluait dans sa tête ? Helman entendit, comme venant de très, très loin, le simple mot que prononça M. King.

Respect.

Puis l'homme se redressa et Helman put voir à nouveau la chaude lumière du lustre. M. King n'était plus derrière lui, mais était assis dans son fauteuil. Helman n'avait perçu aucun mouvement. Le groupe attablé s'inscrivit à nouveau dans son champ de vision. La troisième silhouette vers la gauche parla à nouveau :

— Vous êtes un assassin. C'est en tant que tel que vous vous adresserez à nous. La destruction des preuves en notre possession vous tiendra lieu de salaire.

Une autre voix retentit, sans que Helman puisse identifier la silhouette qui parlait.

— Pensez à votre sœur et ses fils. Vous n'avez pas le choix.

Helman massa sa nuque douloureuse. Il savait prendre de gros risques en disant à ces gens ce qu'ils ne souhaitaient pas entendre, mais il le fallait pourtant.

— Avec tout le respect que je vous dois, pourquoi m'avoir choisi ? Je suis un indépendant. Par rapport aux possibilités que votre organisation a démontrées en m'amenant ici, mes talents sont insignifiants. N'y a-t-il personne d'autre qui soit mieux à même d'accomplir cette tâche ?

M. King lui répondit.

— Ils *vous* ont choisi, monsieur Helman. Cela devra vous suffire. Je vous conseille de ne pas discuter leur choix.

Un homme de moindre stature aurait ponctué cette déclaration d'un serrement de poing ou tout autre rappel de la douleur qu'il lui avait infligée, mais M. King resta assis, immobile. Chez ces gens, tout était brutal, sans emphase. Ils n'avaient pas besoin de menacer, ils se contentaient d'énoncer des faits. Ils contrôlaient parfaitement la situation.

Le trouble qui habitait Helman fit place à la résolution. Mais la peur était toujours là, tapie dans les ombres.

A nouveau, un masque parla.

— C'est précisément pour les raisons que vous avez exposées que nous vous avons choisi. Il existe de par le monde des sphères d'influence bien éloignées, dans leurs desseins et leur pouvoir, des milieux que vous fréquentez. Vos cercles sont ceux de l'entreprise criminelle, du monde des affaires, des machinations politiques. Rien de tout cela ne nous concerne, tout comme nos activités ne les concernent pas. Tous, nous allons notre propre chemin, et seul le temps déterminera qui est le maître.

Helman écoutait, fasciné. Étaient-ils fous ? Après le crime, les affaires et la politique, que restait-il ?

La silhouette continua :

— Ces sphères sont très sélectives et seule une minorité peut y accéder. Elles exercent une puissance considérable, mais par contre, les délibérations se font en présences de tous leurs membres, qui ne peuvent agir de leur propre chef.

Helman vit où ils voulaient en venir.

— Vous ne vous êtes jamais approché de ces sphères et, de ce fait, trouvez votre utilité en tant qu'inconnue. Nous souhaitons simplement punir l'un d'entre nous qui a pris ses distances vis-à-vis de nous-mêmes et de nos objectifs. Cette personne sera votre cible. La cible connaît nos façons d'opérer, nos méthodes, et elle peut dresser certaines défenses. Nous voulons que vous remplissiez ce contrat, car vous pourrez évoluer librement sans être identifié, sans donner l'alarme, jusqu'à ce qu'il soit trop tard.

Helman était un professionnel, et il posa la question qui lui vint tout de suite à l'esprit.

— Y a-t-il eu d'autres tentatives pour éliminer la personne en question ?

La silhouette hocha la tête.

— Il y en eut.

Et voilà. Il n'y avait rien à dire de plus. Helman était là pour corriger une erreur, tout comme dans l'affaire Delvecchio. Par contre, cette fois-ci, il ne connaissait pas la nature de l'erreur. Apparemment, sa retraite était compromise. Il devait tuer une fois de plus ou risquer la vie des seules personnes qui comptaient pour lui. Ses rêves et son existence étaient secondaires. Ils n'avaient pas mentionné à nouveau les preuves qu'ils détenaient. Ils en avaient parlé une fois. Il doutait que ces gens se donnent la peine de se répéter.

— Quelles sont mes garanties que, après exécution du contrat, les preuves seront détruites et ma famille en sécurité ?

M. King répondit. Il semblait tenir le rôle d'interprète, comme si Helman représentait un monde totalement différent de celui du groupe, un monde qui nécessitait des explications constantes.

— Vous n'avez aucune garantie, monsieur Helman. Franchement, vous n'êtes pas en position d'exiger quoi que ce soit. Rien ne vous assure non plus qu'après l'exécution du contrat, nous ne vous tuerons pas nous-même.

Helman le savait.

— Je ne peux rien vous offrir, continua M. King, mais j'en appelle à votre instinct professionnel. Chaque mort est une porte ouverte vers l'imprévu. Un plan méticuleux peut se déliter suite aux réactions inattendues de ceux qui enquêtent sur les cadavres et la mort. Vous ne constituez pas une menace pour nous. Vous ne savez pas qui nous sommes, où nous sommes, nos motivations, ni même la victime. Pourquoi risquer une enquête criminelle lorsque l'on peut s'en passer ?

Helman ne doutait pasque son cadavre puisse disparaître, comme celui de Joe Delvecchio.

— D'un autre côté, monsieur Helman, coopérer avec nous vous fera, au minimum, gagner du temps.

Pour la première fois, l'homme se départit de son air d'honnêteté rigide. Il sourit à Helman.

Sans raison particulière, Helman remarqua les dents parfaites de l'homme. Blanches, égales et régulières, en contraste avec des yeux sombres et menaçants.

Maintenant encerclé par un homme aux doigts mortels doté d'un sourire de star et un mystérieux groupe de gens portant d'étranges masques dans une pièce qui, remarqua-t-il pour la première fois, n'avait pas de fenêtre, Helman comprit qu'il était temps de choisir. Et il réalisa qu'en fait il n'avait pas d'autre option que de suivre le chemin qu'on lui avait tracé.

— Qui voulez-vous que je tue ? demanda-t-il.

Et la séance commença. On produisit une enveloppe contenant des photos de la cible, des listes de stratégies recommandées et des conditions à remplir.

Il apprit tout d'abord que sa cible s'appelait Adrienne St. Clair et venait d'arriver en Amérique du Nord, via l'Angleterre. Puis, tout de suite, on précisa qu'elle était dangereuse. Il enregistra tout ce qu'ils voulurent bien lui dire. Ensuite, M. King fut derrière lui — à nouveau sans qu'il puisse percevoir le moindre mouvement — et plongea ses doigts d'acier dans sa nuque.

Helman s'effondra sans savoir, sans un frisson.

Maintenant que l'humain n'était plus en état de les identifier, les masques pouvaient tomber.

CHAPITRE VII

Sa Seigneurie Eduardo Diego y Rey se leva de son siège, placé au milieu des autres convives. Ses doigts glissèrent délicatement sur les multiples couches de tissu noir enroulées autour de ses doigts, jusqu'à ce qu'il se libère de son déguisement.

Ses mains étaient blanches et décharnées, et chaque os, chaque tendon semblait sculpté dans le marbre. Même ses artères ne parvenaient à tisser leurs cordons bleutés sur la pâleur de sa peau, comme si elles charriaient autre chose que du sang.

Ses ongles étaient d'affreuses serres, quelques centimètres de blancheur luisant sous la lumière éclatante du lustre. Il porta ses mains derrière la tête et défit l'agrafe qui maintenait son masque ; celui-ci se détacha.

En voyant Diego démasqué, King ressentit une pointe d'envie. Son visage était bel et bien celui d'un seigneur, sans trace du camouflage nécessaire au commerce avec les humains. Diego était d'un rang si élevé qu'il n'avait jamais à traiter directement avec eux. Ou bien les humains qu'il acceptait en sa présence étaient eux-même si haut placés qu'il n'avait nul besoin de déguiser sa véritable nature.

La peau de Diego était plus pâle que celle d'un albinos. Sa blancheur n'était pas une absence de couleur, mais une couleur en elle-même. Et ses crocs, délicatement posés contre sa lèvre supérieure, avaient la consistance du marbre ; ainsi se présentait le vrai Seigneur du Conclave, souverain de tous les *yber*. Tel était le nom qu'ils se donnaient. Les humains les désignaient d'un autre terme, beaucoup plus déplaisant.

Diego prit la parole, et ses lèvres blêmes s'étirèrent pour découvrir des incisives délicates, pointues comme des lames. En ce rictus, ceux de sa propre race reconnaîtraient un sourire. On eût dit que Diego s'amusait à appeler King par le nom qu'il employait dans son commerce avec les humains.

— Monsieur King, la situation semble sous contrôle. Lorsque tout sera terminé, vous pourriez revenir avec moi en Espagne. Là-bas, vous êtes requis pour des tâches qui ne nécessiteront jamais le port d'un masque, quel qu'il soit.

— Bien sûr, Seigneur Diego, répondit King avec calme ; mais en lui-même, cette perspective le remplissait de joie. Diego venait de se proposer pour être son mentor ; il échapperait ainsi à la cruelle mutilation de ses propres crocs, obligatoire pour qu'il puisse passer pour un humain. Et une telle offre en entraînerait d'autres ; d'ici un siècle ou deux, peut-être pourrait-il même être autorisé à siéger au Conclave.

— Lorsque cette affaire sera conclue, dit Diego.

— Lorsque St. Clair l'hérétique aura reçu la Mort Finale, renchérit King.

— Ainsi que l'humain, monsieur King. Il serait appréciable que son corps soit facilement découvert et qu'on lui attribue les actes qu'il aura effectivement commis. Lorsque les autorités humaines tiendront un suspect, même mort, elles n'iront pas chercher plus loin.

King hocha la tête. Il était implicitement prévu qu'on ne pouvait laisser vivre Granger Helman. Tant mieux si cet humain stupide avait cru les mensonges de King, qu'il lui suffirait d'éliminer l'hérétique pour se libérer. Si Helman ne s'attendait pas à être doublé, il n'en serait que plus facile de le trahir.

— Que ferons-nous de sa sœur, Seigneur ? Et son enfant ?

— Tout dépendra de ses actes. Vous aviez raison de dire

qu'il réagirait à une menace dirigée contre sa sœur et son fils. En fait, il a réagi plus violemment lorsqu'ils ont été mis en cause, eux, que lorsque nous l'avons lui-même menacé. Pensez-vous qu'il tentera de les joindre ?

— Dès qu'il le pourra, Seigneur.

— En ce cas, il nous faudra établir notre présence. Helman doit comprendre qu'ils sont en notre pouvoir. Que suggérez-vous ?

— Des méthodes appropriées, Seigneur. D'abord, leur téléphone doit être mis sur écoutes via un système qu'il lui sera facile de repérer, afin qu'il sache que ses communications sont surveillées. Je suggère aussi de le faire filer par vos familiers. Il doit utiliser souvent des lignes téléphoniques ouvertes. Il use et abuse de codes subtils. Il est probable qu'il trouvera un moyen d'alerter sa sœur.

— Et ensuite ?

— Si elle n'essaie pas de nous échapper et que nous ne sommes pas obligés de la contacter directement, elle ne nous concerne pas.

— Et pourtant, d'après ce que vous m'avez dit, nous n'avons pas l'habitude de rencontrer des humains de la trempe de Helman. Ces enfants sont-ils du même sang que lui ?

— Ils le sont, Seigneur.

— Et quel est leur âge ?

— Steven a sept ans et Campbell dix.

King avait soigneusement préparé son sujet.

— Très bien. Lorsque Adrienne et l'assassin auront tous deux trouvé la mort, tuez la sœur et amenez-moi ses enfants. Qu'ils passent dix ou vingt ans parmi nos familiers, et s'ils partagent quelques-unes des qualités de leur oncle, ils seront dignes de rejoindre nos rangs. Est-ce entendu ?

— Il en sera fait ainsi, Seigneur Diego.

— Excellent.

Diego désigna de la main Helman, toujours inconscient. Ses griffes sifflaient dans l'air comme des faux.

— Emmenez-le. Son voyage doit commencer.

King ramassa Helman, sans effort apparent, comme s'il

ne pesait pas plus qu'une poupée de chiffons, et l'emporta, franchissant les portes à l'autre bout de la salle. Deux jeunes hommes les refermèrent sur son passage. Tous deux avaient des yeux sombres et enfoncés dans leurs orbites, et leurs cous s'ornaient d'un foulard noir. Les familiers de Diego.

— Et maintenant, annonça Diego, occupons-nous du jésuite qui osa s'approcher trop près, jusqu'à espionner nos réunions.

Les dix autres convives acquiescèrent. Ils avaient enlevé leurs propres masques et gants pendant que Diego et King décidaient du devenir de Helman. Comme Diego, tous étaient dotés de crocs aiguisés et de griffes ivoirines. Tout le Conclave d'Orient était rassemblé. Leur dernière réunion, quatorze ans plus tôt, avait vu la création d'un plan d'intervention dans la politique des humains. Cinq ans plus tard, cette expérience s'était terminée de façon désastreuse et n'avait réussi qu'à provoquer un scandale sans précédent qui n'avait pas épargné les plus hauts niveaux du pouvoir. Aujourd'hui, les raisons de ce rassemblement étaient plus pressantes encore.

La première de ces raisons était Adrienne St. Clair, mais les mesures de King satisfaisaient Diego et, en ce qui le concernait, l'affaire était close. La menace était neutralisée au niveau interne du Conclave. Mais la menace extérieure se faisait chaque nuit plus puissante. Il s'était passé quelque chose chez les jésuites du Septième Grade. L'équilibre établi depuis des siècles était en péril et, ironie du sort, c'était cette hérétique qui avait ouvert les yeux du Conclave

Le fiasco d'Heathrow ne pouvait être que l'œuvre des jésuites. En soi, il n'avait aucune importance. De telles escarmouches se produisaient de temps en temps sous l'impulsion de l'un ou l'autre des adversaires. Mais ses implications étaient effrayantes : pour la première fois en trois siècles de conflit, les jésuites avaient reçu une aide extérieure, et leurs assistants savaient ce qu'ils affrontaient. Les soldats anglais portaient des arbalètes ; les armes de la Mort Finale.

Durant ces deux derniers siècles, le conflit était resté

larvé. La guérilla entre les jésuites et le Conclave n'avait jamais cessé, mais les uns comme les autres gardaient le secret sur ces escarmouches, car chacun détenait des armes terribles contre son adversaire. Les jésuites du Septième Grade connaissaient la véritable nature du Conclave et, à travers les missions qu'entreprenaient leurs collègues des six premiers grades à travers le monde, cette vérité pouvait être révélée aux humains. Certains finiraient par y croire et le Conclave serait écrasé, non par la force ou l'intelligence des humains, mais par leur masse.

Certes, avant que le Conclave ne se laisse submerger, le monde découvrirait les catacombes de Rome : une vérité sordide ayant trait aux agissements des hypocrites qui, depuis deux mille ans, existaient au sein de l'Ordre Sacré des jésuites. Tout était inscrit, prêt à être révélé. Les *yber* avaient côtoyé cette même Eglise depuis des générations. Il existait des documents relatifs à certains saints, certains phénomènes et — plus grave encore à notre époque — certaines opportunités politiques. L'une de ces opportunités était universellement connue sous un nom bien précis. Si le Conclave venait à être menacé par une quelconque révélation des jésuites du Septième Grade, ces documents seraient mis dans les mains de ceux qui pourraient les divulguer.

Des fous, écartés du siège de la puissance de l'Église mais qui, malgré tout, agissaient en son nom, avaient employé ces documents afin de pouvoir survivre à la tempête qui menaçait l'Europe. Ces documents avaient généré la folie qui devait s'ensuivre. La démence que le monde connaissait sous le nom d'Holocauste.

Le Conclave pouvait être abattu, mais il entraînerait avec lui dans le néant l'Église si chère aux jésuites.

Ainsi s'étaient-ils combattus, tout en se faisant violence pour ne pas employer les secrets qu'ils détenaient. Jusqu'à Heathrow. Jusqu'à Adrienne St. Clair. Le Seigneur Diego devait apprendre pourquoi l'ennemi avait impliqué des humains dans leur conflit. Sinon, le jésuite que ses familiers lui amenaient pieds et poings liés prierait pour que la damnation éternelle le délivre du sort que Diego lui réservait.

Les bras du jésuite étaient liés derrière son dos, et il était maintenu par deux familiers. L'homme était vieux. Le peu de cheveux qui lui restaient étaient blancs. Bien que frêle, il se dressait fièrement devant la table massive. Mais ses yeux étaient fermés, et sa bouche égrenait des prières silencieuses.

Diego fit le tour de la table et se planta devant le jésuite. Avec douceur, il posa ses griffes contre le visage de l'homme plongé dans ses prières. Il appuya légèrement, puis accentua sa pression contre la peau, de plus en plus profond, jusqu'à ce que la pointe des griffes se teinte de rouge.

— Ouvre les yeux, père Benedict, siffla Diego. Regarde dans mes yeux et plonge en *enfer* !

Il hurla ce dernier mot. Surpris, le jésuite fit un pas en arrière, écarquillant les yeux, et vit alors le monstre griffu qui lui faisait face. Les serres tranchantes comme des poignards déchirèrent son visage.

Le père Benedict hurla sa souffrance ; son sang jaillit par les dix crevasses profondes qui ravageaient sa peau. Diego leva une griffe rougie et la pointa lentement vers l'œil gauche du jésuite.

— Tu n'aimes pas mon apparence, prêtre ? Ton œil t'a-t-il offensé ?

L'homme se débattit sans parvenir à se défaire des familiers qui le maintenaient solidement. Ses yeux semblaient hypnotisés par la serre de Diego, ce poignard qui n'en finissait pas de s'approcher.

— Que dit ta Bible ? Si ton œil t'a offensé... Que dois-tu faire, prêtre ?

Le père Benedict marmonna des prières, ses yeux fiévreux fixant toujours la pointe diabolique flottant à quelques centimètres de lui.

L'autre main jaillit et gifla le jésuite avec un claquement sec. Les blessures du prêtre éclaboussaient toujours son visage.

— Réponds-moi. Que dis ta Bible ? Je veux l'entendre.

Le Père Benedict plongea son regard dans les yeux de l'enfer, regarda la face de Diego.

— Vas-y, arrache-le, murmura-t-il.

La serre de Diego frappa avant que le jésuite puisse seulement cligner des yeux. Elle ravagea cornée et cristallin et s'enfonça sauvagement dans son orbite. L'œil crevé dégoulina le long de la joue, entraîné par ses propres fluides qui se mélangèrent au sang jaillissant toujours de ses plaies. Diego retira sa main avec une torsion brutale. La paupière supérieure surplombait l'orbite vide, grotesque comme du papier peint déchiré. Les cris du jésuite furent d'abord assourdissants, mais se transformèrent vite en sanglots, mêlés aux prières incessantes qu'il s'obstinait à murmurer.

— Peut-être que, si tu trouves autre chose à proférer que des suppliques inutiles envers ton Dieu insipide, je pourrai apaiser ta douleur. Et, au lever du soleil, il te restera au moins un œil.

Le père Benedict ne répondit pas. Il plissa son œil valide. Ses blessures l'empêchaient d'ouvrir complètement la paupière.

— Qu'es-tu pour ton Dieu, prêtre ? Pourquoi te laisse-t-il subir un tel tourment ? Pourquoi tout cela ?

Finalement, le jésuite ouvrit la bouche.

— Mon salut, gargouilla-t-il.

Du sang et d'autres liquides emplissaient sa gorge.

— Je peux te l'offrir, dit Diego en faisant un pas en arrière, soudain moins menaçant.

— Le Diable ne peut accorder le salut.

— Tu te trompes, père Benedict. Je parle sérieusement. Si tu tiens à ton “salut”, comme tu dis, j'ai une proposition à te faire.

— Jamais.

— Où est la fameuse logique qu'on attribue à ton ordre ? Écoute-moi d'abord et réponds ensuite. Pour commencer, il te faut comprendre que, ce soir, tu vas mourir. Ta conduite hostile devant cette assemblée rend ta mort nécessaire. Me comprends-tu ?

Le jésuite n'eut aucune réaction.

— Il nous reste donc à déterminer la manière dont tu vas mourir. Elle peut être propre et rapide, après un délai suffisant pour te permettre d'accomplir les actes de contrition que tu jugeras nécessaires. Ton Dieu t'accueillera certainement aux portes du Paradis. Ou sinon, je pourrais te livrer à ceux-ci.

Diego fit un geste en direction des convives attablés.

— Et tu périras d'une façon que tu trouveras certainement répugnante. Et ensuite, père Benedict, *après* ta mort, je t'enchaînerai dans une petite cellule, située sous cette pièce. Et chaque nuit, devant ta porte, je pourrai t'entendre écumer et hurler ta rage alors que la soif te torturera. Et crois-moi, prêtre, cette soif est *terrible*. Alors, quand tu seras à bout, je te livrerai des enfants. Tu m'écoutes, père Benedict ? Ces innocents bénis viendront se livrer à toi, et tu les déchireras et les dévoreras jusqu'à ce que tu sois rassasié et boursouflé de remords. Alors je t'enchaînerai au milieu de leurs cadavres déchiquetés, et nous attendrons que la soif revienne, et ceci pour les siècles des siècles. Pour l'éternité, père Benedict. L'éternité. Comprends-tu ?

Le visage du jésuite pâlit. Il avait cessé de marmonner des prières.

— Non, murmura-t-il, par pitié, non.

— Tu peux facilement t'éviter un tel sort. Dis-nous pourquoi tu as mis sur pied cet assaut à l'aéroport, et pourquoi tu y as mêlé des soldats anglais. Un nombre limité de questions, quelques réponses simples. Et c'en sera fini de la douleur. Nous te ferons une simple injection. Tu dureras assez longtemps pour que nous te remettions à quelqu'un qui puisse t'administrer les derniers sacrements, si c'est ce qui te tracasse. Tu peux tout nous dire. Ton Dieu comprendra. La chair est faible, il le sait. Il te pardonnera.

La voix de Diego était calme, presque rassurante, mais elle se métamorphosa en un murmure sec, sifflant.

— Mais jamais il ne pardonnera ce que tu feras aux enfants, prêtre. *Jamais*.

Le jésuite resta immobile et silencieux. Il ne restait debout que parce que les familiers le maintenaient d'une poigne de fer. Diego leva une griffe.

— Ma patience est à bout. Madeline. Il est à toi.

Une femme se leva de derrière la table et s'approcha du

père Benedict. Ses lèvres étaient humides et sa grande bouche entrouverte. Ses crocs luisaient faiblement.

— Tu sais déjà pourquoi nous sommes à la poursuite de St. Clair, dit le jésuite en regardant désespérément Diego.

— Bien sûr que nous le savons déjà, mentit sans peine Diego, et avec conviction.

Il fit signe à Madeline, qui s'immobilisa.

— Tu ne nous diras rien de neuf. Tu ne trahiras personne. Donne-nous confirmation de ce que nous savons déjà et tu connaîtras la paix.

— L'Ultime Bataille est imminente, fit le jésuite d'une voix faible.

— L'Armaguedon ? Encore ?

Cette idée semblait amuser Diego.

— Les signes sont là, comme il est écrit dans les prophéties.

— Excuse-moi, prêtre, mais tu radotes. Des signes ? Des fidèles sont-ils tombés en extase ? L'Antéchrist s'est-il annoncé ? A-t-on compté quelques étoiles supplémentaires dans le ciel de Bethléem ?

— Vous tous, vous êtes l'Antéchrist. Les forces des ténèbres se rassemblent. La menace grandit. Les Derniers Jours sont là.

Un instant, Diego eut peur. Etait-il possible que les jésuites aient eu vent du plan final des *yber* ? Était-ce là leur motivation ? Les jésuites étaient des idiots superstitieux. La Bible mentionne un tel conflit et, à chaque génération, leurs sages décrètent qu'il ne manquera pas d'éclater sous leurs yeux. Néanmoins, Diego était troublé. Peut-être que St. Clair savait. Peut-être avait-elle déjà contacté les jésuites.

— Quelles forces des ténèbres vois-tu se rassembler, prêtre ? Dis-nous qui sont nos alliés dans ce combat.

— Ce pays sort de l'Abîme pour vous rejoindre. La Bête se lève à l'Ouest.

— Que veux-tu dire par "ce pays" ?

— Les États-Unis. Nous savons qu'Adrienne St. Clair est votre contact à Washington. Cela ne peut signifier qu'une chose : vous êtes alliés, et vous allez détourner la puissance de cette nation, l'utiliser comme arme de destruction. De damnation.

— Washington ? cracha Diego. Nous nous "allions" aux Américains ? Quelle est cette absurdité ?

Il attrapa le père Benedict par le cou, plongeant ses griffes dans sa chair.

— Parle ! Qui t'a raconté tout ça ? Comment ?

Diego jeta un regard frénétique par-dessus son épaule, vers le reste de l'assemblée. Qui semblait aussi bouleversée que lui.

— Nous avons observé votre contact. Vous ne pouvez me convaincre du contraire. Nous entrons dans les Derniers Jours.

Diego resserra sa prise.

— En effet, ce sont les Derniers Jours. Pour toi. Maintenant, dis-moi d'où tu tiens toute cette histoire ou, avant la nouvelle lune, tu te retrouveras à boire le sang des innocents.

Le jésuite hoqueta, et son visage vira au violet sous la pression qui l'étranglait.

— L'ordre vient de Rome. Il faut arrêter St. Clair. A tout prix. Il faut...

Diego relâcha sa prise.

— De Rome ? Rome veut que St. Clair soit stoppée, quoi qu'il en coûte ? Parce qu'elle représente le Conclave à Washington ?

— Oui.

— *Es increible.*

Diego se détourna.

— Madeline, abrège les souffrances de ce pauvre idiot.

Madeline se plaça devant le jésuite. Ses doigts minces et griffus caressèrent tendrement son visage inondé de sang. Puis elle amena sa main souillée à sa bouche et la suça lentement, consciencieusement. Ses yeux plongèrent dans les siens.

— L'injection, cria le père Benedict. Vous avez promis de m'épargner. Les Derniers Sacrements. Vous avez promis.

Diego reprit sa place au milieu de l'assemblée. Il sourit, découvrant ses crocs.

— Regardez dans les yeux de l'Enfer, père Benedict. Regardez bien attentivement, et vous vous y verrez.

Madeline enleva sa simple robe blanche, qui flotta et se déposa à ses pieds. Nue, elle se dressa devant le jésuite. Son corps présentait les formes parfaites de la féminité naissante, telle qu'elle les conservait depuis quatre-vingts ans.

— *Nous connaissons vos rêves,* murmura-t-elle à son oreille, et elle dirigea sa main humide de salive vers le bas-ventre du jésuite au corps vieux et déchiré. Et celui-ci fit face aux démons qu'il combattait, de loin, depuis cinquante ans qu'il servait le Saint-Père et, Dieu, ait pitié de lui, réagit au toucher de ce démon femelle. La puissance de l'*yber* passa en lui, à sa grande honte. Elle serra son érection, pressa son corps contre le sien, et força sa bouche sanglante en un baiser impie. Les crocs de Madeline percèrent ses lèvres et il sentit ses mouvements de succion, ses contractions avides lorsqu'elle avala. Ses lèvres parcoururent le visage du prêtre, maculées d'un sang qui était le sien.

— Nous connaissons vos rêves, murmura-t-elle à son oreille, son souffle brûlant l'excitant plus encore. Ses griffes découpèrent la chair tendre du lobe de son oreille. Elle descendit encore.

— Oh, mon Dieu, oh, oui, dit le jésuite en un faible murmure.

Puis elle fut dans son cou et il jaillit en elle ; elle le suça et l'avala et s'emplit de lui. Et lorsqu'elle fut rassasiée, les autres prirent sa place.

Le corps du père Benedict gisait, vidé et racorni, sur le sol de la pièce. Il fut exsangue avant de pouvoir partager leur Communion très spéciale. Il ne se relèverait plus. Ellen, la dernière des créatures à se jeter sur lui, s'écarta du cadavre. Ses joues pâles irradiaient soudain d'une lueur rouge.

— Eh bien, Ellen, que penses-tu de ses délires ?

Diego ne s'était pas mêlé au festin, mais était resté assis, plongé dans ses pensées, laissant les autres s'occuper du prêtre.

— De la démence, dit Ellen. Ils sont tous fous.

Elle essuya une goutte du sang du jésuite qui perlait au coin de sa bouche.

— Bien sûr, acquiesça Diego. Mais quelles que soient leurs raisons, que je ne peux comprendre, ils semblent tout aussi décidés à tuer St. Clair que nous le sommes nous-mêmes. Il serait dommage de ne pas en profiter.

— A quoi pensez-vous ? demanda Madeline.

Toujours nue, elle se laissa tomber sur une chaise, son corps détendu, langoureux. Elle était repue.

— Je pense qu'un message à Rome s'impose. Nous allons utiliser le nom de ce prêtre pour leur dire où St. Clair a atterri. Il leur faudra quelques nuits, au minimum, avant de s'apercevoir de son absence. Et au cas où l'humain de M. King ne serait pas aussi doué qu'il le paraît, nous le ferons passer pour un des familiers de St. Clair.

Diego sourit. Toutes les pièces s'emboîtaient parfaitement.

— Alors nous n'aurons pas à nous soucier de son élimination : les jésuites s'en chargeront. Et comme ils font preuve d'une grande inexpérience dans ce genre d'affaires, ils risquent de ne pas montrer toute la discrétion requise. Voir comment ils pourront éviter d'apparaître à la une des journaux nous amusera sûrement.

Les autres se joignirent à l'hilarité de Diego. Les jésuites étaient si bêtes.

— Alors, reprit Diego, il ne nous restera plus qu'à trouver d'où leur est venue l'idée de ce lien entre St. Clair et Washington.

Et chercher à savoir si elle a eu vent du Plan Final, pensa-t-il.

— Ne pourrait-elle pas les avoir contactés ? demanda Ellen. Ne disposent-ils pas des moyens qui lui font défaut ?

— Non, elle ne leur ferait pas confiance. Elle craindrait trop leurs militaires et l'usage qu'ils pourraient faire de quelqu'un comme elle. Elle ne peut les avoir contactés.

A moins qu'elle ne sache ce que complotait le Conclave.

— Et si eux étaient venus la chercher ?

La chose était impensable, mais Diego était heureux que Madeline ait posé la question.

— Pour l'amour du Conclave, il ne peut en être ainsi. Mais nous devons nous en assurer.

Ou bien... les Américains, avec toutes leurs industries et leur science, étaient-ils tombés sur elle par accident ? Ce serait une explication. Ils connaissaient le terrible avenir qui les attendait. Ils voyaient en St. Clair une alliée. Et c'est ce qu'elle était. Seule parmi les *yber* et les humains de ce monde, elle pouvait réduire à néant le Plan Final, préserver le futur de la race humaine.

Diego fit signe au plus grand de ses deux familiers. Le jeune homme enleva le tissu noir qui recouvrait son cou tout en s'approchant de son mentor.

D'abord, le Seigneur Diego devait se nourrir. Ensuite, il préparerait le faux message pour Rome. Il devait faire en sorte qu'il ne puisse être mal interprété. Il devait les rendre furieux. Le Conclave devait arrêter St. Clair, quoi qu'il arrive. Même si pour cela, il leur fallait collaborer avec les jésuites, leurs ennemis abhorrés.

Elle peut tout faire échouer, pensa Diego en plongeant ses crocs dans la chair docile de son familier.

Je me demande si elle en est consciente ?

Le sang était chaud et réconfortant. Il pensa au message qu'il enverrait aux jésuites.

Ils seraient furieux, pas de doute.

CHAPITRE VIII

Le major Anthony Weston, de l'armée des États-Unis, fixait les documents et la photo posés sur son bureau ; mais son esprit était ailleurs. Il savait qu'il devait s'occuper d'autres affaires, toutes plus urgentes, mais il était incapable de s'y mettre. Il ne pouvait rien faire, juste rester assis, bloqué devant son bureau, paralysé dans l'attente du coup de fil qui lui annoncerait qu'on avait localisé la cible.

Par un énorme effort de volonté, il se redressa. Au moins, qu'il se tienne droit. Il remit les papiers dans le classeur de métal gris où il rangeait ses dossiers. Avant de refermer le classeur, il regarda une dernière fois les photos représentant les cadavres de trois cent quarante rats alignés dans un laboratoire de Berkeley, morts des suites d'une augmentation brutale de la température. Ils n'avaient aucune importance à ses yeux. Sa conscience était assez chargée comme ça. Il n'allait pas se mettre à culpabiliser pour quelques rats.

Parmi les documents se trouvait une photocopie de la lettre par laquelle il refusait d'allouer les nouveaux crédits nécessaires pour reprendre l'expérience à zéro. Il savait qu'il lui faudrait répondre de ce refus au jeune docteur (il ne se rappelait plus son nom) qui avait été aiguillé vers l'Institut Haaberling. Mais plus tard. L'expérience était interrompue. Pour l'instant, c'était le plus important.

Weston semblait plus âgé qu'il ne l'était réellement. Depuis qu'on lui avait confié ce poste de directeur, il avait considérablement vieilli. C'était la rançon du stress inhérent à son poste. Il subissait le même sort que les présidents des États-Unis, pensa-t-il. Ils entrent à la Maison Blanche, les yeux brillants et le visage frais. Puis viennent les réunions où des hommes tranquilles et sombres appellent leur nouveau chef pour lui murmurer leurs secrets. En quelques mois, les premières rides commencent à apparaître. Les hommes du président ont derrière eux des années d'accoutumance qui leur permettent de surmonter ces situations. Mais le président, lui, doit accuser le choc. Et il vieillit de dix ans en l'espace de quatre. Pour lui, pour chacun d'entre eux, plus rien ne sera jamais comme avant. Mais Weston n'était jamais entré à la Maison Blanche. A Washington, il existe des secrets qui ne peuvent être confiés à ceux qui tiennent leur pouvoir du peuple. La base de ce pouvoir est trop instable. La véritable puissance du gouvernement ne peut être subordonnée à des conditions si fragiles. Weston et ses gens gardaient leurs secrets.

Il enferma les documents dans le classeur, qu'il verrouilla. Leur classification serait : inexistant. Ils ne seraient jamais archivés là où quelqu'un qui ne soit pas lié à Weston et au projet Nevada pourrait les trouver.

Weston fixa le mur de son bureau en pensant à ce qui se trouvait au-delà. Washington se fragmentait comme une mince couche de glace. Tant de pièces y flottaient, suivant leur propre chemin. Les centres de pouvoir étaient de plus en plus isolés. Combien, dans cette ville, y avait-il de classeurs comme le sien ? Quels autres secrets inimaginables n'étaient protégés que par une simple clé, parce que personne ne pouvait se fier au système central de classement ? Parfois, dans la nuit, lorsqu'il ne pouvait trouver le sommeil, il se surprenait à penser que, peut-être, quelque part, il existait un projet comme le sien. Et pourtant différent. Un projet si secret que ses chercheurs ne savaient pas que d'autres, ailleurs, travaillaient sur le même thème. Peut-être que ces collègues inconnus découvriraient la réponse.

Weston n'aimait pas que ses pensées prennent un tour pareil. Ce chemin était dangereux. Et il savait ce qui se cachait derrière.

On l'avait trop souvent aiguillé vers un cul-de-sac. Il avait trop souvent dû donner des ordres aux conséquences immondes. Prendre des mesures hâtives, improvisées, meurtrières. Il avait trop facilement accepté certaines solutions. Comme d'écarter ce jeune chercheur, qui avait atterri à Stockholm. Et qui ne savait même pas qu'il avait été manipulé, acheté, et que ses expériences avaient été annulées suite au meurtre de ses rats. Mais d'autres, et surtout les plus âgés, ne se laissaient pas tromper si facilement. Ils se montraient plus obstinés. On arrangeait régulièrement, ou presque, de faux accidents de voiture. Et le potentiel scientifique du pays s'en ressentait. Surtout maintenant que toute les énergies étaient requises. Quant au coût moral, Weston avait cessé d'y penser depuis des années.

Son poste de directeur l'avait rendu philosophe, à sa façon : il y avait des actes qui, en situation extrême, devaient être tenus pour nécessaires. Depuis des années, il avait admis et appliqué ce principe. Les choses étaient plus simples ainsi. Mais, ces derniers temps, il avait de plus en plus de mal à repousser les doutes qui l'assaillaient. C'était l'heure du bilan.

Il toussa. La douleur le transperça, et il se raidit. Son visage aux traits ravinés se crispa. Weston pouvait se le permettre : il était seul dans son bureau. Mais jamais il ne se serait laissé aller devant ses hommes.

La douleur reflua pour ne plus former qu'une vague gêne dans sa poitrine. Il résista à l'envie de tousser à nouveau. La maladie était donc à ses trousses. Il l'avait poursuivie, mais elle l'avait repéré en premier. Le glas ne sonnait pas que pour le pays. Au moins, il ne serait pas là pour voir le dénouement. Cela lui serait épargné. Et, après tout ce qu'il avait enduré au cours des quatorze dernières années, cette idée était la seule à le terrifier vraiment. *Tout serait bientôt fini.*

Mais pas aujourd'hui. Aujourd'hui, ses poumons fonctionnaient et le pays se prélassait dans son ignorance. Encore quelques semaines, et cette belle assurance finirait par s'éroder, puis s'effondrer, et il lui faudrait aller voir quelqu'un.

Certainement pas le président. Certainement personne à qui il puisse penser. Tout était là, immobile, en suspens, dans l'attente de la sonnerie du téléphone.

Et le téléphone sonna enfin.

A l'autre bout du fil, l'agent de Weston lui donna l'emplacement.

— Son contact s'appelle Leung. Elle est à Toronto.

L'esprit de Weston, engourdi par l'attente, sortit de sa stagnation. Si elle avait contacté les chercheurs de Washington, ou de Chicago, ou de tout autre ville américaine, ce serait la fin. Son champ d'action était trop large, et elle serait morte avant qu'on ne puisse entamer les négociations qui s'imposaient. Mais au Canada, il y avait une chance pour que le projet Nevada arrive le premier. Son esprit envisagea une infinité de possibilités, et il parla, rapidement.

— Combien de temps nous faudra-t-il pour envoyer une équipe sur place ? Pouvons-nous obtenir une décharge consulaire et envoyer la police montée ?

L'agent répondit :

— Davis est là-bas ; il discute les dernières conditions avec Leung, et est sûr d'obtenir sa pleine et entière collaboration. Dès ce soir, tout sera en place pour le premier acte. Davis recommande de ne pas mêler la police montée à tout ça.

L'agent s'interrompit et se demanda jusqu'où il pouvait aller, même sur une ligne protégée.

— Quelqu'un les a déjà alertés.

Weston s'y attendait presque, mais fut néanmoins surpris. Rome l'avait aussi localisée. Les autres ne seraient pas passés par les *Mounties*[1]. Mais comment y étaient-ils arrivés ?

Maintenant, ses hommes opéreraient au cœur d'une nation amie, sans risque de sanctions. Mais un incident diplomatique ne ferait que hâter les choses de quelques semaines. En fin de compte, ils n'avaient rien à perdre.

1. Surnom donné aux hommes de la police montée canadienne. (N.d.T.)

— Installez des équipes de surveillance et de protection. Je serai sur place d'ici vingt-quatre heures pour le premier contact.

Il y eut un silence.

— Jack, finit par dire Weston, calmement, appelant l'agent par son prénom. C'est tout, vous savez, il n'y a rien d'autre à dire.

— Ce sera fait.

L'agent ne dit rien de plus. La ligne fut coupée.

Weston passa sur une autre ligne et fit les réservations nécessaires à son voyage.

Tout dépendait de cette dernière tentative.

S'ils échouaient, plus rien n'aurait plus jamais d'importance.

CHAPITRE IX

L'avion était à moitié vide, et Helman, solitaire, regardait par le hublot la nuit et l'océan en contrebas. Il allait bientôt atterrir. Alors, tout allait recommencer. Ce serait l'horreur. À nouveau.

Ils lui avaient donné le nom de sa victime, et pas grand-chose d'autre. Que leur avait fait Adrienne St. Clair, quel crime pouvait avoir commis une personne seule pour qu'ils réagissent aussi violemment, il n'avait aucun moyen de le savoir. Il ne pouvait qu'imaginer les ravages qu'elle devait avoir causés, et ceci à travers les conditions de son contrat, les plus vicieuses qu'il ait jamais acceptées.

— Il faut faire un exemple, monsieur Helman, avait dit l'une des silhouettes masquées de noir. Elle s'est conformée à nos voies, mais s'en est écartée, et quiconque serait tenté de la suivre doit savoir ce qui l'attend. Les conditions devront être remplies dans les moindres détails. *Compris ?*

Ce dernier mot fut davantage un sifflement, celui d'un animal crachant sa fureur, et Helman se sentit soudain désorienté, comme plongé dans un cauchemar. Son instinct n'était plus qu'une manifestation brumeuse surgie des profondeurs de son esprit, mais d'une intensité surprenante. Signal d'alarme. Quelque chose n'allait pas. Ces gens ne *pouvaient pas* être réels.

Le symbole "No Smoking/Fasten Seat Belts" s'alluma, l'enjoignant de ne pas fumer et d'attacher sa ceinture. Helman revint au présent en regardant s'approcher les lumières de la ville. L'avion vira sur l'aile et entama sa descente. Il se demanda si, cette fois-ci, il ne valait pas mieux qu'il s'écrase.

Quatre ans plus tôt, Helman avait passé un mois à Toronto, en "attente". Des conflits de pouvoir entre organisations criminelles agissant dans la ville de Montréal, et à prédominance française, menaçaient alors la stabilité du contrôle qu'exerçait une famille sur le développement de l'industrie nationale. Helman et cinq autres collègues — d'après ses estimations — avaient été amenés à Toronto en guise de démonstration de force et pour avoir de la main d'œuvre disponible au cas où le conflit s'étendrait hors de Montréal et qu'il faille effacer quelques obstacles.

L'évolution de la situation avait été telle qu'un homme politique bien connu de Montréal eut un accident. Si l'on avait divulgué les détails de cet accident savamment orchestré, ledit politicien aurait pu dire adieu à sa carrière. Il envisagea tout de suite cette possibilité et capitula le soir même. Certains indices déposés sur les lieux de l'accident furent alors enlevés, et lorsque la presse répercuta l'histoire, ses comptes rendus ne firent montre que de sympathie envers cet homme politique.

L'avenir du politicien était assuré, d'importantes concessions avaient été faites, et, cinq jours plus tard, une bombe incendiaire ravagea une boîte de nuit de Montréal, éliminant les derniers éléments récalcitrants. La menace était résorbée : Helman et ses collègues pouvaient quitter Toronto, généreusement défrayés pour leur mois d'attente.

Helman devait apprendre deux ans plus tard qu'une équipe d'enquêteurs de choc avait déterré des preuves irréfutables démontrant que, durant cette période, il y avait eu concentration de "tueurs à gages" à Toronto. Les reporters s'en tirèrent en accusant des gangs de motards, qui auraient tenté de consolider leur mainmise sur le trafic de drogue autour de la ville.

Helman n'avait jamais pu tirer de conclusion précise sur cette histoire : démontrait-elle que la presse et la police canadienne pouvaient être soudoyées sans peine ou, tout simplement, leur abyssale bêtise ? Quoi qu'il en soit, il n'avait pas trop apprécié son séjour dans cette ville, qui devenait aujourd'hui son terrain de chasse dans l'exécution du contrat Adrienne St. Clair.

Passer la douane et récupérer ses bagages ne lui prit que quelques minutes. Helman sortit du bâtiment de l'aéroport et se dirigea droit vers une rangée de téléphones publics. C'était la première fois depuis qu'on l'avait enlevé à Times Square qu'il se retrouvait seul, enfin seul. Après la réunion, M. King avait posé à nouveau sa main sur son cou, et Helman n'avait plus rien ressenti jusqu'à ce qu'il s'éveille dans une voiture garée sur le parking de l'aéroport de La Guardia. M. King se trouvait à côté de lui et l'avait accompagné le temps d'acheter son billet, puis l'avait quitté dans la salle d'attente des départs. Helman avait alors pu téléphoner à sa sœur.

Il l'appela en PCV. Miriam répondit à la première sonnerie et il l'entendit accepter le coup de fil.

Il lui dit bonjour et Miriam se mit à pleurer.

— Il m'a dit que tout allait bien, mais je ne pouvais en être sûre.

— Qui t'a dit ça ? A qui parlais-tu ?

Helman dut presser sa main contre son autre oreille pour entendre la réponse.

— L'homme qui a appelé la nuit avant ton départ.

La voix de Miriam était frêle, lointaine. Helman comprit que sa ligne était sur écoutes. Soit le système était vieux, dépassé, tirant plus d'énergie de la ligne qu'il n'aurait dû, soit il était délibérément conçu pour que les interférences préviennent Helman. Chacun de ses gestes avait été anticipé. Le groupe de New York était là. S'il disait à sa sœur de fuir en emmenant les enfants, il doutait qu'elle puisse arriver jusqu'à la porte. Elle servait d'assurance au groupe, et leur estimation était correcte. Il ferait tout pour leur éviter le moindre mal.

— Eh bien, il avait raison, cria Helman dans le combiné.

Tout se passe très bien. Je devrais être de retour d'ici quarante-huit heures. Comment vont les garçons ?

Il chercha désespérément quelque chose à lui dire. Une façon de l'avertir, de lui demander de fuir. Mais, à part cette première fois, il n'avait jamais impliqué sa sœur dans son travail. Il ne disposait pas de code, de plan préparé à l'avance pour faire face à une telle situation.

Tous, ils étaient liés au destin d'Adrienne St. Clair. Sa mort seule était le prix de leur liberté.

Le reste de la conversation fut bref et anodin. Lorsqu'elle lui dit au revoir, Miriam semblait plus tranquille, rassurée à l'idée que Helman était sain et sauf et ne tarderait pas à rentrer. Elle ne pouvait soupçonner le rôle qu'elle jouait, et c'était mieux ainsi. S'il lui arrivait quoi que ce soit, à elle ou sa famille, il savait qu'il détruirait le groupe de New York, quoi qu'il puisse lui en coûter.

Helman identifia immédiatement l'homme revêtu d'un long manteau de cuir noir qui l'attendait au bureau de l'hôtel. C'était son contact, arrivant tout droit de New York.

L'homme était grand et mince et présentait la même dentition parfaite que King. Il avait dû attendre dehors l'arrivée de Helman car, lorsqu'il lui serra la main, la sienne était glaciale. Cette poignée de main évoquait plutôt celle de deux associés sur le point d'assister à une réunion d'affaires.

Alors qu'il se tenait près de l'envoyé, sous les lumières brillantes du salon, Helman vit une décoloration incongrue sur son col de chemise. Du maquillage, que le frottement avait arraché du cou de son interlocuteur.

— Bonsoir, monsieur Osgood, dit l'homme en employant le pseudonyme de Helman tout en lui enserrant la main. Je suis monsieur Rice. Je suis sûr que votre bureau vous a prévenu de ma visite.

Helman acquiesça. Le visage de M. Rice était maquillé à outrance. Non pas de façon efféminée, suivant une quelconque mode masculine, mais comme un acteur de théâtre dont le fard accentue les traits et les ombres déjà existants.

Ce n'était pas qu'un déguisement, Helman en était sûr, mais il ne pouvait imaginer une autre raison valable.

Dans la lumière plus tamisée de l'ascenseur, on ne pouvait déceler les traces de maquillage. Rice ressemblait au frère de King, ou tout du moins à un parent. Mais Helman ne lui posa pas de questions. Moins il en saurait, plus grandes seraient ses chances de rester en vie une fois son travail accompli. C'est ainsi qu'ils devaient voir les choses, à supposer qu'ils n'aient pas déjà décidé de le tuer.

Helman donna un pourboire au liftier, qui laissa les deux hommes seuls dans la chambre. Celle-ci était typiquement nord-américaine : la salle de bains se trouvait à droite d'une petite entrée donnant sur la pièce centrale, rectangulaire et pourvue de deux lits jumeaux, de deux chaises et d'un assortiment d'armoires et de tables. En été, elle serait plus chère à cause de la baie vitrée s'ouvrant sur un balcon surplombant la piscine, trois étages plus bas. Mais, pour le moment, la piscine était recouverte de bâches et le balcon de neige tourbillonnante.

Rice parla en premier. Il jeta sa mallette sur le lit.

— Elle contient les derniers détails, assassin. Nous allons les étudier.

Autre incongruité : maintenant qu'ils se retrouvaient seuls, la voix de Rice était différente. Elle était passéc d'un accent plat, sans origine particulière, au murmure sifflant qu'affectionnaient King et le groupe de New York. S'agissait-il de soumettre Helman à une forme particulièrement sophistiquée de conditionnement subliminal ? Implanter un réseau de faux indices, de suggestions apparemment liées, mais qui, s'il était capturé, ne mèneraient nulle part ? Ou étaient-ils *vraiment* bizarres à ce point ?

Helman enleva son manteau et tira une chaise au coin du lit. La mallette était faite de plastique bon marché, traité de façon à reproduire la tessiture du cuir, et flambant neuve, comme si Rice n'avait jamais eu besoin d'un attaché-case avant ce soir, jusqu'à ce qu'il doive fournir ces informations. Helman n'y toucha pas.

— Faut-il l'ouvrir d'une façon particulière ? Demanda-t-il.

Rice fit preuve d'impatience.

— Nous n'avons pas à jouer les mêmes jeux que vous, assassin. Si nous ne voulions pas qu'on lise ces documents, nous ne les mettrions jamais en situation d'être examinés. Nos valises n'explosent pas.

Il ouvrit la mallette. Elle ne contenait qu'une grande enveloppe brune, et rien d'autre, excepté l'étiquette du fabricant agrafée au bord de la poche intérieure.

Rice ouvrit l'enveloppe et en sortit le contenu. Le principal était une photo format 18 X 24, en noir et blanc, représentant une jeune femme. C'était un agrandissement de ce que Helman supposa être une vieille photo de passeport. Les cheveux de la femme étaient noirs, raides et ramenés au sommet de la tête selon les canons d'une mode très datée, sans doute du début des années cinquante, estima Helman.

— C'est elle, Adrienne St. Clair. Etudiez soigneusement son apparence. Vous ne pourrez conserver la photo, pas plus que le reste. (Rice fit un geste en direction des autres documents étalés sur le lit.) A part la carte, que je vous laisse.

Helman approcha le cliché de ses yeux. La jeune femme était plutôt jolie, malgré sa coupe de cheveux maladroite. Elle avait une bouche mince au-dessus d'un menton étroit, les yeux un peu trop écartés, et son visage était étiré, soit par des pommettes hautes, soit par quelques bouffissures autour de ses yeux, il ne put le déterminer. Quelque chose en elle lui fit penser qu'elle était anglaise. Il était sûr de pouvoir la reconnaître lorsqu'il la verrait.

— C'est une bonne photo d'identité, mais elle doit avoir près de trente ans. A quoi ressemble-t-elle aujourd'hui ?

Rice soupira.

— Ce cliché n'est pas si vieux. La coupe et le maquillage correspondaient à une mission particulière qu'elle dut remplir. Elle n'a guère changé depuis. Lorsqu'elle n'est pas déguisée, ses cheveux sont roux et courts.

Rice saisit une feuille de papier placée sous la photo et la lut.

— Cette femme a la trentaine, mesure environ un mètre

soixante-dix et pèse dans les cinquante kilos. Elle est ambidextre et, comme vous l'ont dit mes associés de New York, est experte en une variété de ce qu'on appelle les "arts martiaux". Si vous approchez à moins d'un mètre d'elle alors qu'elle est en pleine possession de ses moyens, vous n'aurez plus que quelques secondes à vivre.

Helman acquiesça ; on avait déjà insisté sur ce point. Si elle avait subi le même entraînement que King, qui était capable de vous paralyser en un clin d'œil, il voulait bien croire Rice.

Il lui restait quand même quelques questions à poser.

— Vous avez parlé de déguisement. Savez-vous si elle a désormais repris son apparence habituelle ?

Rice secoua la tête.

— Elle se croit sous bonne garde et n'a pris aucune mesure pour altérer son aspect.

— Que signifie "sous bonne garde" ?

Rice fouilla la pile de documents déposée sur le lit. Il tendit deux autres photos à Helman. L'une représentait un homme de type oriental. Sa bouche exhalait un nuage de buée. Il portait des lunettes à monture noire, et au bord inférieur de de la photo, on pouvait distinguer une écharpe nouée autour de son cou. Le fond du cliché montrait une cour ou un endroit similaire, et quelques arbres dénudés ; mais le décor était flou : la photo avait été prise au téléobjectif.

— C'est le docteur Christopher Leung, photographié il y a un mois. Il fait partie du personnel de la faculté de médecine de Toronto. St Clair réside chez lui, en ville.

La seconde photo avait été prise depuis un véhicule en mouvement, comme en témoignaient un reflet dans un coin et un certain flou. Elle montrait cinq maisons contiguës, toutes de quatre étages, très étroites, de construction moderne. Sur le côté, on pouvait distinguer une demeure plus grande, moins moderne, indiquant que les quatre autres avaient été construites au milieu d'un quartier plus ancien.

— Celle du milieu est la résidence du docteur Leung.

Rice fit une pause avant de reprendre :

— Exposez-moi votre plan, assassin, et je vous dirai tout ce qu'il vous faudra savoir pour le mener à bien.

Helman fixa les photos du docteur et de la femme. Ils semblaient peu dignes d'une telle attention.

— Quels sont leurs relations ? Sont-ils amants ?

— C'est tout à fait impossible, s'indigna Rice.

— Comment le savez-vous ?

Encore une anomalie.

— Croyez-moi sur parole, assassin. Je n'en dirai pas plus qu'il n'en faudra pour accomplir votre tâche.

Helman prenait grand soin de ne pas élever la voix dans cette chambre d'hôtel aux murs peu épais. Il désigna du doigt la photo de la maison.

— Ces fenêtres du haut doivent être celles des chambres à coucher. S'ils sont amants, il me suffira de pénétrer dans la chambre et d'y poser des explosifs ou une bombe à gaz. Sinon, il me faudra attaquer plusieurs pièces à la fois.

— Je vois ce que vous voulez dire, mais de toute façon ils feront chambre à part, soyez-en sûr. Il y a de fortes chances pour que la femme se trouve dans une des pièces du sous-sol.

— Et encore une fois, vous n'allez pas me dire pourquoi. Que je me le tienne pour dit.

Rice sourit.

— C'est exact, assassin. Tenez-vous-le pour dit.

Helman s'assit sur une chaise et passa sa main sur son visage. Il fit une nouvelle tentative :

— Quelles sont leurs relations ?

A nouveau, Rice eut un soupir. Le faisait-il systématiquement avant de proférer une réponse des plus évasives ?

— Nous pensons que cette femme a contracté une maladie rare. Probablement tropicale. Mais pas fatale. Au mieux, elle est perturbée. Au pire, paralysée. Nous pensons qu'elle a passé un accord avec Leung pour qu'il la garde sous traitement. Chaque soir, ils se rendent dans un laboratoire de recherches de la faculté. Lorsqu'il l'aura guérie, elle sera à nouveau libre de comploter contre nous.

Rice mentait. Helman l'aurait parié.

— Donc, tant qu'elle est là, en compagnie de ce docteur, elle ne vous menace pas directement ?

Rice, furieux, se pencha en avant.

— Son existence même est une menace !

Sa main enserrait le bras de la chaise ; celui-ci céda soudain avec un craquement sec. Helman palpa sa propre chaise. Le bois était des plus solides.

Rice se rassit.

— Réfléchissez, assassin. Comment allez-vous nous débarrasser d'elle ?

— Il me faut vingt-quatre heures. Je dois voir la maison. Peut-être pousser jusqu'à leur laboratoire. Prendre contact. Etudier le quartier. Par moi-même.

— S'il vous faut vingt-quatre heures, alors prenez-les, quoi qu'il nous en coûte.

Rice se leva et alla décrocher son manteau.

— L'adresse est écrite au dos de la photo. Celle de la maison et celle de l'université. Vous pouvez garder le plan de la ville. Je reprend le reste.

Helman retira de la pile une carte standard pour touristes et regarda l'adresse sur la photo. Rice rassembla le reste des documents et les remit dans sa mallette de plastique bon marché.

— Nous nous reverrons demain soir. J'espère que d'ici là, votre plan sera prêt. Que nous n'ayons pas à nous adresser à quelqu'un d'autre.

Helman ne répondit pas. Rice prit sa mallette et s'en alla.

Helman resta une demi-heure sous le jet de la douche, faisant alterner eau bouillante et glacée. Trop d'événements s'étaient bousculés au cours de ces dernières quarante-huit heures. Il y avait eu ce jeu du chat et de la souris, inutile, à New York. Le paquet et le coup de fil dans le New Hampshire. Et maintenant, deux discussions avec les gens les plus bizarres qu'il lui ait été donné de rencontrer — les plus bizarres, mais aussi les plus dangereux. Des hommes portant un léger maquillage sans raisons valables. Des gens masqués de noir qu'on appelait "Seigneur". Son esprit n'arrivait plus à démêler ce qui lui arrivait.

Finalement, il s'allongea sur l'un des lits et pensa au contrat. Dans toute autre situation, il aurait démoli aux explosifs la maison de fond en comble, mais cette idée ne convenait pas pour Adrienne St. Clair. *Il faudra respecter les conditions à la lettre !* lui avait-on dit. D'une façon ou d'une autre, Helman devrait s'approcher assez près d'Adrienne St. Clair pour la décapiter.

Le sommeil finit par venir, mais sans apporter le repos. Et Helman se réveilla au son de ses propres hurlements.

CHAPITRE X

“Cela” s’était glissé silencieusement le long des marches pour venir s’enrouler autour de ses chevilles en une étreinte humide. En cet instant de terreur absolue, les ténèbres qui l’entouraient se dissipèrent et il vit très nettement ce qui l’attendait dans la cave.

Leurs masques ondulaient sur leurs visages comme autant de choses noires et animées. Leur maquillage dégoulinait comme de la cire bouillante. Ils étaient tous là, ils l’attendaient, là en bas. Ils lui souriaient, et il *vit*...

Il s’éveilla au son de ses propres cris.

Helman se débattait dans des draps gluants de sueur, qui s’étaient enroulés autour de son pied ; il s’assit, encore tout tremblant. Il se trouvait dans ce délicat état transitoire entre la veille et le sommeil. Son cerveau connaissait le secret de King et de Rice et le lui avait murmuré à l’oreille. Il se secoua, lourd de ce savoir.

Mais le soleil inondait la chambre à travers les rideaux entrouverts et, tout près, retentissait le grondement de la rue. Le savoir s’effrita, tomba en poussière, ne laissant sur son passage qu’un avertissement, une vague appréhension.

Helman prit une autre douche et s’habilla. Il lui restait un coup de fil à donner. Il devait appeler son agent, Max Telford. Les masques y avaient fait allusion, mais sans le nommer. Anomalie qui méritait une petite vérification.

Deux mois plus tôt, après le contrat Delvecchio, Helman avait annoncé à Telford qu’il prenait sa retraite. Telford avait respecté sa décision. Helman sentait que le vieil homme avait développé envers lui un sentiment quasi paternel. D'un côté, l'agent avait regretté de se voir ainsi laissé en plan ; il était très difficile de recruter de bons professionnels, et non des gosses ayant vu trop de films et voulant devenir des tueurs à gages — des "casse-cou", comme il les appelait avec mépris. D'après lui, ces amateurs devraient s'embaucher comme mercenaires en Afrique ou en Amérique du Sud, qu'ils puissent mitrailler tout leur saoul sans se préoccuper d'éventuels témoins ou de descendre des civils. Mais, d'un autre côté, Telford semblait heureux de le voir quitter le métier en vie. L'agent avait mis sur pied vingt des vingt-trois contrats remplis par Helman. Celui-ci ne savait pas ce qu'il en était des autres hommes de l'équipe, mais pensait disposer d'un taux de réussite record. Néanmoins, Helman savait depuis longtemps qu'il ne fallait pas se fier à ses impressions. Peut-être que, trois mois plus tôt, Telford se croyait un père pour Helman. Seulement, celui-ci savait que, dans ce métier, on revenait très vite sur ses positions. Telford pouvait subir les pressions d'une organisation ou d'une autre. Résultat, il pouvait avoir retourné son "assurance" contre Helman pour la confier au groupe de New York.

Dans ce métier, tous disposaient d'"assurances". Une cache secrète où se trouvaient des informations, des noms et des dates susceptibles d'impliquer et de mettre en danger leurs associés, prêts à être livrés au public en cas de décès prématuré autant qu'injustifié. Telford disposait de preuves concernant chaque membre de son équipe, et Helman avait lui aussi de quoi incriminer Telford. C'était un fait, accepté et reconnu. Nécessaire. Un assassin sans assurance représentait une inconnue dont il était facile de se débarrasser. Un assassin sans assurance était déjà mort.

Helman s'assit sur le bord du lit et appela un restaurant à Miami. Telford en possédait plusieurs, et s'occupait de son travail d'"agent" depuis son bureau, situé dans l'arrière-boutique d'un restaurant à crustacés. Pendant que les touristes entraient et sortaient, au-dessus de la cuisine, Telford arrangeait des assassinats. Si Telford avait déterré ses assurances contre Helman, ce qui était en général le travail d'un avocat après la mort prématurée de son client, Helman ne ferait pas de sentiments. Après la conclusion du contrat St. Clair, il aurait une autre victime en vue : Max Telford.

Le téléphone sonna cinq fois. On souleva le combiné. Dans n'importe quel restaurant, on aurait répondu en annonçant le nom de l'établissement avant de s'enquérir des raisons de cet appel. Sur la ligne employée par Helman, une voix dit seulement :

— Allez-y.

— Ici monsieur Bryant. Je voudrais réserver une table pour neuf, mercredi prochain, à 8 h 45. En fait, nous serons au moins six. Il peut y avoir jusqu'à cinq autres convives. Néanmoins, une réservation pour neuf personnes devrait convenir.

Helman attendit que la voix lui donne la seconde partie du signal.

— Fort bien, monsieur Bryant. Y a-t-il autre chose que le maître d'hôtel puisse faire pour vous ?

— Je voudrais payer avec ma carte de crédit, numéro 416...

Comme prévu, la voix l'interrompit.

— C'est parfait, monsieur Bryant. Je suis sûr que nous avons son numéro dans nos fiches. Est-ce une fête ou une célébration particulière ?

— Une surprise. Nous apporterons un gâteau spécialement pour cette occasion.

— Magnifique. Nous vous attendons pour mercredi, donc. Au revoir, monsieur Bryant.

Helman raccrocha, mais laissa ses mains posées sur le combiné. C'était le message le plus urgent qu'il ait jamais envoyé par ce biais. Si tout était normal à Miami, Telford serait informé en quelques minutes de son appel, de son urgence, et du numéro de téléphone assorti du numéro de la chambre que Helman avait transmis via la réservation. Il devrait rappeler immédiatement.

Deux minutes plus tard, Helman leva le combiné, interrompant la première sonnerie. A Miami, tout était normal, semblait-il. Mais on pouvait s'être arrangé pour maintenir une apparence de normalité.

La voix râpeuse de Telford lui parla.

— Alors, Granger, quelle est cette grosse surprise ? Vous sortez de votre retraite ?

Sa voix était amicale, peut-être même joyeuse. Mais Telford était un professionnel, lui aussi. On peut feindre les sentiments.

De plus, Telford avait appelé Helman par son nom. C'est-à-dire que le coup de fil transitait par au moins trois autres lignes du réseau de Floride. Deux comportaient sans doute un système de brouillage. Helman ne savait pas si la ligne de son hôtel était sûre, mais, du côté de Telford, personne ne pourrait retracer l'origine de l'appel ou l'enregistrer sur table d'écoutes. Comme Helman avait donné son numéro, Telford en conclurait que sa ligne était saine.

— On m'y a forcé, Max.

Helman laissa passer une pause, afin de laisser Telford se rendre compte de la gravité de la situation. Si toutefois il n'était pas lui-même derrière tout cela.

— Continuez.

La voix de Telford avait changé. Elle avait pris un ton clinique. Il comprenait les implications. C'était la réaction qu'Helman attendait, et espérait.

— Apparemment, on a fait main basse sur mon assurance. C'est une nouvelle politique de la maison ? Vous ne m'en aviez pas informé.

— Laissez tomber, Granger. Vous avez pris votre retraite. J'ai classé votre dossier. On vous force la main ? Vous pensez que je vous ai vendu ?

Pas de doute, Telford s'agitait. En partie parce que Helman semblait croire qu'il l'avait trahi. Mais surtout, si Helman en était persuadé, il n'aurait pas d'autre choix que de déterrer ses assurances contre Telford. Tout ceci pouvait mal finir. Telford avait horreur de lancer un contrat contre quelqu'un de sa propre équipe. Bien qu'il ait déjà dû s'y résoudre quelques fois.

— J'espère que non, Max. Je vais vous donner des détails et je veux que vous me disiez où est-ce que je me suis trompé. Parce que si je ne l'ai pas fait, c'est que quelqu'un d'autre a commis une erreur.

Et ça ne peut être que vous, Max, pensa-t-il.

A l'autre bout du fil, Telford garda son calme. Toute son organisation dépendait de ce que Helman allait dire dans les minutes qui suivraient. Si un autre homme de son équipe menaçait de se retourner contre lui, comme le faisait Helman en ce moment, cela aurait pu se révéler ennuyeux. Mais seul Helman, il le savait, était capable de le détruire. Et il était suffisamment déterminé pour le faire.

Helman employa un code pour raconter son histoire : les documents dans le paquet, l'offre d'achat à New York et le contrat de Toronto. Lorsqu'il eut terminé, Telford attaqua immédiatement :

— Réfléchissez, Granger, vous ne m'avez jamais dit la façon dont vous avez fait sortir Delvecchio de la maison. Je n'ai même jamais su que vous l'aviez éloignée. Je pensais que vous l'aviez piégée lorsqu'elle se rendait je ne sais où. Comment aurais-je pu savoir pour le lait et les poissons ?

Telford pouvait avoir fait surveiller Helman tout au long du contrat Delvecchio. S'il en avait chargé les gens qui l'avaient intercepté à Times Square, Helman ne s'en serait même pas rendu compte. Mais l'urgence dans la voix de Telford le convainquit que son ex-agent n'avait rien à voir dans tout ça. En tout cas, pas sciemment. A un moment ou à un autre, Helman devrait essayer de se tirer de ce pétrin. Il décida de se fier à son instinct.

— Vous avez raison, Max. Je le sais bien. Mais je voulais vous l'entendre dire.

La voix du vieil homme trahit son soulagement.

— Dans ce cas, Granger, que puis-je faire pour vous aider ?

— J'ai besoin d'informations sur ce groupe de New York.

— Vous croyez que c'est la Mafia ?

— C'est ce à quoi j'ai tout de suite pensé. Mais ils sont

trop sophistiqués. C'est peut-être une organisation européenne. Rappelez-vous qu'ils veulent d'un meurtre *rituel*. Regardez si vous avez quelque chose là-dessus. Et Max, il faut que quelqu'un s'occupe de ma sœur et de ses fils. Je suis sûr qu'ils ont été placés sous surveillance. Je crois qu'ils servent de garantie sur le contrat.

— Bon Dieu, Granger. Qu'est-ce que c'est que ces manières ? Mettre la famille dans le bain ?

Par bien des aspects, Max Telford était un homme à l'ancienne mode, né en un temps où l'on faisait les choses dans les règles.

— Je vais envoyer quelqu'un sur-le-champ. Et je *vais* obtenir des informations. Comptez sur moi.

— C'est ce que je fais, Max. Quand me rappellerez-vous ?

— Plus tard dans la matinée, Granger. Je m'y mets tout de suite. Puis il faudra que je m'occupe de mes propres affaires. (Telford se mit à rire.) Hé, c'est que je suis un pilier de la communauté, ici. J'ai trois restaurants. Les politiciens de la ville veulent tous me rencontrer. Incroyable, non ? Ce matin, je dois voir deux types, des prêtres, je crois. Ils veulent que je finance une crèche, pour aider les mômes.

Granger eut un sourire. Chaque signe de normalité renforçait sa conviction. Telford était innocent.

— C'est bien, Max. Bonne chance, alors. J'attends votre coup de fil.

— Je ne vous laisserai pas tomber, Granger. Faut vous faire à cette idée : pour moi, vous n'êtes pas qu'un employé de plus. D'accord ?

— Merci, Max.

Helman était soulagé. Maintenant qu'il savait ne plus être seul, les terreurs de la nuit l'avaient quitté.

Il commanda un petit déjeuner à monter dans sa chambre et lut les journaux du matin ; à sa grande déception, un seul d'entre eux lui fournit une grille de mots croisés digne de ce nom. Puis il s'allongea sur son lit et attendit le coup de fil.

Les femmes de ménage le réveillèrent vers treize heure ; elles frappèrent à la porte en demandant si elles pouvaient faire la chambre.

Helman les renvoya. Il téléphona à la réception, mais aucun message ne l'y attendait.

Telford avait dit qu'il rappellerait le matin même. Or il était midi largement passé.

La tension revint.

Helman appela la ligne spéciale de Miami. Il attendit cinq sonneries. Puis dix. Il entendit alors un claquement métallique suivi d'une autre sonnerie, plus lointaine, comme si l'appel avait été basculé sur un autre poste.

Cette fois-ci, il y eut trois sonneries, puis une voix éthérée et informatique dit : “Il n'y a pas d'abonné au numéro que vous avez demandé. Veuillez consulter le nouvel annuaire.”

Helman n'avait pas composé un faux numéro, il en était certain, mais il fit une nouvelle tentative. Pour obtenir le même résultat.

Il rappela le restaurant par la ligne ordinaire. On ne lui répondit que quinze sonneries plus tard. A sa voix, Helman reconnut l'homme qui avait pris sa “réservation” le matin même. Mais la voix avait changé. Elle reflétait la panique.

— Je voudrais parler à Max Telford, annonça Helman.

Il y eut un silence. Apparemment, on avait recouvert le combiné pour s'entretenir avec d'autres personnes. Il s'était passé quelque chose à Miami. Helman ressentit la même impression que lorsqu'il avait vu la camionnette s'éloigner de la ferme de sa sœur, dans le New Hampshire.

— Je suis désolé, mais monsieur Telford n'est pas à son bureau ce matin. Voulez-vous laisser un...

— J'ai déjà parlé à Telford ce matin. Je...

A l'autre bout du fil, l'homme tourna la tête et interpella quelqu'un :

— C'est peut-être l'un d'entre eux. Branche l'extension.

Il y eut un déclic. Une autre voix parla.

— Qui est-ce ?

— Je voudrais parler à Max Telford. Je l'ai déjà eu en ligne ce matin et...

— C'est impossible, dit la voix d'un ton sans réplique. Telford est mort.

Helman se figea. Quelques heures plus tôt, Telford lui offrait son aide. Il n'était plus seul.

— *Qui êtes-vous ?* insista la voix.

— Bryant, dit Helman en employant son nom de code. Monsieur Bryant. La première personne qui m'a répondu a pris une réservation à mon nom aujourd'hui même. Ce matin. Max m'a rappelé. Il allait bien. *Qu'est-ce qui se passe ?*

On couvrit à nouveau le combiné. Il y eut d'autres voix étouffées. Helman se sentait impuissant, suspendu au lien ténu de la ligne téléphonique. Une nouvelle voix intervint.

— Parlez, Helman. Pressez-vous, ou vous serez éliminé si vite que vous ne verrez plus le soleil se lever. Le numéro a été repéré et nous sommes en état d'alerte.

Dément.

— *Qui* êtes-vous ? De quoi parlez-vous ?

— Je suis peut-être la dernière personne que vous verrez de votre vie, Helman. Telford m'a raconté des conneries. Il voulait que je me documente sur une organisation capable de commanditer des meurtres rituels, des décapitations, paraît-il. Il m'a dit que vous lui en aviez parlé.

— *Mais qu'est-ce qui se passe, ici ?*

— Et juste après votre petite discussion, il rentre dans son bureau. On l'y retrouve une demi-heure plus tard. Bon Dieu. Ces fils de pute lui ont coupé la tête avec un fil d'acier, Helman. Un fil d'acier, bordel !

— Qui ? Les prêtres ?

C'était absurde, mais il ne trouva rien d'autre à dire. Max lui avait dit qu'il avait rendez-vous avec deux prêtres pour parler d'une crèche. Ce qui lui avait paru tout à fait normal.

— Exactement, Helman. Qui vous a parlé des prêtres ? Pourquoi vous êtes-vous retourné contre lui, Helman ? Qu'est-ce qu'il peut bien vous avoir fait pour mériter ça ?

— Mais, croyez-moi : je ne sais rien. Je lui ai juste demandé des renseignements. Les mêmes types sont à mes trousses...

— Ils ne seront bientôt plus les seuls, Helman. Telford a été *tué*. Assassiné. Lorsque ses assurances seront rendues publiques, vous allez...

Helman entendit crier une autre voix dans le lointain. Le combiné heurta le sol. Des bruits de bousculade. Des cris. Des ordres. Puis ce qu'il reconnut comme étant le murmure de revolvers munis de silencieux, suivi de chocs sourds. La folie la plus complète. Puis il entendit quelqu'un ramasser le combiné.

— Monsieur Helman ? Vous n'avez plus à vous inquiéter. Tout est réglé de ce côté.

La ligne fut coupée.

Helman frissonna.

Il avait appelé un vieil ami, et celui-ci était mort. La tête coupée avec un fil manié par des hommes déguisés en prêtres. Un nouveau coup de téléphone, et il avait entendu abattre au moins trois personnes supplémentaires.

La démence l'avait pris au piège, et il se débattait dans ses filets. Il avait appelé à l'aide et s'était retrouvé au plus profond de ce maelström, sans rien à quoi se raccrocher. Sans autre moyen de s'en sortir que de mener à son terme le contrat St. Clair.

Il reçut alors de plein fouet le plus brutal des chocs, lorsqu'il réalisa que tout ceci était arrivé alors qu'il n'avait même pas entamé l'exécution du contrat.

Impassible, il mit son manteau, ses bottes et quitta l'hôtel. Il devait étudier les abords de la maison du Dr Leung. Il ignora ses procédures habituelles et n'essaya même pas d'anticiper les conséquences des gestes que son plan lui dictait. Il n'avait aucun élément rationnel sur lequel baser ses hypothèses. Et il ne pouvait s'imaginer dans situation pire que celle-ci.

Pourtant, il en était sûr, cela ne saurait tarder.

CHAPITRE XI

A l'arrière de la camionnette de surveillance, le major Weston se sentait engourdi et gelé. Mais il préférait de loin être ici qu'à Washington, bien chaud dans son bureau. Il avait le même sentiment qu'en conduisant sa voiture. Prendre l'avion était plus sûr : il y avait nettement moins de chance d'être victime d'un accident d'avion que d'un carambolage automobile. Et pourtant, il se sentait plus en sécurité derrière son volant. En avion, il devait se contenter d'attendre passivement la fin du vol, et jusque-là, il était le jouet des événements. En voiture, il gardait un certain contrôle sur la situation, aussi illusoire, aussi incertain qu'il puisse être. Et en ce moment précis, il avait la même sensation. La camionnette était garée à trois maisons de celle du Dr Christopher Leung, sur le trottoir d'en face. A trois maisons et une rue d'Adrienne St. Clair. Il avait l'impression de contrôler la situation.

Une seconde camionnette était garée à six mètres de celle de Weston. Elle servait de leurre. Toutes deux étaient aux couleurs, orange et blanc, d'une compagnie locale de télévision par câble. Lorsqu'on avait expliqué la situation à leur propriétaire, il s'était montré des plus coopératifs.

Au standard de la compagnie, on avait déconnecté un circuit. Six pâtés de maisons, incluant celle du docteur Leung, s'étaient vus brutalement privés de leur chaîne câblée. On était un vendredi soir, à l'heure de "Dallas". En quelques minutes, le standard fut débordé d'appels. Huit camionnettes de réparation furent immédiatement envoyées. Les conducteurs reçurent pour directive de vérifier toutes les connections dans la zone affectée, ce qui pouvait leur prendre trois jours s'il le fallait. Personne ne trouverait anormale la présence de camionnettes de la compagnie pendant l'interruption des émissions ; elles seraient comme invisibles.

Cette tâche accomplie, un neuvième véhicule fut préparé pour servir de base d'observation. A nouveau, les propriétaires avaient coopéré. Les compagnies de télévision par câble détenaient un monopole, et devaient être bien vues de l'administration. La neuvième camionnette s'était vue débarrassée de tout son équipement habituel pour être totalement revue et corrigée par l'équipe de Weston. Des microcaméras de télévision étaient braquées sur de petits miroirs cachés dans les minuscules orifices percés dans la carrosserie, mais aussi au coin des vitres de la cabine. Les caméras étaient équipées d'intensificateurs de lumière Startron, offrant une image impeccable même dans l'obscurité la plus totale.

Un des hommes de Weston était arrivé dans une des vraies camionnettes de réparation et avait grimpé au sommet d'un poteau téléphonique, près de chez Leung. Au lieu de vérifier la ligne câblée, il avait installé un système d'écoutes téléphoniques pourvu d'un émetteur à modulation de fréquence. Chaque appel entrant ou sortant de la maison était intercepté et transmis à un récepteur, situé dans la camionnette de Weston.

Depuis l'arrivée du major, un camion vert de la compagnie du téléphone était garé dans la rue. Lui aussi était fermé à double tour. Obéissant aux directives, les installateurs de câbles avaient demandé à leurs clients s'ils avaient aussi des problèmes avec leur ligne téléphonique. La réponse fut unanimement négative. Le camion des téléphones donc était une autre unité de surveillance. Weston marchait sur les plates-bandes des guetteurs, la première section de la police montée, équivalent canadien du FBI. Weston savait que leur présence ne pouvait avoir qu'une seule signification. Les jésuites avaient découvert le refuge de St. Clair.

Aux propriétaires de la compagnie de télévision par câble, l'équipe de Weston avait raconté une belle histoire, totalement inventée, comme quoi ils avaient besoin de leur coopération dans l'arrestation d'un gang international de passeurs de drogue. Weston se demanda ce que les jésuites avaient pu raconter aux *Mounties*. En tout cas, pas plus que lui, ils ne pouvaient se permettre de leur dire la vérité.

Aujourd'hui, ils avaient identifié quatre guetteurs de la police montée. Et il y en avait certainement d'autres que Weston n'avait pas encore repérés. La section des guetteurs avait très bonne réputation. Elle se composait d'hommes qui, pour une raison ou pour une autre, n'avaient pas pu s'intégrer parmi les agents ordinaires. Parfois parce qu'ils ne répondaient pas aux conditions physiques requises ; parfois à cause d'un passé criminel. Quoi qu'il en soit, à un stade ou à un autre, ils étaient interceptés par la section des guetteurs. Leurs apparences physiques disparates faisaient qu'ils n'étaient pas directement identifiés comme officiers de police. De plus, ils savaient que ce type de mission était pour eux le seul moyen de pouvoir servir les *Mounties*, ce qui les rendait dévoués jusqu'au fanatisme.

Les services secrets des Etats-Unis utilisaient depuis longtemps des agents de surveillance "déviants", selon l'appellation officielle, mais, contrairement aux *Mounties*, ils n'avaient jamais systématisé cette pratique. En partie parce que la résistance face aux changements, très vivace dans les groupes d'espionnage américains, était plus forte encore lorsque les suggestions provenaient de l'étranger. Mais surtout parce que, parmi les officiers des services secrets américains, tout le monde savait que deux officiels de haut niveau représentant la police montée étaient en fait des taupes du KGB. Les Américains n'accepteraient jamais de modifier leurs procédures selon un schéma qui, dans leur idée, émanait des Soviétiques. De ce fait, les *Mounties* canadiens n'avaient jamais été considérés comme des alliés des Etats-Unis. Ils servaient juste à transmettre des éléments de désinformation jusqu'au Kremlin. Les Américains se contentaient d'associer les *Mounties* à quelques saisies de drogue pour maintenir les apparences.

Là était le véritable problème des services secrets américains, se dit Weston. Ils se croyaient tout-puissants, et étaient si sûrs de leur fait qu'ils méprisaient le reste du monde, la police montée canadienne, le MI-6 anglais, et même les citoyens américains. L'image de Washington en train de se lézarder comme une couche de glace revint le hanter. Cette fois-ci, la couche se faisait gigantesque, un monumental glacier en mouvement éclatant en une multitude d'icebergs, fragments aveugles qui partaient à la dérive jusqu'à ce que la mer miséricordieuse ne les avale sans en laisser la moindre trace.

Weston ne voulait pas voir disparaître ce fragment particulier, le plus important de tous. Le projet Nevada devait survivre pour que tout le reste puisse continuer d'exister. La seule réponse possible était là, à trois portes de distance, dans la cave d'une maison.

— En voilà un autre.

Assis à côté de Weston sur la petite banquette, Davis désigna l'un des quatre écrans de télévision sur la console de surveillance. Une silhouette solitaire s'approchait.

— Attendez, je zoome dessus.

L'image s'agrandit de façon vertigineuse pour que le visage de l'homme occupe tout l'écran. Ses yeux allaient sans cesse des camionnettes à la maison, mais sa marche était détendue et sa posture affichait son manque d'intérêt pour l'un comme pour l'autre.

— Regardez ses yeux. Il assimile tout ce qui se passe. Un fin renard.

Weston étudia le visage de l'homme. Il n'avait rien de familier.

— Qu'est-ce qui vous fait dire qu'il est de la première section ?

— Il y a une heure, il est passé en taxi.

Davis consulta le journal de bord posé sur la console, et relut ses notes.

— Ah, le voilà. 14 h 27 : un taxi rouge et orange, Chevrolet, Taxis Urbains, licence Delta Young Baker trois trois zéro, allant vers le sud à une vitesse d'environ dix kilomètre-heure. Conductrice blanche, cheveux noirs, courts. Les deux mains sur le volant. Un passager. Un homme, blanc. Cheveux clairs, parka bleue. Semblait examiner les numéros des habitations. Référence numéro deux deux cinq neuf sept.

Davis ramena la bande vidéo jusqu'à la référence indiqué sur ses notes. Sur un autre écran, une image apparut, puis s'éclaircit. Les deux hommes purent voir le film pris plus tôt dans la journée, lorsque le taxi faisait son apparition dans la rue. David passa en avance rapide jusqu'à ce qu'ils puissent distinguer le visage du passager en plan rapproché. Davis immobilisa alors l'image.

— Vu ? C'est le même type.

En effet, sur les deux écrans, le visage était semblable.

— D'accord, dit Weston, c'est le numéro cinq. Cook, tu veux y jeter un œil ?

Le troisième occupant de la camionnette se détourna de son appareillage d'unités de contrôle, à l'avant de la cabine. Il se pencha et regarda le visage sur les écrans.

— Bon Dieu ! Les *Mounties* ont engagé un assassin.

— Quoi, tu veux dire un tueur à gages ?

Le ton de Weston était grave. Les jésuites du Septième Grade exploitaient sans vergogne quiconque pouvait leur fournir dcs informations, mais en général, ils ne mêlaient personne à leurs exécutions. Jusque-là, les soldats anglais de Heathrow avaient été la seule exception.

Le troisième homme ferma les yeux et se concentra sur des images du passé.

— J'en suis sûr. Je l'ai vu à Langley. Il faisait partie du système "Opérations Territoriales".

Davis réagit au nom de tous.

— C'est dingue. Tu t'es trompé de dossier. Ou de visage.

Langley signifiait le quartier général de la CIA, à Langley, en Virginie. La CIA n'était pas censée opérer à l'intérieur du territoire, mais ne s'en privait pas pour autant. Tous le savaient. Mais si les affirmations de Cook étaient exactes, cela voulait dire que la CIA pouvait conserver un dossier — des preuves compromettantes — et le ranger là où un élément d'une autre agence pouvait le trouver. Et ça, c'était impensable.

— Non, pas d'erreur, se défendit Cook. Il opère en indépendant, depuis Miami. Tout le monde peut l'engager. Et apparemment, c'est ce qu'ont fait les *Mounties* ou les jésuites.

La caméra s'était reculée en un plan moyen. L'homme dépassait la camionnette. Encore une minute, et il disparaîtrait.

— Ou bien il travaille toujours pour la CIA, dit Weston. Il se tourna vers Cook.

— Quand êtes-vous passé par Langley ? Et pourquoi ? Depuis sept années, Cook faisait partie du projet Nevada, qui existait lui-même depuis quinze ans. Weston devait savoir pourquoi un de ses hommes avait été en contact avec une autre agence. Il venait peut-être de se trahir.

— Il y a deux ans, major, dit l'agent surpris, lorsque nous avons eu tous ces problèmes avec Malton Chemical. Vous pensiez vous y rendre en personne. Le dossier où figurait ce type (il désigna la silhouette qui s'éloignait) nous a été présenté comme une des alternatives possibles. Il avait déjà effectué ce genre de boulot.

Weston se rappelait, maintenant. Le fait que la tension inhérente à sa mission l'ait fait oublier un point si important le choqua. Malton Chemical était un des principaux pourvoyeurs de fonds du projet Nevada. Elle s'était d'abord appelée la compagnie du Delaware — une antenne de la CIA — en pleine guerre du Vietnam. Des agents issus de Malton Chemical s'infiltraient dans la plupart des grandes usines d'armement du monde entier. Le subterfuge qui avait abouti à la création de la compagnie remporta un tel succès que celle-ci finit par rapporter des bénéfices. On lui attribua le financement du projet Nevada en 1969. La plupart des agences spéciales fonctionnaient de cette façon. C'est-à-dire que des millions de dollars se voyaient affectés à des opérations officielles ou secrètes qui se passaient de l'aval des commissions de contrôle. Le Projet Nevada, en principe, n'avait pas à justifier ses crédits devant quelque juridiction que ce soit.

Deux ans plus tôt, des problèmes syndicaux avaient menacé sa marge bénéficiaire. Comme à l'origine, c'était la CIA qui avait créé Malton, Cook avait demandé leur avis. Entre autres options, ils avaient suggéré l'assassinat d'un des dirigeants syndicaux. Weston ne se rappelait plus par quel moyen ils avaient fini par résoudre le problème.

— Amenez-le-moi. Nous devons savoir qui l'emploie. Si c'est les jésuites ou les *Mounties*, ça va. Mais si la CIA est mêlée à tout ça, c'est la fin des haricots. Mieux vaut présumer qu'il est armé et dangereux.

Davis baissa un interrupteur sur son tableau de bord et parla dans un petit micro.

Plus bas, Granger Helman tourna le coin de la rue et se retrouva hors de portée de l'angle de la caméra. Une minute plus tard, Cook le suivait, s'approchant rapidement de sa cible.

Dans la camionnette du téléphone, les guetteurs ne purent déterminer l'identité ou les employeurs de l'homme qu'ils avaient eux aussi repéré par deux fois. Lorsqu'ils virent qu'un agent américain le suivait, ils surent que quelque chose d'important était en train de se passer, mais sans pouvoir déterminer exactement quoi.

Les deux équipes de surveillance attendirent avec impatience le retour de Cook. Mais finalement, toutes deux comprirent qu'il était inutile de se ronger les sangs. Cook devait être découvert peu après le coucher du soleil. On avait arraché son index droit, sans doute en le désarmant, et brisé sa nuque.

Nulle trace de Granger Helman.

CHAPITRE XII

— *"Tout est réglé de ce côté"*, avait dit la voix. Et à Miami, au moins quatre personnes avaient été tuées. Par qui ? Helman n'en avait pas la moindre idée. Pourtant, il savait qu'il était la cause de tout cela, lui le tueur qui ne voulait plus tuer. Quatre morts à Miami. Un à Toronto. Mais ses inquiétudes ne concernaient pas ce qui s'était passé là-bas. Ses problèmes étaient ici et maintenant. En la personne de l'homme assis en face de lui, dans sa chambre d'hôtel. Monsieur Rice était revenu.

— Que dois-je faire de cette liste, assassin ?

Rice leva les yeux de la feuille de papier aux armes de l'hôtel que Helman lui avait donnée. Sa voix était plus dure, plus gutturale, comme s'il n'avait plus la patience de contrôler son ton, comme si peu lui importait que Helman le comprenne ou non.

— Je n'ai pas eu le temps de me préparer. J'ai besoin de tout ceci pour remplir mon contrat envers vos amis. Vous avez dit vous-même que je ne devais pas employer mes mains.

Helman eut l'impression que Rice se retenait de feuler, littéralement.

— Je ne vois pas comment des revolvers, de l'engrais et des jouets d'enfant pourront vous y aider.

Helman refoula sa propre colère. Lui aussi était à bout de patience. Mais il devait traiter avec cet homme. Ses nerfs étaient à vif. D'abord, il s'était endormi en attendant le coup de fil de Telford — ce qu'il n'avait jamais fait dans le passé et qui était inadmissible de la part d'un vrai professionnel — puis il y avait eu sa rencontre avec l'homme qui le filait, dans l'après-midi. Mais malgré son énervement, il savait le prix à payer pour tout manque de respect.

— Monsieur Rice, vos gens m'ont contacté à cause de mes capacités et de mon expérience en ce domaine précis. Si j'ai une telle expérience, c'est en partie grâce à mon taux de réussite. Et j'ai toujours réussi parce que je faisais les choses à ma façon, seul, sans complices ni témoins. Peu importe si vous "ne voyez pas" comment je peux remplir mon contrat. Peu m'importe si vous n'êtes pas foutu de lire un mot de cette liste. Tout ce qui compte pour moi, c'est que je fasse mon travail et vous le vôtre. Et si vous n'y arrivez pas, peut-être que New York devrait envoyer quelqu'un de plus doué !

Sous l'effet de la colère, la voix de Helman s'était amplifiée, au bord du hurlement.

Puis il se retrouva à l'autre bout de la pièce, affalé à côté du lit, la tête bourdonnante et les yeux emplis d'éruptions rouges et noires. Il n'avait même pas vu venir le coup.

— La prochaine fois, assassin, vous n'aurez pas l'occasion de regretter la stupidité de vos actes, car vous serez mort.

Helman tenta de se relever. Tout le côté gauche de son corps était inerte. Rice avait frappé un point névralgique, paralysant ses bras et lançant des tentacules de douleur à travers sa cage thoracique, jusqu'à son cou et ses jambes. Il n'avait jamais rien subi de tel. Il s'affaissa contre le lit.

Rice prit à nouveau la parole. Sa voix gutturale n'avait rien de triomphant.

— Je ne vois pas ce que vous pourrez tirer de chacun de ces éléments. Je propose de vous fournir de l'argent afin que vous puissiez les acheter vous-même.

Helman secoua lentement la tête. Sa mâchoire douloureuse ne facilitait pas son élocution.

— Faut que j'aie les revolvers, réussit-il à balbutier.

— Vous oubliez les conditions, assassin. Vous ne devez pas employer d'armes à feu.

— Pas pour elle. Pour ses gardes. Il y en a un qui a essayé de me tuer cet après-midi.

Un instant, Rice parut surpris.

— Cet après-midi ? En plein jour ?

Helman opina.

— Qu'avez-vous fait ?

— L'avait un revolver. L'est venu trop près. Je lui ai arraché des mains. Lui ai brisé la nuque. L'ai laissé près d'une maison. J'ai besoin des armes contre les gardes. N'ai pas les contacts pour les acheter moi-même.

— Comment était-il habillé, assassin ?

Helman était furieux. Il se retrouvait immobilisé, à la merci d'un cinglé au tempérament massacreur et incroyablement doué pour ce qui devait être un genre de karaté. Et tout ce qu'il lui demandait, c'était ce que portait l'homme qui avait tenté de le tuer.

— Ordinaire. Manteau. Veste de costume. Brune, grise, je ne sais plus.

— Portait-il quelque chose autour du cou, assassin ?

Helman n'arrivait pas à y croire.

— Une cravate. Je n'ai pas fait attention à la marque. Pourquoi, c'est si important que ça ?

— Non, intéressant tout au plus. Avant le lever du soleil, vous aurez vos "revolvers" et votre argent.

Une heure plus tard, le voyant de son téléphone clignota, annonçant un message. Un paquet l'attendait à la réception. Helman le fit porter jusqu'à sa chambre et l'ouvrit sur son lit.

Cinq mille dollars en monnaie canadienne, cinq fois le montant nécessaire, d'après ses calculs. Et les revolvers.

Il en avait demandé deux en particulier. Un Magnum 44 Smith & Wesson et, en guise de sécurité, un automatique à cinq coups Bulldog 44, facile à dissimuler dans son dos, passé dans sa ceinture. Il trouva aussi cinquante chargeurs Keith, contenant des balles pouvant traverser une voiture pour aller exploser dans le premier corps humain venu — et des holsters Alessi, plus des silencieux adaptables à chacune des armes. Cette fois-ci, Rice avait réussi à impressionner Helman.

Il se consacra aux armes. Il les chargea, les déchargea, ajusta les holsters, jusqu'à ce qu'il se sente assez sûr de lui, autant qu'il puisse l'être sans tirer. Puis il s'allongea sur le lit et fixa le plafond. Il n'essaya même pas de dormir. Il savait que ce serait en vain.

Helman pensait au surlendemain. Le jour où tout serait terminé. Où il présenterait la tête d'Adrienne St. Clair à M. Rice. A moins qu'il ne soit mort avant.

D'une façon comme d'une autre, tout serait fini.

Le sommeil finit par le prendre. Et dans ses rêves, les choses de la cave lui dirent qu'il se trompait.

CHAPITRE XIII

Le détonateur était chaud dans la main de Helman. Il lui restait quatre minutes avant d'appuyer sur le bouton. Il lui faudrait quarante-cinq secondes supplémentaires pour dévaler les escaliers jusqu'au labo, puis de trente secondes à deux minutes pour décapiter le corps, selon l'endroit où St. Clair se trouverait au moment de l'explosion.

Une minute avant la déflagration, il brancherait son détonateur à l'antenne auxiliaire parallèle au mur du bâtiment, une annexe de l'université où s'était installée l'équipe du docteur Leung. L'antenne aboutissait au troisième étage, face à la fenêtre du laboratoire où Leung et St. Clair travaillaient de nuit. La cible se trouverait donc à deux mètres de la charge. Helman tenait une simple télécommande qui animait ordinairement une petite voiture-jouet. A cette distance, cela suffirait largement ; et, contrairement à des équipements sophistiqués qu'on ne pouvait se procurer que chez quelques revendeurs spécialisés, personne ne retrouverait jamais l'acheteur d'un simple jouet qui se vendait par milliers, chaque jour, dans tous les supermarchés.

Huit minutes plus tôt, Leung et la fille étaient arrivés dans la Triumph TR7 du docteur, qu'il avait garée devant un parcmètre, face au bâtiment universitaire. Helman leur laissa dix minutes, le temps de s'installer dans le laboratoire.

La voiture des gardes du corps de St. Clair les avait suivis depuis la résidence et s'était garée de l'autre côté de la rue. Celle-ci comprenait quatre voies et deux rails de tramway, qui séparaient leur véhicule des quatre degrés de pierre menant à l'entrée de l'immeuble. Helman, lui, était du bon côté de la rue ; cet avantage devrait lui permettre de pouvoir boucler assez de portes et de sorties de secours pour ralentir les gardes du corps. Le temps qu'ils réussissent à entrer et à traverser le flot ininterrompu des étudiants, Helman aurait accompli sa tâche.

Une minute. Au flanc du bâtiment, caché dans l'ombre, Helman brancha l'antenne auxiliaire.

Il avait passé les après-midi précédents, avant sa rencontre avec l'homme chargé de le tuer, à étudier les lieux. L'université datait de près d'un siècle et les bâtiments étaient quelque peu décrépits. Ce qui correspondait parfaitement à ses besoins.

Les immeubles anciens étaient constamment en réparation ou en cours de rénovation. Celui-ci était fait de blocs de granit noircis par des années de gaz d'échappement et recouverts de lierre bruni par le froid. Il ne faisait pas exception à la règle.

Trois étages en dessous du laboratoire, désert dans la journée, on réparait la plomberie. Les ouvriers avaient laissé leur chalumeau à acétylène sur place, mais sous clé. Helman était venu après cinq heures, lorsque les ouvriers étaient rentrés chez eux ; il avait mis quinze secondes pour crocheter la serrure et entrer dans la pièce. Maintenant les deux bonbonnes, d'acétylène et d'oxygène, étaient enchaînées à un tuyau de radiateur, au troisième, à côté d'un trou que Helman avait creusé dans le mur mitoyen au laboratoire du docteur Leung. La charge explosive, composée de produits chimiques dérivés d'un engrais fertilisant disponible dans des centaines de magasins, et le détonateur radiocommandé tiré d'une voiture-jouet étaient solidement fixés contre l'entretoise du chariot sur lequel reposait l'assemblage, dissimulé par la masse des bonbonnes. La première détonation en briserait le fond, et le mélange brutal des deux gaz entraînerait une seconde explosion beaucoup plus puissante.

Vu la montagne de paperasses qui encombrait le laboratoire, Helman supposa que Leung travaillait à l'université depuis des années. Il ne serait pas surpris de découvrir que son bureau faisait l'objet de réparations imprévues.

Dix secondes. A travers son manteau neuf, d'un vert olive peu remarquable — celui que portaient les réparateurs et ceux qui travaillaient à l'extérieur — Helman ajusta son holster et vérifia une dernière fois que sa machette était bien en place. Il ne quittait pas des yeux les secondes qui défilaient sur sa montre à affichage digital. Lorsqu'elle lui indiqua le moment d'agir, la brume de sa respiration ne balayait plus la montre. Le silence régnait.

Il appuya sur le bouton et, au-dessus de sa tête, un bruit étouffé accompagna celui du verre brisé. Avant que les débris de la fenêtre n'aient atteint le sol, Helman courut jusqu'à l'entrée de l'immeuble et se rua sur les marches de pierre, écartant de son chemin des étudiants effarés.

Il fonça le long des cages d'escalier, s'arrêtant à chaque étage pour boucler les vieilles fermetures à barre des sorties de secours. Au troisième, il tira un signal d'alarme rouge et cassa la vitre : une sonnerie stridente retentit dans les couloirs. Les étudiants et les professeurs tournèrent sur place sans pouvoir déterminer s'il s'agissait d'un exercice ou d'un véritable incendie. Mais au troisième étage, là où l'explosion avait arraché la porte du laboratoire à ses gonds, régnait la panique. Invisible, Helman traversa la foule des étudiants qui s'enfuyaient à toutes jambes.

La fumée envahissait le laboratoire dévasté, éclairé par les flammèches spectrales de mille et un petits incendies. Helman posa un pan de son écharpe sur son nez, tira la machette de son étui fixé autour de sa poitrine, et entra, prêt à remplir son contrat.

Un courant d'air s'éleva entre la fenêtre brisée et la porte. La fumée tourbillonna et s'évanouit comme une brume quittant une vallée sombre et ignorée. Helman entrevit une forme sanglante effondrée au pied d'une armoire, littéralement déchiquetée. Les bonbonnes avaient projeté des shrapnels à l'effet dévastateur.

Helman leva la machette, prêt à l'abattre, et retourna le cadavre. Un morceau de métal ébréché s'était enchâssé dans son front. Le visage était couvert de sang et d'esquilles d'os crânien. C'était le Dr Leung. A côté de lui gisaient ses lunettes, intactes.

Helman baissa la machette, se détourna et examina la pièce, cherchant le cadavre de la femme. Une partie de son cerveau comptait les secondes. Les gardes du corps devaient avoir traversé la rue et étaient en train de démolir la première porte de secours avant de se précipiter vers les escaliers. Il lui restait une minute tout au plus.

Une subite rafale de vent entraîna les volutes de fumée vers la porte. Le laboratoire s'éclaircit soudain, éclairé par les flammes qui ronflaient du côté de la fenêtre, de plus en plus intenses. Une grosse unité de réfrigération semblait avoir été épargnée par la décharge. C'est alors qu'il la vit.

C'était incroyable, mais elle était vivante. Ses vêtements n'étaient plus que lambeaux, exposant une chair pâle, intacte. Ses cheveux avaient brûlé, et une partie de son crâne était chauve. Mais elle vivait, épargnée par la volée dévastatrice de fragments de métal. Elle était vivante !

Helman se figea. Son esprit hurlait à l'impossibilité. Tout, la fumée et les flammes et la destruction qui l'entouraient, le son de sirènes lointaines, tout ceci s'effondra, rétrécit jusqu'à l'infini devant la terrifiante réalité de ce qu'il voyait. Elle était vivante. Et elle le vit. Et elle vint vers lui.

Ses mains ressemblaient à des griffes recourbées, mortelles. Une rage animale déformait son visage. Un gémissement aigu émanait des profondeurs de son être. Elle était en vie, et passait à l'attaque.

Elle se tenait courbée, comme si elle se préparait à franchir d'un bond les cinq mètres qui la séparaient de Helman ; mais elle se contenta de se frayer un chemin au milieu des décombres.

Tous les avertissements donnés par Rice et ses gens traversèrent l'esprit de Helman. Il se recula, lentement, évaluant la distance qui le séparait, d'abord de la femme, puis de la porte. Il tint la machette dressée devant lui et passa la main dans son manteau pour attraper son Magnum.

Dans le couloir, les portes des sorties de secours cédèrent

dans un craquement sonore. Il y eut des cris. Puis des coups de feu. *Là-dehors, on se tirait dessus.*

La femme s'immobilisa et regarda la porte ouverte. Helman put percevoir sa respiration, ou plutôt de longs gémissements douloureux. Il tira son Magnum, mais n'ouvrit pas le feu. Pas encore. S'il la tuait maintenant, alors que ses adversaires étaient si près, il n'aurait pas le temps de lui couper la tête.

Soudain, un mouvement vif comme l'éclair traversa l'embrasure de la porte. Une flèche apparut, enfoncée dans le mur, près de Helman. *Qui était dans le couloir ?*

La jeune femme tourna brusquement la tête, comme si son regard avait repéré la flèche en vol et suivi sa trajectoire. Elle cessa de gémir, se détourna, courut vers la fenêtre, et disparut dans la nuit.

Helman se sentit plongé en plein cauchemar. C'était dément. D'autres coups de feu retentirent dans le couloir. Il courut vers la fenêtre, espérant s'évader par le même chemin que la jeune femme.

Là-dehors, il n'y avait rien, rien à quoi se retenir. Pas de corniche, pas de briques irrégulières. Et pas de cadavres sur le sol, en contrebas. Adrienne St. Clair avait disparu.

Un homme tout de noir vêtu apparut dans l'embrasure de la porte, derrière Helman. Il tenait une arbalète. Braquée sur lui.

Helman se retourna en entendant le sifflement des balles qui déchirèrent le corps de l'intrus. L'homme tournoya, lâcha sa flèche qui se ficha dans le mur, et s'effondra.

Helman comprit alors que deux groupes, liés d'une façon ou d'une autre à St. Clair, se livraient bataille à l'extérieur du laboratoire dévasté. Il ne savait pas pourquoi ils s'affrontaient, mais il était évident que si l'un des deux bords était armé de simples arbalètes, l'autre groupe, pourvu d'armes à feu, ne tarderait pas à prendre possession des lieux.

Helman se précipita vers le trou qu'il avait creusé dans le mur. L'explosion des bonbonnes l'avait élargi. Les cloisons étaient faites de pierre sèche enserrant des blocs de fibres de verre isolante. Ceux-ci avaient été réduits en miettes, absorbant l'essentiel de la déflagration. Ils n'étaient plus retenus que par une cloison bancale. Helman savait que, la nuit où il était venu reconnaître les lieux, le local contigu au laboratoire avait été fermé à clé à cinq heures, au départ des ouvriers. Peut-être n'avait-il pas encore été investi. Il lui faudrait prendre le risque.

Trois coups de pied élargirent l'orifice. De l'autre côté, il ne vit que des ténèbres. Il se faufila dans la pièce. La porte était toujours verrouillée. Il glissa une armoire à dossiers devant le trou par où il venait de passer afin qu'il soit moins repérable. Il devait gagner du temps, et tous les moyens étaient bons.

Un concert de sirènes résonnait devant l'université. Les pompiers étaient arrivés. Le combat semblait terminé. Helman s'accroupit derrière un bureau, son revolver braqué sur la porte. Il n'allait pas s'aventurer dans le couloir. Il comptait rester dans cette position et essayer de sortir le lendemain matin, lorsqu'on rouvrirait les portes du bâtiment. Il pouvait entendre les pompiers cavaler dans les couloirs et le sifflement grave des extincteurs dans le labo. Par contre, il s'étonna de ne pas entendre de cris signalant la découverte d'un cadavre.

On cogna brutalement sur la porte du local où se cachait Helman. La poignée s'abaissa. Helman visa, au jugé, l'endroit où apparaîtrait la poitrine de l'intrus. La porte s'ouvrit brutalement.

Un pompier en manteau de caoutchouc, portant un masque à gaz et une hache, s'inscrivit dans l'embrasure. Helman ne tira pas. L'homme parcourut le mur d'une main gantée jusqu'à ce qu'il trouve l'interrupteur. Le néon bleuâtre s'alluma ; l'électricité n'était pas coupée. Helman se fit tout petit derrière son bureau. Le pompier marcha jusqu'au mur contigu au laboratoire et l'examina. Il tenta de déplacer l'armoire à documents.

Helman se redressa rapidement, se déplaça silencieusement jusqu'à la porte, qu'il referma. Puis il éteignit la lumière. Le pompier regarda les néons, puis s'écroula quand Helman planta ses doigts raidis à l'arrière de la mâchoire de l'homme.

Lorsque Helman ressortit de la pièce, il portait l'équipement du pompier, y compris le masque à gaz qui dissimulait ses traits. Il s'engagea dans le couloir.

Un autre pompier l'interpella :

— Hé, Gerry, t'as vérifié le débarras ?

Helman acquiesça et leva le pouce. Il poursuivit son chemin jusqu'à l'autre extrémité du couloir. Plusieurs pompiers supplémentaires erraient dans le laboratoire dévasté. Pas trace d'un cadavre. Il ne savait pas qui s'était battu pour la possession du couloir, quelques minutes plus tôt, mais ils étaient aussi efficaces que meurtriers.

Helman sortit de l'immeuble par une porte de derrière donnant sur un parking. Il ne décela aucune surveillance. A l'abri de l'ombre, il retira son équipement de pompier et traversa trois parkings adjacents avant de s'aventurer dans la rue. Il ne remarqua rien d'inhabituel.

Il marcha le long de quelques pâtés de maisons jusqu'à l'immeuble où il avait caché sa clé de consigne. Celle-ci se trouvait toujours sous la terre gelée d'un parterre de fleurs, devant l'entrée. Il prit un taxi jusqu'à la gare routière, où il retira du casier sa mallette et ses papiers d'identité. Pas question de retourner à l'hôtel pour s'expliquer avec M. Rice avant d'avoir quelque chose de convaincant à lui raconter. Il ne voulait pas avoir à subir sa fureur lorsqu'il lui annoncerait que la femme qu'il était censé tuer n'était pas tout à fait humaine. Elle devait avoir été protégée par le réfrigérateur du laboratoire. En tout cas, Helman savait qu'elle ne pouvait pas aller bien loin avec ses vêtements en lambeaux, surtout par ce froid. Elle n'avait qu'un seul endroit où aller, et il entendait bien l'y retrouver.

Il fit signe à un autre taxi. La nuit était loin d'être terminée.

CHAPITRE XIV

Helman ne croyait pas aux coïncidences. La forme mince, facile à dissimuler, du 44 Bulldog glissa dans sa main dès qu'il vit que les quatre lampadaires les plus proches de la maison du docteur Leung avaient été éteints. Quelque part dans cette rue se trouvait quelqu'un qui préférait le couvert des ténèbres.

Le taxi qui avait déposé Helman le dépassa. Il se tenait au coin de la rue où habitait le docteur Leung. La voiture continua son chemin tout le long de l'avenue résidentielle pour tourner dans une rue plus animée. Lorsqu'elle dépassa l'angle de l'avenue, ses phares illuminèrent un instant la façade de la résidence. La porte était grande ouverte, les lumières éteintes. Soit St. Clair était revenue, soit les commandos du laboratoire avaient investi la demeure.

Helman courut, le dos courbé, jusqu'à une maison située à cent mètres de son objectif. Il s'agenouilla dans les buissons de thuyas et observa les alentours. Les camionnettes de la compagnie de télévision câblée et du téléphone étaient toujours en position. Plus tôt dans la journée, il croyait encore qu'elles abritaient les gardes du corps de St. Clair ; maintenant, il n'en était plus si sûr. Mais il savait qu'ils étaient liés d'une façon ou d'une autre à la jeune femme.

Il traversa au pas de course deux pelouses et s'aplatit contre un porche de pierre. Tout était calme. Le seul bruit provenait d'une radio qui braillait derrière une fenêtre ouverte. Un éclair de lumière en provenance de la camionnette du téléphone attira son attention. Il regarda le flanc du véhicule et laissa ses yeux s'accoutumer à l'obscurité.

Un fragment de verre brisé avait accroché la lumière d'un réverbère. Le pare-brise était presque totalement éclaté. Toutes les vitres de la cabine étaient fracassées. Helman regarda la camionnette de la télévision. Intacte. L'un des groupes avait triomphé du second.

Helman traversa la pénombre jusqu'à la maison faisant face au dernier réverbère allumé, le plus proche de la résidence du docteur Leung. De ce côté, rien ne bougeait, et le silence était total. La radio qui hurlait toujours fut brutalement éteinte. Helman s'habitua à l'absence de bruit. Dans la chambre, la lumière s'éteignit. Il put voir une silhouette qui s'approchait de la fenêtre ouverte. Il y eut un scintillement de l'autre côté de la rue. Un autre réverbère s'éteignit brutalement. Helman n'entendit pas de coup de feu. Ils employaient des silencieux.

Soudain, le porche s'illumina, et la porte s'ouvrit. Un homme jeune, entre vingt et trente ans, ressemblant à un étudiant, regarda la rue en partie plongée dans l'obscurité. Helman, privé du couvert de la nuit, se jeta au sol. L'homme remarqua son mouvement.

— Hé, qu'est-ce qui se passe ici ?

Il se pencha sur la rambarde du porche et regarda Helman droit dans les yeux. Celui-ci agit sur-le-champ. Il devait sauvegarder sa position. Contrôler la situation. Sa main plongea dans son manteau et en tira son portefeuille, entrouvert sur ses cartes de crédit. Son autre main fut tout aussi rapide et saisit son revolver.

— Police. Couchez-vous. Éteignez la lumière. Il y a un type avec un fusil, quelque part par là.

L'homme vit le revolver et ignora le portefeuille. La diversion avait fonctionné.

Puis le jeune homme réagit de façon inattendue. Il se tourna et chercha des yeux le tireur embusqué. Helman lui cria de faire attention. Une flèche déchira la nuit.

La pointe du trait pénétra la chair molle de la joue, déchirant le visage du jeune homme jusqu'à l'oreille. La flèche se brisa contre la pierre, près de la porte. En un clin d'œil, il se baissa et pressa ses mains contre la plaie ouverte. Le sang qui emplissait sa bouche transformait ses cris en gargouillements.

Helman fonça hors du cône de lumière et effectua un roulé-boulé qui l'éloigna du porche. Plusieurs traits sifflèrent au-dessus de sa tête et allèrent s'écraser sur les briques pour retomber en pluie autour de l'homme qui se tordait au sol.

Une femme s'encadra dans l'embrasure de la porte et se figea, horrifiée à la vue du corps gisant sur le porche. Elle s'accroupit et poussa la porte pour permettre au blessé de se traîner à l'intérieur.

Helman détecta un mouvement dans les buissons, de l'autre côté de la rue. Un bruit de verre brisé retentit dans le lointain. Il ne restait plus qu'un réverbère allumé. Bientôt, la nuit serait impénétrable. Il n'y aurait plus que la douce brillance des nuages reflétant les lumières de la ville. Helman roula sur lui-même le long de la pelouse, jusqu'à l'allée perpendiculaire à la rue ; il s'arrêta au moment de dépasser le coin du mur.

Il brandit son revolver, braqué sur un point au-dessus de sa tête, et inspira consciencieusement, cinq fois. Puis il tourna d'un bloc le coin du mur, tenant son revolver à hauteur de la taille. L'homme à l'arbalète était là, à cinquante centimètres de lui. Helman vit son visage, jeune et effrayé, à la lueur du coup de feu. L'homme s'effondra, une jambe agitée de spasmes, l'arbalète jetée à terre, gisant à son côté.

Helman se rencoigna derrière le mur. La police pouvait arriver à tout instant. La confusion qui s'ensuivrait permettrait à Helman de s'échapper. En temps voulu. Il rejeta l'idée d'une retraite immédiate et traversa les arrière-cours en direction de la demeure du docteur Leung.

A deux maisons de celle-ci, il fit un crochet pour se mettre à l'abri d'une haie et, de là, pouvoir observer la rue. Apparemment, rien n'avait changé. Il ne pouvait distinguer les guetteurs qu'il savait pourtant être là. Mais s'il tentait de parcourir les vingt mètres qui le séparaient de la porte ouverte, ceux-ci ne manqueraient pas de le repérer. Il décida d'attendre que les autres, ces mystérieux assaillants armés d'arbalètes, daignent se montrer. A eux de faire la première erreur.

Cinq minutes passèrent. Helman comprit que la police ne viendrait pas. Ceux qu'il avait en face de lui disposaient d'une puissance considérable. Il réalisa que Rice pouvait avoir une telle influence ; Rice, King et le groupe de New York. Contrôlaient-ils la situation à ce point, pour permettre à Helman de remplir son contrat ? Pouvait-il se contenter de marcher jusqu'à la maison et se lancer aux trousses de St. Clair, protégé par la puissance du groupe de New York ? Son esprit en tira les conclusions qui s'imposaient. Avait-il jamais été menacé ? Ou s'était-il juste approché trop près des autres, comme l'avait fait le jeune homme sur le porche ?

Helman fit le point. Il y avait deux forces en présence : le commando pourvu d'armes à feu et l'autre armé d'arbalètes. Lesquels étaient les gardes du corps de St. Clair ? Au laboratoire, la jeune femme s'était arrêtée en entendant le son des coups de feu. Mais elle avait fui lorsqu'une flèche s'était fichée dans le mur. Une menace ou un signal ? Les arbalètes étaient certainement la clé de tout cela. Un anachronisme. Comme la décapitation. Tout ceci faisait partie d'un rituel meurtrier. Rice avait préféré prendre ses précautions.

Helman n'était pas le seul assassin sur le coup. D'autres, venus de New York, étaient là, embusqués dans la nuit. Helman avait tué l'un d'entre eux. Les tireurs devaient être les gardes du corps de St. Clair. Mais le risque restait trop important.

Helman resta collé au mur. L'un des autres tueurs pouvait essayer de parvenir jusqu'à la porte ouverte. Il choisit d'attendre.

Quelque chose bougea dans la cour de la maison d'à côté. Revolver ou arbalète, Helman était exposé. Il brandit son Bulldog. Il essaierait de tirer le premier.

— King, murmura-t-il à l'adresse de la présence invisible, King de New York.

Le mouvement s'interrompit. Suivi d'un long silence. L'inconnu le visait-il, ou se contentait-il de réfléchir ? Puis un souffle lui parvint.

— Nevada.

Son interlocuteur voulait-il dire que des agents opéraient depuis d'autres bases ? Helman chuchota sa réponse :

— Nevada.

Il y eut d'autres bruissements. La silhouette émergea des profondeurs de l'obscurité. Elle tenait un revolver braqué sur Helman.

Celui-ci sortit à son tour des ténèbres protectrices. La pâle luminescence des nuages jetait une clarté diffuse sur l'allée séparant les deux maisons. Pour des yeux accoutumés à l'obscurité, la lumière était suffisante pour identifier son homme. La silhouette eut un sourire.

— Nous vous cherchions, *Phénix*.

Le revolver était toujours braqué sur Helman, qui ne dit rien. Qui était ce Phénix, il n'en avait pas la moindre idée, mais si l'erreur commise par l'homme au revolver lui permettait de vivre, il n'allait certainement pas le détromper.

L'inconnu parla à nouveau en remuant la tête. Mais la confiance ne régnait pas pour autant. Son revolver restait braqué vers sa cible.

— Écoutez, Phénix, nous avons le choix. Soit on laisse retomber le suspense et on s'entre-tue tout de suite, soit on reste comme ça encore un peu, le temps que les jésuites s'en chargent. Ou alors, on se calme et on va voir Numéro Un.

Il désigna du menton la cour plongée dans des ténèbres opaques.

Helman avait entendu les noms proférés par l'inconnu. Phénix. Les jésuites. Numéro Un. Aucun ne lui disait quoi que ce soit. Sans doute des noms de code. Rien d'intéressant.

L'homme s'impatientait et jetait des regards anxieux en direction de la rue.

— Allez, Phénix. On sait tout. Numéro Un veut vous

voir, vous poser quelques questions. On vous paiera aussi bien que les *Mounties* ou Langley ou Dieu sait qui. Et on vous aidera à vous tirer de ce pétrin.

"Langley". Ça, il connaissait. Quelqu'un le prenait pour un agent exécutif de la CIA. Helman se dit qu'il avait mis le doigt sur la première erreur. Il joua le jeu.

— Dites au Numéro Un de poser ses questions à Langley. Je ne peux pas me laisser détourner de ma mission.

La silhouette fronça les sourcils.

— On n'a pas le temps d'appeler Langley. Ecoutez, Phénix, on prendra la pleine et entière responsabilité de ce qui s'est passé. Langley n'a qu'à demander. On n'aurait pas dû vous mettre ce type aux trousses, hier. C'était un geste malheureux, mais compréhensible. Langley ne nous avait pas prévenus. On ne vous fera plus un coup pareil. Vous travaillez pour Langley, vous êtes intouchable, d'accord ? Maintenant, si on ne se remue pas un peu, les flèches des jésuites risquent de vous détourner de votre mission, et pour de bon.

De l'autre côté de la rue, des ombres se faufilèrent. L'homme nerveux les vit. Helman se força à ne pas suivre son regard. Ce n'était pas le moment de tomber dans un piège vieux comme Hérode. Il devait savoir jusqu'où l'entraînerait ce petit jeu.

L'homme balaya de son revolver l'espace entre Helman et la rue.

— Ils arrivent, Phénix. Bon sang, allons...

L'agent fit alors un curieux bond en arrière. Une flèche s'était fichée dans son manteau. Il tira au jugé en direction de la rue.

Helman regarda de l'autre côté de l'allée. Trois, non, quatre, cinq silhouettes armées d'arbalètes. Toutes convergeant sur lui. D'autres traits frappèrent l'homme qui l'avait interrogé. Certains pendirent lamentablement de ses vêtements, d'autres rebondirent et tombèrent au sol. Le revolver était muni d'un silencieux. Les balles partaient en émettant un sifflement étouffé, résonnant par-dessus le claquement des pas. Les archers approchaient. Le percuteur du revolver claqua à vide. L'homme avait vidé son chargeur. Il se tourna vers Helman, suppliant :

— Pour l'amour de Dieu, aidez...

Une flèche le cueillit en pleine gorge, rejetant sa tête sur le côté comme celle d'un pendu. Il s'affala contre le mur opposé. Son tir avait couché deux silhouettes. Les autres continuaient d'avancer.

Helman se colla au mur et visa soigneusement. Au-dessus de lui, une flèche ripa sur les briques. Il ouvrit le feu. Son arme à silencieux crachota, éveillant de déplaisants échos dans le couloir étroit entre les deux maisons. L'attaquant le plus proche tituba. Helman visa le suivant. Le toucha. Puis le troisième. Mais le premier s'était redressé et continuait son chemin. Il leva son arbalète et la braqua sur Helman.

Qui tira deux autres balles. Le premier assaillant s'affala à terre et ne bougea plus. Les deux autres, bien que touchés, avançaient toujours. Il pressa la détente. Ne sentit pas le recul. Le chargeur était vide. Les archers firent un pas en avant. D'une main, ils comprimaient les blessures que Helman savait leur avoir infligé. Bien que frappés à mort, ils ne s'arrêteraient pas avant d'avoir atteint leur cible.

Helman plongea la main dans son manteau. Son Magnum. Sa dernière chance. Mais il était trop tard. A cinq mètres de lui, l'assaillant le plus proche était tombé à genoux et levait son arme.

Puis une décharge de lumière aveuglante souleva l'archer de terre pendant que les murs retentissaient d'explosions successives. Helman sentit la piqûre des éclats à travers ses chaussures et ses vêtements. Un relent de cordite empoisonna l'air, et la fumée bleutée s'illumina sous les éclairs des fusils automatiques. Les tireurs étaient deux. Ils étaient apparus à l'autre bout de l'allée.

Le plus éloigné des assaillants glissait déjà à terre lorsque la première rafale le frappa de plein fouet. Il traversa toute la longueur de l'allée, impact après impact, tressautant comme un danseur dément, avant de s'effondrer en un amas informe.

Puis le silence retomba. L'un des tireurs s'approcha du

corps de l'homme qui avait discuté avec Helman. L'autre s'approcha de lui.

— Vous êtes touché ?

Helman fit non de la tête. Il ne pouvait entendre ce que disait le tireur, mais lut sur ses lèvres. L'écho des coups de feu résonnait toujours entre ses tympans.

L'homme tendit la main à Helman.

— Allons voir Numéro Un. Je crois que c'était le dernier.

Helman se leva, ignorant la main tendue. Il avait vu des flèches rebondir sur un corps. D'autres hommes armés d'arbalètes continuaient de marcher, bien que criblés de balles. L'impossible devenait la norme. Une vague de désespoir le menaçait. Il la combattit et passa devant l'homme qui avait offert de l'aider. Il pouvait sentir l'arme du tireur braquée sur son dos.

Il longeait le cadavre du second archer lorsqu'une main ensanglantée jaillit et enserra sa cheville. Helman s'immobilisa. Le corps de l'homme était à moitié déchiqueté, et pourtant il remuait encore, et parlait. Ou tout du moins, ses lèvres s'agitaient. Helman entendit une voix, mais très lointaine, enterrée sous le fracas des explosions. Elle parlait un langage qui ne ressemblait pas à de l'anglais.

L'homme au fusil vit ce qui se passait. Il dit quelque chose à Helman, qui secoua la tête et désigna du doigt son oreille. L'homme hurla plus fort.

— Une confession. Il veut sa dernière confession. Les Derniers Sacrements.

Puis Helman put identifier le langage que parlait le corps déchiré qui l'avait saisi dans une poigne de fer. Du latin. Les tripes à moitié répandues sur une allée verglacée, il ne voulait pas le lâcher avant de s'être confessé. Helman comprit alors qui étaient les arbalétriers. Des fanatiques. De la pire espèce.

Le tireur s'agenouilla devant l'archer mourant qui agrippait toujours le pied de Helman. Il murmura quelques mots à l'oreille sanglante de l'homme. Helman crut entendre que lui aussi parlait latin, mais il ne pouvait le jurer. L'archer s'exprimait par hoquets. Une mousse rosâtre se formait au coin de sa bouche. Helman s'agenouilla à son tour et tenta de comprendre quelque chose, quoi que ce soit, susceptible de l'aider à comprendre. Il se rapprocha du mourant. Certains mots lui parvinrent. Ils ne signifiaient rien.

Puis l'agonisant ouvrit les yeux. Pendant un instant, son esprit s'éclaircit. Il regarda le visage de l'homme qu'il tenait pour son confesseur, et ses yeux s'emplirent de larmes lorsqu'il réalisa la supercherie. Puis son regard se tourna vers Helman et son expression se modifia en un clin d'œil. Il grimaça de haine, et la main sanglante qui enserrait son pied se dressa, suivie des moignons de doigts qui étaient tout ce qui restaient de son autre main, déchiquetés par les balles. Toutes deux se refermèrent sur le cou de Helman.

Celui-ci écarquilla les yeux. C'était incroyable. Une telle force, une telle haine. Le mourant allait y arriver. Puis Helman vit se désintégrer la tête de l'homme. Le tireur avait posé le canon sur la tempe de l'archer et l'avait fusillé à bout portant. Un instant, les yeux enragés brillèrent, éclairés par l'explosion de la balle. Puis le visage s'effondra sur lui-même. L'image s'imprima au fer rouge dans l'esprit de Helman alors que les doigts raidis lâchaient son cou et retombaient lentement.

Helman resta un instant à genoux. Frottant sa gorge. Reprenant son souffle. Tentant de concevoir l'origine d'un fanatisme aussi démentiel, la cause d'une telle détermination. Puis il vit comme une surface luisante et blême, à demi recouverte par le sang noir qui s'épaississait autour de la gorge du mort. *Il portait un col de prêtre.*

Helman se redressa, non sans mal. Les tireurs lui laissèrent la place nécessaire. Il retourna le cadavre d'un autre assaillant. Lui aussi portait un col de prêtre.

Cinq cadavres déchirés, encore fumants, gisaient là, dans l'air glacial. Il les inspecta tous, l'un après l'autre. Tous vêtus de noir excepté ce rectangle blanc devant leurs cous. Dément.

Son ouïe se rétablissait lentement. Il s'approcha d'un des tireurs.

— Pourquoi sont-ils déguisés en prêtres ? Pourquoi ?

Il ne jouait plus à l'agent de Langley. Il ne voulait plus que des réponses.

L'homme eut l'air peiné.

— Vous vous trompez, Phénix. Ils ne sont pas *déguisés* en prêtres. Ceux-là, ce sont des jésuites. *Ce sont* des prêtres.

CHAPITRE XV

Le camion de police jaune de la Force d'Intervention avançait lentement au milieu de la rue obscure. Seuls ses feux de position étaient allumés. On avait donné ordre au chauffeur de se montrer discret.

L'un des hommes qui escortaient Helman vers le camion de télévision se tourna vers le véhicule de police. Celui-ci s'immobilisa. Le chauffeur, qui n'était pas en uniforme mais en costume de ville, en sortit et s'éloigna, marchant toujours au milieu de la rue. Malgré l'absence de réactions des tireurs, l'homme gardait les mains en l'air. Une fois au bout de la rue, il s'enfuit à toutes jambes.

Helman le regarda, époustouflé. Qui étaient ces gens qui contrôlaient la police ? Il attendit devant les portières arrière de la camionnette. D'autres hommes en armes émergèrent de l'ombre. Trois d'entre eux l'encerclèrent, prêts à tirer. Les autres traînaient les cadavres jusqu'au camion de la police, allant les chercher jusqu'à l'intérieur de la résidence du docteur Leung. Dans le silence de la nuit, cette vision cauchemardesque évoquait une armée de goules envahissant un cimetière et emportant leur macabre butin. Helman frissonna dans l'air glacial. “Jésuites” n'était pas un nom de code. Il s'agissait bel et bien de prêtres. De prêtres morts. Qui combattaient les fusils avec des arbalètes. Des prêtres qui étaient entrés dans un restaurant de Miami pour trancher la gorge de Max Telford avec un fil de fer.

La porte de la camionnette de télévision s'ouvrit. A l'intérieur, quatre hommes étaient assis sur un banc, face à une console composée d'écrans de télévision et d'équipement radio. Helman avait raison : c'était bien un véhicule de surveillance. Et une autre de ses suppositions se vérifiait. L'un des groupes avait bel et bien triomphé.

Un homme portant un badge aux armes de la compagnie des téléphones épinglé sur sa parka déboutonnée était assis, pieds et poings liés, devant la console. L'une des manches de son manteau était déchirée, dévoilant un bras nu. Un tourniquet de caoutchouc était enroulé au-dessus de son coude. L'homme assis à ses côtés tenait une seringue. Comme l'avait conclu Helman, ceux qui occupaient la camionnette des téléphones avaient perdu.

Une voix parla du fond du véhicule. A la lueur verte des écrans de contrôle, Helman vit un visage réduit à quelques traits grossiers.

— Maintenant, transmettez l'autorisation d'amener le premier camion de police. Dites-leur d'envoyer une ambulance ensuite.

Le captif dévida dans un micro une série de mots codés. C'était donc les gens du téléphone qui contrôlaient la police.

Le commandement était bien trop fragile lorsqu'on en chargeait des hommes sans visage, susurrant des mots porteurs de bien trop de significations. Les chefs pouvaient être renversés en un instant sans que leurs subordonnés puissent s'en rendre compte. Cela s'était déjà produit, Helman le savait. Cela se produirait encore.

En surprenant les conversations crachotées par les radios, il comprit que la police avait bouclé tout le quartier, devenu zone interdite. Une fois les preuves effacées, on laisserait aux autorités le soin d'inventer une version aseptisée de la vérité. D'ici là, tout pouvait arriver. Helman commença à planifier son évasion.

L'homme éclairé de vert parla à nouveau :

— Dites-lui de faire avancer la voiture lorsque cette camionnette et l'ambulance seront partis. L'opération est terminée.

Le captif obéit. La silhouette à la seringue attendit qu'il

ait fini et que les haut-parleurs transmettent une réponse affirmative. Puis il plongea l'aiguille de sa seringue dans le cou du prisonnier.

Celui-ci eut un frisson. Un seul. Ses yeux rendus vitreux par la drogue ne reflétèrent pas sa vie qui s'échappait. Il s'effondra en avant.

L'homme à la seringue l'attrapa au vol et le poussa vers un garde qui attendait à côté de Helman.

— Mettez-le dans la camionnette de police. Gardez l'ambulance pour les civils.

Le corps entravé, inerte, fut emporté jusqu'au camion jaune. Celui-ci semblait déborder de cadavres. C'était vraiment un nettoyage par le vide. La bataille avait été rude. Helman se sentit pris au piège dans un autre siècle. Il examina mentalement ses propres tentatives d'évasion. Pas une n'avait une chance d'aboutir. Pas en présence de tant d'hommes armés.

— C'est Phénix ? dit l'homme vert en désignant Helman.

Le garde acquiesça.

— Numéro Un est à la cave. Gardez-lui Phénix pour quand il reviendra. D'ici là, la police nous donnera une escorte jusqu'à l'aéroport.

La porte de la camionnette s'ouvrit brutalement. La plupart des hommes en armes étaient rassemblés autour du camion de police. Une ambulance, dont seuls les feux de position étaient allumés, descendait la rue en silence. Son arrivée détourna l'attention des hommes qui entouraient Helman. Celui-ci réagit au quart de tour.

La paume de sa main brisa le nez du garde le plus proche ; les esquilles d'os pénétrèrent dans son cerveau. Avec un craquement sinistre, son talon frappa la jambe du second garde au-dessus de la rotule. L'homme tomba en avant, droit sur le coude de Helman, qui lui fracassa le haut du crâne. Le troisième garde eut le temps de comprendre ce qui se passait et fit un pas en arrière, projetant la crosse de son fusil en un arc mortel. Helman posa sa main sur la crosse et para le coup visant son menton. Les bras du garde se levèrent, laissant une ouverture au poing de Helman, qui l'atteignit en dessous du sternum. L'homme partit en arrière, envoyant valser son fusil. Son souffle l'avait quitté dans un long râle. Helman envoya un pied percuter sa mâchoire ; son adversaire heurta la camionnette et s'abattit au sol.

Des pas retentirent derrière lui. Helman agrippa un fusil et courut vers l'avant de la camionnette. Protégé par le capot, il tira une rafale au jugé, puis courut en zigzag jusqu'à la maison la plus proche. Il n'y eut pas de coup de feu, ni de bruit de pas lancés à sa poursuite. Il était libre.

De retour dans les ombres des maisons entourant celle du Dr Leung, Helman posa le fusil et libéra son Magnum du holster.

Il traversa les arrière-cours. Apparemment, personne ne le suivait. Peut-être ses poursuivants avaient-ils été effrayés par sa prétendue appartenance à la CIA, ou peut-être pensaient-ils qu'il ne pourrait traverser les cordons de police. En ce cas, ils se trompaient.

Les policiers n'étaient que des policiers. Il n'eut aucun mal à leur passer sous le nez. Ils concentraient leur attention sur les barricades de bois et l'embouteillage de voitures qui s'était formé autour des rues bouclées. Une foule de résidents et de passants curieux les entourait. Beaucoup s'étaient rassemblés autour d'une équipe de la télévision locale. Helman les rejoignit, les traversa, et se retrouva libre.

L'homme de l'allée, celui sur lequel les flèches avaient rebondi avant de le tuer, avait prétendu tout savoir de Helman. Il le prenait pour un certain Phénix. Ils le connaissaient donc. Mais s'ils n'avaient pas localisé sa chambre d'hôtel, alors ils ne savaient pas tout. Il lui restait un endroit dans cette ville où il serait en sécurité. Il se dirigea vers son hôtel, sans essayer de réfléchir à ce qui s'était passé. Il n'arrivait pas à y croire.

Rien qu'en regardant la pièce plongée dans l'obscurité depuis le couloir de l'hôtel, Helman pouvait dire que sa chambre n'était pas telle qu'il l'avait laissée. Peut-être que les femmes de chambre étaient entrées. Peut-être pas.

Il n'alluma pas la lumière. Il entra en coup de vent, Magnum en main, et referma la porte derrière lui afin que sa silhouette ne reste pas là, inscrite en ombre chinoise sur le rectangle de lumière.

Dans la chambre, tout était calme.

Il avança de deux pas dans le vestibule et, à la pointe du revolver, ouvrit la porte de la salle de bains. Qui était vide.

Il fit deux pas en avant et se tourna pour examiner la chambre. Les rideaux étaient à demi tirés, mais les lumières de la ville offraient un éclairage suffisant pour qu'il constate l'absence de tout intrus. D'un pas las, il s'avança pour regarder dans l'espace entre les deux lits et derrière la grosse armoire. La chambre était vide.

Il rengaina son Magnum et enleva son manteau, qu'il jeta au milieu d'un des lits jumeaux. Les événements de la soirée lui revinrent peu à peu. Il les avait bloqués, évacués de son esprit occupé à dépister un éventuel poursuivant, jusqu'à ce qu'il rentre à l'hôtel. Il savait ce qui arriverait s'il s'arrêtait pour réfléchir sur l'absurdité de l'explosion du laboratoire et de ce combat de rues en plein quartier résidentiel. Maintenant qu'il se trouvait en sécurité dans sa chambre, loin des violences de la nuit, il pouvait y repenser.

Il s'assit au bord du lit et fixa le parquet sans le voir, l'esprit en déroute. Il ne pouvait imaginer un scénario, une hypothèse convaincante pour expliquer le conflit auquel il se trouvait mêlé. Il ne s'agissait pas que d'un groupe new-yorkais embauchant un assassin pour commettre un meurtre ; il y avait autre chose de bien plus sinistre que cette histoire de maladie tropicale. Quelqu'un l'avait pris pour un agent de la CIA et semblait considérer cette hypothèse comme tout à fait raisonnable, comme s'il était normal de tomber sur un exécutant des services secrets. Et les jésuites ! Des prêtres armés d'arbalètes. Et qui s'en servaient pour *tuer*. Rien ne pouvait expliquer cela. Il chercha désespérément une réponse, une simple trace de bon sens dans un monde incompréhensible. Il aurait voulu appeler sa sœur. Entendre sa voix. Se retrouver dans la réalité, dans une ferme de Nouvelle-Angleterre, loin de toute cette démence, de toute cette irréalité.

Cherchant la paix, cherchant une réponse, Helman tendit la main vers le téléphone posé sur la table de nuit, entre les deux lits. Quelque chose remua sur le balcon. La réponse venait à lui.

La main posée sur le combiné, Helman tourna rapidement la tête en apercevant une ombre se découper sur le parquet. Et il la vit. Adrienne St. Clair. Ses yeux irradiaient une haine inimaginable. La puissance de ce regard le figea.

En ce long moment de silence, elle pressa son corps vêtu de noir contre la porte de verre du balcon, le visage déformé, aplati sur la surface transparente, les paumes écartées et blanches comme de la pâte à pain. Ses yeux semblèrent grandir et se précipiter sur lui, contre lui. Et le silence fut rompu par le son cristallin du verre brisé, alors qu'une toile d'araignée délicate naissait autour d'une de ses mains, puis de l'autre, craquelant la surface de la vitre comme une couche de glace. Puis la porte explosa en un blizzard de verre, elle fut à l'intérieur, et se jeta sur lui en poussant un gémissement de fureur suraiguë.

Le craquement du verre tira Helman de sa paralysie. Son instinct reprit le dessus. Il plongea en arrière, tomba du lit et se reçut sur ses pieds, tirant son Magnum qu'il braqua sur elle.

— Arrêtez, ou je tue.

Sa gorge se serrait sous l'effet de la terreur, rendant sa voix presque inaudible.

Adrienne St. Clair avançait toujours. Son gémissement fut remplacé par un souffle douloureux, rauque. Elle grondait. Après lui.

Helman ouvrit le feu. Sa main absorba le choc violent du recul. Il vit le tissu noir qui recouvrait la peau de la femme se déchirer en une éruption de lambeaux. Il vit les rideaux, derrière elle, soulevés par les ondes de choc des balles. Il vit sa chair blanche, intacte.

Adrienne St. Clair avançait toujours. Il tira, encore et encore, jusqu'à ce que le percuteur clique dans le vide et que les vêtements noirs ne soient plus que haillons. Et pourtant, elle avançait toujours.

Il se retrouva dos au mur. La main de la jeune femme se tendit et enserra son cou, une main petite et fragile, remarqua-t-il alors que la panique affinait ses sensations, ralentissait le temps. Ce n'est qu'une fillette, pensa-t-il. Quel mal pourrait-elle lui faire ?

La petite main fine de la jeune femme qui venait d'encaisser six balles à bout portant, chacune conçue pour donner la mort, se referma sur la gorge de Helman et le souleva lentement du sol, le poussant contre le mur, laissant ses pieds pendre à quelques centimètres du tapis.

La vision de Helman s'emplit d'étoiles noires. Son cou semblait prêt à éclater. Ses poumons s'embrasèrent, mais ses efforts pour se dégager ne purent fléchir d'un centimètre le bras qui le retenait. Ses gestes se ralentirent et une brume rouge emplit la chambre. Alors la femme lui parla.

— Je ne te le proposerai qu'une fois. Tu vas accepter de tout me dire sur ce qui t'a amené ici, ou bien je continuerai de te tenir contre le mur jusqu'à ce que tu étouffes. Ce qui devrait prendre vingt minutes, et je ferai en sorte qu'elles soient toutes plus déplaisantes les une que les autres. Es-tu d'accord ?

Helman tenta désespérément de répondre. Rien ne put traverser sa gorge. La poigne de fer immobilisait sa tête.

— Es-tu d'accord ? cracha-t-elle en desserrant un bref instant sa prise.

Helman pencha la tête, tentant de combattre la pression de son corps inerte. Il hoqueta un "oui" aussi distinct que possible. Alors la femme le relâcha. Il glissa au sol, incapable de se protéger.

Il toucha son propre gosier et le massa doucement, tentant d'évaluer les dégâts. Il la regarda fixement, laissant sa vision revenir à la normale. La haine brûlait toujours dans ses yeux.

— Je t'accorde un instant pour te remettre, puis tu me diras tout ce que je souhaite savoir.

Helman acquiesça. Son regard se posa sur le Magnum tombé au sol, et son instinct évalua la distance qui l'en séparait.

Sans même le regarder, elle écarta le revolver d'un coup de pied. L'arme glissa sous un lit.

— N'y compte pas, dit-elle. Tu sais déjà qu'il ne sert à rien. Rien de ce que tu connais ne peut m'atteindre. Je suis déjà morte, tu comprends ? Je suis un *yber*. Ce que vous autres humains appelez un vampire.

Helman tenait sa réponse.

DEUXIEME PARTIE :

LE MARCHÉ

CHAPITRE I

Un vampire.

Helman tourna et retourna le mot dans son esprit jusqu'à ce qu'il se dissocie en syllabes disjointes, dépourvues de signification. Le terme qui le remplaça, celui qu'il voulait employer, était : "impossible". Mais il ne savait pas ce qu'il désignait : l'idée qu'Adrienne St. Clair soit ce qu'elle prétendait être, ou le fait qu'elle ait encaissé six balles conçues pour forer des trous de vingt centimètres de diamètre dans un corps, et puisse y survivre. Et sans une égratignure. Il avait vu le cadavre ravagé du docteur, au laboratoire. Il voyait Adrienne St. Clair, indemne. Helman ne savait pas si "impossible" avait encore un sens.

Il se leva tout en la regardant attentivement. Elle était là, et les lumières glauques de la ville dansaient sur sa peau, et les rideaux soulevés par la brise passant par la porte fracassée l'entouraient comme des spectres diaphanes. Son visage était pâle et émacié. Ce qu'il prenait pour des bouffissures, d'après les photos que King lui avait montrées, n'était que l'ossature de ses pommettes proéminentes. On lui aurait donné trente ans, comme le disait King, mais la structure de son visage était de celles qui traversent les années sans un signe de vieillissement. Elle n'avait pas d'âge.

Son corps n'en suggérait pas plus. Mince, mais pas fragile. A travers le pull noir qu'elle portait, et que les balles avaient déchiré, on apercevait un sein menu. Mais pour Helman, cette vision n'avait rien d'érotique. Adrienne St. Clair pouvait le tuer en un clin d'œil.

Helman n'était en vie que parce qu'elle avait besoin d'informations. Si seulement il savait lesquelles.

Il s'assit sur le bord du lit le plus éloigné de la fenêtre, et elle lui parla.

— Tu es prêt ?

Sa voix n'était qu'un murmure sifflant, comme celle de l'homme au téléphone. Ou du groupe de New York. Helman établit le lien entre eux et les pièces du puzzle s'assemblèrent

— Y en a-t-il d'autres comme vous ? demanda-t-il.

Il connaissait la réponse, mais voulait l'entendre de sa bouche à elle.

Elle plissa les yeux, mais ne fit rien pour modifier sa position, debout au centre de la pièce. Il pouvait déceler son trouble. Elle combattait son envie de le tuer sur-le-champ. Mais elle avait besoin d'informations et décida de coopérer. Du moins pour l'instant.

— Comme moi ? Non. C'est pourquoi vous êtes ici, je pense. Mais il y a d'autres *yber*, bien sûr. Des milliers, peut-être.

— Des *yber* ?

Elle avait déjà employé ce mot.

— C'est le terme que nous employons. Il est très ancien. Nous sommes un peuple, et tel est notre nom. Entre nous, nous nous appelons toujours *yber*. Les humains l'ont modifié. Aujourd'hui, dans votre langue, vous parlez de vampires.

— King et Rice et le groupe de New York sont-ils aussi des *yber* ?

— Je ne les connais pas. C'est ce que je veux découvrir. Qu'est-ce que ce *groupe* de New York ?

Helman lui raconta son rendez-vous ; comment il s'était vu enlevé dans la limousine, puis était resté inconscient jusqu'à son réveil dans la salle sans fenêtres ; les onze personnes aux voix semblables à la sienne, au visage dissimulé sous un masque.

A cette description, elle hocha la tête.

— Était-ce des *yber*? demanda-t-il.

Puis il comprit pourquoi ils portaient des masques. Non pas pour cacher leur visage, mais leur bouche. Il regarda celle de St. Clair. Ses dents étaient plates, blanches, une dentition parfaite.

— Vous n'avez pas de crocs.

A peine ces mots prononcés, il se sentit stupide. Cette idée même était risible. Pourquoi l'avait-il exprimée ? Il pensa aux balles.

— Non, humain, je n'ai pas de crocs. J'ai une ombre. Et un reflet. Et l'eau bénite ne me brûle pas. Mais les membres du groupe de New York ont des crocs, et ils les planteront dans ton cou lorsqu'ils découvriront ton échec. Mais continue. Combien as-tu demandé en paiement ?

— Rien. Ils m'ont fait chanter.

— Comment ? Au nom de quelle autre transgression ?

— Un autre crime. Un meurtre.

Il appela le contrat Delvecchio par son véritable nom.

— Ils disposaient de preuves compromettantes et pouvaient les faire parvenir à la police. Je n'avais pas le choix.

St. Clair regarda Helman.

— Es-tu coupable du crime en question ?

— Oui.

La jeune femme, qui n'avait toujours pas changé de position depuis qu'elle s'était éloignée de Helman, dit :

— Répète-moi *tout* ce qu'ils t'ont dit. Jusqu'au moindre mot.

Helman obéit et lui reproduit sa conversation avec le groupe. Puis il en vint au moment où King avait fait un lapsus et presque appelé l'un des masques "Seigneur". St. Clair l'interrompit.

— "Seigneur" ?

— C'est ce qu'il m'a semblé. Il s'est bien vite rattrapé. Qu'est-ce que cela signifie ?

St. Clair se détourna et regarda au-delà du balcon, droit dans la nuit. Les lourds nuages reflétaient toujours les lumières blêmes de la cité.

— Écoute bien ce que je vais te dire. Lorsque j'en aurai terminé, tu devras prendre une décision qui peut te conduire à la mort, quel que soit ton choix.

Helman acquiesça. Adrienne St. Clair commença son récit.

Helman n'était pas un cas unique. D'autres comme lui avaient été forcés à remplir certaines tâches. Des individus susceptibles de servir un jour les desseins des *yber* étaient d'abord localisés, puis mis en observation. Les informations ainsi rassemblées fournissaient des moyens de mettre en branle d'autres actions.

En Angleterre, dans le Sussex, vers la fin des années 40, un *yber* s'était éloigné des Voies et était devenu un tueur fou. Il abandonna le schéma de discrétion développé au fil des années, régentant l'acte de tuer et de se nourrir, pour laisser derrière lui quantité de cadavres humains vidés de leur sang. L'enquête fut serrée. Tout le réseau des *yber* de Grande-Bretagne se vit menacé. Ils finirent par s'allier et détruire l'agresseur, délivrant ce qu'ils appelaient la Mort Finale. Mais les investigations se poursuivirent. Il fallait faire un sacrifice.

Un homme tout à fait ordinaire, désigné sous le nom de Sussex, un homme dont on avait remarqué, des années plus tôt, qu'il remplissait certains critères précis, reçut des visites nocturnes. Des voix lui parlaient. Des *yber* vinrent jusque dans sa chambre pour le séduire, lui vantant le charme et la beauté du sang. L'homme s'appelait en fait John George Haigh. Avec l'aide des *yber*, il commit de lui-même deux meurtres et but le sang de ses victimes— bien que, n'étant pas lui-même *yber*, il ne puisse s'en nourrir. Puis on le livra à la police. Tout l'accusait. Lors de son procès, il mentionna les voix qui le visitaient, mais l'homme était de toute évidence fou à lier, et personne ne prêta la moindre attention à ses dires. Des meurtres répugnants, dignes d'un vampire, avaient été commis. On fournit un meurtrier dont l'état mental expliquait la nature de ses forfaits. L'enquête fut close et les *yber* se retrouvèrent libres, sans risque d'être démasqués.

— C'est la technique du bouc émissaire, dit Helman. Lorsque la réussite d'une opération nécessite un crime, on fournit un suspect convaincant qui puisse détourner l'attention des véritables coupables. Si un politicien n'accepte pas les directives des groupes de pression de Washington, il se fait en général tabasser par des "voyous".

— Nous parlons simplement de survie, répondit St. Clair. C'est ce que nous faisons depuis des années.

Un cas semblable s'était produit dans les années 20, à Hanovre. Fritz Harmann servit de bouc émissaire. On l'exécuta. Les *yber* survécurent.

En 1849, au cimetière Montparnasse, l'armée française alla jusqu'à cacher des gardes parmi les tombes et des soldats armés à l'entrée. Des *yber* audacieux avaient usé de leurs pouvoirs et de leur savoir particulier pour tromper la surveillance des gardes et investir les tombes des morts les plus récents. Le scandale éclata. Des enquêteurs vinrent du monde entier pour découvrir la vérité. Certains avaient déjà surpris les activités des *yber* et menaçaient leurs positions. Alors, les voix visitèrent le sergent Victor Bertrand, bientôt suivies de femmes qui traversaient les fenêtres de son baraquement, des femmes qui faisaient ses délices, mais qu'il était seul à voir.

Une nuit, dans un cimetière, le sergent Victor Bertrand fut blessé par un soldat. Au tribunal, il raconta la même chose que, plus tard, Haigh et Harmann. Ce qui ne servit à rien. Comme toujours. L'enquête fut close et les *yber* furent une fois de plus hors de danger.

— Et je devais subir le sort de ces hommes ? Etre sacrifié ? Un bouc émissaire pour les meurtres que vous avez commis ?

— Quels meurtres ? demanda Adrienne St. Clair. Je ne tue pas. *Tu* es venu *me* tuer : administrer la Mort Finale à un cadavre. Sans doute les humains qui m'étaient proches devaient-ils succomber eux aussi. C'est ce qui s'est produit. Ensuite, tu aurais sans doute été tué à ton tour. Tout te désigne. Ils te tiendraient, toi, et personne n'irait chercher plus loin. Comme toutes les autres fois, les *yber* seraient ainsi hors de danger.

Helman remua sur le bord du lit et se frotta le cou. Une douleur sourde pulsait toujours à la base de son crâne.

— Si je comprends bien, je me retrouve coincé à cause d'un plan conçu il y a un siècle et poursuivi par la même organisation.

— Pas seulement la même organisation, humain. *Les mêmes individus.*

— Comment ça ? Ceux qui ont mis en boîte le sergent français sont les mêmes qui m'ont dupé cent trente ans plus tard ?

— Tu ne m'écoutes pas, hurla la jeune femme, furieuse. Tu n'assimiles rien de ce que je te dis. Nous sommes des *yber*. Des vampires. Nous nous nourrissons de sang. Et tant que nous continuons d'en boire, *nous sommes immortels.* Tout ce que tu sais de nous, toutes vos superstitions se trompent dans les détails, mais ont une base réelle. Si tu veux vivre, humain, il te faut l'accepter.

Elle avait raison. Helman n'arrivait pas à assimiler la chose. Il en était déjà à tenter de se convaincre que les balles l'avaient raté ; qu'au laboratoire, le réfrigérateur l'avait protégée de l'explosion. Comment pouvait-il accepter l'existence du tissu même dont sont faits les cauchemars, des choses qu'on ne trouve que dans les caves et les placards d'enfant ? Il vivait dans un monde de transplantations cardiaques, de greffes, de télévision. Confronté à l'inconnu, à ce qui n'a pas de place dans le monde tel qu'il le concevait, Helman choisissait de l'ignorer. Que pouvait-il faire d'autre ?

— Comment voulez-vous que j'avale ça ? C'est des histoires de fantômes, des vieux films. Des choses pareilles ne peuvent pas exister ?

— Alors dis-moi comment j'ai survécu à l'explosion que tu as provoquée dans le labo de Chris. Comment suis-je passée par cette fenêtre du troisième étage, comment t'ai-je trouvé ici, et comment les six balles que tu m'as envoyées dans le corps m'ont-elles épargnée ?

Elle agrippa son pull déchiqueté.

— Et ensuite, comment ai-je pu te soulever et te tenir collé au mur ? Donne-moi une autre explication.

Helman parla très doucement, très lentement :

— Il n'y en a pas. Tout ceci est impossible.

— Sauf si tu acceptes de me croire. Ecoute-moi, humain. Tu es en danger, et moi aussi. Les *yber* que tu as vus à New York sont très puissants et ont une énorme influence. L'un d'entre eux, celui que M. King a appelé Seigneur, fait partie du Conclave.

Helman pensa aux jésuites, aux arbalètes gisant près de leurs cadavres fumants. Il secoua la tête.

— Non, il est en relation avec le pape, à Rome.

— Rome n'a rien à voir là-dedans. Rome a *tout* à voir là-dedans. Tu nous insultes. Le Conclave est le nom du conseil qui régit les *yber*. Depuis près de deux cent cinquante ans, il nous assure stabilité et organisation. Comprends-moi, humain : en ce temps-là, l'Europe accédait à la civilisation. Les journaux se créaient, les gens étaient mieux éduqués. Les *yber* devaient eux aussi se civiliser sous peine d'être découverts, traqués et massacrés comme les indigènes des terres conquises par les Européens. Ainsi naquit le Conclave, et les *yber* s'organisèrent. Des générations de mentors et de proies s'étaient transmis notre savoir : comment chasser, comment se nourrir sans être repéré, comment employer nos pouvoirs en perpétuelle expansion. Le Conclave a rassemblé ce savoir et l'a réparti entre tous. Les Voies des *yber* nous ont permis de survivre au monde moderne. Sans eux, les *yber* ne seraient plus que superstition, un souvenir des temps révolus. Evanouis comme de la poussière dans les rayons du soleil. Pourtant, le Conclave demande une compensation.

Et Adrienne St. Clair lui parla du Conclave, et du prix qu'il demandait.

Les débuts de l'histoire des *yber* furent marqués par d'incessants combats avec leur unique source de nourriture : les humains. Les *yber* venaient boire nuitamment le sang de leurs victimes ; parfois, celles-ci succombaient à leur horrible condition et devenaient elles-mêmes *yber*. Tous les humains le savaient ; tous redoutaient la nuit et les crocs et les gorges découvertes. Ces récits se retrouvent dans toutes les mythologies et les différentes cultures.

Avec l'expansion des villes et de la civilisation, les *yber* qui rejoignaient les populations nouvelles étaient systématiquement découverts et subissaient la Mort Finale. Ceux qui restaient dans les campagnes et les endroits les plus reculés prospéraient. Leur existence passa du statut de certitude généralement admise à celui de fable transmise par les paysans des communautés agricoles. Sous le couvert des superstitions, les *yber* étaient en sécurité. Finalement, ils en vinrent à accepter eux-mêmes ces croyances, et le Conclave assura leur pérennité en les incluant dans les Voies.

Les Voies prétendaient que les *yber* étaient une Horde Infernale, les serviteurs du Diable. Dieu et son royaume de lumière était leur ennemi. Tout découlait de ce credo, et tous les *yber* s'y conformaient.

L'organisation des *yber* s'inspirait en grande partie de l'Eglise, pour mieux la ridiculiser. Le Conclave, gouvernement des *yber*, tenait son nom du rassemblement des cardinaux au moment de l'élection du pape, et donc du maître de l'Eglise.

Le Conclave fournissait une identité aux *yber* qui devaient se déplacer parmi les humains. D'où le nom de famille d'Adrienne, St. Clair. On parodiait l'Eglise autant que possible. Même la création d'un nouvel *yber* était désignée sous le nom de Communion.

Qu'un *yber* boive le sang d'un humain ne transformait pas systématiquement la victime en *yber*. Si tel était le cas, un seul *yber* ayant besoin d'une victime par nuit créerait plus d'*yber* en un mois qu'il n'y avait d'humains dans le monde, car chaque *yber* nouvellement créé aurait à son tour besoin d'une victime. Mais les *yber* pouvaient boire une quantité minime de sang prélevé sur un certain nombre de victimes qui n'en souffriraient guère. Seul l'acte de Communion pouvait créer un nouvel *yber*.

Le mentor commençait par vider presque totalement sa victime. Il fallait la mettre en un état de choc consécutif à la perte de son sang. Une fois que la proie était dans la condition requise, on le ou la forçait à boire le sang blanc du mentor. Alors seulement se faisait le transfert, et un nouvel *yber* voyait le jour.

Le Conclave avait assuré une réserve permanente de nourriture pour les *yber* tout en laissant un rôle pour les humains au milieu de leur structure sociale : celui de familier.

Les familiers étaient des humains choisis individuellement par les *yber* pour le devenir eux-mêmes. Mais d'abord, ils devaient passer par une période de servitude. Un *yber* pouvait avoir de cinq à dix familiers. D'autres plus élevés dans la hiérarchie, comme les Seigneurs du Conclave, plusieurs douzaines. Les familiers protégeaient le sanctuaire des *yber* contre les assauts du soleil, s'occupaient des affaires et des transactions financières qui ne pouvaient être conclues qu'à la lumière du jour, et offraient régulièrement une quantité raisonnable de leur sang. Après un certain temps au service d'un mentor, les familiers pouvaient être présentés à une réunion de quelques *yber* et recevoir la Communion, devenant eux-mêmes *yber*.

Le groupe de New York avait été l'une de ces réunions en comité restreint, visant à rassembler les *yber* liés par la proximité géographique afin qu'ils puissent regrouper leurs ressources, coordonner leurs actions et assurer leur protection. St. Clair était sûre que le groupe de New York comprenait des *yber* haut placés à cause des masques cachant leurs bouches.

Lorsqu'un humain devenait *yber*, l'une des premières manifestations physiques, et des plus faciles à détecter, était l'apparition de crocs. Quelques heures après la transformation, les canines du sujet tombaient et, au bout de deux nuits, de nouvelles dents traversaient la gencive. Au terme d'une croissance accélérée, elles devenaient des crocs acérés d'une dizaine de centimètres de longueur. Ceux-ci passaient pardessus la lèvre inférieure et étaient impossibles à cacher.

Les *yber* protégés et servis par leurs familiers n'avaient pas besoin de dissimuler leurs crocs : ils les arboraient fièrement comme des symboles de leur puissance et de leur nature particulière. Mais certains vampires devaient évoluer au milieu des humains. Leurs canines étaient alors limées et couronnées. Au bout de quelques mois, les crocs repoussaient et devaient à nouveau être érodés, mais dans l'intervalle, rien ne distinguait les *yber* des humains, du moins en apparence.

Helman revit King, de New York, et Rice, de Toronto. Leur dentition, comme celle de St. Clair, était parfaite. Il lui demanda si elle connaissait ces deux-là.

— Parfois, les humains ont du mal à différencier les *yber* de leurs familiers, car ceux-ci adoptent bien vite les manières et l'apparence de leurs mentors. Etant donné que tu n'as jamais vu Rice ou King de jour et que leurs attaques étaient particulièrement féroces, nous pouvons supposer qu'ils sont des *yber*.

Il y eut un long silence. Helman regarda au-delà des rideaux que le vent soulevait. La température était descendue en dessous de zéro, et il avait passé son manteau. St. Clair n'avait pas bougé. Uniquement vêtue des lambeaux de son pull et de son pantalon noir, elle ne semblait souffrir d'aucune gêne, comme si elle ne sentait pas le froid.

Helman secoua la tête.

— Non, non, c'est ridicule. Comment voulez-vous que je vous croie ?

Le visage de St. Clair se tordit sous l'effet d'une rage animale, la même qui l'avait possédée lorsqu'elle avait traversé la vitre. Sa voix redevint un murmure sifflant, effrayant.

— Comment peux-tu *ne pas* le croire ? cracha-t-elle.

Il y eut un instant de calme, celui qui précède la tempête. Helman le rompit en douceur.

— Quelle est la décision que vous voulez me voir prendre ?

Enfin, St. Clair bougea. Elle s'approcha et se tint face à lui, le regardant droit dans les yeux. En voyant pour la première fois son visage de si près, il remarqua avec étonnement sa peau totalement incolore. Il pensa à Rice, Rice et son maquillage. Même ses lèvres n'étaient pas plus sombres que sa peau. La pointe de son sein découvert était de la même blancheur d'albâtre que la peau qui l'entourait.

— Sais-tu qui tu as tué dans le laboratoire, ce soir ?

Helman se força à la regarder droit dans les yeux et répondit :

— Le docteur Christopher Leung. L'homme chez qui vous résidiez.

St. Clair hocha la tête avec une ombre de tristesse.

— C'était un bon humain. Mais aussi mon familier. Le seul que j'aie eu en Amérique du Nord. Le dernier qui me restait au monde. Le Conclave a tué tous les autres à l'aéroport de Heathrow, alors que je fuyais l'Angleterre. Ils ont employé un cercueil en guise de leurre après m'avoir mise dans un autre container. Ils sont morts pour protéger ce cercueil vide, afin de tromper le Conclave par cette diversion. Tous morts.

Elle s'interrompit, le temps de laisser Helman réaliser de lui-même la conclusion de son discours.

— Sans aide, un *yber* ne peut survivre en ce monde. Chris m'a assistée et tu me l'as enlevé. Je te demande de prendre sa place. De devenir mon nouveau familier.

L'estomac de Helman se contracta. Admettre la part de vérité dans ce que St. Clair lui avait raconté était une chose, mais devenir lui-même un rouage de cette société en était une autre. Il se rappela les premiers mots qu'elle lui avait dits avant de commencer son récit. *Une décision qui peut te conduire à la mort, quel que soit ton choix...* Il savait ce qui arriverait s'il refusait tout de suite. Ce serait lent et douloureux. Une nouvelle fois, les portes se refermaient l'une après l'autre devant lui, jusqu'à ce qu'il ne reste plus qu'une seule issue. Depuis l'arrivée du paquet dans le New Hampshire, il n'avait été qu'un pion. D'abord du Conclave, et maintenant de cette femme. A chaque décision qu'on l'obligeait de prendre, sa colère et sa frustration augmentaient. Mais que pouvait-il faire d'autre ? Par-dessus tout, il devait survivre. Son heure viendrait, tôt ou tard. Il pourrait alors créer ses propres options et prendre sa propre décision, et se retourner contre les forces qui le contrôlaient. Mais le moment n'était pas venu.

— En ce cas, boirez-vous mon sang ?

C'était de la folie. Un cauchemar devenu réalité. Que lui

arrivait-il ? Comment pouvait-on seulement poser de telles questions ?

Adrienne St. Clair secoua négativement la tête.

— Je te l'ai dit, humain, je ne tue pas. Et je ne me nourris pas du sang d'êtres vivants.

Elle regarda le ciel nocturne. Celui-ci restait sombre. Il n'était pas encore temps de partir. Elle se tourna vers Helman.

— Les *yber* peuvent survivre par d'autres moyens. Et c'est pourquoi le Conclave veut ma mort.

CHAPITRE II

Adrienne St. Clair s'interrompit, hésitante, puis alla s'asseoir sur le lit, en face de Helman.

— En fait, humain..., commença-t-elle, mais elle s'interrompit.

Helman vit s'adoucir ses traits déformés par la rage. Il crut même qu'elle allait sourire.

— Je suis désolée, finit-elle par dire. Il m'arrive d'oublier tout ce que fut ma première existence. Quel est ton nom ?

Helman le lui donna. Son vrai nom. Elle pouvait toujours apprendre qu'il lui avait menti, et ce n'était pas le moment de tenter le diable.

— En fait, Granger, tu t'es retrouvé au milieu de tout ceci sans savoir de quoi il en retournait. Comme tous les autres, le Conclave t'a choisi à cause de ton passé. En effet, quel qu'il fût, il montrait que tu ignorais tout de l'existence des *yber*. C'est une caractéristique fondamentale chez ceux qu'ils sélectionnent : l'ignorance les rend plus faciles à contrôler. Leur mensonge sur ma soi-disant maladie tropicale visait à expliquer mon aversion pour le soleil et mon association avec Chris. Quant à ma prétendue connaissance des arts martiaux, elle justifiait que tu gardes tes distances. Ma décapitation avait pour raison d'être la nécessité de faire un exemple. En fait, c'est l'une des façons de donner la Mort Finale. S'ils t'avaient dit de me percer le cœur avec un pieu, tu te serais posé des questions.

— Ils n'avaient pas à se justifier devant moi. La vie de

ma sœur et de ses enfants sont entre leurs mains. Je n'étais pas en mesure de poser des questions, quoi qu'ils puissent me demander.

— Ils sont malins, Granger. La plupart d'entre eux ont pu étudier l'esprit humain durant des siècles. Sans leurs explications, le doute se serait installé dans ton inconscient. Tu aurais certes agi comme ils te le demandaient, mais ton esprit aurait cherché une explication rationnelle à ces conditions délirantes et, incapable d'en trouver, se serait révolté. Ces justifications t'ont permis d'accepter plus facilement leurs exigences et ont atténué tes velléités de rébellion. Ainsi, tu étais davantage apte à remplir ta mission, dans le simple but d'en finir avec toute cette histoire.

Helman réalisa qu'elle disait vrai. On l'avait manipulé, non seulement ouvertement en menaçant sa sœur et ses fils, mais aussi, plus sournoisement, en lui fournissant des détails erronés. La puissance de son raisonnement impressionna Helman.

— Pendant combien de temps avez-vous pu étudier l'esprit humain ? demanda-t-il.

Au fond de lui, il redoutait sa réponse.

— Pas tant que ça, Granger. Je n'ai que soixante-sept ans. A peine une existence.

Il la regarda fixement. Soixante-sept ans. Elle en paraissait trente, pas plus. Elle sourit à la vue de son expression abasourdie.

— N'oublie pas : tout ceci est bien vrai.

Sa voix avait perdu de sa dureté, et son ton était presque rassurant.

— Après la Communion, nous ne vieillissons pas à la façon des humains. Les infirmités de l'âge ne nous touchent plus. Et nous vivons éternellement. Ou du moins, cela nous est possible si nous le désirons.

Soixante-sept ans ! Elle pourrait en avoir cent soixante-sept. L'*immortalité*. Ce mot pénétra l'esprit de Helman et y resta planté, brillant de tous ses feux. C'était incroyable. Mais si tout ce qu'elle lui avait dit était vrai, pourquoi pas aussi cela ?

— La vie éternelle. L'est-elle vraiment ? demanda-t-il, la voix pleine d'une crainte respectueuse.

— Parmi nous circulent des légendes. Elles parlent de grottes, en Grèce, où vivraient des anciens de notre peuple réfugiés là depuis l'aube des temps, depuis des milliers d'années. Des milliers d'années, Granger. Mais ce ne sont que des légendes, même pour nous. Aucun d'entre nous n'en est sûr. Tout ce que je sais, c'est que les amis de ma première existence, avant la Communion, sont tous frêles et affaiblis, voire morts. Et je suis toujours ce que je suis, telle qu'au moment de ma Première Mort. Et je ne vieillirai jamais.

Seul le claquement des rideaux lui répondit. Helman n'avait rien à dire. Son esprit engourdi se débattait au milieu d'impossibles notions.

— Granger, je suis là par accident, moi aussi. Le Conclave a survécu et a gardé sa stabilité parce qu'il a pu choisir ses membres avec soin, observer leur comportement durant leurs années de servitude avant de leur permettre de passer enfin du statut de familier à celui de membre à part entière. Et les meneurs d'origine ne meurent pas : ils conservent leur position, ne sont pas remplacés par des jeunes aux idées nouvelles. De l'immortalité découle la stabilité. Mais je suis l'exception à cette règle. Il y a quelques années, je crois qu'ils voulaient m'administrer la Mort Finale. Parce que je suis devenue *yber* par accident, sans avoir été choisie. Mais ils ont reculé. Et maintenant, je pense qu'ils regrettent de ne pas s'en être tenus à leur première décision.

— Si vous n'étiez pas choisie, comment est-ce arrivé ? Il faut bien qu'il y ait eu un autre vampire — un autre *yber*.

— Il y eut un autre *yber*, Granger. Mais l'heure était à la guerre, et même la structure organisée du Conclave ne pouvait l'ignorer complètement.

Et Adrienne St. Clair raconta son histoire. La chambre d'hôtel sembla disparaître, au point qu'il se crut là, sur place, témoin de l'accident qui devait introduire la jeune femme au monde cauchemardesque des *yber*.

1944. Depuis le Débarquement, les courants de la victoire balayaient l'Europe, débordant les forces nazies sur tous les fronts. A l'Ouest, en France, Adrienne St. Clair était là, au milieu de l'armée en mouvement, chaque jour plus puissante, qui marchait vers Berlin.

Elle était infirmière dans un hôpital de campagne anglais et suivait l'avancée du front ; recousant les blessés et nettoyant les morts en partance pour leur dernier voyage. Son unité restait très proche de la zone des combats.

Au gré des contre-attaques farouches qui faisaient onduler les positions comme les contours d'une amibe, elle se trouva plus d'une fois sur le front même, sans s'en rendre compte. Et un jour, le dernier de sa première existence, un bombardement brutal suivi d'une offensive enfonça les lignes. L'heure était à la retraite. Elle partit donc dans un camion de la Croix Rouge rempli de quelques vivants et surtout de morts. Mais elle se vit coupée du reste de son unité par l'avance ennemie.

Pour un soldat, se faire capturer était déjà grave. Mais pour une femme, c'était la pire chose qui puisse arriver. La terreur l'envahit peu à peu. Elle réalisa que le camion vert frappé d'une croix rouge ne la protégerait pas de ceux qui avaient causé les dommages qu'elle soignait depuis des semaines. Puis les méandres d'une route ravagée par les obus envoyèrent le camion verser dans le fossé. Elle fut éjectée par les cahots et atterrit au bord de la route. Lorsqu'elle reprit conscience, les quelques grognements qui émanaient de la cargaison de chair, morte ou vivante, s'étaient tus depuis longtemps. Elle n'entendait plus que le grondement lointain des *panzers* et les claquements secs des fusils.

Adrienne boitilla jusqu'à l'amas de métal et de toile enchevêtrés qu'était l'arrière du camion. Les corps étaient tordus selon des angles peu naturels. Il n'y avait plus rien à faire. Et elle frissonna d'horreur en réalisant qu'elle était contente d'être débarrassée de sa charge. Maintenant que ses soldats étaient morts, elle ne se sentait pas obligée de les assister jusqu'à l'arrivée de l'ennemi. Libérée de son devoir, elle pouvait penser à sauver sa peau.

Adrienne partit en courant à travers les arbres qui flanquaient la route. Elle pleurait. Le grondement des *panzers* s'intensifiait. Elle se réjouissait de la mort de ses patients, et son avidité à survivre lui faisait honte.

Le soleil était d'un rouge sanglant et se couchait, gonflé et ridé, au bout des champs désolés qui s'étendaient derrière la ferme.

Elle pouvait entendre les appels des soldats qui hantaient les bois. Suivaient-ils sa trace à travers la forêt, où étaient-ils juste en reconnaissance, à la recherche d'une proie qui pouvait bien être elle-même ?

Elle courut tout droit à travers les champs, vers la ferme. N'ayant pas reçu d'instruction militaire, elle ne savait pas qu'elle formait ainsi une cible parfaite. Mais la ferme lui semblait détachée de la guerre qui faisait rage, comme une oasis en plein désert. Une protection. Cela lui suffisait. S'il y avait des guetteurs dans la forêt, aucun n'ouvrit le feu. Peut-être se contentèrent-ils de noter sa position et de la garder pour plus tard, après que les officiers eurent déclaré la région libérée et continué leur chemin. Peut-être, alors, iraient-ils chercher l'Anglaise qui se cachait dans une ferme. Mais pour le moment, dans la lumière crue et cramoisie d'un coucher de soleil sur un champ de bataille, Adrienne St. Clair poussa les portes de bois de la ferme et se sentit à l'abri des soldats. Et elle avait raison. La chose qui remuait dans la cave était là pour s'en assurer.

La ferme avait connu d'autres occupants depuis que le fermier et sa famille l'avaient quittée. Dans un coin s'empilaient des boîtes de rations militaires, anglaises et allemandes. Près des fenêtres gisaient des douilles noires ressemblant à des crottes d'animaux. A part une grande table de bois renversée, deux chaises et un montant de lit fracassés, la ferme était vide.

Hoquetant, l'esprit saisi d'une épouvante purement animale qui donnait une aura cauchemardesque à la réalité la plus banale, Adrienne explora la maison, titubant, cherchant d'instinct un autre abri à l'intérieur de son refuge. Elle pensa se cacher dans le foyer de pierre, le corps dans la cheminée, les pieds dissimulés derrière les morceaux de bois. C'était une idée stupide, qu'elle n'abandonna pourtant qu'après avoir constaté que le conduit de la cheminée était trop étroit pour elle.

Ses mains étaient noires de suie et, en ramenant ses cheveux en arrière, elle laissa une trace sombre sur sa joue. Le tissu rêche de son uniforme kaki, pantalon comme chemise, était emplâtré de boue et de graviers. Elle arpenta les planchers de la ferme, cherchant toujours un abri dans la lumière qui s'assombrissait peu à peu.

Le parquet émettait des bruits sourds, creux sous ses pas alourdis par ses grosses bottes. Finalement, la vérité éclaira son esprit engourdi. Il y avait un sous-sol sous ses pieds ! Une cave sombre et rassurante qui la protégerait des soldats.

Elle rampa sur le parquet, hoquetant désespérément. Il devait y avoir une trappe. Elle devait la trouver ! Elle s'arc-bouta contre la table renversée et poussa, râpant le sol. Elle poussa, poussa jusqu'à ce que le bord heurte le mur de pierre, mais le grondement émis par la surface de bois rabotant le parquet ne cessa pas pour autant. Elle retint sa respiration et écouta. Les *panzers* approchaient.

Elle égratigna le plancher de ses ongles. Des échardes pourries se fichèrent dans ses doigts. Ses mains étaient froides et insensibilisées. Elle sentit une fissure ; toutes les planches se terminaient sur une même ligne. L'obscurité était maintenant presque totale, mais elle avait trouvé la trappe menant au sous-sol.

Une corde terminée par un nœud traversait un trou dans le plancher. Elle la tira, et une portion rectangulaire se dissocia du parquet, se souleva avant de retomber avec un son mat qui se répercuta dans la pièce. S'ils étaient là-dehors, dans les champs, ils l'avaient certainement entendu. Son cœur battit plus fort encore.

Elle plongea son regard dans les ténèbres impénétrables de la cave. Quelle pouvait être sa profondeur ? Elle s'approcha de l'ouverture pour mieux percer l'obscurité presque palpable. Et ne vit toujours rien.

Adrienne s'allongea sur le sol, la tête et les bras pendant dans le vide au-delà de la trappe. Elle sonda les ténèbres de ses mains, à la recherche d'une échelle. Elle pouvait presque sentir l'odeur épaisse, humide, un relent de terre et de pourriture qui se dégageait de la cave ; chaude, moite, comme si elle explorait la tanière d'un immense animal dont l'haleine fétide aurait réchauffé, puis dissous tout ce qui s'y trouvait. A cette idée, ses bras furent parcourus de picotements ; elle imagina ses mains traînant à portée des griffes de ce qui vivait là, dans la cave. Mais les *panzers* avançaient toujours, et cette menace-là était bien concrète.

Puis ses mains touchèrent quelque chose de rugueux. Du bois. Elle palpa la surface pour déterminer sa position. Quelque chose de mince et acéré se referma sur son poignet.

Elle eut un mouvement de recul. Pendant un instant d'horreur absolue, elle se sentit piégée par l'étreinte glaciale. Elle poussa un hurlement étouffé et tira encore. Quelque chose céda avec un bruit sec. Sa main se retira de la trappe, mais l'objet y était toujours attaché et pendait de son poignet, brillant comme des écailles de poisson sous la clarté lunaire. Adrienne se raidit, terrifiée ; les ténèbres se peuplèrent de serpents imaginaires. Mais l'objet s'immobilisa peu à peu. Elle tendit lentement son autre main et l'effleura avec précautions.

C'était froid et métallique. Ses doigts reconnurent la forme d'une croix. Quelqu'un avait attaché un crucifix à la dernière marche de l'escalier menant à la cave, telle une vigie protectrice. Elle secoua la main, faisant tomber la chaîne brisée, puis jeta le crucifix dans un des coins de la pièce et se remit en quête de l'échelle.

Adrienne descendit huit marches avant de fouler la boue humide et stagnante du fond de la cave. Elle referma la trappe derrière elle, déclenchant une avalanche de poussière qui la recouvrit de particules irritantes. Elle cracha et s'essuya le visage de ses mains, pataugeant dans le sol gluant, jusqu'à ce qu'elle puisse à nouveau ouvrir les yeux.

Mais il n'y avait rien à voir. Pas même l'échelle qui, pourtant, était à quelques centimètres de sa tête.

Elle fouilla ses poches. Comme toutes les infirmières, elle avait toujours des allumettes sur elle afin de pouvoir donner du feu aux soldats en état de fumer. Où étaient-elles ? Elle trouva la demi-boîte qui lui restait dans une des poches de sa veste, et se sentit aussitôt un peu plus rassurée.

A la lueur de la première allumette, elle put déterminer la taille de la cave. Celle-ci était petite et n'occupait que la moitié de l'espace de la ferme au-dessus d'elle. Les poutres du plafond étaient recouvertes de toiles d'araignée argentées. Les murs n'étaient faits que de terre, retenue par quelques étais de bois placés à intervalles réguliers. Le mur le plus éloigné de la base de l'échelle semblait avoir succombé aux assauts de nombreux hivers. Il s'était effondré, et la terre s'était amassée sur le sol. Dans un coin, loin des monticules de terre, elle vit une boîte, ou une caisse. Elle dut alors lâcher son allumette, qui grésilla sur le sol humide avant de s'éteindre pour de bon.

Adrienne se déplaça en direction de la boîte, distante d'un mètre à peine. Ses bottes émettaient des bruits de succion a chaque fois qu'elle les arrachait au sol détrempé. De la pointe du pied, elle tapota la caisse. Il était temps de gratter une autre allumette et d'ouvrir cette boîte. Peut-être y trouverait-elle quelque chose à manger.

Le couvercle grinça bizarrement lorsqu'elle le souleva. La lumière faible et dansante de l'allumette éclairait à peine les ténèbres qui régnaient à l'intérieur de la caisse. Puis Adrienne se figea. Elle avait entrevu une silhouette menue, celle d'un enfant, allongé dans la caisse. Tremblant comme une feuille, Adrienne approcha son allumette.

Ce n'était qu'une vieille poupée de chiffons gisant sur des draps moisis. Sur son visage de porcelaine, la peinture se détachait en longs rubans lépreux. Lorsqu'elle tenta de soulever la poupée, le corps tomba en lambeaux ; la tête retomba dans la caisse et disparut. La seconde allumette brûla les doigts d'Adrienne, qui la laissa tomber dans la boue.

Au moins, la caisse lui fournissait un endroit sec pour s'asseoir. C'est ce qu'elle fit, prenant appui sur ses genoux pour ne pas s'adosser au mur gluant.

La terre molle qui l'entourait étouffait tous les sons, et elle réalisa qu'elle n'avait aucun moyen de savoir si les Allemands l'attendaient au-dehors où s'ils étaient repartis. Elle décida de s'en soucier plus tard, lorsque sa montre lui indiquerait le matin. Pour l'instant, elle allait se reposer, oubliant les ténèbres et l'humidité et ce qui pouvait y rôder. Elle pensa à celui qui avait si soigneusement rangé la poupée, il y avait bien longtemps. Sans doute la même personne qui avait posé le crucifix sur l'échelle.

C'est alors qu'elle entendit tomber une motte de terre sur le sol détrempé. Des rats, se dit-elle. Le feu les fera fuir. Elle enflamma une autre allumette, mais sa clarté orangée ne dévoila pas la moindre paire d'yeux brillants. L'allumette s'abîma dans la boue. Le bruit de terre remuée retentit à nouveau dans les ténèbres. Une autre allumette révéla un décor inchangé. Ou est-ce que le monticule de terre était différent ? L'allumette grésilla au sol. Il y eut un long bruit de succion, comme si quelque chose se traînait hors de sa gangue de boue.

Une autre allumette. Le silence. Elle la jeta au sol et en gratta tout de suite une autre. Le monticule de terre avait changé. Il était animé de pulsations, comme si un monstrueux ver de terre y déroulait ses anneaux. Une autre allumette. Encore une autre. Chacune, tel un stroboscope, révélait un mouvement saccadé. Adrienne se mit debout. Le sang afflua à ses tempes, assourdissant, tandis qu'elle regardait *la chose* qui tentait de s'extraire de la boue.

Apparut une masse blanchâtre, larvaire, se dressant sur le monticule. Il y en avait d'autres, gigotant sous la couche de terre.

L'allumette brûla les doigts d'Adrienne. Elle eut un sursaut et éparpilla le contenu de la boîte. Il n'y restait maintenant plus qu'une seule allumette. Elle la gratta à grand-peine, tant elle tremblait. Sa clarté révéla la nature de la chose enterrée. Un pied ! Les orteils écartés, écartant la terre, se frayant un passage vers la surface.

Un autre pied était visible à côté du premier, et on pouvait distinguer la forme de deux jambes poisseuses de terre. Puis apparurent deux bras. Un torse. Et une tête horriblement maculée de boue, celle d'un golem rappelé à la vie.

La tête se tourna vers elle. Sous la couche de terre, deux yeux la regardaient. Puis la boue tomba et Adrienne vit alors le visage d'un homme, pâle, larvaire, aux orbites semblables à des plaies suppurantes. Et une bouche ouverte pourvue de crocs...

L'allumette s'éteignit, venant mourir contre la chair couverte de cloques entre son pouce et son index.

Elle hurla et se jeta tête la première dans la direction présumée de l'échelle. Mais elle la manqua et s'effondra dans le cloaque. Ses cris se firent gargouillements. Elle agita frénétiquement les bras devant elle. Toucha quelque chose de solide. L'échelle.

Sans transition, elle se retrouva en train de grimper les degrés vermoulus. La boue avait détrempé son uniforme et ralentissait ses mouvements, comme dans un cauchemar où chaque geste semblait s'étirer à l'infini. Sa tête heurta le couvercle de la trappe. Elle lâcha prise et faillit retomber dans la boue. Elle jeta ses mains en avant et parvint à saisir l'extrémité de la corde à nœuds. Puis parvint à reprendre son équilibre et poussa la trappe avec son avant-bras. Celle-ci se souleva en grinçant. Lentement. Trop lentement.

Adrienne fit un dernier effort et la repoussa ; la trappe se dressa, toute droite, et retomba sur le parquet. Adrienne passa sa tête par l'ouverture. Puis sa taille. C'est alors qu'une main saisit sa cheville et tira.

Elle hurla, emplie de terreur. Elle secoua la jambe, donna un féroce coup de talon, et se libéra.

Elle bondit, se cogna le menton contre le rebord de la trappe et s'affala sur le parquet, secouée de sanglots hystériques.

Il faisait nuit. A travers les fenêtres dépourvues de volets, la clarté lunaire filait une tapisserie d'ombres. L'intérieur de la ferme luisait faiblement. La tête apparut au niveau du plancher et la regarda. Et sourit. Un rayon de lune fit luire ses crocs.

L'être se dressa lentement, doucement, les bras ballants. Son corps semblait flotter, sans toucher les bords de la trappe. Il continua sa progression jusqu'à poser un pied sur le plancher. Alors il marcha vers elle. Ses pas n'éveillèrent aucun écho.

Il la souleva comme si elle ne pesait pas plus qu'une plume. Depuis qu'il avait posé les yeux sur elle, Adrienne n'avait plus de voix. Son corps refusait de réagir, de la protéger.

Elle se sentait comme le passager d'un navire en train de couler. Tout était clair. Elle savait ce qui allait arriver. Et ne pouvait rien faire pour l'empêcher.

Elle poussa un long hurlement qui ne résonna que dans son esprit et ne put couvrir le son des crocs qui déchiraient sa gorge.

Elle sentit le mouvement des lèvres avides contre son artère sectionnée, suçant lentement la chair qui l'entourait, se repaissant d'elle, puis se détendant, laissant retomber son cou. Une langue se fit caresse autour de la cavité, d'où jaillissait le sang d'Adrienne au rythme des battements de son cœur. La douleur se calma peu à peu. La chaleur reflua des jambes et des bras d'Adrienne pour se concentrer autour de son cou. Elle pouvait sentir ses contractions alors qu'il buvait sa vie, et se sentit tournoyer à l'infini autour de cette sensation dans son cou. Elle fondait, *se* fondait en lui. Plus vite. Il avalait à pleines gorgées, sa gorge animée d'un va-et-vient frénétique. Sa vision s'effondra dans des tunnels électrisés, parcourus d'étincelles. Au milieu du tourbillon, elle aperçut un point rouge. Qui grandit. Sa pulsation anéantit le reste de l'univers. Elle voulait s'en approcher. Qu'il l'avale tout entière. Plus près et...

Le tourbillon était réel. Il l'avait projetée dans les airs, et elle retomba, inerte, près de la trappe. Elle vit, vaguement, que la porte de la ferme s'était ouverte. On parlait allemand. Des hommes en uniforme gris. Les canons de leurs fusils luisaient sous la clarté lunaire. Leurs voix étaient lentes, lointaines.

L'un d'entre eux braqua une torche dans la pièce. Elle le

vit se figer. Son visage se contorsionna de terreur. Les trois autres hommes levèrent leurs armes. La ferme s'emplit de flammes et de fumées. Adrienne se força à regarder de l'autre côté de la pièce. La chose qui s'était repue d'elle était clouée au mur, noyée dans des nuages de poussière. Les vêtements de la créature, déjà ravagés par la boue, dansaient autour de lui au rythme des impacts. Mais lorsque les percuteurs claquèrent à vide, il attaqua.

Son corps moucheté de petits trous sombres, là où les balles l'avaient traversé, dégoulinait d'un liquide blanchâtre qui semblait enrober sa chair comme la bave d'une limace. La substance accentuait le jeu de ses muscles minces alors qu'il se jetait à travers la pièce pour fondre sur les soldats.

Adrienne vit le carnage se dérouler au ralenti. Son sang à elle maculait encore la bouche hurlante de la créature qui déchira les soldats comme s'ils n'avaient pas plus de consistance que la poupée de chiffons dans la caisse. Bras et têtes volèrent. En un instant, trois hommes furent démembrés. Le quatrième, celui qui tenait la torche, s'enfuit en piaillant.

La créature ne se lança pas à sa poursuite. Elle préféra rassembler les morceaux des trois autres soldats et les emmener, gluants et sanglants, vers la trappe. Adrienne sentit vaguement les vibrations des chars d'assaut qui s'approchaient de la ferme. Elle se demanda si cette chose avait conscience du danger. Puis il la ramassa, sans effort apparent, et la jeta dans la cave. Adrienne se sentit fendre l'air humide. Elle atterrit en douceur. Les cadavres déchiquetés des soldats lui servirent de coussin.

Elle resta là, sur le dos, regardant droit à travers la trappe, le plafond de la ferme, et la créature qui se tenait au bord du carré de lumière. Et qui la regardait. Sa bouche s'ouvrait et se refermait comme celle d'un poisson. Adrienne voulait qu'il vienne, qu'il en finisse avec elle. Le grondement des chars retentit, puis fut couvert par les monstrueux craquements qui traversèrent la ferme, transformant la nuit en brillance aveuglante.

L'obus dut pénétrer par la porte ou la fenêtre et exploser contre le mur du fond. Des fragments de pierre et de bois déchirèrent l'air. L'un d'entre eux alla empaler la créature, puis l'onde de choc la projeta vers la trappe grande ouverte, qui l'avala. Adrienne regarda la forme qui tombait droit sur elle. Dans la demi-seconde qui suivit, elle put reconnaître le corps de la créature déchiquetée par les échardes de pierre. Elle tenta désespérément de lever les bras vers lui, pour l'accueillir en son sein. Mais il disparut. Se dissout. De la poussière dans la clarté solaire. Les pierres tombèrent autour d'elle en une douce pluie, leur violence absorbée par le corps de la créature. Et Adrienne se vit recouverte par ce qui restait de lui. Une cascade de sang blanc. Le sang de la vie. Le sang des *yber*.

Il macula son visage et s'infiltra dans sa bouche, et elle revint à la vie. Ses bras inertes retrouvèrent leur mobilité. Le goût du liquide épais était indescriptible et elle se découvrit affamée. Son toucher sur sa langue la fit trembler. Elle l'essuya de son visage pour le fourrer dans sa bouche, puis passa à ses mains, ses bras, son corps, sans en perdre une goutte. Puis elle alla laper les marches de l'échelle. Et enfin, ce sang la guida vers un mets encore plus délicat, plus satisfaisant, qu'il avait inondé.

Il la mena aux cadavres des soldats. A leur sang.

Telle fut la Communion d'Adrienne St. Clair.

CHAPITRE III

Helman resta silencieux. La créature qui se tenait assise en face de lui — la morte vivante, le *nosferatu*, tous ces noms qu'il se rappelait avoir lu ici et là — frissonnait en racontant son histoire. Elle fixait le sol entre ses pieds. Ses bras tremblants enserraient ses genoux. Helman tendit le bras, comme pour saisir sa main, la rassurer. Mais il hésita, et elle leva les yeux. Trop tard.

— C'est arrivé il y a plus de trente ans. Parfois, lorsque je me réveille, j'ai encore l'impression que c'était hier. Si j'ouvre les yeux, je ne vois que les ténèbres, et je sens les cadavres démembrés des soldats sous mon corps.

Elle détourna son regard et fixa l'obscurité de cette cave d'il y avait bien longtemps.

— Qu'est-il advenu de la chose, l'*yber* qui vous a attaqué ?

Elle inspira profondément.

— Les éclats de pierre ont agi sur lui comme un pieu. L'un d'entre eux doit avoir atteint son cœur. Pour lui, c'était le moment de sa Mort Finale. Et pour moi de la Première Mort. Il s'est dissous, Granger, comme dans les films. Le corps d'un *yber* qui vient de recevoir la Mort Finale vieillit à une vitesse incroyable. Plus longtemps nous sommes resté *yber*, plus notre décomposition est rapide. Si l'on m'avait administré la Mort Finale la nuit après ma Communion, mon cadavre aurait été semblable à celui d'un humain. Si je mourais aujourd'hui, il disparaîtrait en quelques secondes.

Elle haussa les épaules. Elle s'était exposée en racontant son histoire d'un point de vue personnel, mais l'heure n'était plus aux confidences. La discussion redevenait technique. Helman regretta de ne pas avoir pris sa main lorsque le moment lui avait semblé propice.

— Que s'est-il passé cette nuit-là, après la Communion ?

Peut-être qu'en revenant à l'histoire, son aspect personnel referait surface et lui donnerait une clé pour la comprendre.

— Je ne sais plus très bien. Je crois que je suis restée plusieurs jours dans cette cave. J'étais très faible. Le sang humain ne nous nourrit que s'il est prélevé sur un sujet mort depuis peu. Au bout de quelques heures, il perd ses qualités nutritives. Mais je ne savais pas encore cela.

— Est-ce que vous compreniez ce qui vous arrivait ?

— Oh, oui. Bien sûr. J'étais devenue un vampire. Je connaissais toutes ces histoires qu'on raconte aux enfants. Ce n'était que des fables, mais je les connaissais. C'était assez évident. Une chose pourvue de crocs, insensible aux balles, avait bu mon sang. J'étais devenue un vampire. Ou bien j'étais complètement folle.

— Maintenant, vous n'avez pas l'impression d'être folle ?

— Pas depuis bien longtemps, humain. C'est ma vie, après tout.

Elle lui sourit, enfin. Helman ne pouvait partager son humour.

— Comment avez-vous rencontré le Conclave ? Vous avez dit qu'ils voulaient se débarrasser de vous.

— Longtemps après que j'ai quitté la cave. Au début, nous éprouvons des besoins et des motivations nouvelles qui nous protègent de notre propre ignorance. A l'approche du matin, nous devenons léthargiques. Notre esprit se focalise sur les ténèbres, sur l'obligation de trouver un refuge contre la lumière. Notre auto-protection devient comme un nouvel instinct que nous suivons aveuglément. Plus tard, avec l'expérience, ces besoins s'atténuent. Mais, à ce moment, notre intellect a pris le relais. Donc, lorsque je suis sortie de la cave, j'ai écumé le front à la recherche de cadavres assez frais. Souvent, je me suis rendue malade en buvant du sang vicié, mais je ne pouvais me résoudre à me nourrir sur des vivants. J'ai aussi essayé le sang des animaux, et avec un certain succès, du moins provisoirement. Mais sa composition nutritive est différente. Après environ un mois, il faut du sang humain sous peine de mourir de faim.

Des mois plus tard, au cours d'une de mes incursions, j'ai rencontré un autre *yber*. Il connaissait les Voies et savait qu'un autre chassait sur son territoire. Plus tard, il me dit qu'il était prêt à me tuer pour le défendre. Mais il me suivit plusieurs nuits durant, et décida que ma faute venait de mon ignorance, et non de quelque noir dessein. Il devint mon mentor, comme aurait dû l'être l'*yber* de la ferme.

— Votre mentor ! L'*yber* qui vous apprendrait les Voies ?

— Exact. Il m'aida à développer mes nouveaux sens, mes pouvoirs naissants. Il m'apprit à passer inaperçue des humains et à identifier à distance d'autres *yber*. Lorsque la guerre tira à sa fin, il m'emmena à Genève. C'était là la base du Conclave, jusqu'à la reconstruction. Il y avait tant d'*yber* semblables à moi qu'ils s'en sont alarmés ; ils nous appelaient les"Indésirés". Durant la guerre, beaucoup furent créés sans l'assentiment d'un groupe gouvernant ou d'une réunion. Beaucoup reçurent la Mort Finale. Le fait d'avoir un mentor m'évita de subir le même sort. Il m'a sauvé plus d'une fois.

Sa voix se fit songeuse et un peu triste à l'évocation de souvenirs heureux.

— Vous étiez amoureuse de lui ?

Au point où en était Helman, il ne considérait pas bizarre de demander à cette créature qu'on ne pouvait tuer si elle était capable d'aimer.

— Oui, j'étais amoureuse de lui. Je peux éprouver des sentiments, Granger. Telle est l'origine du conflit. Le Conclave dit que nous sommes les enfants du Démon, des suppôts du Diable. Ils gouvernent les *yber* grâce aux vieilles superstitions sur la damnation et le combat contre l'Église. Et ils se trompent ! Certes, je suis *yber*. Mais je suis aussi humaine. Je n'ai rien de maléfique. Le Ciel ne m'a pas maudite.

Elle se pencha et regarda Helman dans les yeux.

— Granger, je suis une femme comme les autres. La seule différence est que je suis affectée d'une maladie.

Soudain, le concept d'*yber* lui parut acceptable. Ce dont il avait été témoin lui était présenté sous l'angle du surnaturel. Des vampires. Des créatures de la nuit. Son esprit rationnel ne pouvait admettre leur existence, même en présence de toutes les preuves nécessaires. Mais une maladie était du domaine de la raison. Qu'importe si les éléments restaient les mêmes. L'idée de maladie impliquait celle de médecine, de science. Et cela, il pouvait l'accepter. La science était une superstition moderne, et lorsqu'on prononçait les mots appropriés, Granger Helman pouvait y croire.

— Une maladie très rare, continua-t-elle, qui ne peut être transmise que par l'ingestion du sang d'un autre malade encore vivant, et ce uniquement lorsque le corps est en état de choc. Cette affection modifie les besoins nutritifs de l'organisme, accélère le métabolisme d'une façon incroyable, et élimine les effets secondaires de l'âge. Cela fait des années que je l'étudie. Chris Leung était prêt à m'aider. Il l'avait déjà fait à travers sa correspondance et ses propres recherches. Le vampirisme est une maladie, une maladie dont on peut guérir.

— Voilà donc pourquoi le Conclave veut votre mort. Parce que si votre théorie est vraie, leur puissance, basée sur la nature surnaturelle des *yber*, n'a plus de raison d'être.

— C'est cela même, Granger, exactement. Ils savent que j'y réfléchis depuis longtemps. Parce que, contrairement aux autres, je n'ai pas été choisie ? Parce que, dans ma première vie, j'ai étudié la médecine ? Qui sait ? Mais on m'a avertie : je ne devais parler à personne de mes théories qui, pour eux, relevaient de l'hérésie. Si je continuais mes recherches, la Mort Finale m'attendait.

— Mais vous avez continué.

— Je dois continuer (elle détourna les yeux) pour le salut de Jeffery comme pour le mien.

Ce nom de Jeffery intrigua Helman.

— C'était mon mentor, Granger, expliqua-t-elle. L'homme que j'aimais.

— Que lui est-il arrivé ?

Avant même qu'elle ne parle, il lut la réponse dans ses yeux.

— Il y a six mois, des émissaires du Conclave sont venus me chercher. Jeffery m'a protégée. Comme il m'avait aidée dans mes recherches.

Sa voix se fit tendue.

— Afin de me donner une leçon, ils l'ont emmené, lui. Ils l'ont enchaîné à un rocher, tout près de la villa qui nous servait de sanctuaire. Ils l'ont mis face à l'est. Au lever du soleil...

Sa voix n'était plus qu'un murmure. Helman vit ses yeux se brouiller de larmes. Cette fois-ci, il n'hésita plus, et prit les mains de la jeune femme dans les siennes. Elles étaient froides comme la glace. Comme la mort. Mais le courant d'air qui traversait la porte brisée avait refroidi ses doigts, et il ne remarqua rien d'anormal.

Adrienne inspira profondément et se redressa. Un instant, elle serra les mains de Helman, comme pour le remercier de ce réconfort, puis retira les siennes.

— La nuit suivante, je suis allée jusqu'au rocher. Les chaînes étaient tombées à terre et ses vêtements éparpillés avaient été emportés par le vent. Comme tout ce qui restait de Jeffery. L'anneau que je lui avais donné était là, enfoui sous les maillons des chaînes. Peux-tu comprendre ce que je ressentais, Granger ? Les humains peuvent tomber amoureux ; ils n'ont devant eux que quelques dizaines d'années pour profiter l'un de l'autre. Mais pour les *yber*, la Mort Finale de l'être aimé vous fait vieillir de plusieurs siècles, d'une éternité. On n'a même pas la consolation de lui faire ses adieux, puisqu'on ne peut pas disposer de son corps.

Ces mots éveillèrent en Helman des souvenirs d'amours perdus, d'années dérobées. Cela ne finirait-il donc jamais ? se demanda-t-il. Roselynne Delvecchio était déjà morte lorsqu'elle rencontra Helman dans le parking, il y avait si longtemps. Et, au cours de ses derniers instants, il lui avait offert une nouvelle chance en prétendant qu'il y avait eu erreur sur la personne. Et la vie était revenue dans ce corps, quelques secondes avant que Helman ne la reprenne à jamais. Ce dernier contrat lui avait coûté cher. Et maintenant, il se retrouvait dans la même situation. La jeune femme qui se tenait devant lui était déjà morte ; c'était une vampire, un *yber*, mais Helman pouvait faire quelque chose pour elle, lui offrir une nouvelle chance. Il pouvait lui proposer sa protection. Peut-être pourrait-il ainsi racheter son passé ? Mais il n'avait pas à se soucier du passé. Il était mort et enterré. Son esprit rationnel ne croyait pas en un châtiment divin punissant ses péchés. Sa seule superstition était pour la science, et celle, bien plus forte, de sa conscience. Lorsqu'elle lui proposa de devenir son familier, il sut qu'il allait accepter, ne serait-ce que pour éviter d'être exécuté sur-le-champ. Il devait vivre pour sauver Miriam et ses enfants. Mais maintenant, il savait qu'il accepterait l'offre d'Adrienne pour une meilleure raison : parce qu'il le souhaitait. Pour Helman, la différence était énorme.

— Adrienne, je veux vous aider. Je deviendrai votre familier, s'il le faut. J'accepte votre proposition.

— Le Conclave fera tout ce qui est en son pouvoir pour nous éliminer.

— Ils le feraient de toute façon.

Adrienne regarda à nouveau le ciel à travers les rideaux. L'aube approchait. A quoi pouvait bien lui servir sa connaissance des Voies si elle se retrouvait ainsi, à raconter ce qui devait rester enfoui au plus profond d'elle ?

— Par quoi commençons-nous ? demanda Helman.

Elle avait plus d'expérience que lui. Le premier acte lui appartenait. Il lui ferait confiance.

— D'abord, il faut que je regagne mon sanctuaire. L'aube approche. Le soleil m'est fatal.

— Mais vous ne pouvez pas regagner la résidence. Vos hommes n'ont pas pu la défendre contre les prêtres, ce n'est pas...

Le visage d'Adrienne se raidit.

— Que veux-tu dire par “mes hommes” ? Le Conclave a massacré mes derniers familiers. Je n’ai pas d’“hommes”. Et qui sont ces “prêtres” dont tu parles ?

— Les jésuites, armés d’arbalètes. Ils ont attaqué vos hommes, qui, eux, ont riposté avec des fusils. Ce fut un véritable carnage. Tout a commencé au labo, après l’explosion, et le temps que j’arrive à votre résidence, ils se tiraient dessus en pleine rue. Le chef de vos hommes se fait appeler Numéro Un.

La jeune femme écarquilla les yeux.

— Les jésuites du Septième Grade. Je croyais les avoir semés bien avant mon arrivée en Angleterre. Ils sont mieux renseignés que je ne le croyais.

— Pourquoi en ont-ils après vous ?

— Ils s’en prennent à tous les *yber*. Comme le Conclave, ils sont prisonniers de leurs superstitions. Dieu sait pourquoi ils se sont lancés à mes trousses.

— Mais ces gens qui ont affronté les jésuites...

Soudain, Helman réalisa l’énormité de ce qu’il venait de dire.

— Des jésuites ? Mais comment des prêtres peuvent-ils se comporter comme des tueurs ? C’est grotesque.

— Ce sont des jésuites du Septième Grade, Granger. Je n’ai pas le temps de t’expliquer. Le ciel s’éclaircit. Je ne sais pas contre qui ils se battent. Le Conclave les a déjà trouvés sur son chemin, mais je ne vois pas pourquoi ils chercheraient à me protéger des jésuites. Je compte sur toi pour le découvrir avant ce soir.

Adrienne se leva et se dirigea vers la porte du balcon.

— Mais si le Conclave entre en contact avec moi ? Ils tiennent toujours ma sœur et ses fils. Qu’est-ce que je vais leur dire ?

Helman saisit son bras ; elle le repoussa.

— Dis-leur que j’ai connu le même sort que mon premier mentor, dans la cave. Pour l’instant, ils te croiront. Tant qu’ils me tiennent pour morte, ta famille est hors de danger. Il faut que j’y aille, Granger. Je reviendrai ce soir. Tiens-toi prêt à partir en voyage.

Elle passa sur le balcon. Il l'y suivit.

— Où allez-vous ? Vous ne seriez pas plus en sécurité ici, je ne sais pas, dans un placard ?

Helman vit que, lorsqu'il parlait, son haleine se condensait en fines spirales emportées par le vent. Mais rien ne s'échappait de la bouche d'Adrienne. Le vent ne soulevait que ses cheveux, telle une traîne de ténèbres.

— J'ai d'autres sanctuaires ignorés de tous. Je serai plus en sécurité dans l'un d'eux. Maintenant, rentre et repose-toi en attendant le soir.

Elle lui tourna le dos et plongea, la tête la première, s'appuyant sur la balustrade.

Helman hoqueta son nom et se précipita sur le balcon pour la rattraper. Sa main ne saisit que le vide. Il se pencha à son tour, mais ne vit rien. La voix d'Adrienne lui parvint par-dessus les bourrasques glacées.

— Rentre. Repose-toi.

Il scruta l'obscurité. Peut-être était-ce une ombre qui se déplaçait le long de la piscine. Peut-être n'était-ce que le vent qui soulevait les bâches. Adrienne était partie.

Helman rentra dans sa chambre. Il tenta de faire disparaître toute trace du combat, puis appela la réception pour leur dire que quelque chose, peut-être un morceau de glace, venait de fracasser la porte du balcon. Sa chambre était constellée d'éclats de verre, et il souhaitait qu'on lui en donne une autre.

Une fois dans sa nouvelle chambre, semblable à la précédente, mais dépourvue de balcon, Helman s'effondra sur le lit. Il comptait bien dormir toute la matinée. Volontairement, cette fois-ci, et non par accident, comme le jour où les jésuites avaient tué Max. Mon Dieu, et s'ils l'avaient assassiné à cause de ses liens avec Helman ? Alors cela faisait des jours que les jésuites étaient au courant du contrat d'Adrienne. Et qui lui avait dit : "Tout est réglé de ce côté" ? Des familiers du Conclave déguisés en prêtres ? Chargés d'éliminer les témoins pour qu'Helman continue son œuvre ?

Non, le jésuite de l'allée, près de la résidence, avait

reconnu Helman. Voilà pourquoi ce prêtre agonisant avait tenté de l'étrangler. Mais dans quel but ? Parce que Helman travaillait pour le Conclave et devait tuer cette femme en son nom ?

Des cercles heurtaient d'autres cercles et rebondissaient sans jamais s'interpénétrer. Il n'avait pas assez d'informations pour trouver une solution. Il devait dormir. Se reposer, puis remplir la première partie du marché conclu avec Adrienne.

Qui avait tenté de la protéger des jésuites ? Et qui était ce Numéro Un ?

Ce matin-là, Helman dormit, et aucun rêve ne vint le tourmenter. La cave était bien éclairée. Mais les créatures étaient toujours là, tapies dans un coin. Attendant leur heure.

CHAPITRE IV

Une abomination.

Le docteur avait déjà été mis en présence de victimes d'incendies ou d'accidents de voiture. Il avait autopsié des noyés découverts plusieurs jours après leur mort, gonflés de gaz de putréfaction, à la chair décollée et aux os qui n'étaient plus retenus par des cartilages ou des tendons. Il avait découpé ces corps, exploré des masses indistinctes d'organes pourris, senti couler sur ses mains des fluides qui n'étaient pas du sang alors que le couteau s'enfonçait au plus profond des tissus organiques. Mais rien de tout cela ne l'avait autant affecté que ce qu'il découvrait maintenant. Ce cadavre n'avait pas pris cette forme tourmentée par hasard, ni par l'effet d'une corruption naturelle, inévitable. Il avait été disposé ainsi ; il y avait une volonté, une conscience qui avait orchestré sa destruction. Et c'était cette volonté qui faisait trembler son scalpel. Et, plus encore, l'idée de la créature qui avait pu faire une chose pareille.

Derrière la porte de la salle d'opérations, le père Clément attendait, assis dans des ténèbres aussi sombres que son humeur. Il s'était d'abord senti outragé, mais ce sentiment diminuait peu à peu. Une fois, il y avait bien longtemps, les officiers de la Compagnie avaient ressenti pareil outrage, et avaient décidé qu'ils avaient assez prié. Qu'il était temps d'agir. Ces officiers, trompés par un ennemi qui faillit causer la destruction de leur ordre, avaient prononcé le Cinquième Vœu de la Compagnie de Jésus. Et ils avaient bien agi. Le pape mourut. Un autre lui succéda, et comprit la leçon. La Compagnie fut rétablie.

Dès lors exista le Cinquième Vœu, inconnu du monde, sinon de la rumeur, et de tous, excepté certains membres de la Compagnie. Ceux qui prononçaient ce vœu étaient ceux qui passaient à l'action. En des temps extraordinaires il convenait de réagir. Des temps tels que ceux-ci, où le Royaume des Ténèbres et la puissance des États-Unis menaçaient de s'allier en un prélude au Jugement dernier. Où, à quelques mètres de lui, un docteur farfouillait dans la dépouille de celui qui avait été son frère d'armes au nom de la Cause sacrée : le père Benedict.

On l'avait appelé au téléphone, tard dans la soirée, pour lui murmurer quelques mots sans réplique. Un message signé Helman se trouvait dans le jardin de la demeure du saint père. La Compagnie verrait ce qu'il en coûtait de se mêler des affaires de cette femme, St. Clair.

C'était un défi, et il le relèverait. Assis dans les ténèbres, le père Clément tirait des plans de bataille.

Lorsque le docteur émergea de la salle d'opérations, il était blême, encore secoué par ce qu'il avait vu. Les jésuites lui avaient dit à quoi s'en tenir lorsqu'il avait prononcé son vœu d'obéissance envers le père Clément, mais son esprit rationnel ne l'avait pas vraiment accepté.

D'abord, on avait sous-entendu que l'Ennemi qu'il avait juré de combattre au nom de la Compagnie de Jésus existait bel et bien sur cette terre. Puis les sous-entendus devinrent récits, et les récits un entraînement. Et pourtant, il n'y croyait toujours pas. Jusqu'à ce soir, tard dans la nuit, lorsqu'on lui amena le corps ravagé du père Benedict et qu'il put constater que le cadavre ne contenait plus une goutte de sang. Celui-ci avait été pompé à travers une plaie perçant l'artère carotide. Laquelle avait été tranchée par des dents *humaines.* Piètre consolation, la plupart des atrocités avaient été commises après sa mort. Mais il eût préféré n'importe quelle torture à l'hideuse évidence découlant de cette première plaie.

Le père Clément attendit patiemment que le docteur se reprenne et lui fasse un compte rendu de l'autopsie. Il n'y aurait plus d'erreurs comme celle de Heathrow. La Compagnie allait recevoir de l'aide et finirait par triompher. C'était écrit.

Le docteur prit la parole :

— Le décès est dû au traumatisme causé par une hémorragie massive. C'est par une incision au niveau du cou qu'on a pompé le sang. La présence d'hématomes, de marques de dents et... et de salive indique une méthode... semblable à... celle que vous avez suggérée.

Le front du docteur était luisant de sueur. Une partie de son esprit, détachée de lui-même, se demanda s'il allait s'évanouir.

— Des vampires ont sucé son sang, docteur Biller, dit le père Clément d'un ton froid, monocorde. Nous ne pouvons nous dérober devant l'Ennemi. Employez donc le terme adéquat.

— Par... des vampires.

Vingt ans de pratique de la médecine, de foi en la science, s'effondrèrent lorsqu'il prononça ce mot. Un mot qui le remplit d'appréhension, comme si, dans une pièce vide et obscure, une main glaciale venait de frôler son épaule.

Il devait continuer son analyse. Réduire tout cela à des éléments connus, quantifiables.

— A part quelques abrasions superficielles du visage, apparemment causées par des... griffes, et l'excision traumatique de l'œil gauche, les autres mutilations ont été commises après la mort du sujet... du père Benedict.

— Faites-moi le détail de ces mutilations, docteur Biller. Faites connaissance avec l'Ennemi.

Son cœur battait à se rompre. Comme dans le lointain, il entendait sa propre voix, couverte par le battement du sang à ses tympans. Son cœur pouvait-il cogner aussi vite ? Pouvait-il tenir le coup ? Et combien de temps encore ?

— La plus apparente se situe au niveau de la cage thoracique, défoncée par un grand crucifix de bois qui a traversé le sternum, brisant sur son passage les côtes inférieures, perforant le cœur, et sectionnant la colonne vertébrale entre la dix-septième et la vingtième vertèbre. La langue a été découpée selon un axe médian, par des griffes, semble-t-il. De même, le septum a apparemment été enlevé de la même façon.

La pièce tournoyait. Il pria pour s'évanouir avant que son cœur n'atteigne ses limites. Le père Clément l'écoutait, impassible.

— Continuez, docteur. Jusqu'au bout.

— Les dégâts causés aux tissus rendent impossible de discerner si ses organes génitaux ont été tranchés ou déchiquetés jusqu'à perdre toute forme reconnaissable.

Jésus, faites disparaître ces images de mon esprit.

— Les mutilations ont été effectuées à l'aide d'objets conton... de griffes et de dents, oh, mon Dieu, père...

L'esprit du docteur céda avant son corps. Il s'effondra, telle une loque secouée de sanglots, la bouche bouillonnant de mots incompréhensibles : expression d'une angoisse insupportable.

Le père Clément vint le relever ; il le maintint debout, serré contre lui, le berçant légèrement pour mieux le réconforter. Le docteur était l'un des frères convers de la Compagnie qui avait gardé secrets ses vœux. De tels agents d'influence étaient nécessaires au bon fonctionnement de la Compagnie, lorsqu'il lui fallait accéder discrètement aux sièges du pouvoir séculier. De tels agents, infiltrés dans la bureaucratie de Washington, avaient averti la Compagnie du premier contact entre cette femme et les Américains. Ils avaient aussi découvert le lien entre l'assassin et le marchand de mort de Miami. Il arrivait que ces frères soient choisis par les initiés des Cinq Vœux — les jésuites du Septième Grade — et les frères convers, liés par leur serment, prenaient part aux activités nécessaires. Mais lorsqu'ils étaient confrontés à l'horrible réalité qui grouillait sous la façade du monde moderne, ils avaient toujours la même réaction. Personne parmi les peuplades du Moyen Age ou les prétendus sauvages du monde moderne ne refuserait d'accepter la vérité, cellc-là même qui avait poussé le docteur à l'hystérie. L'humanité s'était fixé pour tâche de s'isoler de l'horreur, et n'avait que trop réussi. Inconnues, ignorées, les véritables horreurs pouvaient croître jusqu'à ce que leur simple contact devienne dévastateur. Des siècles de progrès et de civilisation disparaissaient en un terrible moment de lucidité, lorsque les humains regardaient dans les ténèbres pour constater que les choses qui y étaient tapies existaient bel et bien.

Le père Clément avait passé sa vie dans ces ténèbres, à combattre ces créatures. Certains diraient qu'elles n'existaient que dans son esprit ; affirmation qui ferait le jeu de l'Ennemi.

Quarante ans plus tôt, il s'était approché de cet Ennemi et avait failli rejoindre ses rangs. Plus que tout autre membre de l'Ordre, il connaissait le pouvoir de fascination de l'Abîme. Ce savoir était sa motivation. S'y ajoutait la crainte qu'une fois de plus les ténèbres ne le tentent, et que, cette fois-ci, il ne puisse leur résister. Le père Clément réconforta le docteur et pria pour que lui soit pardonné le mépris qu'il lui inspirait.

Le père Clément monta dans la Plymouth Fury grise qui l'attendait derrière l'officine du docteur. Autour de lui, le jour se levait, et le trafic s'intensifiait ; de grandes créatures pataudes rugissaient à travers la vapeur que crachaient les bouches d'égout, bramant stupidement lorsqu'elles évitaient de justesse la collision. Son chauffeur accéléra et rejoignit la monstrueuse horde de la 70e Rue, puis passa à travers Central Park pour échapper à l'enfer de Manhattan.

— Est-ce fait ? demanda le chauffeur.

Ses yeux ne quittèrent pas la route. Il était jeune. Un scolastique qui entrait dans ses dix premières années de service, mais en qui on pouvait avoir confiance, au point de lui confier l'organisation de la maison de New York.

— Oui, dit le père Clément. Il préparera les documents appropriés pour montrer sa compétence. Le certificat de décès attribuera la mort à une crise cardiaque. Le père Benedict était vieux. Personne ne va s'alarmer.

Le chauffeur resta silencieux.

— Vous avez des nouvelles de Toronto ? continua Clément. Est-ce qu'il s'est passé quelque chose pendant que j'étais avec le docteur ?

En posant cette question, sa voix avait pris un ton rêche.

— Nous avons perdu, dit le chauffeur.

— Tout ? Reprit Clément, incrédule.

— Deux des novices se sont échappés. Tous les autres sont morts. Y compris les *Mounties*.

— Mais comment ont-ils pu ? Il y avait dix de nos hommes, les *Mounties*, la police...

— Nous n'avons pas eu affaire qu'à Helman et la femme. Il y avait aussi des Américains, armés de fusils et de vêtements protecteurs que nos flèches ne pouvaient traverser.

— Des Américains ? Des familiers du Conclave ?

— Non. Une enquête est en cours. On pense qu'il s'agit d'agents du gouvernement.

Le père Clément passa ses mains sur son visage. *Pas maintenant. Pas si tôt.*

— Ainsi, ils se sont déjà unis. Le pouvoir des Américains vient s'ajouter aux maléfices du Conclave.

Le chauffeur jeta un coup d'œil plein d'appréhension à l'homme assis à ses côtés.

— Nous nous trompons peut-être sur ce point, père Clément.

— Que voulez-vous dire ? Dans cette guerre, on ne peut se permettre de faire la moindre erreur.

— Les novices ont suivi St. Clair jusqu'au labo du docteur Chinois. Il y eut une explosion. Helman fut tout de suite sur les lieux...

— Pour la protéger, dit Clément.

— Ce n'est pas l'avis des novices, père. Ils disent qu'il tenait une machette. Et l'explosion n'était pas accidentelle.

— Qu'essayez-vous de me dire ? Que Helman tente de tuer cette femme ? C'est impossible. Il est un agent des Américains.

— Pardonnez-moi, père Clément, mais j'ai mené ma

propre enquête. Il est vrai que, par le passé, il s'est associé aux Américains. Hier soir, Langley s'inquiétait de son identité. Le frère convers que nous avons là-bas indique que la demande provenait d'une source alliée, c'est-à-dire une agence américaine à l'étranger. Il peut s'agir de notre équipe du Canada. Je crois que cela signifie qu'Helman n'est pas à la solde des Américains. Dans le cas contraire, pourquoi lancer une enquête sur lui ?

— Pour nous dérouter, dit Clément.

Faible argument. Mais il n'y avait qu'une seule autre possibilité, et il ne pouvait en discerner la logique.

— Ou bien il est au service du Conclave.

— Pour tuer Adrienne St. Clair.

— Mais dans quel but ? Elle leur sert d'agent de liaison avec les Américains.

Clément fixa le paysage qui défilait derrière sa vitre.

— Alors toute l'opération n'aurait servi à rien ? Est-ce ce que vous voulez dire ?

Le chauffeur secoua la tête.

— Je ne détiens pas de réponse. Je ne suis sûr que d'une chose, c'est que Helman ne travaille *pas* pour les Américains, et que ceux-ci cherchent à contacter St. Clair *et* à apprendre eux-mêmes qui est Helman. Nous nous retrouvons pris entre deux feux.

La voix de Clément s'enfla sous l'effet de la colère.

— Comment ça ? Où voulez-vous en venir ?

— Ce n'est qu'une suggestion, mon père, rien de plus. Nous savons que les Américains veulent entrer en contact avec cette femme. Mais nous ne savons pas s'ils tentent de s'en servir comme relais pour joindre le reste du Conclave. Nous savons que Helman est en rapport avec cette femme, mais nous ne savons pas de quelle façon. Est-il un agent américain chargé de la protéger ? Est-il un agent du Conclave ayant pour mission d'attenter à sa vie, mais d'échouer, bref, une ruse visant à nous égarer ? Ou doit-il vraiment lui administrer la Mort Finale ? Si nous agissons contre Helman, nous pouvons l'empêcher de la tuer, alors que c'est ce que nous souhaitons, tout comme le Conclave.

Néanmoins, en nous concentrant sur Helman, nous risquons d'entrer dans leur jeu : ils peuvent avoir prévu de détourner notre attention en nous offrant une cible évidente, le temps d'effectuer la jonction entre le Conclave et les Américains pendant que serons occupés ailleurs.

— Tout ceci est bien complexe. Que nous suggérez-vous de faire ?

Le chauffeur inspira profondément.

— Cela, père Clément, est de votre ressort. Je n'en ai pas la moindre idée, et vous laisse prendre votre décision.

Pendant un temps, ils roulèrent en silence.

— Ce que *je* sais, finit par dire Clément, c'est que quelqu'un, quelque chose, a fait du père Benedict ce que nous avons vu tous les deux. C'est là l'œuvre du Conclave, qu'il voudrait faire passer pour celle de Helman. Tous deux sont nos ennemis, et nous les détruirons. Les Américains soutiennent l'un ou l'autre, ou les trois. Ils les détruiront. La femme, le Conclave, Helman, tout va s'écrouler sous nos yeux. Et si les Américains s'en mêlent, nous les détruirons aussi, comme le vendeur de meurtres en Floride. Nous sommes les Initiés des Cinq Vœux. Nous allons agir et les détruire.

La voiture s'engagea sur l'autoroute, à toute vitesse. Les choses suivaient leur cours, vers une conclusion inévitable.

Les mains serrées sur le volant, le scolastique pria Dieu pour que la conclusion soit celle prévue par la Compagnie, et non l'autre possibilité, bien plus terrifiante.

L'enfer devait rester là où il était. On ne pouvait le laisser se répandre sur terre.

Et pourtant, à Washington, des hommes savaient qu'il était déjà trop tard.

CHAPITRE V

Ils se cachaient tout au long de la rue, derrière des rideaux tirés, dans les haies, sur les toits. Ils attendaient.

Adrienne St. Clair avait été repérée alors qu'elle entrait dans la chambre d'hôtel. Trois heures plus tard, alors que les premiers rayons du soleil étaient dangereusement proches, on la vit repartir. On alla se renseigner à la réception. Phénix avait demandé à changer de chambre. Il était en vie.

Il finirait bien par sortir dans la rue. Ils l'y attendaient.

Weston avait pris la responsabilité de laisser partir Helman. Les jésuites avaient été les premiers à envahir la résidence du docteur Leung, mais ils avaient été repoussés assez facilement. Ils avaient trop l'habitude de tomber sur des envoyés du Conclave et de ses émissaires, qui battaient en retraite à la vue d'un crucifix. Des êtres dont l'eau bénite brûlait la peau, et que le trait d'une arbalète suffisait à faire tomber en poussière. Mais les jésuites ne faisaient pas le poids face aux hommes du projet Nevada, dotés de gilets pare-balles en Kevlar et de mitrailleuses Uzi au feu dévastateur.

Weston savait que la femme ferait tout pour venger la destruction du laboratoire. Elle avait ses propres méthodes de chasse, et les agents de Weston n'avaient jamais vraiment réussi à les quantifier. Il était possible que Phénix échappe aux jésuites, peut-être même aux hommes de Nevada. Mais, face à elle, il n'avait aucune chance de s'en sortir. Weston avait joué et gagné. Elle avait désespérément besoin d'aide.

Phénix avait de l'expérience et n'était moralement lié à aucun des acteurs du conflit ; elle pouvait donc en faire son familier. Elle avait laissé vivre Helman, ce qui signifiait qu'elle entrerait bientôt en contact avec lui. Weston avait perdu Christopher Leung. Bientôt, Helman le remplacerait.

Weston savait qu'à un moment ou un autre, Helman devrait revenir à la résidence. Il l'y attendait donc, là, dans la cave. Le carnage des jésuites avait été nettoyé, sinon effacé. Le sanctuaire de St. Clair avait été réparé et remis à sa place, sous l'escalier, derrière la fausse cloison.

La vision du sanctuaire d'Adrienne prouvait une nouvelle fois à Weston qu'il avait choisi la bonne cible. Elle était si différente des autres ! Son sanctuaire n'avait rien d'un cercueil. Il ne comprenait même pas l'obligatoire poignée de terre provenant de son pays natal que les autres se croyaient obligés d'éparpiller sur le sol. Il s'agissait plutôt d'un lit, légèrement rembourré, protégé contre le moindre rai de lumière. Elle n'était pas dupe des superstitions absurdes que répandait le Conclave. En elle résidaient les derniers espoirs du projet Nevada.

Plus tôt dans la journée, le bras droit de Weston avait laissé un message téléphonique codé à sa station de Toronto. La revue médicale *Lancet* avait accepté un article écrit par un docteur qui exerçait dans une petite clinique d'Omaha, financée par le multimillionnaire Daniel K. Ludwig. Ses recherches avaient isolé un virus à transmission aérienne.

Le docteur n'avait rien publié depuis des années, et jamais dans ce domaine. Un petit poisson avait traversé le filet. D'autres chroniqueurs et journalistes liraient cet article et s'attarderaient davantage sur les rapports que, depuis des années, les hommes de Weston avaient adroitement étouffé. L'un après l'autre, ils finiraient par écrire sur ce sujet. Et publier. Au bout d'un ou deux mois, les cercles médicaux se perdraient en conjectures. Trois mois, et les chroniqueurs scientifiques auraient catapulté l'histoire en première page. Avant la fin de l'été, tout le pays en parlerait. Et demain, se dit Weston, le monde.

Un bourdonnement statique crachota, brisant le silence

qui régnait dans la cave. Weston se tourna pour regarder le haut-parleur.

— Nous avons un écho. C'est Phénix. Il arrive par la rue, derrière la cour. Il est armé. Il ne semble pas nous avoir repéré.

Weston tendit la main vers le micro.

— Ne vous montrez pas. Il vient droit sur nous.

Un crachotement, puis le silence.

Weston attendit. Phénix arrivait.

Le calme régnait devant la résidence et le long de la rue. Plus la moindre trace des sinistres combats de la nuit précédente. Les équipes de télévision étaient parties. Les reporters continueraient certainement de questionner les résidents, mais ils n'en tireraient rien. Les jésuites avaient usé de leur influence sur les *Mounties* canadiens et sur la police de Toronto ; et les gens de Weston avaient pris le relais des *Mounties*.

La police pensait que Weston et ses hommes étaient là pour aider la police à capturer un groupe de terroristes "rouges" qui tentaient d'installer une base opérationnelle à Toronto. Avec l'appui d'hommes influents du gouvernement, les *Mounties* avaient obligé la police de Toronto à leur donner carte blanche pour cette opération. La police n'était pas satisfaite. Des *Mounties* auraient profité de la confusion de la nuit précédente pour tirer sur des policiers. Il y aurait enquête, mais les résultats resteraient secrets. Les forces de police avaient fait ce qu'on leur avait demandé, et c'était tout ce qui importait.

En cas d'urgence, il existait certaines structures permettant de passer par-dessus les lois et les systèmes. La police pouvait râler, les journaux fulminer, mais les lignes de force secrètes restaient opérationnelles. Comme tant de fois par le passé, le public ne saurait rien, sinon que les *Mounties* contrôlaient la situation. Et du point de vue de ces derniers, leur service de sécurité spécial était toujours en position, dans l'ombre, avec pour instruction de ne pas en sortir avant la conclusion de l'opération. Du point de vue de Weston, tous ces *Mounties* étaient morts.

Bizarrement, le meurtre d'un agent en service commandé ne le gênait pas vraiment. Comme pour les soldats, cela faisait partie du métier. Tous le savaient. La plupart l'acceptaient. Surtout les vainqueurs.

Par contre, Weston détestait qu'on tue des scientifiques. Et surtout maintenant que l'article était sur le point de paraître dans le *Lancet*. Peut-être qu'ils avaient fait tout cela pour rien. Il se retint de tousser. Phénix était si près, il ne pouvait se laisser déconcentrer par la douleur.

Par le soupirail de la cave, qui donnait sur l'arrière-cour, lui parvint un bref grognement de surprise, qui se transforma bien vite en une série de hoquets saccadés. Phénix était arrivé. Et Phénix venait d'être capturé.

On l'amena au bas des escaliers, les yeux révulsés, les bras et les jambes secoués de spasmes.

La fléchette jaune et bleue s'était fichée dans sa jambe gauche. Elle envoyait des chocs intermittents de 40 000 volts de courant alternatif dans son système nerveux. C'était une extrapolation du fusil Taser, qui se passait du fil reliant la fléchette à la batterie que contenait le fusil et disposait d'un rayon d'action plus important. Et, selon la taille de la batterie et le temps qu'elle restait dans le corps de la victime, elle pouvait être mortelle.

Les deux hommes qui avaient amené Helman le déposèrent dans une chaise longue. Celle-ci n'appartenait pas au sous-sol inachevé ; on l'avait descendue du rez-de-chaussée. Weston n'aimait pas s'asseoir devant des fenêtres dépourvues de protections.

Il alla enlever la fléchette. Les spasmes continuèrent de secouer Helman. Ils dureraient encore quelques minutes. L'un des hommes inonda sa jambe de fluide antiseptique, au-dessus de la blessure. L'autre présenta à Weston les armes prises à Helman.

Finalement, Helman cessa de se tortiller. Il regarda Weston, qui lui parla.

— Je suis heureux de pouvoir enfin vous rencontrer, Phénix. Votre artillerie m'impressionne.

Il désigna du doigt le Magnum et le Bulldog, gisant aux

pieds du second garde. Le premier tenait le fusil à fléchettes paralysantes. Braqué sur Helman.

— Je présume que vous êtes “Numéro Un”, dit Helman.

— Exact.

— Eh bien, un homme portant un revolver m’a appelé Phénix, la nuit dernière. Il se trompait. Et vous aussi. Je ne sais pas qui est ce Phénix.

Helman avait du mal à parler sans claquer des dents. Il se sentait à la fois bègue et enrhumé.

Weston posa sa main sur ses yeux, comme s’il les fermait pour lire un dossier écrit à l’intérieur de ses paupières.

— Nom de code Phénix. Secteur interne. Opérations d’exécutions, etc. Désignation opérationnelle : Helman, Robert Granger. Utilisé sur le terrain en mars 1974, décembre 1975, janvier et juin 1980. Et ainsi de suite.

Helman connaissait ces dates, mais n’arrivait pas à retrouver leur contexte.

— Je m’appelle bien Granger Helman. Mais je ne connais ni Phénix, ni ces dates.

Il s’agissait des mois durant lesquels il avait rempli des contrats. Ces gens étaient-ils à la solde du Conclave ?

Weston soupira et se détourna. Le second garde lui donna les pistolets. Celui qui portait le fusil à fléchettes se déplaça afin de garder un bon angle de tir.

Le second garde avait le visage fin et intense d’un coureur de marathon. Il se tint debout devant Helman et ouvrit une petite mallette noire.

— Eh bien, la CIA connaît ces dates. Maintenant, arrêtez de jouer au con avec nous, Phénix, et répondez à nos questions avant qu’on ne transforme votre cerveau en fromage blanc. Vous étiez là la nuit dernière. Vous avez vu ce qu’il est advenu de ce connard dans la camionnette de télévision. C’était un professionnel, Helman. Plus dur que vous ne l’êtes. Et il nous a suffi de huit minutes pour lui arracher les codes. Nous l’avons tué d’une injection de barbituriques. Et vous savez pourquoi ?

Le garde hurlait aux oreilles de Helman, postillonnait sur son visage. Helman ne pouvait rien y faire. Mais il pouvait se rappeler de l'homme au badge et aux yeux vitreux. L'homme qu'ils avaient tué d'une aiguille dans le cou.

— Parce que c'était plus humain de le tuer. Avec toutes les drogues dont on l'avait bourré, il serait resté à l'état de légume.

Le garde s'agenouilla devant Helman et ouvrit la mallette. Elle contenait des flacons emplis d'un liquide transparent. Et une seringue.

— Mais vous savez quoi, Phénix ? En fait, nous l'avons tué parce que nous avions du respect pour lui. Assez de respect pour lui offrir une mort propre. Mais pour toi, fils de pute, c'est différent. On va te refiler les mêmes drogues et tu vas nous dire tout ce qu'on veut savoir. Et ensuite, on va te laisser là, à macérer dans ta propre merde jusqu'à ce que les voisins se plaignent de l'odeur, parce que tu n'auras plus assez de cervelle pour te lever et aller aux gogues.

Le visage de Helman s'empourpra. Il essaya de lever les bras et déchirer la gorge de ce dingue, mais ses nerfs n'étaient pas bien connectés. Plus rien ne marchait. Il ne pouvait que rager et postillonner.

Le garde leva la main et claqua des doigts.

— Aidez-moi à le tenir, major. Il n'y a qu'une seule façon de faire parler ce trouduc.

Weston saisit les épaules de Helman et le repoussa au plus profond de la chaise. Le premier garde prit l'un des flacons dans la mallette et le tint à l'envers, puis il plongea l'aiguille de la seringue à travers le sceau de caoutchouc. Il tira sur le piston, remplissant le cylindre de plastique. Helman tenta de se débattre, mais son corps se contenta d'un brusque frisson et refusa de lui obéir. Il parla à toute vitesse pendant que le garde faisait jaillir un mince jet de liquide par la pointe de l'aiguille pour en évacuer l'air.

— Vous ne m'avez même pas demandé de m'expliquer. Je vous l'ai dit, je suis Helman. Je l'admets. Posez-moi des questions, tout ce que vous voulez. Mais je vous répète que je ne sais rien de Phénix. Ni de la CIA. Allez-y, interrogez-moi.

Weston fixa Helman droit dans les yeux.

— Avez-vous rencontré Adrienne St. Clair hier soir ?

Qui étaient ces gens ? pensa Helman. Pourquoi est-ce que tout le monde en sait bien plus que moi ?

— Oui, répondit-il.

Le garde nettoya une portion de chair sur le cou de Helman. Celui-ci trouva ce geste, qui visait à éviter l'infection, tout à fait inutile. Atrocement inutile.

Weston tendit le bras pour arrêter le garde.

— Attendons donc un peu, le temps de voir ce qu'on peut en tirer maintenant qu'il est prêt à coopérer.

La garde protesta. Helman pouvait lire dans ses yeux qu'il attendait avec impatience le moment de plonger la seringue dans son cou. Weston le calma.

— On peut toujours utiliser la seringue plus tard, fils. *Toujours*. Tu la gardes au chaud. Peut-être qu'il va se montrer un peu plus coopératif tant qu'il restera en vie. Ou du moins, tant que son cerveau sera encore en état de marche.

Il se tourna vers Helman.

— Vous avez intérêt à être convaincant. Une fois qu'on vous aura injecté ce truc, on ne pourra plus faire grand-chose pour vous. Pigé ?

Helman acquiesça. Il concentra son attention sur ses doigts. Ils se serrèrent lorsqu'il leur dit de le faire. Weston surprit son geste.

— Et la prochaine fléchette dans ce machin-là (il désigna du doigt le garde porteur du fusil) va paralyser votre cœur avant même que vous n'ayez touché le sol. Ne jouez donc pas les martyrs.

Helman se rencoigna dans la chaise. Une nouvelle fois, il était coincé. Il avait la déprimante impression de s'être laissé avoir au vieux truc du "bon flic-mauvais flic", interprété par Numéro Un et le garde à la seringue. Il avait envie de saisir la gorge de quelqu'un et le coller contre un mur, lui aussi, pour le voir mourir lentement. Si seulement il pouvait bouger.

— Ainsi, Adrienne St. Clair veut faire de vous son familier ? dit Weston.

— Si vous avez planté des micros dans la chambre, pourquoi me poser la question ?

— Nous n'avons pas planté de micros. St. Clair est en position précaire, très précaire. Deux puissantes organisations veulent sa peau. La Mort finale, ils appellent ça, je crois. Vous lui avez enlevé sa seule chance de s'en sortir.

Les yeux de Helman se rétrécirent.

— Savez-vous qui vous avez tué dans l'explosion du labo ? demanda Weston.

— Christopher Leung. Un docteur. C'est regrettable.

Weston prit un air inquiet.

— Regrettable que vous ayez dû le tuer ou qu'il soit mort ?

— Je n'avais pas à le tuer. Le labo était le seul endroit où je puisse atteindre la femme.

— Mon Dieu, vous vouliez la tuer, *elle* ? Et pas Leung ? Mais pourquoi la CIA voudrait-elle sa mort ? Pourquoi...

— Je ne suis *pas* de la CIA, hurla Helman. Je ne sais *rien* de la CIA. Je travaille pour le *Conclave* !

Weston pâlit.

— Vous savez ce qu'est le Conclave ?

— Maintenant oui. Vous savez ce qu'*est* Adrienne St. Clair ?

— Bien sûr. C'est pour ça que le docteur Leung travaillait pour moi. Voilà pourquoi nous avons perdu quatre hommes en essayant de défendre son sanctuaire, en plus de celui que vous avez tué il y a deux jours. Adrienne St. Clair est un vampire. Et c'est pour cette raison qu'il nous la faut. Maintenant, je veux que vous me disiez tout ce que vous savez sur le Conclave. Le garde a très envie d'utiliser sa seringue, et je ne pourrai pas le retenir jusqu'à ce que vous nous racontiez ce que vous venez faire là-dedans.

Helman se retint de hurler à nouveau. Il vit le garde, tout proche, et une goutte de liquide tremblante qui luisait à la pointe de l'aiguille.

Il leur dit tout ce qu'il savait.

Weston fit une pause pour se dégourdir les jambes. Ils cuisinaient Helman depuis plus de deux heures, et il devait être dans sa chambre au coucher du soleil, prêt à être contacté par Adrienne St. Clair *et* le Conclave.

Helman avait l'air épuisé. Il pouvait à nouveau contrôler son corps, mais le choc de la fléchette paralysante l'avait éprouvé. Les sandwiches et le café qu'avait apportés un des gardes étaient bien descendus, mais n'avaient pas vraiment stabilisé son estomac.

— D'accord, dit Weston, vous êtes un tueur à gages. En retraite. Le Conclave a lancé un contrat sur St. Clair. Pourquoi ? Mystère. St. Clair dit qu'ils suivent en cela un schéma établi au cours des siècles. Vous deviez servir de bouc émissaire. Votre sœur et ses fils sont pris en otage. Nous savons qu'ils n'ont pas beaucoup d'"émissaires" en Amérique du Nord. Ils restent dans l'ombre. Probable qu'ils n'ont pas pu constituer une équipe assez rapidement. Ici, déguiser un meurtre ne leur est pas aussi facile qu'en Europe. Ils vous ont donc choisi en tant qu'expert disponible sur place. Quelqu'un qui pouvait se faire prendre s'il salopait le travail, et qui serait sans doute exécuté avant d'avoir eu l'occasion de parler. Dans tous les cas, même si vous vous en étiez sorti, vous auriez été tué.

Granger l'écoutait, assis les yeux fermés ; il les rouvrit brusquement.

— Ils m'ont dit que, après le contrat, je pourrais m'en aller.

Weston fit la grimace.

— Vous croyez encore au Père Noël ? Vous ne comprenez pas ces choses, ces créatures. Tous ceux que nous connaissons qui ont traité avec eux, en général des hommes d'affaires, s'en tirent bien tant qu'ils leur sont d'une quelconque utilité. Dès qu'on n'a plus besoin d'eux, ils disparaissent. Si les vampires sont considérés comme un mythe, ce n'est pas par hasard. Ils travaillent dur pour garder leur anonymat. Là réside leur force. Comment voulez-vous combattre une chose en laquelle vous ne croyez pas ?

Helman sauta sur ses pieds. L'homme au fusil se tourna, braquant son arme sur lui.

— Miriam et les garçons ! Si je ne leur suis pas indispensable...

Weston fit signe à l'homme au fusil, qui baissa son canon.

— Écoutez, dit-il, si le Conclave se sert de leur vie comme d'une monnaie d'échange, nous pouvons en faire autant. Je peux les faire protéger. Nous disposons d'armes spéciales et d'agents entraînés pour ce genre de mission. Votre sœur et ses enfants sont hors de danger. Il vous suffit d'accepter de coopérer. Dès maintenant.

— Comment ?

— En faisant ce que vous demande cette femme. Vous avez tué son familier. Elle vous a offert de le remplacer. Son familier était aussi mon agent. Vous n'avez qu'à suivre ses traces.

— Pourquoi ? Qui êtes-vous ? Que voulez-vous faire d'un vampire ? Et pourquoi est-ce que vous avez besoin de moi ? Vous pouvez la faire suivre. Pourquoi ne pas la contacter vous-même ?

— Elle se méfierait trop de ce que nous représentons, et ne nous ferait pas confiance. Nous avons déjà effectué des travaux d'approche. Depuis sa fuite d'Angleterre, elle eut trois occasion d'entrer en contact avec nous. Un homme à Chicago, une femme à Washington, et le Dr Leung à Toronto. Lors des premières rencontres avec ces trois personnes, tout était fait pour qu'elle puisse soupçonner leur lien avec le gouvernement américain.

Helman écarquilla les yeux.

— Vous venez de Washington ? Le gouvernement est derrière tout ça ?

— Certains membres du gouvernement, triés sur le volet, sont au courant de notre existence. Un peu moins savent ce qu'est un *yber*. Et seuls mes gens savent qui est Adrienne St. Clair.

— Pas étonnant qu'elle refuse tout contact avec Washington. De qui dépendez-vous ? Du Pentagone ? Ou juste de l'armée ? Ceux qui s'occupent de la guerre bactériologique ? Vous voulez créer un soldat imperméable aux balles et qui boit le sang de l'ennemi ?

Le visage de Helman était écarlate. Que se passait-il à Washington ? Comment pouvait-on ne serait-ce qu'envisager des choses pareilles ?

— Calmez-vous, Helman. Je ne représente pas le Pentagone. Ou toute autre agence militaire. Voilà pourquoi je m'inquiète de vos liens avec la CIA.

Helman tenta de protester, mais Weston l'interrompit.

— Pas la peine d'y revenir. Pour l'instant, je veux bien vous croire. Vous ne vous rappelez pas être entré en contact avec la CIA. Mais vous êtes toujours fiché dans leurs dossiers en tant qu'assassin, nom de code Phénix, et je compte bien découvrir pourquoi. Si j'étais sûr que vous êtes bel et bien employé par Langley, qu'ils vous contrôlent, je ne vous épargnerais pas la seringue. Vous seriez déjà en train de babiller comme un gamin de deux ans. Restons-en là jusqu'à ce que j'aie un complément d'information.

Helman serra les dents et resta silencieux.

— C'est mieux, dit Weston avant de continuer. Il y a une autre raison de cacher nos travaux d'approche. Les jésuites la suivent de près. Cela fait près de deux cents ans qu'ils mènent leur propre guerre avec le Conclave, du moins nous n'avons pas pu remonter au-delà. On ne sait pas grand-chose sur eux. Nous avons envoyé des agents infiltrer le Conclave ; c'est assez facile, parce qu'ils recherchent sans arrêt de nouveaux familiers. Mais vous devez passer trente et un ans en probation avant d'être admis dans le Sixième Grade de la Compagnie de Jésus. Et à partir de là, les membres du Septième Grade sont triés sur le volet. Nous ne sommes jamais arrivés ne serait-ce qu'à nous approcher d'eux.

— Elle m'a parlé de ces fanatiques. Elle croyait leur avoir échappé en Europe. Elle ne savait pas comment ils l'avaient retrouvé ici. Elle avait l'air surprise, et même choquée. Mais je veux bien le croire. Comment des prêtres peuvent-ils se comporter comme les jésuites de la nuit dernière ? C'était un massacre. Et la plupart étaient jeunes, presque des adolescents.

— Il s'agissait de novices et de scolastiques, étudiant pour devenir jésuites. Les vieux dirigeants de la Compagnie les recrutent pour mener des opérations spéciales. Les gamins leur obéissent. Il y a quelques années, nous avons eu vent de ces pratiques, et nous avons été aussi étonnés que vous. Nous pensions avoir affaire à un culte de déments. Nous avons même découvert des liens avec une drôle de secte californienne. Puis nos agents qui se faisaient passer pour des familiers nous ont dit depuis combien de temps durait leur guerre. Tout ceci est réel, Helman. Et s'il existe des gens capables de mener une opération comme celle de la nuit dernière au nom du Seigneur, c'est bien eux, eux et les jeunes fanatiques qu'ils enrôlent pour combattre à leur place. Lorsque l'ordre des jésuites s'est formé, il y a plus de quatre cents ans, l'Inquisition d'Espagne et du Portugal s'est plainte auprès du pape. Incroyable, non ? L'*Inquisition* pensait que la Compagnie de Jésus — les jésuites — deviendrait trop puissante, trop fanatique. L'Église Catholique existait pour la Gloire de Dieu. Le credo des jésuites les vouait à la *plus grande* Gloire de Dieu. L'Église n'aimait pas trop les sentir autour d'elle, mais en quelques années, ils devinrent trop puissants, hors d'atteinte. Ils décidèrent de recruter parmi les riches, les lettrés, de convertir à la religion la crème de l'Europe. Afin d'y arriver, il leur fallait devenir eux-mêmes riches et lettrés. Ils fondèrent quelques-unes des meilleures écoles que le monde ait connues et se consacrèrent au développement du savoir humain. Un but qui n'a jamais été reconnu par l'Église. Et ils ont réussi. Bientôt, ils côtoyèrent les hommes les plus puissants du monde. Ils se mêlèrent de politique. Ici ils organisaient la paix, là la guerre, par le mensonge, la manipulation et l'assassinat.

— L'Église catholique s'est impliquée là-dedans ? Enfin, sciemment ?

— Non, Helman, pas l'Église. Les jésuites. Et un seul d'entre eux suffisait. Les membres des autres religions jurent éternelle obéissance à Dieu. Les jésuites font le même vœu, mais *à d'autres jésuites*. Si le supérieur d'un jésuite lui ordonne d'agir d'une façon qu'il considère injuste, il peut en référer à un autre jésuite. Si l'autre supérieur confirme l'ordre du premier, c'est-à-dire, si deux supérieurs donnent le même ordre, le jésuite est obligé de s'exécuter. Voilà pourquoi les novices et les scolastiques tuent avec une telle ferveur. Non seulement ils doivent suivre les ordres de leurs supérieurs, mais aussi être intimement persuadés qu'ils ne commettent aucun péché. Ce n'est pas juste qu'ils croient ne rien faire de mal : ils le savent. Sous le Troisième Reich, Goering s'est particulièrement intéressé aux jésuites. Il les a étudiés de très près et les a fait jeter hors d'Allemagne. Ensuite, il a utilisé leur organisation et leurs principes comme modèles pour créer les SS ! Nous n'avons pas affaire à un petit groupe de moines. Ce sont des fanatiques de la pire espèce : intelligents et capables de justifier n'importe quel moyen pour parvenir à leurs fins.

Helman n'en revenait pas. Comme tout le monde, il soupçonnait chaque organisation de contenir son lot d'hypocrites, mais il avait toujours cru que leur nombre restait relativement limité. Incroyable que de telles convictions puissent exister à quelques encablures d'une Église qui perdait peu à peu son emprise sur le monde.

— Voulez-vous dire que toutes les activités des jésuites de par le monde ne sont qu'une couverture pour un groupe de chasseurs de vampires qui pourraient aussi bien porter des svastikas à la place de croix ?

— Non, non, pas du tout. Tous les jésuites ne sont pas impliqués dans ces entreprises, passées comme présentes. Nous n'avons affaire qu'à ceux qui ont juré de débarrasser le monde des *yber*. Ceux qui ont prononcé le Cinquième Vœu. Les jésuites du Septième Grade.

— Je ne comprends pas.

— Lorsque les jésuites devinrent de plus en plus puissants dans le monde en tant que force stabilisatrice, ils ont commencé à s'en prendre aux vampires. Depuis toujours, l'Église savait qu'ils existaient. Mais la lutte, organisée par les jésuites, finit par pencher en faveur de l'Église. Les vampires firent alors la seule chose qu'il leur restait à faire : ils se sont organisés, eux aussi. Ils ont formé le Conclave. Sa première tâche devait être de détruire le groupe qui leur causait tant de tracas, c'est-à-dire les jésuites. Les plus futés des vampires, ceux qui avaient pu survivre très longtemps sans être repérés ou tués, avaient amassé des fortunes considérables. Ils pouvaient se permettre d'attendre un siècle, voir plus, qu'un investissement leur rapporte. Le Conclave a fait fructifier ces richesses et en a fait bon usage. Il y a deux siècles, en Martinique, le supérieur jésuite, père Lavalette, fut habilement manipulé par des familiers des *yber* et s'est lancé dans des opérations financières hasardeuses. Il a tout perdu. Le Conclave y avait veillé. Plusieurs banques et maisons de change françaises furent ruinées. Des nobles se suicidèrent. S'ensuivit un grand scandale international, et tout le monde rejeta la faute sur les jésuites. Il y eut un procès, qu'ils perdirent. Finalement, la France les mit hors la loi. Et comme la France avait commis l'impensable et n'avait subi aucunes représailles, d'autres pays choisirent des prétextes liés à des scandales financiers, aussi insignifiants soient-ils, pour faire de même. Finalement, on ne put ignorer le concert de protestations. Le pape promulgua un édit révoquant l'ordre des jésuites. Ils n'existèrent plus qu'en Russie. La Grande Catherine leur accorda le droit d'asile. C'est là que furent créés les jésuites du Cinquième Vœu, le vœu oral. Et ceux-là étaient différents. C'étaient de véritables fanatiques. Ils montrèrent la même intensité, le même dévouement dont ils avaient fait preuve depuis deux siècles, mais pour une cause nouvelle : la destruction des vampires. Leur premier geste fut de restaurer l'ordre dans le monde. Le pape Clément XIV refusa d'écouter leurs prières : les jésuites l'empoisonnèrent. Le pape suivant, Pie VII, savait ce qui était arrivé à son prédécesseur. Pour s'assurer de ne pas subir le même sort, il promulgua des édits qui, pays après pays, rendirent leur ancienne position aux jésuites. Enfin, près de cent soixante ans plus tard, le dernier édit restaura leur pouvoir dans sa totalité. Depuis Pie VII, plus personne ne s'y opposa.

— C'est incroyable !

— C'est historique. Lorsque vous prendrez votre retraite

pour de bon, Granger, jetez un œil dans un livre d'histoire et vous verrez : tout y est, tout ce que je viens de vous raconter, noms et dates compris. Personne n'aime en parler. Les jésuites ont leurs propres apologues. Il n'y manquera qu'une chose : le Conclave. Et c'est parce qu'il est bien plus puissant que les jésuites ne l'ont jamais été.

— Pourquoi les jésuites ne révèlent-ils pas la vérité aux yeux du monde ? Que tous rejoignent leur combat ?

Weston s'assit sur une chaise, semblable à celle de Helman, et passa sa main sur son visage.

— Nous ne le savons pas. On dirait que les jésuites et le Conclave ont signé un pacte secret, ou ont des moyens d'action l'un sur l'autre. Mais pour l'instant, ça n'a jamais été qu'un duel. Les jésuites combattent au nom de Dieu, les vampires pour le Diable. Tous réunis dans un conflit surnaturel, le bien contre le mal.

Helman comprit soudain.

— Sauf pour Adrienne St. Clair, qui croit qu'il s'agit d'une maladie.

— Bien joué, convint Weston. Disons que ses idées se rapprochent des nôtres. Nous voudrions qu'elles soient plus proches encore. Mais il nous faut un intermédiaire. Quelqu'un qui ait une expérience personnelle du vampirisme, de préférence un scientifique, ou du moins, quelqu'un qui ne trempe pas dans les supercheries du Conclave.

— Et vous n'allez pas me dire pourquoi ?

— Non.

— Mais cela n'a rien à voir avec les recherches des marchands de canons, ou de l'armée, quoi qu'en pense Adrienne ?

— Exact.

— Il me faut plus d'informations.

— Disons qu'il y a de fortes chances que les jésuites aient raison.

— Raison ?

— A propos des Derniers Jours. Rien à voir avec Dieu et le Diable, les démons et les anges, mais les Derniers Jours sont là, Helman. Et Adrienne St. Clair pourrait bien être la seule personne qui puisse sauver le monde. *Si* le Conclave et les jésuites la laissent vivre assez longtemps pour cela.

Soudain, le sous-sol devint très silencieux, très froid. Toute animation avait quitté les yeux de Weston. Son visage sérieux semblait gravé dans le roc.

Helman sentit son estomac le serrer, comme à chaque fois qu'il acceptait un nouveau contrat. Il comprit qu'il était tombé sur quelque chose de bien plus vaste qu'un simple assassinat. Il y avait plus qu'une vie en jeu. Bien plus que celles de Miriam et ses enfants.

Il respira profondément pour chasser la tension de sa poitrine. Il entrevit l'image d'une cave, peut-être celle de l'histoire d'Adrienne. Elle était vide, tous ses recoins exposés à la lumière. Mais sur l'un des murs, au loin, il y avait une autre porte ouverte sur un escalier et des marches qui descendaient dans les ténèbres.

N'y va pas, dit une voix en lui.

Il ouvrit les yeux ; l'image et la voix disparurent. Leur gravité demeura.

— Quel rôle dois-je jouer dans tout cela ? Demanda-t-il.

Le Major Weston le lui dit.

CHAPIT

En entrant dans le salon de l'hôtel, Helman ne reconnut pas les familiers de M. Rice. Il faut dire qu'eux non plus ne firent pas attention à lui. On leur avait confié un travail, et ils l'avaient fait, sans poser de questions, sans chercher à savoir pourquoi. Le résultat de leurs agissements était là, dans la chambre de Helman, qui ne soupçonnait rien.

Weston lui avait proposé de lui rendre compte, au jour le jour, des faits et gestes d'Adrienne St. Clair. Helman jouerait son rôle en tant que nouveau familier de la jeune femme. Elle lui avait dit de se tenir prêt à partir en voyage : donc, de toute évidence, elle avait un plan, aussi improvisé soit-il. Weston voulait connaître la teneur de ce plan.

Entre-temps, Weston enverrait des agents assurer la sécurité de Miriam et des enfants. Il tenterait aussi de déterminer les intentions des jésuites.

Helman avait été doté d'un nouveau gilet pare-balles en Kevlar. Plusieurs couches de ce matériau pouvaient arrêter une balle de 357 Magnum à deux mètres, sans entraîner d'autres dommages qu'un bleu ou quelques côtes froissées. Une protection plus qu'adéquate face aux traits des arbalètes qu'employaient les jésuites, plus lentes qu'une balle. A moins que le trait ne frappe une région non protégée par le gilet. Il en avait vu un exemple la nuit précédente, avec l'agent rencontré dans l'allée.

Helman avait aussi pris un gilet pour St. Clair. Il tenait à éclaircir un point qui l'intriguait : si les balles la traver-

…elle vulnérable à de vulgaires flèches …ant, il lui faudrait assurer sa protection, …que du Conclave. Weston avait dit qu'il les …er, eux aussi. Il ne pouvait risquer la vie de ses …n les envoyant suivre Helman et la jeune femme …jour, lorsque les agents du Conclave rôdaient dans …parages. Il était facile d'éviter les familiers, mais les …ampires semblaient dotés d'un sixième sens les rendant difficiles à observer à leur insu. Les Guetteurs devaient opérer à distance, comme l'avaient fait les hommes de Weston chargés de surveiller Adrienne lors de sa première visite. Cette nuit-là, ils se tenaient à un kilomètre de distance de l'hôtel, sur le toit d'un immeuble, et avaient employé un téléscope à infrarouges Startron.

Helman glissa la clé dans la serrure de sa chambre d'hôtel. Au moins, maintenant, il avait l'impression de contrôler quelque peu la situation. Il n'était plus un simple pion. Il avait une fonction précise à remplir : aider l'un des principaux acteurs de ce jeu bizarre. De plus, il n'avait pas à se soucier de la sécurité de sa sœur. Les hommes de Weston s'en chargeraient. Ce qu'il craignait, par contre, c'était la réaction du Conclave lorsqu'ils apprendraient la tentative d'assassinat manquée de la nuit précédente. Adrienne lui avait suggéré une explication à fournir, mais il se demanda s'ils lui donneraient l'occasion de s'exprimer. Et le croiraient-ils ?

Il poussa la porte. Le carton "Ne pas déranger" était toujours en place, et le lit encore défait prouvait que les femmes de chambre avaient respecté l'injonction. La chambre semblait vide. Il se glissa à l'intérieur et ferma la porte, puis tira le verrou. Il déposa sur le sol le paquet contenant le gilet en Kevlar et plongea sa main sous son manteau. Il en tira le Magnum que Weston lui avait rendu et le tint braqué devant lui, prêt à tirer, le temps d'inspecter la chambre.

Tout était tel qu'il l'avait laissé. Il jeta son manteau sur le lit et passa dans la salle de bains. Là, il fit couler de l'eau dans l'évier et s'en aspergea le visage. Il se sentit tout de suite mieux, rafraîchi, et évoqua des images de la Nouvelle-Angleterre, en plein été, lorsqu'il allait nager avec Steven et Campbell. Parfois, il avait l'impression d'être leur père. Ce qui était loin de lui déplaire.

Helman se regarda dans le miroir. La tension de ces derniers jours transparaissait sur son visage. Il avait l'air à bout, comme les deux adolescents qu'il avait croisés dans le salon, le visage pâle et émacié au-dessus de leur pull à col roulé. Si, pour suivre le plan d'Adrienne, ils devaient passer une frontière quelconque, il lui faudrait faire attention. Il ressemblait à un drogué. Il pensa à Adrienne ; où pouvait-elle dormir, maintenant ? Puis d'autres pensées suivirent, tournant autour de la peine qui s'était reflétée sur son visage lorsqu'elle parlait de Jeffery. *Je suis une femme comme les autres. La seule différence est que je suis affectée d'une maladie.* Une femme avec une particularité physique. Qui l'avait tuée et en même temps gardée en vie. Elle avait été morte, et Helman savait ce que cela signifiait. Et pourtant, on lui avait offert une vie nouvelle. Une seconde chance. Helman y réfléchit et se demanda ce qu'il adviendrait d'eux s'ils survivaient à tout cela. Il pensa à ce qui pourrait se passer, puis rejeta les idées qu'évoquaient son esprit. Il s'aspergea à nouveau le visage et regarda l'eau éclabousser le miroir au-dessus de l'évier, et dégouliner telles des larmes, zébrant le verre. Tout comme ce matin. Des traces sur le miroir.

Un signal d'alarme s'alluma dans sa tête. Il s'était lavé dans la salle de bains, ce matin. Il y avait eu des traces sur le miroir. Une serviette froissée à côté de l'évier. Du savon, incrusté de bulles figées, dans le porte-savon. Et maintenant, la salle de bains était immaculée. Mais le lit restait défait. Est-ce que les femmes de ménage avaient nettoyé cette partie de la chambre ? Mais si elles étaient entrées, malgré le carton “Ne pas déranger”, n'auraient-elles pas fait le lit ?

Il regarda hâtivement autour de lui. Repéra d'autres anomalies. La serviette avec laquelle il s'était essuyée après la douche était toujours fourrée sur le présentoir. On ne l'avait pas remplacée. L'autre serviette plus petite était là aussi.

Mais on avait nettoyé l'évier. Il regarda plus attentivement le décor de la salle de bains. Et le miroir. Et les contours de l'évier. Quelqu'un était-il entré et avait-il renversé quelque chose ?

Helman était inquiet. Il ne pouvait s'imaginer pour quelles raisons on se serait introduit dans sa chambre dans le simple but de nettoyer l'évier. Et le sol, aussi, d'ailleurs. Le carrelage avait été essuyé, et le tapis de bain poussé dans un coin. Le mastic entre les carreaux lui sembla plus noir que dans son souvenir, mais ce n'était peut-être qu'une impression. Ce matin, il n'avait pas vraiment fait attention aux détails, ce qui invalidait ses observations.

Il tourna le robinet, coupant l'eau, et se dirigea vers les toilettes. Il souleva le couvercle. Alors il sut ce qui avait souillé le mastic, ce qui avait été versé sur le sol et l'évier, puis méticuleusement essuyé.

Du sang.

Le sang de la femme dont la tête tranchée le regardait fixement du fond de la cuvette des toilettes.

La tête était légèrement penchée ; des cheveux sombres, trempés d'eau et de sang, sinuaient sur la porcelaine comme des fissures dans un vase précieux. Un œil était submergé sous l'eau rosâtre ; l'autre était révulsé comme si, dans ses derniers moments, elle avait regardé derrière elle pour demander de l'aide. Sa bouche était ouverte. La surface de l'eau était lisse. La tête coupée le regardait.

Et Helman hurla.

Pendant un moment interminable, alors que son cœur sautait dans sa poitrine et que ses yeux s'écarquillaient, refusant de se fixer sur une horreur pareille, il avait cru voir le visage de sa sœur, et son estomac s'était soulevé, la bile brûlant sa gorge. Puis vint le cri, et avec lui, la certitude qu'il s'agissait de la tête d'une étrangère. Et son estomac se retourna, et il tomba à genoux, ses jambes refusant de le porter, et il vomit comme si, par ce biais, il pouvait exorciser les démons qui avaient perpétré une telle monstruosité.

Sa respiration se stabilisa en hoquets douloureux. Mais le choc qui l'engourdissait lui redonna le contrôle de son esprit. Il tendit la main et fit tomber le couvercle sur la cuvette. Le claquement du plastique lui fit l'effet d'un cercueil qu'on referme à jamais. Il retourna dans la chambre et dut se retenir au montant de la porte.

Helman alla s'asseoir sur le lit. Il se concentra sur les frissons qui le secouaient, et réussit à les atténuer, puis à les faire cesser. Son talon heurta quelque chose de solide. Il y avait quelque chose sous le lit. Il attrapa un coin du couvre-lit et tira.

Une main retomba. Celle d'une femme. Morte. Helman s'agenouilla au pied du lit. Le reste du corps était là. Dépourvu de tête.

On frappa violemment à la porte.

— Monsieur Osgood ! Ça va ?

Helman ne dit rien. On continua de tambouriner. Puis il entendit un passe-partout tenter de forcer la serrure. Il n'avait pas accroché la chaîne de sécurité.

— Qui est-ce ? cria-t-il en rejetant le couvre-lit, le laissant pendre jusqu'au sol, cachant le cadavre décapité.

— C'est la Sécurité de l'hôtel, monsieur. La femme de chambre dit qu'elle a entendu crier. Est-ce que tout va bien ?

On avait retiré le passe-partout. Pour l'instant.

— Oui, tout va bien. Juste un cauchemar.

Il était quatre heures de l'après-midi.

— Je voudrais en être sûr. Vérifier qu'il n'y a rien de cassé, que tout est en ordre. Pouvez-vous me laisser entrer ?

Helman entendit le passe farfouiller à nouveau dans la serrure. Quoi que puisse dire Helman, l'homme de la Sécurité entendait bien inspecter la chambre.

— Bien sûr, bien sûr, vous pouvez entrer. Juste une seconde.

Helman prit son Magnum, posé sur l'autre lit, alla à la salle de bains, l'enveloppa dans une serviette, et dit :

— J'arrive. Un instant.

Il referma la porte de la salle de bains et tint la serviette contenant le revolver appuyée contre sa tête, comme une compresse.

Il ouvrit la porte.

L'homme de la Sécurité était jeune. Le genre de type qui, mis dans un uniforme de police, fait peur, parce qu'on se demande comment on peut confier un revolver à un tel gamin. Et celui-ci, remarqua Helman, portait un pistolet dans un holster mal dissimulé par le blazer doré aux couleurs de l'hôtel, qui n'avait pas été conçu à cet effet. Un pistolet. Inhabituel, au Canada. Helman réalisa que la femme de chambre pouvait bien n'avoir rien entendu du tout, et qu'il pourrait bien être en train de se faire piéger.

L'homme au revolver était jeune, mais très calme. Il dépassa Helman et se planta au centre de la chambre. Helman vit que son visage correspondait bien à celui du badge qu'il portait au-dessus de la poche du blazer. Il se demanda si les vampires impressionnaient la pellicule. Mais le soleil était haut dans le ciel. Il n'avait pas à se soucier du Conclave, pas avant le crépuscule. Les jésuites pouvaient-ils être derrière cette boucherie ?

L'homme parcourut la pièce des yeux. A en croire son badge, il s'appelait McIlroy.

— Les fenêtres sont intacte, n'est-ce pas, monsieur Osgood ? demanda-t-il.

Helman frotta la serviette contre sa tempe. Peut-être n'était-ce pas un piège. Peut-être que le personnel de l'hôtel gardait un œil sur ce drôle de client qui, la nuit précédente, avait réussi à briser sa porte vitrée. De l'extérieur.

— Plus de problèmes avec la glace, si c'est ce que vous voulez dire, monsieur, heu, MacKilroy.

L'homme corrigea la prononciation de son nom.

— Mackleroy. Faites-vous souvent des cauchemars à quatre heures de l'après-midi, monsieur Osgood ?

Il regardait les bordures des lits. Helman mit sa serviette un peu plus bas sur sa tempe.

— C'est le décalage horaire. Je ne m'y suis pas encore habitué.

Il essaya de sourire, mais se préparait à tuer ce garçon qui avait un revolver caché sous son blazer doré. McIlroy regarda Helman droit dans les yeux.

— Votre fiche dit que vous venez de Buffalo. Il n'y a pas vraiment un gros décalage horaire entre Buffalo et Toronto, n'est-ce pas ?

Helman savait que l'homme n'avait pas eu le temps de regarder sa fiche à la réception dans le laps de temps séparant l'appel de la femme de chambre et son arrivée. Ils le surveillaient de *très* près.

— Je reviens d'un mois au Japon. J'y ai chopé la crève. En fait, je ne me sens pas très bien, dit-il en rendant son regard à McIlroy.

Celui-ci se dirigea vers la porte.

— Voulez-vous que les femmes de chambre mettent un peu d'ordre ?

Mais est-ce que tu vas me foutre le camp ? pensa Helman.

— Non, je vais essayer de dormir encore quelques heures, je crois.

— C'est bon.

Il se trouvait face à la porte de la salle de bains, et remarqua qu'elle était fermée.

— Je peux profiter de vos toilettes ? Ça fait longtemps que je n'ai pas eu l'occasion d'y aller.

— Je préférerais..., commença Helman, mais il était trop tard : McIlroy avait déjà posé la main sur la poignée et ouvrait la porte.

— J'en ai pour un instant, dit-il avant d'entrer, refermant la porte derrière lui.

Helman se dépêcha de dégager son Magnum de la serviette de toilette. La porte se rouvrit. McIlroy avait une drôle de grimace sur le visage. Helman leva le revolver, caché derrière la serviette à moitié dépliée.

McIlroy agita sa main devant son nez.

— Hé, vous êtes vraiment malade, hein ?

Helman avait vomi dans l'évier.

— A votre place, je brancherais le ventilateur avant de rentrer là-dedans. Ça pue la mort.

Une fraction de seconde avant de commettre l'irréparable, Helman enleva son doigt de la détente du Magnum.

— Vous pouvez appeler un docteur via le standard, dit McIlroy.

Puis il s'en alla par la porte et s'éloigna dans le couloir.

Helman referma la porte et mit la chaîne de sécurité. Ses doigts tremblaient.

Il traversa en titubant le petit vestibule. Cette fois-ci, il s'abattit dans un fauteuil, celui du coin près de la fenêtre, le plus loin possible du lit sous lequel le cadavre était fourré.

Il resta là, assis, revolver en main, regardant s'allonger les ombres du couchant sur les murs tapissés de fausse ramie. Le soleil disparut lentement. Tout comme les frissons qui le secouaient. Il ne pensait pas pouvoir supporter encore beaucoup de chocs comme celui-ci. Un de ces jours, il finirait par tirer dans le tas. Sans faire de détail.

Mais pour l'instant, il devait se calmer. Il resta assis, l'esprit vide.

Le soleil se coucha.

Le téléphone sonna.

C'est leur heure, pensa-t-il.

Il alla décrocher. Il reconnut la voix au bout du fil. Elle était grave et sifflante et, cette fois-ci, proposait un marché :

— Une tête pour une tête, monsieur Helman.

C'était leur heure.

CHAPITRE VII

Le soleil disparut derrière l'horizon, faisant place à la nuit porteuse de vie. Dans son sanctuaire, Adrienne St. Clair s'éveilla. Son instinct lui disait que, dans quelques minutes, les radiations mortelles du soleil seraient interceptées par les courbes de la Terre ; alors elle pourrait se lever.

Des années plus tôt, en compagnie de Jeffery, elle avait tenté de découvrir pourquoi le soleil était fatal à ceux de leur race, et comment ils pouvaient ressentir sa présence dans le ciel alors même qu'ils dormaient dans une cave ou les profondeurs de la terre. C'était le bon temps, pour eux deux. Ils étaient alors acceptés par le Conclave et la communauté des *yber*. Le Seigneur Diego était leur ami. Ils avaient même travaillé en collaboration.

Ses familiers leur avaient fourni un yacht, et ils avaient parcouru le monde, pendant quelques mois d'un bonheur absolu, délirant. Elle et son amour avaient marché sur les sables d'îles reculées, regardé la lune scintiller sur la crête des vagues. Ils avaient traversé les lumières clinquantes de gigantesques villes, là où Diego devait traiter avec les *yber* locaux. Et ils avaient fait tout cela ensemble. Assurés d'un amour tel que les humains n'en connaîtraient jamais. Parce que les îles finiraient par être recouvertes par la mer ; les villes s'effondreraient ou seraient démolies, puis reconstruites jusqu'à perdre toute identité ; et même, lui avait-on dit, la lune finirait par s'éloigner lentement de la Terre et, au fil des millénaires, ne serait plus qu'une étoile dans le ciel ; mais eux seraient toujours ensemble, elle et lui, à fouler de nouvelles plages, à voir des cités que personne ne pouvait rêver, et ils s'aimeraient encore, encore et toujours.

Pendant cette période, elle ne s'attardait plus sur les horreurs de la Communion ou le cauchemar qu'avaient été ses premières chasses nocturnes. Sa nouvelle vie avait commencé à Genève, lorsqu'elle avait rencontré Jeffery. Et, jusqu'à cette nuit où ils étaient venus le lui arracher, elle n'avait rien regretté de ce que la vie et sa Première Mort lui avaient apporté.

Le voyage sur le yacht de Diego avait été un tourbillon de découvertes. D'abord, ils avaient cru que la réaction des *yber* au sommeil était comme un instinct, une horloge interne, semblable à celle qui permet aux plantes de s'ouvrir au point du jour ou aux animaux du zoo de voir approcher l'heure du repas. De tels rythmes étaient bouleversés par les changements de fuseaux horaires, mais pourtant, lorsqu'un *yber* partait en voyage, il réagissait au moment exact du coucher du soleil, quels que soient le décalage horaire et la désorientation qui en découlaient.

Lorsqu'ils étaient enfin retournés en Espagne, sur les terres que Diego partageait avec eux, Jeffery et elle décidèrent de tenter une expérience à laquelle, à leur grande surprise, personne ne semblait avoir songé auparavant. Diego leur dit pourquoi elle n'avait pas été tentée ou, dans le cas contraire, pourquoi les résultats avaient été tenus secrets. Le Conclave prétendait que, comme les *yber* étaient rejetons du Diable, et comme le Diable voyait sa puissance décuplée dans l'obscurité, les *yber* répondaient à l'approche de la nuit via l'influence surnaturelle que l'Enfer exerçait sur eux. Les *yber* tenaient leur explication ; il était inutile d'aller chercher plus loin.

Tous deux, entourés de familiers, s'étaient rendus en France, jusqu'à un endroit où la terre était creusée de cavernes s'enfonçant profondément sous la surface. Là, ils avaient essayé de se libérer des contraintes du lever et du coucher du soleil, et ils y étaient parvenus. Le processus se révéla d'abord pénible : alors que la terre tournait autour du soleil, ils se virent pris d'une langueur croissante. Une heure après le lever du soleil, une indicible torpeur les écrasait, et ils s'endormaient sur place. Mais, au bout d'une semaine, ils semblèrent s'être libérés de leurs habitudes. Ils pouvaient rester éveillés et actifs alors que le soleil était au zénith, loin au-dessus des cavernes. Ils avaient apporté une dimension nouvelle à l'existence des *yber*. Même Diego semblait s'en réjouir, bien qu'il mît un certain temps avant d'en parler aux autres membres du Conclave.

Les *yber* ne tardèrent pas à mettre en pratique leurs découvertes. A Zurich, elle le savait, on avait fait construire des immeubles entiers dépourvus de fenêtres et dotés de sas antilumière spéciaux obstruant les entrées. Les *yber* qui contrôlaient les fortunes amassées grâce à de bons investissements au fil de générations pouvaient désormais travailler aux mêmes heures que les banquiers qui opéraient les transferts de fonds. Il n'était plus nécessaire de forcer les humains à travailler dans des conditions douteuses, de nuit et avec des hommes pâles qui s'exprimaient en murmures secs. Les *yber* devinrent plus riches, plus sûrs d'eux, et ceci grâce au travail d'Adrienne et de Jeffery. Mais le Conclave s'inquiétait néanmoins.

Finalement, Jeffery et elle se concentrèrent uniquement sur l'analyse de leurs talents particuliers. Leur villa se remplit d'équipements scientifiques. Ils demandèrent l'autorisation d'enrôler des chercheurs pour leur servir de familiers. Le Conclave le leur refusa, sans discussion ni appel. Pour leur avoir permis d'aborder de tels domaines, Diego fit l'objet d'une motion de censure.

Puis ils prirent le risque qui devait les mener à leur perte. Malgré le veto du Conclave, ils embauchèrent des scientifiques. Mais ils ne pouvaient pas le dissimuler aux Seigneurs du Conclave. Furieux, Diego fit détruire leurs équipements et, dans la même journée, leurs nouveaux familiers disparurent. Diego déclara qu'il ferait tout ce qui était en son pouvoir pour leur éviter la Mort Finale. Il voulait les voir quitter son domaine.

Adrienne et Jeffery se décidèrent. Ils étaient sur le point

d'aboutir à de miraculeuses révélations. Ils en savaient plus sur les transformations qui se produisaient dans le corps d'un *yber* ; ils disposaient de radios montrant leur nouvelle constitution organique. Ils étaient persuadés que les *yber* répondaient aux perturbations de la ionosphère par les rayons du soleil ; c'était le même phénomène banal qui altérait la transmission des ondes radio. Et, plus important encore, ils étaient sur le point de redéfinir les besoins nutritifs des *yber*. Viendrait un jour où ceux-ci n'auraient plus besoin de sang humain. Et cela serait la fin du conflit immémorial entre le chasseur et sa proie. Une nuit, ils pourraient rompre leur exil centenaire et prendre leur place aux côtés des humains. N'avaient-ils pas autrefois été des leurs ?

Munis de ce savoir, ils contactèrent d'autres *yber*. La nouvelle de leur hérésie se répandit. Au bout d'une semaine, le Conclave réagit et, par une nuit d'épouvante, on lui enleva Jeffery pour l'enchaîner face au soleil. Le Conclave les avait condamnés à la Mort Finale. Depuis ce jour, Adrienne se vit traquée tant par les émissaires du Conclave que par les jésuites.

Un par un, ses familiers furent débusqués et éliminés. Elle apprit que le Seigneur Diego, se sentant maintenant dans une situation précaire pour avoir soutenu leur travail, menait lui-même la meute.

Adrienne savait ne pas pouvoir lui échapper indéfiniment. Le savoir des Voies était transmis lors de cérémonies spéciales. La plupart avaient lieu durant la première année après la Communion, mais d'autres devaient se succéder tous les cinquante ans, au fur et à mesure que l'*yber* gagnait en expérience. Adrienne n'avait pas suivi un seul de ces rituels de connaissance. Diego en avait vu huit.

Où qu'elle aille, il la retrouverait. Ce n'était qu'une question de temps.

Ainsi, Adrienne avait pris une décision. La Mort Finale de Jeffery ne devait pas rester inutile. Pas plus que la sienne, qu'elle savait inévitable. Elle devait trouver quelqu'un à qui transmettre son savoir. Quelqu'un qui, durant le peu de temps qui lui restait, l'aiderait à parfaire le substitut au sang humain. Une fois ce but atteint, elle ferait en sorte que la formule soit remise à d'autres familiers et *yber*, et peut-être même aux jésuites, qui ne pourraient plus accuser les *yber* d'être des monstres assoiffés de sang. Même si Diego la détruisait, elle et son œuvre, il ne pourrait éradiquer ce nouveau savoir. Il se répandrait à travers le monde et parmi tous les *yber*. Malgré les efforts du Conclave, leur règne deux fois centenaire touchait à sa fin. Même par-delà sa Mort Finale, elle triompherait de ses ennemis. Et dans sa victoire, elle se retrouverait à nouveau aux côtés de Jeffery. Une nouvelle fois, leur amour serait éternel.

Son dernier espoir s'appelait Granger Helman.

Et cet espoir vint la tourmenter, alors même qu'elle ressentait dans sa chair la disparition du soleil et ouvrait le couvercle de son sanctuaire.

Elle aurait dû considérer Granger Helman comme un ennemi. Il avait tué le seul humain qui se soit révélé à même de l'aider. Elle avait été en contact avec un autre candidat possible, à Chicago, mais elle ne lui faisait pas pleinement confiance. Il semblait trop avide, prêt à accepter toutes ses conditions, comme si quelqu'un l'avait préparé en vue de ce contact. Et il y avait aussi la femme de Washington. Celle qui, de façon si transparente, avait tenté de recruter Adrienne pour un projet de recherches afin de la livrer au gouvernement américain.

Adrienne ne pouvait aller à Washington, mais un jour d'autres *yber* le feraient. Il leur faudrait payer leur dette, celle de dizaines de milliers de meurtres étalés sur des milliers d'années. Un jour, elle en était sûre, *yber* et humains œuvreraient ensemble. Dès que les humains ne seraient plus considérés comme une source de nourriture, les deux peuples finiraient par s'unir. Les *yber* pouvaient travailler au fond des mers et même dans l'espace, là où les conditions étaient trop rudes pour des humains. On ne pouvait ignorer la dette des *yber* envers eux, et Adrienne ferait en sorte qu'elle soit payée. Mais tout d'abord, elle devait survivre, même s'il lui fallait pour cela faire confiance à un humain en particulier. Un homme qui avait essayé de la tuer, mais qui, pourtant, ne voulait que son bien. Elle n'arrivait pas à le comprendre. Peut-être qu'elle était restée trop longtemps en compagnie d'humains choisis pour être des familiers. Helman était différent.

La nuit précédente, il lui avait tendu la main, elle en était sûre. Lorsqu'elle lui avait parlé de Jeffery —,ce qui n'était pas prévu — il avait essayé de la réconforter. Il l'avait acceptée telle qu'elle était, comme Jeffery avant lui, bien qu'elle dût lui apparaître comme une créature sans âme. "Un mort qui se repaît du sang des vivants", disaient les livres. A sa façon, il avait surmonté l'étrangeté de sa condition et des circonstances de leur rencontre, et l'avait acceptée comme sa semblable : comme un autre être humain, malgré sa maladie. Ou comme une femme.

Elle cessa de penser à lui. Au point où ils en était, peu importait ce qu'*elle* pensait de lui, ou ce qu'il pensait d'elle. Elle était le seul obstacle qui se dressait entre sa sœur et le Conclave. Tant qu'ils croiraient ce qu'elle lui avait dit de leur raconter, tant qu'elle passerait pour morte, tous deux avaient une chance. Et Helman était son seul espoir de survivre à ce dernier voyage qu'il lui fallait entreprendre : l'impensable odyssée jusqu'à un ultime sanctuaire.

Peu d'*yber* avaient suivi cette route, car le prix à payer en cas d'échec était trop lourd. Mais si elle y parvenait, pas même le Conclave n'oserait la toucher. Il y avait chez les *yber* des puissances plus grandes encore que celle du Conclave. Du moins l'espérait-elle.

Cette nuit-là, elle avait choisi pour sanctuaire la cave moisie d'une église, non loin de la résidence de Chris Leung. Elle avait pris le temps de chercher des lieux de repos auxiliaires dès le premier soir, quand elle avait suivi Chris jusqu'à son laboratoire. Pendant qu'il préparait une série de cultures, elle avait vagabondé dans les rues de Toronto, à la recherche de ce qu'elle savait exister dans chaque ville : une église dont les portes étaient toujours ouvertes pour recevoir ceux qui désiraient prier.

Dans sa première vie, Adrienne n'avait pas été très religieuse. Elle avait suivi le catéchisme de l'Eglise anglicane, mais ce n'était pas une foi très exigeante, et ses préceptes ne s'étaient pas imprimés en elle comme ils l'étaient chez d'autres, élevés dans des religions différentes. Il en résulta que, contrairement à la plupart des familiers choisis pour devenir ensuite *yber*, les enseignements surnaturels du Conclave ne l'avaient pas marquée. Elle pouvait sans mal toucher un crucifix et entrer dans une église. Elle avait vu les effets des objets de culte sur d'autres *yber* : des brûlures, des cloques et d'horribles déformations qui ne guériraient jamais. Pour elle, il devait s'agir de simples réactions psychosomatiques aux enseignements des Voies. Elle était convaincue que la maladie des *yber* s'accompagnait de l'éveil d'une sorte de don télékinésique ou psychique. Ce talent qui, en général, se combinait avec l'accélération du métabolisme pour guérir les plaies en quelques minutes, voire quelques secondes, pouvait aussi infliger des blessures en présence d'objets à signification religieuse. Mais, quel que soit exactement ce mécanisme, elle n'était pas croyante et il ne l'affectait pas. Ce en quoi elle ne croyait pas dans sa première vie devint sa planche de salut dans la seconde. Elle ne connaissait aucun membre du Conclave qui soit disposé à s'aventurer en terre consacrée.

La vieille malle dans laquelle elle avait passé la journée était presque enterrée sous d'autres cartons et classeurs, dans un coin obscur de la cave. Elle remit dans la malle les objets qu'elle avait dû en retirer pour pouvoir s'y glisser : principalement des vieux dossiers et des livres de prière, et deux robes d'enfant de chœur pourries qui semblaient avoir été aspergées de vin, longtemps auparavant.

Il n'y avait aucune présence humaine dans la cave, elle pouvait le sentir. Jeffery et elle n'avaient jamais pu définir ce don, sinon en le considérant comme une variante primaire du pouvoir télépathique, semblable à celle que possédaient certains humains par ailleurs bien ordinaires.

Elle se fraya un chemin jusqu'aux escaliers menant à la sacristie puis, de là, à l'entrée principale. On utilisait la sacristie comme vestiaire pour ceux qui assistaient aux célébrations ainsi que de débarras, dont les armoires contenaient toute un assortiment de robes sacerdotales.

Adrienne trouva un manteau de femme qui ne lui allait pas trop mal, n'avait pas l'air d'avoir été emprunté à quelqu'un d'autre. Elle l'enfila, cachant ses vêtements en lambeaux, et franchit la porte.

Elle était à mi-chemin sur les escaliers de l'entrée lorsqu'elle devina la présence de quelqu'un qui venait de l'intérieur et se dirigeait vers elle. Elle pressa le pas. Puis entendit des claquements de talons.

— Attends un instant, Ruth, dit une voix masculine.

Elle se retourna. L'homme cligna des yeux devant sa pâleur et la dureté de son visage.

— Oh, pardon, balbutia-t-il. Je vous ai prise pour quelqu'un d'autre. Ce doit être le manteau.

Il eut un sourire nerveux et retourna à l'intérieur. Adrienne passa rapidement le coin de la rue et s'en alla. D'ici à ce que Ruth et son ami ne découvrent le vol du manteau, elle serait loin.

Sa première priorité était de trouver de l'argent. Elle avait besoin de vêtements neufs et de maquillage. Si elle laissait son visage apparaître au naturel, pâle et exsangue, elle attirerait davantage l'attention. Ils devraient passer la frontière américaine le soir même. Elle devait se faire remarquer le moins possible.

Elle n'aurait aucun mal à trouver de l'argent. Parcourant les trottoirs gelés, elle avisa un hôtel, sur sa droite. Il paraissait moderne et neuf. Plusieurs Cadillac et Mercedes étaient garées devant l'entrée, au mépris des interdictions de stationner. Un portier les surveillait, sans doute en échange d'un pourboire conséquent. Tout ce dont Adrienne avait besoin, c'était d'un hôtel de luxe, et elle venait d'en trouver un.

Elle évita l'entrée principale et le portier, préférant une porte de service qui menait à un ensemble de boutiques. Elle suivit le couloir jusqu'aux escaliers mécaniques qui la menèrent au grand salon.

Adrienne s'arrêta devant un dessin plastifié figurant un

homme et une femme assis devant une table et entourés d'une horde de garçons souriants portant des plats somptueux. La grande salle du restaurant se trouvait au premier étage, juste au-dessus du salon. En montant les escaliers, elle remarqua quelques humains qui la dévisageaient, pensant qu'elle ne les voyait pas. Certains se dirent qu'elle venait de subir un terrible choc. Adrienne ne s'en soucia pas. Elle se contenta d'espérer que, parmi eux, il ne se trouverait pas un employé de l'hôtel pour décider qu'elle avait besoin d'aide. Ou qu'elle n'était pas le genre de personne qu'il voulait voir parcourir les couloirs. Ce qui pourrait présenter un danger.

Au-dessus du salon, l'étage fourmillait d'hommes en costumes et de femmes en robes du soir. Il y avait un rassemblement quelconque, peut-être une convention ou un dîner d'apparat. Adrienne se dirigea vers les toilettes des femmes. Elle aurait préféré celles d'un restaurant de luxe, mais il aurait été difficile de passer sous le nez des serveurs. Les hôtels étaient plus faciles d'accès.

Derrière les doubles portes, les toilettes étaient désertes. Adrienne se planta devant l'évier. Elle se lava cinq fois les mains avant que quelqu'un ne se décide à arriver.

Une femme entra ; elle avait laissé son manteau au vestiaire et ne portait qu'une robe sans manches. Elle regarda Adrienne, s'inquiétant de sa pâleur et de son étrange apparence, puis se dirigea vers le W.-C. le plus proche.

Vite, avant que quelqu'un d'autre n'entre, Adrienne fondit sur elle. Sa main plongea vers la base du crâne de la femme ; son pouce et son index pressèrent férocement deux points précis, de chaque côté de la colonne vertébrale. La femme se raidit et rejeta la tête en arrière avec un hoquet de surprise. Les phalanges d'Adrienne descendirent sur sa tempe. La femme se laissa glisser.

Adrienne la souleva sans mal et la déposa sur le siège des toilettes. Elle ramassa son sac en lamé argenté qui était tombé sur le carrelage. Adrienne ne pouvait se l'approprier et partir avec sans se faire repérer ; il n'était pas assorti à son manteau volé et était trop gros pour qu'elle le glisse dans sa poche.

On venait. Elle jeta le sac sur les genoux de la femme inconsciente et sortit du W.-C., refermant la porte derrière elle. La seconde des doubles portes s'ouvrit et une autre femme entra. Adrienne baissa la tête et revint se placer devant l'évier. La porte du W.-C. où se trouvait sa victime s'ouvrit toute seule. L'autre femme évita délibérément de regarder par l'entrebâillement et se dirigea vers un autre cabinet. Lorsque Adrienne entendit le cliquetis du verrou, elle bondit sur le sac de sa victime, l'ouvrit et en tira un porte-monnaie, plus quelques papiers, qu'elle fourra dans la poche de son manteau. Elle déchira deux feuilles de papier-toilette et les replia pour former un petit rectangle dont elle se servit pour caler la porte du W.-C. derrière elle. Cette fois-ci, elle ne s'ouvrit pas.

En une minute, elle fut hors de l'hôtel, sans avoir entendu le moindre cri d'alarme.

Elle stoppa un taxi et lui demanda de l'emmener à Eaton Center : un centre commercial situé en ville, et qui restait ouvert en nocturne. Assise sur le siège arrière du taxi, elle sortit le porte-monnaie de sa poche pour compter l'argent qu'il contenait. S'il était vide, le chauffeur du taxi ne se réveillerait pas avant le lendemain matin. Mais le porte-monnaie contenait un billet de vingt dollars et quelques pièces. Ainsi que quelques cartes de crédit et un permis de conduire. Plus qu'il ne lui fallait.

Elle commença par acheter un stylo. Puis elle alla s'installer dans d'autres toilettes et passa une demi-heure à imiter la signature au dos des cartes de crédit.

Une heure plus tard, elle disposait de nouveaux habits, d'un autre manteau, et son visage était celui d'une humaine comme les autres.

Il était temps d'aller retrouver Helman.

Celui-ci était assis dans un des coins les plus reculés du bar de l'hôtel et s'efforçait de ne pas penser à ce qui se déroulait dans sa chambre. Il avait raconté à M. Rice l'histoire qu'Adrienne lui avait suggéré. La voix de Rice était si particulière que Helman ne pouvait déterminer s'il le croyait ou non. Finalement, Rice lui dit de quitter sa chambre, qui serait "nettoyée" en son absence. Pour l'instant, Helman pouvait partir librement, mais il devait s'attendre à être à nouveau contacté, très prochainement. Helman avait l'impression que, ce soir-là, Rice allait essayer de le tuer. Mais il ne pouvait rien faire, sinon attendre l'arrivée d'Adrienne.

Au moins, le bar était un endroit public ; tant qu'il y restait, on ne l'attaquerait pas de front. Et, puisqu'il lui faudrait bien en sortir un jour, il s'était déjà préparé. La boutique de l'hôtel vendait pas mal de bijoux religieux. Helman avait une croix dans chaque poche de son manteau, l'une ornée d'un portrait de Jésus, l'autre nue. Et il portait un petit crucifix autour du cou. Il se sentait un peu ridicule, et avait toujours peur. Malgré ce que lui avait dit la jeune femme, il n'avait pas idée de la puissance réelle dont disposait le Conclave. L'image qu'il en avait était enracinée dans un savoir remontant à son enfance. Une partie de lui-même avait l'impression de vivre un cauchemar. Mais sa peur avait pris une forme nouvelle : ce soir-là, chaque fois qu'il était allé au téléphone près du bar pour composer le numéro de sa sœur, il avait entendu la sonnerie. Mais personne n'avait décroché. Il ne pouvait qu'espérer. Weston devait l'avoir fait emmener. Il y avait une autre possibilité, mais il refusait d'y penser. Il préférait croire que son récit avait satisfait le Conclave.

Rice voulait la tête d'Adrienne St. Clair. Helman avait fermé les yeux et répondu qu'il ne l'avait pas.

— J'ai vu le labo, assassin. Ne s'y trouvait-elle pas ?

— Je le crois. Elle y est entrée. Mais après l'explosion, je pense qu'elle a disparu.

— L'as-tu vu ? Est-ce qu'elle t'a vu ?

— Je n'ai retrouvé que ses vêtements. Je crois que c'était les siens.

— Ses vêtements, assassin ?

La respiration de Rice s'était accélérée. Pour la première fois depuis le début de leur conversation, Helman sentit qu'il avait une chance de s'en tirer.

— Oui, ses vêtements. Je n'y comprends rien. Ils gisaient en tas, près d'un bureau fracassé par l'explosion.

— Comment étaient-ils répandus ?

— De façon bizarre. Un gros tuyau d'acier les avait traversés, et ils étaient tout... huileux, graisseux, je ne sais pas. Recouverts de quelque chose de bizarre.

— Du sang, assassin ?

— Non, pas du sang. C'était blanc. Un peu comme de la gelée. Je ne sais pas ce qui s'est passé. Peut-être qu'ils gardaient des produits inflammables dans le labo et que l'explosion les a fait gicler, qu'elle en a été aspergée. Il y avait des flammes partout. Peut-être qu'elle a enlevé ses vêtements de peur de brûler vive. Mais je ne sais pas où elle a pu se rendre sans ses habits. Il faisait froid, la nuit dernière.

— J'en suis sûr, assassin. Par une nuit aussi glaciale, pourquoi n'es-tu pas immédiatement retourné à ta chambre ?

— Par prudence. La police, ou qui que ce soit d'autre, a réagi à l'explosion bien plus vite que les pompiers. Comme s'ils surveillaient déjà le labo. Peut-être qu'il y a un rapport avec le type au revolver qui m'a sauté dessus l'autre jour.

Maintenant, Helman savait qui était cet homme : Cook, un des soldats de Weston.

— C'est bien possible, assassin. C'est bien possible. Cette femme est des plus débrouillardes. Elle pouvait avoir prévu une telle éventualité. Je te suggère de retourner chez toi, dans le New Hampshire. Nous te recontacterons lorsque nous aurons retrouvé cette femme. Tiens-toi prêt à agir sur-le-champ, ou les conséquences seront graves. Est-ce clair, assassin ?

C'était clair. Il était sûr de savoir ce que Rice avait conclu de son récit. Adrienne St. Clair avait été empalée par la barre d'acier qui avait transpercé ses vêtements. Son corps s'était dissous, comme celui de cet *yber*, dans la ferme, lorsque l'obus avait éclaté contre le mur, envoyant des échardes dans toutes les directions, y compris celle de son cœur.

Helman tremblait imperceptiblement en repassant dans sa tête sa conversation avec Rice. Peut-être qu'il était tiré d'affaire. Mais si Rice et le Conclave pensaient que le contrat était rempli, quel sort lui réservaient-ils ? La mort ? A Toronto même, ou attendraient-ils qu'il retourne aux États-Unis pour pouvoir éliminer en même temps sa sœur, Steven et Campbell ?

Adrienne devait le savoir. Et il n'en pouvait plus de l'attendre.

A huit heures, comme Rice le lui avait conseillé, il quitta le bar et retourna dans sa chambre. Il fallait croire que les familiers avaient rempli leur tâche. En effet, la chambre était immaculée. Rien ni personne ne rôdait dans la salle de bains, ne se cachait sous le lit ou derrière les meubles. Alors que Helman sortait de l'ascenseur, une idée l'avait frappé : et si, encore une fois, il fonçait droit dans un piège ? Rice pouvait avoir appelé la police pour leur dire d'attendre la brute meurtrière qui gardait un corps décapité dans sa chambre d'hôtel. Mais, à seconde vue, cela ne tenait pas debout. S'ils devaient lui régler son compte, ils le feraient d'une façon plus discrète. Et quelles que soient les modalités choisies par le Conclave, elles n'impliqueraient pas d'étrangers à leur conflit. Il n'aurait pas la moindre chance de raconter son histoire.

Helman ne savait pas trop ce qu'il devait faire maintenant. Aucun message ne l'attendait à la réception ou au standard. Est-ce qu'ils l'avaient déjà capturée ? Exécutée, même ? Pourquoi ne l'avait-elle pas contacté ?

Il fit un bond en entendant frapper contre le verre de la fenêtre. Il tira les rideaux, et le visage d'Adrienne St. Clair apparut de l'autre côté de la vitre.

Sa nouvelle chambre se trouvait au dix-huitième étage. Il n'y avait pas de balcon, ni de corniche. Pourtant, elle était là, à la fenêtre.

Elle lui fit signe d'ouvrir. L'hôtel était assez ancien, et les fenêtres étaient à glissières. Elle s'infiltra dans l'interstice, tel un serpent. La comparaison le mit mal à l'aise.

— J'ai pensé que, cette fois-ci, on pourrait épargner la fenêtre, dit-elle.

Elle épousseta la poussière blanchâtre qui constellait son blouson matelassé noir.

— Comment êtes-vous montée jusqu'ici ? Où étiez-vous ?

Helman avait trop de questions en tête pour les poser d'un seul coup. Elle leva les yeux.

— Les muscles des *yber* sont très efficaces. Il suffit d'une fissure ou d'une rainure entre les briques d'un mur, et nous pouvons y plonger nos doigts et nous hisser jusqu'au sommet. Maintenant, dis-moi ce qui s'est passé. J'ai vu des hommes qui évacuaient un cadavre. On aurait dit des familiers.

Helman lui dit ce qu'il avait trouvé dans la salle de bains et répéta sa conversation avec Rice.

— Et tu es sûr qu'il t'a cru ?

— A peu près sûr. Difficile de juger. En tout cas, il m'a autorisé à quitter Toronto. Il faut compter vingt-quatre heures avant qu'il s'aperçoive que je ne suis pas allé là où ils m'attendent.

— Tu veux dire la ferme de ta sœur ?

— Oui. Maintenant, où devons-nous aller ? Vous m'aviez dit de me tenir prêt à partir en voyage.

St. Clair prit un air soupçonneux.

— Tu veux dire que tu ne tiens pas à aller voir ta sœur ?

Helman vit alors le piège dans lequel il s'était jeté de lui-même. Il ne pouvait lui dire qu'il laissait sa sœur sous la garde de Weston et ses hommes. S'il retournait à la ferme, il pourrait compromettre leur position. Et par ailleurs, il ne pouvait en aucune façon contrarier les desseins d'Adrienne. Weston voulait connaître ses plans en échange de la protection de Miriam et des garçons. Il mentit du mieux qu'il put.

— Je lui ai parlé ce matin. Elle n'a rien vu d'inhabituel. Les enfants vont bien. Maintenant que Rice m'a relevé de mon contrat, quel avantage tirerait le Conclave de sa mort ?

Adrienne pensa au Seigneur Diego. Il avait dirigé la traque. C'était certainement lui qui, indirectement, manipulait Helman. Il devait réussir pour pouvoir restaurer sa position auprès du Conclave.

— Je connais l'*yber* qui contrôle King, Rice et le groupe de New York. Son nom est Diego. Seigneur Eduardo Diego y Rey. Pour lui, c'est une affaire personnelle entre nous deux, et lorsqu'il s'agit d'éliminer ses ennemis, il ne fait pas de cadeau. Et désormais, Granger, tu es son ennemi. Il ne se contentera pas de te détruire toi, mais aussi tout ce qui t'est cher. Ta famille. Et, Granger, presque tous ses familiers ont été choisis alors qu'ils étaient enfants. Il aime le sang des jeunes humains. Il dit qu'il est beaucoup plus doux que celui des adultes.

Cette fois-ci, elle avait bel et bien tendu la main pour la poser sur son épaule. Elle sentit la tension le parcourir comme un raz de marée. Il pâlit. Mais il ne pouvait lui parler de Weston.

— Je ne crois pas qu'il me considère comme un ennemi, dit Helman ; il leur faudra vérifier si vous vous êtes ou non échappée. Vous pourriez très bien avoir laissé vos vêtements autour de la barre de fer, comme je leur ai décrit, pour nous induire en erreur. A leur place, j'y regarderais de plus près. Et je garderais l'assassin humain en réserve, pour le cas où il faille à nouveau faire appel à lui.

Sa tête semblait enfler. Leur sang est plus doux. Bon Dieu, il en était malade.

— En vous aidant, reprit-il, je peux mieux servir ma famille. Peut-être même les sauver. Vous m'avez dit de me tenir prêt à voyager. J'espère que vous avez un plan quelconque, parce que moi, je ne sais plus ce qu'il faut faire.

Adrienne vit que Helman était au bord des larmes. Elle se rapprocha de lui et le regarda dans les yeux.

— Tout ira bien, Granger. Tu as raison. Diego ne fera rien avant de savoir si je suis morte ou vivante. Tant que je reste dans l'ombre, ta famille ne court aucun danger.

Elle le serra contre elle, mal à l'aise. Quelle pression pouvait-on exercer sur un corps humain ? Elle n'était pas sûre que ce soit la bonne méthode pour le calmer. Mais il en avait déjà tant supporté ! Tant d'événements qui, dans son monde à lui, n'auraient pas dû exister. Son esprit était en pleine déroute, il ne semblait même pas être conscient de sa présence.

— Granger, t'es-tu renseigné sur les gardes du corps ? Ceux que tu as vus combattre les jésuites. As-tu appris d'où ils venaient ?

Malgré sa confusion, son instinct de survie se débattit pour reprendre le dessus. Il devait lui mentir. Il ne pouvait lui parler de Weston. Il devait mentir.

— J'ai retrouvé l'un d'entre eux et l'ai interrogé. Rice a confirmé ses réponses. Cela semblait l'amuser. Le Conclave a envoyé d'autres assassins à vos trousses. Il n'a pas voulu me dire combien. Je n'arrêtais pas de leur tomber dessus, partout où vous êtes allée.

Helman réalisa qu'elle avait passé ses bras autour de ses épaules. Il accepta son étreinte, un instant, comme on ferme les yeux dix secondes avant que le réveil ne sonne, en espérant contre toute attente qu'il ne viendra jamais vous déranger. Mais la réalité de leur situation reprit ses droits, et il se retira. Gênée, elle le laissa se dégager. Elle ne savait pas ce qui se passait dans son esprit. Ou le sien. Des visions de Jeffery la traversèrent.

— Pourquoi iraient-ils affronter les jésuites ?

Helman mentit avec aisance.

— Celui que j'ai interrogé m'a dit qu'ils craignaient que les jésuites ne vous capturent. Il devait empêcher cela pour pouvoir vous abattre lui-même. Il comptait bien vous décapiter.

Elle sentit ce qui ne collait pas dans son histoire. Mais pour l'instant, elle devait le croire. Lui seul pouvait la mener à l'ultime sanctuaire. Peut-être craquait-il sous la tension qu'elle avait ressentie en lui. C'était sans doute ça. Et rien de plus.

— Vous avez un plan, n'est-ce pas ?

Sa voix avait quelque chose de désespéré. Y avait-il eu avant lui un humain condamné à affronter le Conclave ? Et qui ait survécu aussi longtemps que lui ? Elle le plaignait de tout son cœur. Il se trouvait pris dans un réseau d'intrigues qu'il pouvait ne jamais comprendre. Mais il pouvait l'aider elle à résoudre le problème. Et il avait choisi de la servir. Au départ, elle en était persuadée, ce n'avait été qu'en réponse à ses menaces de mort. Mais maintenant, il avait une autre motivation, qu'elle ressentait sans bien pouvoir la définir.

— Oui, Granger, j'ai un plan.

Un plan de la dernière chance, pensa-t-elle, et que peu d'*yber* avant elle avaient mené à bien.

— Nous irons demander l'aide du Père, dit-elle.

— Le *Père* ? demanda Helman. Un père *yber* ? Pourra-t-il nous aider ? A-t-il déjà vécu une situation de ce genre ?

Adrienne hocha la tête. Elle se sentait elle-même tendue, d'une façon différente des humains, différente de ce qu'elle avait connu dans sa première vie. Mais la tension était là, rampant en elle comme une bête destructrice, envahissant son corps. Les *yber* contrôlaient leur propre organisme : ils ne tremblaient pas. Mais son esprit était secoué.

— C'est notre doyen. Le plus vieil *yber* vivant.

La question resta suspendue entre eux, silencieuse, inexprimée.

— Il a plus de neuf cents ans, dit-elle. Il a connu toutes les situations qu'on peut concevoir.

CHAPITRE VIII

La fillette se mourait.

En quelques minutes, le choc créé par la perte de son sang se répercuterait sur son jeune cœur, bien incapable de le supporter. Seigneur Diego, allongé à côté d'elle sur le lit, la regardait, fasciné.

La fillette n'avait guère plus de douze ans, et son corps pâle et nu montrait à peine ses premiers signes de maturité. Une maturité qui ne viendrait jamais. Diego l'avait dévorée, lui volant son enfance, sa féminité et son sang. Maintenant, alors que la vie la quittait, il la regardait.

Diego avait en lui le pouvoir de la ramener à la vie. En partageant son sang, par la Communion, il pouvait lui offrir une vie nouvelle dans le monde des *yber*. Il était celui qui prend et donne la vie, et, fort de ce pouvoir, il jouait avec elle.

Il fit courir délicatement ses griffes acérées comme des rasoirs le long des veines de son poignet. Un liquide blanc, le sang des *yber*, jaillit de la chair tailladée. Il le recueillit au bout de son doigt tendu, telle de la sève. Le temps d'en enduire sa main, la blessure s'était refermée et guérie, sans laisser la moindre cicatrice.

Diego fit jouer ses doigts au dessus du visage de l'enfant mourante. Les yeux de celle-ci étaient révulsés, et leur blanc aveugle pointait derrière les paupières entrouvertes. Sa bouche était béante, sa respiration pénible, brûlante. Diego fit couler, goutte à goutte, le sang de la vie dans son gosier. La fille réagit instantanément.

Ses yeux se refermèrent alors que les premières gouttes de la substance brûlaient en elle. Sa bouche s'ouvrit toute grande, comme celle d'un poisson hors de l'eau, avide de ce que son corps savait être l'unique chance de survie. Elle émit quelques grognements et se convulsa, comme sous l'effet de la passion. Diego écarta sa main, la tournant à droite et à gauche pour éviter de faire couler le fluide blanc. Il attendit jusqu'à ce que la réaction de l'enfant se dissipe et qu'elle soit à nouveau proche du vide. Puis il mit à nouveau son doigt au-dessus de sa bouche. Le sang des *yber* entra en elle. Son corps avide de survivre se tendit.

Elle est si forte, pensa-t-il. C'étaient les enfants qui duraient le plus longtemps. Cela l'étonnait toujours. Une fois, il avait maintenu ainsi un enfant entre l'extinction et la renaissance pendant toute une soirée. Finalement, il avait décidé de récompenser une telle ardeur de vivre. Il avait découvert son cou et laissé l'enfant partager la Communion. Mais il était trop tard. Le garçon était mort de sa première et dernière mort. Depuis Diego n'avait jamais cédé, et tous ses enfants, une fois entrés dans son lit, n'avaient qu'une seule destination.

Il retira ses doigts et les essuya sur le drap souillé de sang. La fillette eut un frisson et s'immobilisa. Elle avait atteint sa destination.

Diego poussa son corps inutile au bas du lit. Il glissa au sol comme une poupée cassée. Lorsque le jour viendrait, ses familiers en disposeraient. L'humain qui l'avait fournie aux honorables invités du Meeting de la côte Est demanderait certainement plus d'argent que prévu. On ne lui rendrait pas la fille en état de marche. Mais le Conclave était assez riche pour le rembourser un milliard de fois, s'il le désirait. Peut-être, si près de l'aboutissement de leur Plan Final, pouvaient-ils tout simplement se débarrasser de lui. Bientôt, l'ordre serait modifié, et Diego n'aurait plus à se limiter. Cette idée le réjouit. C'était presque aussi satisfaisant que le poids du sang de l'enfant dans ce qui lui servait maintenant d'estomac.

Il aimait cette sensation. Il avait passé les deux cents

premières années de sa vie d'*yber* à dormir dans des cercueils pourris et des mausolées. A chaque aube, plongé dans un sommeil sans rêves, il avait redouté le pieu ou la hache. Trop souvent, il avait regagné son sanctuaire pour découvrir qu'un de ces maudits prêtres et des guirlandes d'ail lui en bloquaient l'accès. Mais il avait survécu. Deux cents ans à vivre comme un animal, et il avait survécu.

Les deux siècles suivants avaient été bien plus agréables. Il avait rencontré d'autres *yber* — qui, de plus, pensaient comme lui. Des *yber* qui n'avaient pas perdu la raison au fil des nuits passées à chasser et être chassés. Des *yber* qui n'étaient pas totalement devenus les démons de l'Enfer que la plupart s'imaginaient être. Certains avaient conservé leur intelligence. Avec eux, il avait formé le Conclave et rendu coup pour coup à cette exaspérante Compagnie de Jésus.

Bientôt vinrent la fortune et la prospérité. Des sanctuaires secs et confortables où passer en sécurité ces interminables journées. Des voyages et des rassemblements nocturnes. Et des familiers. Toujours, il y avait eu des familiers. Les *yber* n'avaient plus besoin de chasser pour survivre. Il y avait toujours assez d'humains pour s'offrir volontairement — en quête d'une chance d'accéder à la Communion et à l'immortalité qu'elle promettait. Et si les nuits devenaient sans surprise, il y avait toujours les guerres des humains. La Corée, le Viêt-nam. Aujourd'hui, l'Afrique et l'Amérique du Sud offraient de nouveaux terrains de chasse, des opportunités de boire un sang chargé de peur. Les corps déchirés, vidés de leur sang, n'éveillaient aucune curiosité. Les *yber* étaient libres, et bientôt le seraient plus encore. Le Plan Final était sur le point d'aboutir. Adrienne St. Clair seule pouvait mettre en péril sa réussite. Mais elle ne saurait lui résister encore longtemps.

Sur son lit, Diego s'étira comme un chat. Son métabolisme absorbait le sang de la fille et s'en nourrissait. Il se sentait en paix.

D'un certain côté, il aurait dû éprouver de la reconnaissance envers St. Clair. Lorsqu'il l'avait vue pour la première fois, à Genève, à la fin de la dernière guerre entre les Patries, il avait eu envie d'elle. Mais elle était alors avec Jeffery, et Diego avait ravalé ses sentiments. Il avait déjà vécu quatre cents ans et savait que rien n'était immuable. Il sentait bien que d'ici un siècle, malgré leur amour, Adrienne et Jeffery s'éloigneraient peu à peu l'un de l'autre. Et alors, Adrienne serait à lui. L'immortalité rendait les *yber* très patients.

Pour la garder à ses côtés, il l'avait protégée lors du massacre des Indésirés. A elle et son mentor, il avait offert l'usage de sa villa en Espagne. Il avait soutenu leurs premières recherches concernant la nature des *yber*. Celles-ci avaient rendu possible la mise en œuvre du Plan Final tel que le Conclave l'avait conçu. Mais ces recherches avaient aussi menacé l'existence même du Conclave.

En lui-même, Diego savait qu'Adrienne avait raison. Quelle que soit l'explication qu'on donne à l'existence des *yber*, celle-ci était liée à la nature, observable et compréhensible, et non pas aux flammes et au soufre de l'Enfer. Mais le Conclave régnait par les flammes et le soufre. Les *yber* se satisfaisaient de cette niche dans le royaume surnaturel que le Conclave leur avait créé. Le seul inconvénient était de devoir souffrir l'existence des jésuites qui, eux aussi, gouvernaient en se référant à leur connaissance de l'Enfer. Lorsque l'ordre basculerait, Diego regretterait certains aspects du monde humain. Mais pas les jésuites. Il s'arrangerait pour qu'ils soient les premiers à être dévorés. Cette idée lui plaisait beaucoup, elle aussi. Il resta longtemps étalé de tout son long sur le lit, pensant à la prochaine destruction des humains. Des siècles de lutte porteraient bientôt leurs fruits.

Tout près de lui, le corps de la fillette reposait sur le sol, inerte.

Finalement, Diego ressentit la présence d'un autre *yber* derrière la porte de la chambre, qui ne frappa pas. C'était inutile.

— Entre, dit Diego.

Et M. King entra, toujours revêtu des habits et du maquillage qui faisaient de lui un humain. Ses sens d'*yber* lui révélèrent immédiatement que l'enfant près du lit était morte ; il l'ignora. Il ne ressentait aucune jalousie devant cet étalage des privilèges de Diego. Lui préférait des proies plus âgées.

— Nous avons reçu un message de Toronto, dit-il.

— Est-elle morte ?

— Il semblerait. Mais d'après Rice, les conditions sont telles qu'on ne peut l'affirmer avec certitude.

Diego s'assit sur le lit. Le sang avait formé une croûte à la commissure de ses lèvres.

— Expliquez-vous, dit-il.

King lui raconta ce que Helman avait dit à Rice.

— Ainsi, conclut-il, soit elle fut empalée sur un débris de l'explosion et son corps s'est dissous, soit elle a délibérément disposé ses habits afin de nous tromper.

— Quelle est *votre* propre conclusion, monsieur King ?

— Dans le désordre causé par l'explosion, je ne crois pas qu'elle ait eu le temps d'élaborer une telle ruse, surtout en soignant les détails au point de laisser un fluide blanc sur les débris de ses vêtements. Je crois qu'elle s'est dissoute. La menace est conjurée. L'humain peut mourir.

Diego passa ses doigts autour de sa bouche pour essuyer le sang coagulé.

— Je suis d'accord avec vous, monsieur King. Elle n'aurait pas eu le temps de disposer ses vêtements de cette façon. Mais il y a une troisième possibilité.

— Laquelle ?

— Que l'humain œuvre de concert avec elle.

— C'est impossible !

— Ne soyez pas si hâtif, monsieur King. Savez-vous comment cette femme est venue à la Communion ?

— Elle faisait partie des Indésirés lors de la seconde guerre des Patries.

— Savez-vous ce qui est arrivé à son premier mentor ?

— Je ne connais pas toute l'histoire.

— Il s'est dissous, frappé par des débris, suite à une explosion. Au moment précis de la transition entre sa première et sa seconde vie. Apparemment, la femme fut littéralement inondée du sang de la vie. Ce qui lui suffit pour survivre à la Communion.

King comprit immédiatement.
— Dissous par les débris d'une explosion.
— Précisément, monsieur King. C'est une histoire qui peut resservir. Elle n'aurait pas eu le temps de disposer ainsi ses vêtements, mais aurait pu donner ses directives à l'humain.
— Mais pourquoi collaborer avec celui qui a voulu la tuer ?
— Il semble qu'il soit assez débrouillard. Elle n'a pas de familiers, pas de contacts en Amérique du Nord. Je crois qu'elle a pris une sage décision.
— Si votre conclusion est la bonne, Seigneur, que devons-nous faire ?
— Nous devons gagner, monsieur King. Nous devons gagner.
King ne dit rien. Il n'avait pas à discuter les dires d'un Seigneur du Conclave.
— Il est important d'empêcher la femme de contacter Washington, reprit Diego.
— Vous croyez ce que proclament les jésuites ?
— Que cette femme et Washington conjurent pour s'allier d'une façon ou d'une autre, oui. Que l'Armaguedon nous guette, ou toute autre de ces bêtises que les jésuites se plaisent à répandre, non. Notre second but, bien sûr, est de la tuer. Qui avons-nous en Californie ?
— Matheson, Seigneur. Mais pourquoi la Californie ?
— Cette femme est jeune, monsieur Rice. Prévisible. Elle a épuisé toute les possibilités qui se présentaient à elle. Même avec l'aide de son assassin humain, elle sait que la victoire du Conclave n'est qu'une question de temps. Sa Mort Finale est proche. Dans une telle situation, que feriez-vous ?
King fit une pause. Il n'en avait aucune idée.
— Feindre le repentir, suggéra-t-il faiblement. Me livrer aux jésuites en échange de l'oubli et d'un sanctuaire.
— Même les jésuites ne sont pas si bêtes, monsieur King. Où, dans le monde, trouver un endroit qui ne soit pas sous l'influence du Conclave ?

King n'avait pas de réponse.

— Vous avez entendu parler du berceau, n'est-ce pas ?

— *Nacimiento ?*

Diego sourit, dévoilant ses crocs d'un blanc brillant, sauvagement pointus.

— Nacimiento, acquiesça-t-il. La forteresse du Père. Seul, parmi les *yber*, il est libre du Conclave.

King était bouleversé. Il n'avait jamais pensé que le Père puisse offrir refuge à la femme, parce que c'était inconcevable. Elle ne vivrait pas une nuit de plus si elle osait s'introduire dans le domaine du Père. De même, si Diego conseillait aux *yber* de se soulever contre lui, le Conclave ne survivrait pas à cette dissension. Il était le Père, mentor de la multitude de ceux qui survivaient en tant qu'*yber*. C'était impossible.

— Certainement, Seigneur, vous devez...

— Surveillez votre langue, cracha Diego, ou vous pourriez ne pas voir le lever du soleil.

King préféra ne pas prendre de risque. Diego reprit d'une voix plus naturelle, du moins pour un *yber* :

— Rice a-t-il posté des sentinelles à toutes les sorties de Toronto ?

— Oui, Seigneur.

— Dites-lui de les retirer.

— Ne devons-nous pas garder l'humain sous surveillance ?

— Pourquoi ? S'il retourne voir sa sœur, il sera à nous. S'il suit cette femme dans son voyage jusqu'à Nacimiento, il sera également à nous. Il n'a que deux destinations possibles. A chacune d'entre elles, nous l'attendrons.

— Oui, Seigneur.

— Vous contacterez Matheson en Californie. La femme finira bien par s'y rendre. Rice ne doit rien faire pour l'en empêcher. Nous ne pouvons prendre le risque de rater une autre opération. Le voyage jusque là-bas lui prendra au moins deux nuits. Cette fois-ci, nous serons prêts à l'accueillir. Et cette fois, j'irai en personne. Je m'occuperai d'elle moi-même.

— Oui, Seigneur.

— Lorsque vous aurez Matheson en ligne, passez-le moi dans la salle de réunions. Puis vous partirez pour le New Hampshire. Cet endroit que vous appelez, je crois, West Heparton...

L'assassin humain sera puni, pensa King.

— Pour s'occuper de sa sœur, Seigneur ?

Diego opina.

— Et des enfants, monsieur King. Après avoir tué la sœur, apportez-les-moi. Je veux que cet humain apprenne ce qu'il en coûte de défier le Conclave.

— Oui, Seigneur.

— Et en partant, enlevez-moi donc cette chose.

Diego pointa sa griffe vers la forme racornie de la fillette, à côté de son lit.

King s'arrêta pour la ramasser, prit son corps dans ses bras. Il l'emporterait jusqu'à la chaudière. Comme les autres.

Diego, impassible, le regarda partir. Son esprit allait déjà de l'avant, vers les nuits à venir. Les événements s'enchaînaient à la perfection. La femme et l'humain iraient tout droit vers la dernière protection qu'ils croyaient leur rester. Et là, le piège de Diego se refermerait sur eux. De plus, il pourrait donner au passage la Mort Finale au Père. Non par vengeance ou malice, mais pour montrer aux *yber* que les temps changeaient. L'ordre serait renversé. Et le Conclave changerait, lui aussi. En un monde où les humains seraient sous le contrôle des *yber*, où le Plan Final serait accompli, il aurait beaucoup à gagner en s'opposant aux anciennes traditions du Conclave. Et Diego comptait l'emporter sur tous les tableaux.

Mais d'abord viendrait l'ultime bataille, celle du Berceau. La femme mourrait, et avec elle le dernier espoir des humains. Et, bien sûr, celui qui leur avait causé tous ces tracas succomberait lui aussi après avoir vu les chers enfants de sa sœur amenés au lit de Diego pour y être dévorés.

Il quitta la chambre à coucher et, nu, passa dans la salle de réunions. Il devait arranger les détails avec Matheson. Et envoyer un autre message aux jésuites. Non seulement les *yber* pourraient ainsi se débarrasser d'un bon nombre de prêtres, mais ils pourraient de surcroît leur mettre la mort du Père sur le dos. Oui, pensa-t-il, tout s'arrangerait. La victoire serait douce.

Aussi douce que le sang des enfants.

TROISIEME PARTIE :

L'ÉXÉCUTION

CHAPITRE I

Helman n'avait rien pour retenir l'attention des autres passagers qui attendaient dans les salles de l'aéroport international Pearson de Toronto. Il semblait plutôt détaché de ce qui l'entourait. Peut-être rêvassait-il, ou peut-être était-il de ces gens qui ont peur de prendre l'avion. Mais, au fond de lui, il était furieux.

Les passagers du vol en partance pour Vancouver devaient embarquer dans quelques minutes, et Adrienne n'était toujours pas là.

Ils s'étaient séparés devant une petite église, à l'est de Toronto, où Adrienne avait établi un de ses sanctuaires. C'était là qu'elle avait caché deux sacs de voyage et une petite valise qui, avait-elle dit, contenait ses carnets et les résultats des recherches entamées par le docteur Leung. Helman avait passé les contrôles de l'aéroport ; il devait prendre le vol de nuit pour Vancouver, et la réservation était à son nom. Il portait aussi les deux sacs. Elle ne devait pas emporter le moindre bagage. Ce détail semblait particulièrement important, mais elle n'avait pas jugé bon de lui expliquer pourquoi. Par contre, elle l'avait prévenu : que Rice ait ou non cru l'histoire des vêtements empilés et empalés, il aurait certainement mis un *yber* en surveillance à chaque point de sortie de la ville. Helman était donc parti en éclaireur. Il avait acheté les billets, laissant celui d'Adrienne au bureau des renseignements pour qu'elle l'y récupère ultérieurement, et s'était occupé des valises. Elle arriverait à la dernière minute, avait-elle dit, au moment de l'embarquement. Moins elle se montrerait, moins il y aurait de risques qu'un autre *yber* ne renifle sa présence et ne puisse l'arrêter. Apparemment, le fait qu'ils puissent identifier le vol sur lequel ils partaient ne la préoccupait guère. Mais elle craignait qu'ils ne tentent d'empêcher son départ.

Une hôtesse appela les voyageurs par ordre de numéro des billets pour procéder à l'embarquement. La foule se massa peu à peu à la porte de départ menant aux passerelles. Adrienne n'était toujours pas en vue.

On appela la section de Helman. Il resta assis, tentant de contrôler son anxiété. S'ils tenaient Adrienne, sa sœur était la suivante sur la liste. Sa sœur et les enfants. Il se demanda si les hommes de Weston étaient arrivés à la ferme à temps. Et s'ils serviraient à quelque chose.

Il fallait qu'Adrienne s'en sorte.

Le dernier passager s'engagea sur la passerelle. Une hôtesse se dirigea vers Helman.

— Excusez-moi, monsieur, êtes-vous...

Il entendit le claquement de pas précipités. Helman se retourna. C'était Adrienne, et elle se déplaçait à toute allure. Il regarda le couloir derrière elle. Sa main plongea sous son manteau, mais son holster n'était pas là. Il n'aurait pu faire passer ses armes par le détecteur de métal et les rayons X des points de contrôle. Adrienne courait, et il était sans défense.

Elle s'arrêta devant le guichet d'embarquement et présenta son billet. Les yeux de Helman scrutèrent le couloir. Apparemment, personne ne la suivait.

— Excusez-moi, monsieur, reprit l'hôtesse, mais si vous voulez vous rendre à Vancouver, vous devez monter à bord.

Elle vit que Helman regardait la passagère qui enregistrait son billet.

— Oh, excusez-moi, dit-elle. Vous attendiez cette dame ?

Helman secoua la tête.

— Non. Je ne la connais pas. Je crois que je me suis endormi.

Il émit un bâillement convaincant, se leva et passa par la porte d'embarquement. Il pouvait entendre les pas d'Adrienne, derrière lui. Il ralentit pour qu'elle puisse le rattraper dans la passerelle. Pendant quelques instants, ils furent seuls ; les hôtesses étaient restées dans la salle d'attente et vérifiaient des papiers.

— Ils vous ont repérée ? lui murmura-t-il, de l'urgence dans la voix.

Malgré sa course, elle n'était pas hors d'haleine, mais semblait inquiète.

— Non, mais moi non plus, je ne les ai pas repérés. On dirait qu'ils n'avaient personne en poste à l'aéroport.

— S'ils ont cru ce que je leur ai raconté, peut-être qu'ils ont rappelé leurs Guetteurs ?

Ils arrivèrent à un coude de la passerelle. Au-delà du tournant, ils aperçurent la porte de l'avion. Deux hôtesses les y attendaient.

— Cela me semble peu probable, dit-elle d'un ton léger, comme s'ils avaient engagé une conversation frivole.

— Pourquoi pas ? répondit-il du même ton jovial.

Elle lui jeta un coup d'œil et sourit à l'hôtesse en lui présentant sa carte d'embarquement.

Ils se faufilèrent dans l'allée étroite entre les sièges de l'avion. La place de Helman se trouvait loin derrière celle d'Adrienne. Ils devaient apparaître comme deux parfaits étrangers, avait-elle dit. A nouveau, elle avait refusé de dire pourquoi. Helman s'arrêta derrière un autre passager qui avait ouvert le compartiment au-dessus de sa tête et le bourrait de sacs et de manteaux.

Adrienne s'approcha, tout près de Helman. Il l'entendit murmurer :

— S'ils ont rappelé leurs chiens de garde, c'est qu'ils ont une bonne raison pour le faire. Je n'en vois qu'une : ils savent déjà où nous allons.

— Est-ce envisageable ? répondit-il en un souffle.

— Il n'y a pas beaucoup d'autres possibilités.

L'autre passager s'assit, laissant la place à ceux qui se massaient derrière Helman. Celui-ci s'installa à sa place, troublé, plein d'appréhension.

Qu'est-ce qui les attendait à Vancouver ?

CHAPITRE II

Les enfants étaient endormis.

Miriam s'assit sur son lit. Un livre à moitié lu traînait sur sa table de nuit. La carabine Remington de Granger était posée sur l'oreiller, à côté d'elle. Durant ces deux derniers jours, elle avait repéré des silhouettes furtives dans les bois, derrière la ferme, de l'autre côté de la route. Elle avait envoyé Campbell et Steven à l'école. Mais Granger ne tarderait pas à revenir, et tout redeviendrait normal.

La ferme est si branlante que personne ne peut s'y introduire sans que les planchers ne protestent bruyamment, pensa-t-elle. C'était bien la première fois qu'elle s'en réjouissait.

La maison était silencieuse.

Horrifiée, elle vit s'ouvrir la porte de sa chambre, sans qu'elle émette le moindre grincement. Je rêve, pensa-t-elle. Puis ils furent sur elle, si vite qu'elle n'eut même pas le temps de pousser un cri.

Les enfants ne restèrent pas endormis très longtemps.

CHAPITRE III

Helman avait vu tout ce qui s'était passé, et qui semblait impossible, mais prétendit le contraire aux officiers de la police montée qui interrogeaient les passagers de l'avion. Ces officiers faisaient partie de la Sécurité de l'aéroport international de Vancouver. Ils ne savaient pas ce qui était arrivé à leurs collègues plus gradés de Toronto. Ils n'avaient aucune raison de douter de la bonne foi de Helman. Une heure après l'atterrissage, il fut relâché avec les autres passagers.

Derrière les vitres des couloirs, il regarda les faisceaux des projecteurs danser sur le tarmac, cherchant le cadavre. Personne n'avait cru les autres passagers lorsqu'ils dirent avoir vu s'enfuir la jeune femme. Helman lui-même avait du mal à y croire. Mais il savait que c'était la vérité.

L'avion amorçait alors sa descente. On avait bouclé les ceintures, et tous les passagers, effrayés ou non, se cramponnaient aux accoudoirs, attendant le choc des pneus contre la piste. Tous les passagers, sauf un.

Quelques secondes avant l'atterrissage, Adrienne St. Clair s'était levée de son siège, l'air malade et désorientée. Elle tenait sa tête d'une main et son estomac de l'autre, et partit en titubant le long de l'allée. Helman entendit les hôtesses lui crier de rejoindre sa place. Adrienne continua son chemin.

Helman décrocha sa ceinture et se leva, juste assez pour tourner la tête et regarder par-dessus le dossier de son siège ce qui se passait. L'hôtesse en chef était partie s'occuper d'Adrienne. Mais celle-ci avait alors atteint sa destination. L'avion heurta la piste avec un sursaut, déséquilibrant l'hôtesse. Adrienne lança son bras, tel un fouet, et l'atteignit à la hauteur de l'estomac. L'hôtesse partit en arrière. Adrienne virevolta pour se retrouver face à la sortie de secours. Elle saisit la grosse poignée jaune, ignorant les cris des stewards.

Puis la porte s'ouvrit, d'un coup, et Adrienne bondit. Elle heurta la piste à une vitesse de deux cents kilomètres heure.

Elle était sauve.

Helman était impressionné. Quoi qui puisse l'attendre à Vancouver, Adrienne venait d'éviter le pire.

Personne ne s'intéressa à Helman. Peut-être les éventuels Guetteurs *yber* avaient-ils déjà entendu parler de la folle du courrier de Toronto, celle qui s'était suicidée à l'atterrissage. En ce cas, ils avaient dû comprendre ce qui s'était passé, et devaient être en train d'arpenter les bords de la piste.

Helman n'avait pas été averti de son plan. Il s'en tint à ce qui avait été prévu auparavant. Elle l'avait déjà retrouvé dans sa chambre d'hôtel, à Toronto, et pourrait le faire à nouveau. Aucun doute là-dessus.

La Ford de location qu'il avait réservée depuis Toronto l'attendait sur le parking. A son volant, il traversa la nuit luisante de pluie en direction de Vancouver. Adrienne l'attendait au bord de la route, à trois kilomètres de l'aéroport. Avant qu'ils ne repartent, elle lui fit sortir la valise du coffre pour changer de vêtements. Ceux qu'elle portait au moment du saut avaient été littéralement déchiquetés par la violence du choc. Dans la voiture, alors qu'elle se rhabillait, Helman remarqua plusieurs rides sombres qui semblaient onduler sur sa peau pâle, et il lui demanda ce qu'elles signifiaient.

— C'est un symptôme du processus de guérison, expliqua-t-elle. Les plaies superficielles se referment en quelques secondes. En regardant avec attention, on peut voir une fine ligne sombre, comme si on avait posé un cheveu sur la peau. Pour les blessures plus importantes, il faut quelques minutes de plus. Cela peut parfois prendre des heures, tout dépend de la gravité des dommages. La coloration sombre est due à une sorte d'anticorps, une réaction que nous n'avons pas encore pu analyser.

Helman réfléchit à ce qu'elle venait de lui dire. Peut-être était-il temps de poser sa question.

— Comment les *yber* peuvent-ils se rire des balles tout en étant si vulnérables face aux pieux et aux flèches en bois ?

Adrienne eut un sourire.

— Jeffery et moi avons passé pas mal de temps sur ce problème, Granger. En gros, si peu de signes extérieurs permettent de différencier l'*yber* de l'humain, il en va autrement pour l'intérieur du corps. L'organisme est entièrement remodelé. Six mois environ après leur Communion, les *yber* voient s'amalgamer leurs organes internes. Au lieu d'avoir, comme les humains, une douzaine d'organes spécialisés avec chacun des désordres qui leur sont spécifiques — désordres qui n'affectent qu'une partie de l'organisme, mais peuvent le détruire dans son ensemble et causer la mort du sujet —, les *yber* possèdent un seul organe général. Je ne peux trouver d'autres mots pour le décrire.

— *Un seul* organe remplit les fonctions de tous les autres ?

— En gros, oui. C'est un peu comme le cerveau. Certaines zones du cortex, bien que dépourvues de différences structurales observables, servent de centre de contrôle pour certaines fonctions particulières : parole, vue, réponse tactile, tous sont régis par un endroit spécifique sur la surface du cortex. Mais si l'un de ces centres est endommagé ou détruit, et s'il ne gouverne pas une fonction vitale telle que la respiration ou le cœur, l'organisme n'est pas tué pour autant. Chaque portion du cerveau, ou presque, a le pouvoir de prendre le contrôle de n'importe quelle autre partie. Prends un chimpanzé et brûle son centre de la vue, tout en laissant intact le nerf optique afin que les signaux puissent toujours être transmis au cerveau, et d'ici à quelques mois, il recouvrera la vue. C'est de cette façon que peut survivre la victime d'une crise cardiaque. Le tissu cérébral ne peut repousser, mais tant que les signaux peuvent parvenir au cerveau, il y a de fortes chances pour que le relais se rétablisse, au moins partiellement.

— Mais si une balle traverse une partie de cet organe général, celle qui sert, disons, de pancréas, une autre section de cet organe se chargera de produire de l'insuline ?

Adrienne hocha la tête.

— Oui, si ce n'est que les *yber* n'ont pas besoin d'insuline et donc n'en produisent pas. Et contrairement au cerveau humain, notre organe général, qui emplit la cavité thoracique et abdominale, peut se régénérer avec une rapidité étonnante. Comme cela..

Elle tendit un bras et remonta la manche de son pull. Les rides sombres qu'avait remarqué Helman n'étaient plus que légères décolorations.

— Mais si ce système vous rend insensible aux balles, pourquoi est-ce qu'il ne marche pas pour les flèches et les pieux ?

Adrienne remit sa manche en place.

— C'est une question de taille, voilà tout. Le corps des *yber* est moins dense que celui des humains. La tension superficielle de notre peau est moindre. Lorsqu'une balle nous traverse, même si elle est conçue pour éclater à l'impact, elle ne rencontre aucune résistance. C'est comme si on jetait une pierre dans l'eau. Un pieu ou une flèche ne traverse pas aussi rapidement le corps et, au lieu de n'endommager que quelques centimètre cubes de tissus comme le ferait une balle, ils créent un tunnel permanent à l'intérieur de l'*yber*, et cette plaie ne peut guérir instantanément. Le cœur est la seule partie de l'organisme *yber* qui ne soit pas absorbée dans cet unique amalgame. Nous n'en avons qu'un. Et s'il est empalé par un objet quelconque, s'il cesse de battre, notre sang ne peut plus circuler et notre métabolisme accéléré nous enlève presque instantanément toute force. Et nous mourons. Il en serait de même si une explosion assez puissante nous frappait en pleine poitrine ou si une monstrueuse volée de balles déchirait notre corps sans lui laisser le temps de se régénérer. A part cela, ou une annihilation totale du cerveau, les *yber* sont quasiment indestructibles.

— C'est assez pratique lorsqu'on doit sortir en catastrophe d'un avion.

Ils se dirigèrent vers le sud, le long de la route 99. Avec le changement de fuseaux horaires, il leur restait encore plusieurs heures avant le lever du soleil. A ce moment-là, d'après leurs prévisions, ils auraient dépassé Seattle. Dans le pire des cas, s'ils ne trouvaient pas de sanctuaire, Adrienne se coucherait dans le coffre de la voiture qu'ils voleraient pour passer la frontière. Helman conduirait durant la journée. S'ils trouvaient un sanctuaire, Helman pourrait tout arranger pour qu'ils prennent l'avion la nuit suivante à Seattle, en direction de San Luis Obispo, Californie. Les terres du Père ne seraient alors plus qu'à une heure de route.

Helman avait bien d'autres questions à poser, mais pour l'instant, il devait réfléchir au meilleur moyen d'entrer sans délai aux États-Unis. Il ne souhaitait pas voir le soleil se lever derrière la fenêtre d'une petite salle d'interrogatoire des douanes américaines.

Il prit la direction de la frontière.

Le couple de White Rock convenait parfaitement. Ils sortaient du restaurant et se dirigeaient vers le parking. La quarantaine, de toute évidence mariés, leur démarche indiquait qu'ils avaient un peu trop bu. Lorsque Adrienne se planta sur leur chemin et leur dit que, derrière eux, il y avait un homme tenant un revolver, ils eurent l'air abasourdi. S'ils tentaient de crier ou de fuir, précisa-t-elle, ils étaient morts.

Helman se rapprocha du couple. Il tendait une main menaçante dans une poche vide de son manteau. Il prit le bras de la femme dans le sien ; Adrienne en fit autant avec l'homme.

Helman sourit tout en marchant.

— Regardez droit devant vous et allez vers la Ford bleue. Il ne vous arrivera rien. Nous ne vous ferons aucun mal.

Nous ne voulons pas de vos bijoux ou de votre argent. Juste votre voiture. Avancez.

L'homme avait répété une centaine de fois ce qu'il ferait dans une situation pareille mais mis devant le fait accompli, tous ses plans s'évaporaient. Le choc le rendait incapable de réagir, sinon pour se conformer aux indications raisonnables de l'homme au revolver. Et à la voix rassurante. Peut-être, se répétait-il, que tout irait bien.

Helman pouvait lire ce qui traversait l'esprit de l'homme. Il ne lui dit pas que bien d'autres avaient eu les mêmes pensées alors qu'ils marchaient gentiment vers la mort. Mais l'homme n'essayerait pas de faire une scène. Ce qui aurait été fort déplaisant pour tout le monde.

Helman s'assit sur le siège arrière de la Ford avec la femme, et Adrienne devant, avec le mari. Si celui-ci tentait quoi que ce soit, Adrienne pouvait le maîtriser instantanément. Néanmoins, Helman était sûr que l'homme garderait son calme : autrement, sa femme pouvait en pâtir.

Avec ceux qui n'étaient pas habitués à employer la violence, il avait rarement besoin d'y recourir. La menace d'une action brutale, en général plus effrayante dans leur imagination que dans la réalité, était suffisante pour les faire tenir tranquilles. Par contre, Helman avait horreur de traiter avec ceux qui croyaient connaître la violence. En s'imaginant cela, ils ne pouvaient concevoir qu'elle leur soit appliquée. Dans des situations similaires, cette lubie avait poussé plusieurs personnes à attaquer Helman. Mais c'était un expert, et il leur avait infligé de douloureuses leçons.

Ces deux-là étaient coopératifs. Helman et Adrienne en furent tous deux soulagés.

Ils s'employèrent à rassurer constamment le couple, qui leur donna ses cartes d'identité, les papiers de la voiture, les clés, et proposa même son argent. Helman refusa. Il lui restait plus de 3 000 dollars sur ceux que Rice lui avait remis à Toronto. A Seattle, il n'aurait aucun mal à les changer pour des billets américains. Et il lui restait les cartes de crédit au nom de Osgood.

La Ford était à l'angle du parking, dans l'ombre, invisible

depuis les fenêtres du restaurant. Helman en sortit et alla ouvrir le coffre. Il demanda à l'homme de le suivre. Helman l'aida à rentrer dans la malle arrière. Puis Adrienne amena la femme.

— Restez serrés l'un contre l'autre pour combattre le froid, leur dit-il. Et pas la peine de hurler : le parking est désert, personne ne vous entendra. Lorsque nous arriverons à Vancouver (mentit-il), nous appellerons la police et ils viendront vous délivrer. Nous prendrons soin de votre voiture et l'abandonnerons dans un endroit où elle sera sûre d'être retrouvée. C'est bon ?

L'homme hocha la tête. La peur se lisait dans ses yeux, et Helman savait ce qu'il devait ressentir, fourré avec sa femme dans un coffre de voiture, sans pouvoir contrôler la situation. Helman se pencha et arracha les deux fils menant à l'interrupteur de la loupiote du coffre. Il tordit les deux fils.

— Lorsque je fermerai le coffre, la lumière restera allumée.

Il regarda l'homme droit dans les yeux.

— Monsieur, j'ai un revolver et j'étais prêt à m'en servir. Vous avez agi exactement comme il le fallait. Si vous aviez tenté quoi que ce soit, vous seriez morts tous les deux. Vous n'avez pas à avoir honte de vous. Vous me comprenez ?

L'homme acquiesça. Helman ferma le coffre.

— Restez l'un contre l'autre. La police sera là dans une heure.

Et il le referma pour de bon. Adrienne et Helman allèrent prendre la voiture que l'homme leur avait désignée, une Buick Riviera datant de l'époque où l'on voyait grand. Elle démarra au second tour de clé et, vingt minutes plus tard, ils atteignaient la frontière. Encore trente minutes plus tard, ils s'arrêtèrent dans une station-service américaine. De là, ils appelèrent la police pour leur dire d'aller délivrer deux personnes enfermées dans le coffre d'une voiture. D'ici que le couple raconte ce qui leur était arrivé et que la police de Vancouver décide qu'ils ne retrouveraient pas la Riviera de sitôt et qu'il faudrait peut-être avertir la police de l'Etat de

Washington, il se passerait bien deux journées bureaucratiques. Ils auraient déjà abandonné la voiture depuis longtemps.

Lorsque le soleil se leva, ils avaient pris une chambre dans un petit hôtel au nord de Seattle et Adrienne était à l'abri derrière les murs sans fenêtre de la salle de bains.

En s'étendant sur le matelas qu'elle avait tiré sur le carrelage, elle regarda Helman, étonnée.

— Je sais que ça a l'air bizarre, mais tu t'es montré très attentionné avec ce couple, dans le parking.

— Ils n'ont rien à voir dans tout ça. Ils étaient au mauvais endroit, au mauvais moment. Sans doute morts de peur. Ce pauvre bougre allait se sentir assez bête de ne pas pouvoir défendre sa femme. Je n'avais pas besoin d'en rajouter.

— Ce n'est pas la conduite qu'on attendrait d'un tueur à gages.

Elle vit la tristesse inonder son visage.

— Pardon, Granger, reprit-elle, je voulais dire...

— C'est bon, dit-il en haussant les épaules. Vous n'êtes pas non plus un vampire traditionnel. A ce soir.

Il referma la porte. Mais, malgré ce qu'elle avait dit, il aurait voulu rester auprès d'elle.

D'un des sacs de voyage d'Adrienne, il tira un rouleau de chatterton avec lequel il scella les interstices de la porte de la salle de bains. Adrienne avait gardé l'autre sac. Il contenait ce qui restait de liquide nutritif — un substitut du sang qu'elle et Leung avaient élaboré. Il n'était pas vraiment au point, avait-elle dit, mais lui permettrait de tenir encore quelques nuits. Elle ne voulut pas en discuter davantage, comme si le sujet de sa nourriture la répugnait. Helman n'insista pas. Mais tous deux se sentaient mal à l'aise et, d'une certaine façon, excités à l'idée de ce qui arriverait lorsque le liquide nutritif viendrait à manquer.

Après avoir scellé la porte, il fixa le couvre-lit contre le chambranle. Il replia une couverture et la plaça au-dessus de la tringle à rideaux pour éviter que la lumière ne se reflète au plafond. Il suivit précisément les instructions qu'elle lui avait données. Jouer les protecteurs lui plaisait bien, mais il ne se laissa pas aller à ce sentiment. Il pensa à sa sœur. Et à Weston, au Conclave et aux Jésuites. Et à la mort.

Lorsque le soleil se leva sur un monde provisoirement délivré des *yber*, Helman alla au téléphone public de l'hôtel et appela le premier contact que lui avait donné Weston. Ç'avait été une longue nuit, mais Adrienne et lui avaient survécu. Il avait peur d'apprendre que d'autres n'avaient pas eu cette chance.

CHAPITRE IV

Secouée de longs spasmes d'une surprenante violence, la poitrine de Weston était en feu. Était-il déjà au bout du rouleau ? Impossible. Son esprit retrouva les schémas de son enfance. C'est pas juste, pensa-t-il. Pas juste. Il lutta pour contrôler sa toux. Répondit lui-même à sa question muette. Ce n'était pas une question de justice. Le cancer lui rongeait les poumons. Et le cancer ne connaissait ni bien ni mal. Il ne savait pas ce qui était juste ou injuste. Il vous tuait, c'est tout.

— Maintenant, fais ce que tu es censé faire, se dit-il à voix haute.

Sa voix était faible, mais il ne se remit pas à tousser. Une maigre victoire sur le chemin de la défaite la plus totale.

Près de son lit, une sonnerie retentit. Weston tendit la main pour atteindre la commande de l'Intercom. Lui et ses hommes se trouvaient dans une maison protégée appartenant au gouvernement américain à Toronto. Elle se composait de trois appartements dans un lotissement de luxe, à l'est de la ville, sur les rives du lac Ontario. La plupart des locataires du lotissement passaient la moitié de leur temps en déplacements, et avaient donc peu d'occasions de faire connaissance avec leurs voisins. Et personne ne s'interrogeait sur le va-et-vient constant d'hommes aux visages déterminés, venus accueillir des agents à leur retour de mission ou interroger des étrangers capturés, de façon généralement très brutale.

A cette heure, l'endroit était tranquille, et Weston comme ses hommes pouvaient profiter de quelques instants de repos en attendant des nouvelles de Helman. La voix à l'intercom annonça qu'il venait d'appeler.

— D'où est-ce qu'il téléphone ? demanda Weston.

— De Seattle. Un Holiday Inn au nord de la ville. St. Clair est avec lui. Apparemment, ils ne sont pas surveillés.

— Bien, dit Weston. Notez les détails et dites-lui que j'arriverai sur place ce soir.

— Il veut vous parler. A propos de ce qui est arrivé à sa sœur.

La voix de Weston se durcit.

— Vous lui avez dit quelque chose ?

— Négatif.

Il se détendit. Pendant un instant, Weston avait craint de perdre Helman.

— Dites-lui que tout s'est passé comme prévu. Je le rejoindrai ce soir.

— Il est têtu.

— Moi aussi.

Weston enleva sa main de la barre de l'Intercom. Le silence revint. Il combattit la douleur dans sa poitrine pendant quelques minutes avant de pouvoir donner ses instructions à son aide de camp. Il voulait un avion privé pour se rendre à l'aéroport international de Seattle-Tacoma.

Il repensa au cadavre de Miriam, à l'état dans lequel il était lorsque ses agents l'avaient retrouvé, tôt dans la matinée. Il frissonna. A un moment ou à un autre, il faudrait bien avouer à Helman qu'ils étaient arrivés trop tard. Tout pouvait encore être perdu.

Il se remit à tousser, et dut prendre l'avion sous sédatifs.

Ses agents ne savaient pas s'ils devaient ressentir de la compassion pour lui ou de la terreur au vu de ce qui les attendait.

La plupart choisirent la terreur.

CHAPITRE V

Au-dehors, les nuages chargés de neige de ces derniers jours avaient fini par s'en aller, et le soleil brillait dans un ciel d'hiver dégagé. Tous les *yber* des terres de l'Est étaient sains et saufs dans leurs sanctuaires, excepté ceux rassemblés sur le modeste domaine de Scarsdale, où se tenait la Réunion de l'Est.

Dans la grande salle du troisième sous-sol, là où ils avaient amené Helman lors de leur première rencontre, Diego était radieux. Il était entraîné à résister à la torpeur qu'entraînait le jour. Ses crocs étaient moites de salive alors qu'il regardait, impatient, le festin qui l'attendait, venu tout droit des collines du New Hampshire.

— Excellent, excellent, dit-il au téléphone. De Seattle à San Francisco. Transféré sur un autre vol qui arrive à San Luis Obispo à 11 h 27. Je louerai votre diligence auprès de votre mentor.

De l'autre côté du continent, un jeune familier écoutait en tremblant ces louanges venant d'un Seigneur du Conclave. Il travaillait pour American Airlines et n'avait fait qu'intercepter les réservations par ordinateur, suivant les instructions de son mentor. On lui avait donné une liste de noms et d'aéroports et, par chance, une combinaison était apparue. Le familier doutait d'avoir la patience d'attendre le coucher du soleil pour répéter à son mentor les compliments qu'on venait de lui faire. Il ne savait pas qu'alors même que Diego lui parlait, les propres familiers du Seigneur étaient partis pour lui administrer la Première Mort sans bénéfice de la Communion. Ainsi, les informations relatives à la femme et son assassin humain resteraient entre les mains de Diego. Et de ceux avec qui il choisirait de les partager.

Lors de l'ultime confrontation, à Nacimiento, Diego voulait que tous pensent, sans l'ombre d'un doute, que ses familiers et lui n'étaient intervenus qu'*après* l'attaque des Jésuites. Ceux-ci devaient être tenus pour responsables de ce qui arriverait jusqu'à l'exécution du Plan Final. A ce moment-là, peu importerait qui connaîtrait la vérité, parce que le Conclave régnerait sur le monde des humains, et que Diego en serait le maître.

Il coupa le contact avec le familier condamné qui l'appelait de la côte Ouest. Il pressa un bouton sur la console posée sur sa table de travail en bois sculpté. Un serviteur apparut à la porte de la salle de réunions.

— Oui, Seigneur.

— Envoyez le message au père Clément. Préparez mes familiers pour la réunion. Elle se tiendra ce soir.

— Oui, Seigneur.

Le serviteur referma la porte derrière lui. Diego n'y prêta aucune attention. Cet humain avait déjà rejoint la liste de ceux qui devraient être tués afin de s'assurer leur silence. Deux cents ans plus tôt, Diego aurait trouvé regrettable de devoir sacrifier des familiers si bien dressés. Mais les siècles l'avaient changé. Maintenant, il ne s'en souciait plus.

Il ne pensait qu'à son propre plaisir.

Et il était temps de s'y consacrer.

L'un de ses familiers apparut à la porte de la salle de réunions. Il n'était pas seul.

Les deux enfants, leurs yeux brouillés par les drogues qui les avaient tenus tranquilles durant le voyage, restèrent là, immobiles, dans l'embrasure de la porte.

Diego se leva de table et écarta les bras. Sa bouche s'ouvrit toute grande.

— Laissez venir à moi les petits enfants, dit-il.

Le familier les mit en marche d'une tape. Campbell et Steven avancèrent lentement vers les griffes et les crocs du Seigneur Diego.

Décérébrés par les drogues et le souvenir de ce qu'on avait fait subir à leur mère, ils eurent la chance de ne pas vraiment enregistrer ce qui se passa ensuite.

Diego était un peu déçu. Le fait qu'ils soient drogués gâchait un petit peu son plaisir.

Juste un petit peu, heureusement.

CHAPITRE VI

Helman était furieux. Il était resté toute la journée dans sa chambre d'hôtel de Seattle, sans pouvoir trouver le repos. La tension des jours précédents avait atteint un tel niveau qu'elle interférait avec les techniques de relaxation qu'il employait pour trouver le sommeil. Trois fois, il avait été tiré de sa torpeur par les femmes de ménage qui ignoraient le carton "Ne pas déranger" et venaient frapper à sa porte. Chaque fois, il avait cru entendre sonner le téléphone. Il attendait des nouvelles de Weston. Et maintenant, il se trouvait dans le salon de l'Holiday Inn, et on lui disait que Weston était impossible à joindre.

— Pourquoi n'a-t-il pas voulu mc parler quand j'ai téléphoné ce matin ?

Helman parlait plus fort que de raison dans une si petite pièce. L'agent du projet Nevada, qui, mis à part ses gros gants de cuir noir, ne présentait aucun signe particulier, leva une main en guise d'avertissement.

Helman vit les plis et les raccords le long des doigts du gant. C'était une main Malther. Helman baissa immédiatement la voix. L'agent portait certainement un gilet contenant une batterie de piles plates reliées à un transformateur réglable. L'extrémité des fils se trouvait dans les gants de l'agent. Le cuir noir était en fait un composant en caoutchouc isolant destiné à protéger l'agent lorsqu'il agrippait une victime avec sa main Malther et fermait le circuit. La souplesse luisante du gant était due à une couche de crème conductrice du courant électrique. Ces appareils étaient fabriqués en Allemagne, et servaient à assurer une couverture policière au milieu d'une foule. Le transformateur était réglable, capable d'administrer différents degrés de choc électrique, du plus léger au plus mortel. Les mains Malther étaient largement utilisées en Amérique du Sud, au cours des interrogatoires. Helman n'avait aucune envie de savoir à quel niveau était réglé le transformateur de celle-ci.

— Nous allons au bar ? suggéra l'agent en baissant la main.

Helman secoua la tête.

— Il ne reste plus qu'une demi-heure avant le coucher du soleil. Elle va bientôt se réveiller. Je ne peux pas prendre le risque de m'éloigner. Quelles nouvelles de Weston ?

— Je vous l'ai dit. Pas de nouvelles. A cause du mauvais temps, son avion a dû se poser à Chicago. C'est pour ça qu'il n'est pas encore là. Il veut savoir si vous avez une idée de votre destination. Il peut prendre les devants et vous y retrouver demain.

Les yeux de l'agent scrutaient inlassablement le salon, cherchant quelqu'un qui fixerait un peu trop longtemps les deux hommes en train de discuter dans un coin. Jusque-là, tout se passait bien.

— Et pour ma sœur et ses enfants ?

— Tout se passe comme prévu. Je n'en sais pas plus.

Avec son autre main, recouverte d'un gant ordinaire, il tendit à Helman une pochette d'allumettes.

— Il y a là-dessus un numéro de téléphone. Vous pourrez parler à Weston demain. Mais pour l'instant, c'est à moi que vous devez tout dire. Quelle est la destination de St. Clair ?

Dehors, les réverbères étaient allumés. Adrienne allait se réveiller. Helman avait besoin de la protection du projet Nevada. Il devait coopérer. Il glissa la boîte d'allumettes dans une de ses poches.

— Nacimiento, dit-il. C'est une petite ville de la côte de Californie. A mi-chemin entre San Francisco...

— Et Los Angeles, dit l'agent.

— Vous connaissez déjà ?

— Un peu. Lorsque nous avons appris pour les jésuites, mais avant qu'on ne découvre ce qu'ils étaient réellement, nous avions supposé une connection avec une drôle de secte chrétienne qui opère autour de Nacimiento. On n'est pas tombé loin. Lorsqu'on a su la vérité, on a arrêté les recherches. Est-ce que la femme a quelque chose à voir avec cette secte ?

Apparemment, les hommes du projet Nevada ne savaient pas tout.

— Non, dit-il, mais elle est à la recherche du Père.

— Le père de qui ?

— Dites à Weston que, s'il daigne s'entretenir avec moi, je lui passerai quelques informations susceptibles de l'intéresser.

Helman contrôlait la situation. Il se tourna face à l'ascenseur.

— Dites-le à *moi*, cracha l'agent.

Il saisit le bras de Helman. Celui-ci n'avait rien à craindre de la main Malther tant qu'elle n'entrait pas en contact avec sa peau.

Helman se retourna lentement et murmura :

— Qui est-ce qui fait une scène, maintenant ? Branchez ce truc si ça vous chante (il désigna du doigt la main). Mais si je ne suis pas là lorsque Adrienne se réveillera, vous la perdrez définitivement. Et vu la façon dont Weston traite cette affaire, ce n'est pas vraiment souhaitable. Dites-lui que je serai à sa disposition lorsqu'il sera prêt à discuter en personne.

L'agent relâcha le bras de Helman. Celui-ci alla à la chambre pour desceller la salle de bains où dormait Adrienne. L'agent secret quitta l'hôtel et se dirigea vers la voiture où l'attendait Weston.

— Vous aviez raison, elle va voir le Père, dit-il en entrant dans la voiture. Il déconnecta les fils menant à son gant.

Weston fit signe au chauffeur.

— C'est ce que je ferais à sa place. Comment est Helman ?

— Il a l'air sur les nerfs. Il s'en fait pour sa sœur. Je lui ai vaguement parlé du culte que nous aurions trouvé à Nacimiento, pour qu'il soit préparé à ce qui l'attend là-bas. Mais je lui ai fait croire que nous ne savions rien du Père. Il doit se sentir mieux maintenant qu'il pense vous avoir donné une bonne raison de le contacter. Il a cru à cette histoire comme quoi vous étiez bloqué à Chicago, mais cela n'avait pas l'air de le réjouir.

Le chauffeur prit la bretelle menant de la route 5 à la 405. A cette heure de la journée, le détour les amènerait à l'aéroport en moins de temps que s'il leur fallait traverser Seattle.

Weston fixa longtemps la ville qui défilait derrière les vitres avant de reprendre :

— Dites-leur de fermer la boutique à Washington pour nous retrouver à Nacimiento.

L'agent fut choqué par ces mots, mais en même temps soulagé. Pour la première fois, la stratégie était clairement définie.

— Il faut vraiment en arriver là, demanda-t-il, vous en êtes sûr ?

— Vers qui pouvons-nous nous tourner ? A Nacimiento, nous aurons besoin de tout le monde. Si aucun de nous ne revient, combien de temps croyez-vous que l'existence de nos bureaux restera secrète ? Et celle de nos archives, combien de temps ? Elles susciteront un foin terrible à Washington, un scandale comme on n'en a jamais vu depuis les résultats non falsifiés de l'autopsie de William Casey. Il faudra fournir des tonnes d'explications et il n'y aura plus personne pour le faire. Lorsque la première période d'incubation se terminera et que les cadavres commenceront à s'empiler, le gouvernement sera déjà paralysé. Tout ce que contiennent ces bureaux doit être détruit. Tout.

— Alors en fin de compte, on a fait tout ça pour rien ?

— Le projet Nevada en lui-même, oui.

Il en coûtait à Weston de devoir prononcer ces mots, pourtant c'était la vérité.

— Mais, reprit-il, d'autres possibilités se présentent à nous. Dès la semaine prochaine, à moins qu'il reste quelques-uns d'entre nous pour envoyer un contre-ordre, dans tout le pays, on livrera des paquets de dossiers à certains journalistes triés sur le volet. Le marché va être inondé de bouquins parlant de conspiration. Les gens finiront bien par penser qu'il y a un fond de vérité là-dessous. Le gouvernement ne pourra empêcher la publication d'articles dans les autres pays.

— Pourquoi ne pas tout envoyer directement à l'AMA[1] ? Ou au *New York Times* ?

— Face à quelque chose d'aussi énorme, ils iront vérifier l'information auprès des sources gouvernementales. Et plus personne n'en entendra parler. Tout doit se faire hors des sphères d'influence de Washington. Rappelez-vous que nous ne sommes pas là pour empêcher la vérité d'éclater, mais pour rassembler des preuves. Arrondir les angles, épargner au monde les demi-vérités, éviter que l'ignorance ne cause la panique. Cela nous ferait une belle épitaphe. Ci-gît le monde. Ça n'a pas marché.

L'agent sourit, sans pour autant apprécier l'humour de Weston. Mais tous savaient que le major était en train de mourir. Il lui serait beaucoup pardonné.

— Est-ce que je dois reporter l'article du *Lancet*, celui qui parle du café ?

Weston reprit immédiatement son sérieux.

— Non. Qu'il soit publié. Vous savez, nous avons encore une chance de nous en tirer. L'article parle de transmission par voie aérienne parce que c'est la seule façon d'expliquer comment tant de gens peuvent être affectés en même temps. Sauf que, comme tous les Américains boivent du café, il y a de la place pour une seconde explication. L'article sur le café est un bel exemple de désinformation. Je parie que si le *Lancet* en reçoit une copie, ils ne passeront même pas celui sur la transmission par voie aérienne.

1. American Medical Association : Société de médecine américaine. (N.d.T.)

— Il y a quand même des domaines où nous restons efficaces, conclut l'agent.

— Il reste Nacimiento. Ce qui signifie "Naissance".

— Oui, mais de quoi ?

La voiture fonça vers l'aéroport.

CHAPITRE VII

Le père Clément serrait le crucifix caché sous son manteau, et priait pour qu'il lui donne la force. Il devait rencontrer l'un d'entre *eux*, et ses souvenirs d'Espagne, remontant à quarante ans plus tôt, faisaient que cette simple perspective lui soulevait l'estomac. Et si cela recommençait ?

Le vent était glacial et les flocons de neige formaient des halos autour des petites lampes entourant le sentier. Clément pouvait sentir leur présence, tapis dans l'ombre des arbres et des buissons, tels des fantômes. Il se demanda si, cette nuit, il y aurait plus de morts que d'habitude dans Central Park.

Les bruits de la cité formaient un fond sonore étouffé et omniprésent. A travers la neige qui tombait doucement, les fenêtres éclairées des appartements entourant le parc clignotaient comme autant d'étoiles scintillant gaiement ; une vision du Paradis au milieu de l'Enfer.

Clément était assis sur un banc, au sommet d'une petite colline. De chaque côté s'étendait une allée. Un réverbère l'inondait de sa clarté. Quatre scolastiques armés d'arbalètes, qu'ils tenaient dissimulées sous leur manteau, le surveillaient de loin, cachés dans les ombres, frêles remparts contre la duplicité des morts vivants. Sur le chemin qui menait au cœur du parc, là où même les braqueurs n'osaient plus s'aventurer la nuit, une silhouette s'approchait. Clément se raccrocha à son crucifix, qu'il étreignit avec ferveur. La silhouette se rapprocha.

Elle se tenait à demi courbée et semblait enveloppée d'un long manteau traînant par terre. Elle entra dans le cercle de lumière du réverbère secoué par le vent, et Clément vit qu'elle boitait d'une façon bien particulière. La lumière accrocha quelque chose d'argenté. Un autre crucifix. Il put voir d'autres détails. La silhouette portait un froc de moine. Une grosse capuche jetait une ombre sur son visage.

Le moine s'arrêta en face de Clément. Celui-ci tenta de regarder sous la capuche, mais ne vit rien.

— Bonsoir, mon père, dit la voix d'un vieil homme. Il est rare de voir quelqu'un comme vous, si tard, dans un tel endroit.

— Qui êtes-vous ? fit Clément avec colère.

Sa respiration se condensa en un nuage de vapeur. Il ne remarqua pas l'absence d'un tel nuage provenant de dessous la capuche.

— Un compagnon qui chemine sur les voies du Seigneur, dit la silhouette.

Il leva ses mains gantées et retira sa capuche. Elle révéla le visage d'un vieil homme, encadré d'une épaisse barbe grisonnante.

— Puis-je m'asseoir à vos côtés, mon père ? dit le vieux moine en désignant le banc.

— Non, non. Allez-vous-en. Vous n'avez rien à faire ici.

Clément était nerveux, troublé. Et que pouvait bien faire un *moine* dans Central Park ?

Le vieil homme secoua la tête.

— Vous oubliez la charité chrétienne, père Clément. Ou peut-être attendez-vous qu'un enfant de chœur vienne s'asseoir sur vos genoux et faire une prière un peu spéciale ?

De rage, Clément se leva.

— Comment osez-vous...

Puis il réalisa que le vieil homme l'avait appelé par son nom. Et que...

Le vieil homme eut un large sourire. Sa barbe s'écarta et des crocs de carnivore scintillèrent à la lueur du réverbère. Le Seigneur Diego était à l'heure à son rendez-vous.

Le temps se figea. Clément fixa ces crocs et ces yeux qui lui étaient familiers, et reconnut le visage qu'il avait croisé quarante ans plus tôt. Une nouvelle fois, l'Abysse le tentait. Il devait lui résister. Clément tira son crucifix de dessous son manteau et le tint, menaçant, devant le visage de Diego.

— Arrière, au nom de notre Seigneur !

Diego sourit à nouveau et regarda la croix.

— Quel bel objet, père Clément. Mais je crains que le mien ne soit plus élégant.

Diego leva le crucifix passé autour de son propre cou et le mit devant le visage de Clément.

— Admirez ces ornements qui sont la marque d'un véritable artisan. On me l'a offert alors que j'étais au service du père Lavalette, à la Martinique, il y a plus de deux cents ans. Vous avez certainement entendu parler de lui, père Clément ? J'étais son conseiller financier.

Le père Lavalette était le Jésuite dont les investissements avaient mené la Compagnie à la ruine. Clément se sentit pris de vertige à cette révélation.

— Sacrilège ! marmonna Clément.

Ses yeux étaient rivés sur le monstre maudit qui se dressait devant lui, tenant une image divine. Et pourtant, la créature ne semblait pas en souffrir ! C'était impossible. Clément avait vu, de ses yeux vu, des vampires horriblement brûlés au contact d'un symbole de la foi, bouillir lorsque de l'eau bénite les éclaboussait. Diego usait d'un artifice diabolique pour le tromper.

— Sacrilège ! cria-t-il à nouveau, et il pressa son crucifix contre le visage de Diego.

Celui-ci ne fit rien pour se retirer. Le crucifix le frappa de plein fouet, déchirant une partie de la fausse barbe qui cachait ses crocs. Diego leva la main et saisit le poignet de Clément. Il serra. Les os du poignet de Clément grincèrent désagréablement l'un contre l'autre.

— Etes-vous sûr de le tenir assez près de moi, prêtre ? Et pourquoi pas un peu plus près encore ?

Diego écarta la main de Clément, comme si tout ceci n'était qu'un jeu d'enfant. Il le força à placer le crucifix contre son propre front. Le bras de Clément ne pouvait résister à la force du vampire ; il n'était qu'un jouet entre ses mains. La douleur de ses os compressés lui arracha des larmes qui coulèrent sur ses joues, gelées par le vent.

— Qu'est-ce qu'il y a, mon père ? dit Diego d'un ton railleur. Ma chair n'est pas entamée par le plus saint des objets ?

Il écarta à nouveau la main de Diego. Son front était intact.

— Et pourquoi pas là ? Et là ?

Diego bougeait le bras du prêtre d'un emplacement à l'autre, secouant Clément comme s'il n'était qu'une poupée de chiffons. Il pressa le crucifix contre ses joues, son cou. Finalement, d'une torsion sauvage qui fit claquer quelque chose dans l'épaule du prêtre, il le posa contre son bas-ventre. Clément put sentir l'érection de Diego contre l'image de Jésus. Le Jésuite dégagea sa main, envoyant le crucifix profané sur le sol. Diego le libéra en riant.

— Il semblerait que ton Dieu ne me veuille aucun mal, père Clément. Quel drôle de retournement de situation. Je crois que j'aimerais le remercier.

Clément tint son poignet brûlant contre sa poitrine. Pourquoi Dieu l'avait-il abandonné ainsi ? Comment cette créature infernale pouvait-elle tenir un objet saint ?

Diego se pencha et ramassa la croix.

— En fait, je vais l'embrasser.

Diego posa l'image de Jésus sur ses lèvres et l'y engloutit. Sa langue parcourut les bords de la petite forme.

— *Arrête !* cria Clément de toute ses forces. *Au nom du Seigneur, arrête !*

Les larmes qui coulaient toujours n'étaient plus causées par la douleur, mais par cet outrage.

Diego cessa, abruptement. Sa salive dégoulinait d'une façon obscène de la petite silhouette d'argent, figée sur la croix dans son agonie éternelle.

— Voudrais-tu que je te le rende, père Clément ?

Celui-ci l'arracha des mains de Diego. Le crucifix s'envola dans les ténèbres et tomba sur l'herbe enneigée, à côté du banc.

— Ah, dit Diego, c'est le premier geste intelligent que vous ayez fait depuis des années. Félicitations. Vous venez de rejeter votre superstition imbécile.

— Vous l'avez profané.

— Pensez à toute ces fois où vous avez “profané” de malheureux *yber* ignorants. Mais j'en sais plus qu'eux, père Clément. Je n'accepte pas les croyances de votre Église, et donc ces superstitions ne peuvent rien contre moi. Et je sais que vous non plus n'y croyez pas.

Les yeux de Clément fixèrent Diego d'un regard brûlant.

— Mensonges, cracha-t-il.

— Ah, *Clemencito.*

Diego tendit une main et caressa la joue de Clément. Celui-ci se recula, comme brûlé.

— Tu as terriblement vieilli, mais l'esprit que j'admirais est toujours là. J'en suis heureux. Je regrette toujours que tu ne sois plus mon familier.

Clément se retourna et fixa les lointaines ténèbres, là où attendaient les scolastiques.

— Il ment ! hurla-t-il. Tuez-le ! Tuez-le tout de suite !

Le vent et le rugissement de New York emportèrent les mots de Clément.

— Tes scolastiques ne sont plus là, *Clemencito*. Si nous finissons cette réunion en termes courtois, ils seront relâchés sains et saufs. Sinon, ils subiront le même sort que ton ami Benedict.

— Vous avez dit que nous pouvions amener nos gens, que nous ne serions pas dérangés.

Clément était profondément choqué. Diego avait rompu leur pacte, celui qu'ils avaient convenu pour cette rencontre.

— J'ai bien peur d'avoir menti, prêtre. Mais je n'ai pas peur d'aller en Enfer. *Toi*, par contre, tu dois toujours craindre de cesser d'exister. Je me rappelle combien cette idée te tourmentait lorsque tu es venu à moi, il y a bien des années. L'absurdité de la mort te dérangeait beaucoup, et même énormément. Mais je t'ai offert une échappatoire. Je t'ai offert la vraie vie, la vie éternelle. Et pourtant, la nuit où tu devais me rejoindre, tu t'es enfui. Tu t'es ligué aux armées du pape noir, dans l'espoir d'un au-delà imaginaire. Et maintenant, regarde-toi. Tu es vieux et faible. Même si je te reprenais maintenant, tu passerais l'éternité dans le corps d'un vieillard. Père Tithonus. Sais-tu ce à quoi tu as renoncé ?

Clément leva les yeux et scruta la nuit. Il avait bien essayé d'oublier cette période de sa vie, lorsque son âme brûlait des interrogations auxquelles tous les humains doivent faire face un jour ou l'autre. Il était troublé, irréfléchi. Et il avait entendu parler de cet étrange philosophe qui habitait près des ruines de Madrid et qui, dit-on, répondait à ces questions. Et ses réponses avaient abasourdi Clément. Il avait été très près de les accepter. Finalement, Eduardo Diego y Rey avait bel et bien aidé Clément à trouver la paix. Car Diego lui avait montré que le Diable était une réalité. Et là où il y avait le Diable, il devait y avoir Dieu.

Clément s'était enfui la nuit même où il devait être intronisé comme familier du domaine de Diego. Et depuis ce jour, il s'était battu contre cette espèce à laquelle appartenait Diego. Il ne croyait pas le revoir un jour. Les souvenirs le faisaient chanceler. La nuit était froide, et le Dieu en qui il avait placé sa confiance semblait avoir perdu tout pouvoir sur le Mal.

Diego attendit patiemment. Après quatre cents ans, il savait à quoi pensaient les hommes. Il savait ce qui tourmentait Clément. L'idée qu'il puisse s'être trompé.

— Clément, la fille non plus n'est pas croyante. C'est pour ça qu'elle veut s'allier aux Américains. Elle croit que la science peut l'aider à dépasser sa condition. C'est une démente. Elle constitue une menace pour toi.

Clément n'avait pas totalement perdu l'esprit.

— Et pour toi aussi, vampire.

— En ce cas, associons-nous pour la détruire.

— Pourquoi la Compagnie aiderait-elle son ennemi juré ?

— Parce que tu ne peux agir seul, quels que soient les moyens dont tu disposes. Pense au désastre de Heathrow, prêtre. Des civils sont morts. Des soldats armés d'arbalètes.

Incroyable. On a retrouvé le colonel responsable de ce bain de sang le lendemain. Il s'était suicidé. On dirait l'œuvre de quelqu'un que je connais.

— Ne joue pas sur les mots, vampire. Nous savons tous deux pourquoi nous combattons.

— La femme doit être éliminée.

— Oui.

— Nos gens se marchent sur les pieds. A Heathrow, tes hommes ont forcé mes envoyés à fuir. A Toronto, notre assassin a aidé la femme à s'échapper. Nous devons coopérer.

— Comment ?

— Le Conclave sait où elle se cache. Nous ne pouvons l'atteindre. Mais toi, si.

— Où est-elle ?

— Tu la détruiras ?

— Nous vous détruirons tous. Où est-elle ?

Diego eut un sourire.

— L'esprit de la jeunesse.

— Où est-elle ?

— A Nacimiento.

— Le père des démons lui donne asile ? dit Clément, stupéfié. Et tu oses aller à l'encontre de ses décrets ?

— *Clemencito*, ton Dieu, mon Conclave, tout ceci n'est que superstition. Le Père n'est pas un démon. Ton crucifix ne personnifie pas Dieu. Tu es seul à entendre tes propres prières. Je sais qu'un jour, tu m'as cru. Réfléchis, et libère-toi du piège des anciennes croyances.

Clément se recula. Dans la neige et le vent, sa voix sembla creuse.

— Tu parles le langage du Diable. Et même si c'est faux, tu restes une engeance infernale à cause de ce que tu as fait au père Benedict. Tu l'as fait car tu es au service de l'Enfer, ce qui est déjà grave. Mais sois deux fois maudit si tu as commis une telle atrocité au nom d'une inexistence. Pour rien. Nous détruirons bien la femme. Et comme le Conclave se cache lorsque le Père paraît, nous détruirons Nacimiento. Et ensuite, vampire, *je* te détruirai en personne. Tu peux profaner des crucifix tant que tu voudras. Peu importe. Je porte mon Dieu en moi, là où tu ne peux l'atteindre. Je veillerai à ce que tu sois jeté dans l'Abîme. Vampire ! Monstre ! Démon !

Clément cracha par terre, aux pieds de Diego, et se précipita dans l'allée menant à l'intérieur du parc.

Diego resta là, immobile, plongé dans ses pensées.

Après un moment, il arracha sa fausse barbe. Ses crocs dépassaient très visiblement sous sa lèvre supérieure. Il enleva ses gants, et ses griffes cliquetèrent au bout de ses longs doigts squelettiques. New York était le seul endroit de la terre où personne n'oserait l'importuner à cause de son apparence. En admettant que quelqu'un la trouve anormale.

Il choisit le chemin le mieux éclairé pour rejoindre la limousine qui l'attendait. Un jogger tardif, voyant le visage de Diego à la lumière d'un réverbère, faillit tomber raide. Diego résista à la tentation. Le jogger survécut.

Le rendez-vous s'était passé exactement comme il l'avait prévu. Il avait frappé Clément dès le départ, et de la pire des façons. Dans un état déplorable, les idées brouillées de souvenirs dérangeants, le Jésuite avait sauté sur la proposition que Diego lui avait faite. Il l'avait acceptée sans même une critique. Diego était sûr que Clément tiendrait parole. Il détruirait Adrienne, et consacrerait à cette tâche le zèle, mais aussi l'absence de réflexion d'un véritable fanatique.

Ils étaient si prévisibles. Par le passé, Diego avait prévu que Clément se défilerait au moment de rejoindre les *yber* pour, à la place, se jeter dans les bras de l'Église. En tant d'années, décennie après décennie, l'assassin d'Adrienne était le seul humain qui ait représenté un défi pour lui. Dommage qu'il ait choisi de prendre parti pour la fille. Elle aussi était prévisible. Diego aurait aimé se retrouver seul à seul avec Helman.

En tout cas, il avait certainement apprécié son tête-à-tête avec les neveux de celui-ci. Tellement même qu'il avait fait une entorse à sa règle d'or : pas de Communion pour les enfants. Il était heureux qu'il lui reste encore de quoi pimenter son existence.

Il se demanda s'il aurait une chance de pouvoir discuter avec le Père. Pour savoir comment il s'y était pris. Comment pouvait-on vivre neuf cents ans sans finir par se tuer ? Diego n'était *yber* que depuis quatre siècles, et déjà, l'ennui lui donnait parfois envie d'aller s'asseoir dehors pour admirer le lever du soleil. Il ne pouvait qu'espérer qu'il en soit autrement lorsque le Plan Final serait accompli.

En s'approchant de la limousine, il décida de faire éviscérer les quatre scolastiques. Il enverrait leurs morceaux aux jésuites. Par la poste. Ils devraient être massacrés vivants, car il savait que les docteurs des jésuites pouvaient, à l'autopsie, déterminer ce genre de choses.

Cela maintiendrait Clément dans l'état d'esprit souhaité.

CHAPITRE VIII

Lorsque “ces gens-là” s’étaient installés à Nacimiento, vers la fin des années soixante, les habitants avaient été furieux. La peur informe qui avait grandi dans les cœurs et les esprits des conservateurs d’âge mûr, au fur et à mesure que les mouvements de contre-culture croissaient comme une lèpre, avait enfin pris corps. A Los Angeles, il y avait eu des meurtres. Des mots comme “Culte” et “Manson” résonnaient comme des “Je-vous-l’avais-bien-dit” après cinq ans de marijuana et de liberté sexuelle. “Ces gens-là” qui avaient acheté les terres de Rand étaient assez particuliers pour être considérés comme des “hippies” par les résidents. Tous s’attendaient au pire. Mais les années passèrent sans qu’il ne se produise quoi que ce soit. “Ces gens-là” vivaient leur vie, portaient leurs robes blanches, mais payaient leurs impôts ; la ville continuait son train-train. Les deux communautés n’avaient rien à craindre l’une de l’autre. En fait, se dit le Père alors qu’il se tenait sur la tour de garde du bâtiment principal, regardant les collines éclairées par la lune, il n’avait qu’une seule crainte. Que toute les forces dont la présence était indispensable ne soient pas rassemblées à temps.

Il avait encore rêvé.

Le domaine Rand avait été bâti par Charles Foster Rand à la fin des années trente. Celui-ci avait été l’un des principaux conseillers et conservateurs de l'immense collection amassée par William Randolph Hearst. Les résultats des connaissances remarquables de Rand en matière d'art et de sa sagesse en affaires s'étaient échoués dans ce monumental hymne à l'obsession de Hearst qu'était San Simeon, à quelques kilomètres sur la côte.

Rand avait passé pas mal de temps à superviser l'incessante construction du château de Hearst, bâtiment qui devait rester inachevé. Les murs, les planchers et les sols d'anciennes constructions européennes furent longuement démontés et envoyés en Californie. Là, Rand et quelques architectes devaient fabriquer une boîte de béton, insensible aux tremblements de terre, pour protéger les pièces reconstituées à l'intérieur. Le château avait proliféré tel un cancer, partant sans cesse dans des directions contradictoires. Des chambres du dixième siècle renfermaient tant bien que mal des antiquités du seizième, des reproductions modernes et des objets en argile datant d'avant la construction de Rome. Après six ans de labeur dans des conditions aussi frustrantes, Rand avait, de désespoir, entamé la construction de son propre domaine à Nacimiento, en réaction au château de Hearst. Il n'avait pas les moyens financiers de ce dernier, mais disposait d'une chose dont Hearst était dépourvu : le bon goût.

A l'origine, le domaine se tenait sur un millier d'acres de collines verdoyantes surplombant le Pacifique. Au terme de diverses ventes menées par les propriétaires successifs, il n'en restait plus qu'une cinquantaine. Mais le bâtiment principal subsistait dans toute son élégance.

Rand avait pris pour modèle de base les villas des anciens Grecs telles qu'on les avait déterrées. La construction principale était en forme de U, tourné vers l'ouest, afin que trois côtés puissent surplomber la magnifique piscine et les fontaines de la grande cour, avec vue sur le coucher de soleil au-dessus du Pacifique. Au fond du U, le bâtiment s'élevait dans des proportions classiques, passant de quatre à huit étages. A l'est, une immense verrière — assez impressionnante pour l'époque — s'ouvrait sur les jardins et les terres qui s'étendaient au-delà. Tout était construit selon les schémas les plus modernes qui se puissent concevoir dans les années trente. Le domaine était un temple voué à l'adoration du style appelé "art déco", tout en lignes pures et régulières et en espaces solidement définis.

Des photos de la propriété, prises à l'origine dans les années cinquante, apparaissaient dans chaque livre, ou presque, consacré à l'architecture occidentale. Depuis plus de douze ans, on n'avait pas photographié l'intérieur du domaine Rand. Depuis que "ces gens-là" s'y étaient installés : les familiers et les émissaires du Père.

Rand était mort en 1959. Il avait souffert d'un amour sans espoir pour un jeune garçon sous contrat avec une firme célèbre pour ses films destinés aux enfants. Le garçon avait rendu à Rand sa passion avec une fougue toute juvénile. Le studio avait découvert la vérité. Le contrat du garçon fut rompu. Ses parents l'emmenèrent loin de Californie, dans leur demeure familiale, au cœur de l'Idaho.

Le scandale fit les gorges chaudes de Hollywood. Rand finit par se jeter depuis la tour de garde du bâtiment central, pour aller s'écraser sur le marbre de la cour.

Le propriétaire suivant voulut profiter de la publicité entourant le château de Hearst et organisa des visites guidées du domaine Rand. Mais celui-ci n'était pas assez clinquant. Il fut revendu l'année suivante. Nacimiento redevint ce qu'elle était : guère plus qu'une aire de services au bord de l'autoroute numéro 1. Ses deux motels ne se remplirent qu'une fois, le jour où ceux de San Simeon et de Cambria prirent trop de réservations et durent y aiguiller une partie de leur clientèle.

C'était l'endroit parfait pour quelqu'un âgé de plus de neuf cents ans et qui ne voulait pas de compagnie, ni humaine ni *yber*. Mais il n'était pas prêt à recevoir les terribles forces qui convergeaient vers la ville.

Le long de la route du Sud, les yeux noirs du Père regardèrent sans ciller les deux premiers arrivants. Leurs phares ne tarderaient pas à balayer l'autoroute longeant la côte. Ils prendraient le chemin qui menait à sa demeure. Le

Père descendit de la tour d'observation et se prépara à les recevoir.

Ce qu'il avait rêvé, plusieurs jours auparavant, avait commencé.

Le dénouement était proche.

CHAPITRE IX

La Mustang de location dévorait les kilomètres dans le ronronnement de son moteur. Ils couraient pour sauver leurs vies, celles de la famille de Helman et, d'une façon plus obscure, l'avenir du genre humain.

Helman se dit que, s'il pouvait révéler à Adrienne ses liens avec Weston et le projet Nevada, et si elle pouvait comprendre pourquoi il l'avait trahie, alors peut-être pourraient-ils trouver un arrangement, se libérer de la toile d'araignée qui les engluait. Mais il risquait trop gros. Si Weston disait la vérité lorsqu'il prétendait qu'elle était opposée à toute intervention gouvernementale, alors le projet Nevada la perdrait. Et Helman aussi. Il ne savait pas exactement ce qu'il voulait, juste qu'il devait rester près d'elle. Il se passait quelque chose entre eux. Elle aussi, il en était sûr, ressentait la même attraction. Mais il leur fallait d'abord en finir avec cette course démente avant de pouvoir en discuter tranquillement. Et alors, se dit Helman, peut-être auraient-ils tout le temps qu'ils voudraient. L'éternité devant eux.

— On approche de la déviation, nota Adrienne, interrompant ses réflexions silencieuses.

— Est-ce qu'il y a un panneau : "Vampires-trois kilomètres" ?

Adrienne sourit. Elle ne s'était jamais sentie aussi à l'aise en compagnie d'un humain. Helman l'avait accepté telle qu'elle s'était présentée à lui, comme une femme comme les autres, mais atteinte d'une maladie. Si le Père leur donnait asile, ils auraient tout le temps dont, elle le sentait, ils avaient besoin tous les deux. Elle ne serait plus *yber*. Elle serait humaine.

— Il y a marqué : "Nacimiento — château d'eau". La ville n'a même pas de panneau indicateur à son nom.

Helman regarda au-delà du faisceau extrêmement puissant des phares. L'autoroute côtière était déserte, mais il restait à l'affût d'un véhicule garé au bord de la route, tous feux éteints, susceptible de se lancer subitement à leurs trousses.

— L'endroit peut avoir changé depuis la dernière fois que vous êtes venue.

— Mon dernier voyage avec la cour de Diego ne remonte qu'à cinq ans. Ces petites villes ne se transforment pas si vite. Lorsque les familiers du Père ont dit à Diego qu'il ne voulait plus le voir, Diego pensa brûler toute la ville, la raser de fond en comble. Mais il y renonça : il se passerait bien dix ans avant que quiconque ne s'aperçoive qu'elle avait disparu.

— Diego m'a l'air charmant.

Adrienne se fit très sérieuse.

— Ne le sous-estime pas, Granger. C'est lui qui a envoyé les preuves relatives à Delvecchio, au...

Elle hésita un instant, cherchant ses mots. Puis elle utilisa le terme approprié.

— Les documents prouvant que tu as commis le meurtre de Delvecchio. King et Rice sont restés en contact étroit avec lui. Il est responsable de la mort horrible de Jeffery et je suis sûre que sa position au Conclave dépend de mon exécution. Rappelle-toi qu'au début, il m'a encouragée à continuer mes recherches. Si l'un d'entre nous se retrouve face à face avec lui, il n'y survivra pas.

Le panneau indiquant le chemin à suivre apparut subitement, et Helman freina dans les ténèbres.

— Puisque le Père s'est retiré du monde des *yber* il y a deux siècles, pourquoi pensez-vous qu'il nous accordera sanctuaire ?

— Lorsqu'on a formé le Conclave et établi les Voies

comme enseignement sacré, le Père refusa d'y prendre part. Même à cette époque, il était trop puissant, trop révéré pour que le Conclave le détruise. Il est le mentor de centaines d'*yber* de par le monde. Depuis, il a la réputation de recevoir les *yber* qui ont rejeté les Voies. La plupart de ceux qui viennent à lui pour lui servir d'émissaires sont rejetés. Très peu sont acceptés. Personne ne sait en fonction de quels critères. Mais au moins, toi et moi aurons une chance.

— Est-ce que vous me présenterez comme votre familier ?

— Tu n'es pas mon familier, Granger. Je ne vais pas mentir au Père. Tu seras un ami, qui m'a aidée dans mon travail.

Alors qu'ils parcouraient à vitesse réduite la route tortueuse traversant les collines, un souvenir frappa Helman.

— A Toronto, dit-il, lorsque Rice m'a demandé des informations sur vous, je lui ai demandé si Leung était votre amant.

Adrienne resta impassible. Elle pensait savoir où menait cette question.

— Que t'a-t-il répondu ?

— Que c'était impossible. Il avait l'air dégoûté.

— Pour Rice, toute relation entre un *yber* et un humain n'est concevable que dans le cadre de la Communion. Une liaison amoureuse serait une obscénité, comme de s'accoupler avec un animal. Dans la vision du monde qu'ont les *yber*, les humains leur sont largement inférieurs.

— Mais une telle relation n'est pas impossible ?

— Non, Granger, ce n'est pas impossible.

Il ne posa plus de questions sur le passé. Adrienne lui donna ses instructions, mais le reste du voyage se fit en silence. Chacun resta plongé dans ses pensées, et ses visions d'une éternité à partager.

Les familiers du Père leur avaient dit qu'il allait les recevoir. Assis dans le hall, spectaculaire avec sa voûte aussi haute qu'un immeuble de quatre étages, Adrienne et Helman attendaient. Helman était certain que, si le Père savait qu'ils viendraient, c'était parce qu'il était désormais lié au Conclave. Il avait l'impression que, d'un instant à l'autre, le piège allait se refermer sur eux.

Il posa la question au familier : comment le Père avait-il été prévenu de leur arrivée ? Le familier lui répondit qu'il les avait vus en rêve. Et ce avec une certaine révérence, comme s'il s'agissait d'un événement aussi rare qu'étrange. Adrienne confirma la chose :

— Les *yber* ne rêvent pas, Granger.

— Jamais ?

— Jamais, de mémoire d'*yber*. Jeffery et moi nous avons été mis sous électroencéphalogramme durant des mois sans trouver la moindre trace d'un rêve parmi toutes les ondes mentales que nous émettions en dormant.

— Mais à quoi est-ce dû ?

— Question d'efficacité, je crois. Notre corps est considérablement supérieur à celui d'un humain, et nos cerveaux de même. Notre mémoire est sans limites, nos sens amplifiés. Nous avons donc conclu que, si les *yber* ne rêvent pas, c'est qu'ils n'en ont pas besoin. Nos esprits enregistrent instantanément toutes les informations qui nous proviennent au cours de la nuit. Pas besoin de classement ou d'enregistrement à effectuer durant notre sommeil. C'est en général la raison pour laquelle les humains rêvent : un effet secondaire du traitement des informations effectué par le cerveau.

— Mais alors pourquoi, après neuf cents ans, le Père se mettrait-il soudain à rêver ?

Adrienne haussa les épaules.

— Lors de la transformation de l'humain en *yber*, le corps se modifie dès les premières vingt-quatre heures. Les incisives tombent pour laisser la place à des crocs. En six mois, les organes ont fusionné. Au bout d'un an, l'*yber* peut détecter un de ses semblables à de grandes distances, grâce à un sixième sens que nous n'avons jamais pu définir, sans doute de nature télépathique. Au fil des siècles, alors que nos corps continuent de se modifier, notre force et nos capacités évoluent considérablement. L'organisme de Diego est différent de celui d'un *yber* moins âgé. Le Père doit être encore plus dissemblable. Peut-être qu'après un millier d'années, nous retrouvons nos rêves. Peut-être que nous pouvons même prédire l'avenir.

Helman sentit qu'on s'éloignait du pur domaine scientifique.

— Ou peut-être se transformer en chauve-souris, ou en nuage de poussière ? demanda-t-il, sarcastique.

Il avait accepté la nature des *yber* en tant que phénomène naturel. Il n'y avait plus place en lui pour des délires toujours plus fantastiques. Mais Adrienne garda son sérieux.

— Bien que je n'en connaisse pas personnellement, les légendes concernant des Métamorphes font toujours partie des Voies. Qui sait quels autres pouvoirs il nous reste à découvrir ?

Helman prit la main d'Adrienne.

— A moi, tu me sembles très humaine.

Elle lui serra légèrement la main en retour.

— En ta compagnie, je me sens très humaine.

Les portes de l'entrée s'ouvrirent brusquement. Une familière leur sourit ; c'était une femme d'une cinquantaine d'années portant une simple blouse blanche au col haut et serré. A ses côtés se trouvaient deux autres familiers portant la même tenue. Derrière eux se découpait une grande silhouette blanche que les yeux de Helman refusaient de voir clairement.

— Le Père va vous recevoir, dit la familière.

Le Père doit être encore plus dissemblable, avait dit Adrienne. Elle avait raison. Ils n'étaient pas du tout préparés à une telle vision, à accepter la réalité de ce qui venait d'entrer dans la pièce. Adrienne se reprit la première. Helman mit plus longtemps.

Le Père était d'apparence grotesque. Non pas qu'il soit difforme ou tordu en des formes bizarres, inimaginables. Mais plutôt, il présentait tant de minuscules déviations physiques par rapport à la norme que l'impression générale était celle d'une silhouette entraperçue dans les ténèbres d'une chambre tranquille. Du coin de l'œil, il n'y avait rien de choquant. Ce n'est que lorsqu'on osait entrer dans les détails que l'horreur commençait.

Le Père mesurait bien plus de deux mètres. Il portait un simple kaftan blanc, semblable aux robes que portaient ses familiers. Ceux-ci, les trois qui se trouvaient dans la pièce, le contemplaient, béants d'adoration.

Ses pieds nus et ses chevilles étaient visibles sous le kaftan, tout comme ses mains et ses poignets qui sortaient des amples manches. Son corps semblait dépourvu de toute musculature. Une peau mince, d'un blanc délavé, collait à ses os tel un emballage en plastique sous vide. Chaque joint, chaque tendon était nettement visible. Sous une lumière tamisée, le Père devait sembler transparent, ou fondu.

Son visage était assorti à ce corps.

Sous les creux profonds où la peau enveloppait le crâne, on ne décelait aucune chair. Il était dépourvu de lèvres. Ses dents étaient *toutes* des crocs acérés d'un blanc éblouissant, et dépassaient abruptement de gencives blanches, larvaires, qui s'allongeaient sous les narines. Le nez du Père avait depuis longtemps été absorbé, ne laissant qu'un trou béant qui semblait foré directement dans sa face de cadavre. Il y avait quelque chose d'autre, noir lui aussi, qui remuait dans cette bouche.

Ses oreilles n'étaient rien d'autres que de petites bosses masquant partiellement le réseau de veines, de tendons et de nerfs visibles à la commissure de ses mâchoires.

Il était totalement chauve et glabre. Totalement desséché. Et ses yeux le rendaient totalement inhumain.

Ils étaient noirs. Pas d'iris, pas de pupille, pas d'humidité. Juste un noir complet, telles deux pierres sèches, mortes. Ils pouvaient fixer Adrienne et Helman et toutes les autres personnes présentes dans la pièce sans même ciller. Rien ne leur échappait. Ils voyaient bien des choses que les autres ne pouvaient distinguer.

Helman se vit attiré, absorbé par ces deux lacs sombres,

révulsé par la vision du monstre incomplet qui se tenait devant lui.

Le Père soutint son regard. Sans effort apparent, il alla s'asseoir dans un fauteuil placé au milieu de la pièce, face à ses deux visiteurs. Helman eut l'impression que, pour cette créature âgée de neuf cents ans, les lois de la gravité ne s'appliquaient pas. Il aurait pu marcher sur un tapis de feuilles mortes desséchées sans pour autant en écraser une seule.

Le Père lui sourit, étirant vers le haut deux replis de chair aux extrémités de sa bouche. Sa langue émergea d'entre ses crocs, flexible comme celle d'un lézard. Elle était en forme de tube, ratatinée et se terminait en une gaine conique ressemblant au dard d'une abeille.

— Il n'y a pas longtemps que vous fréquentez des êtres tels que nous, dit le Père.

Helman mit un moment à réaliser qu'il avait parlé. Il n'avait pas de lèvres à remuer. Sa voix évoquait le murmure sec d'une brise traversant le désert. Un souffle qui frissonne dans la nuit, lorsque vous savez qu'il n'y a personne, et qui connaît votre nom.

Helman se vit incapable d'émettre une réponse.

Le Père se tourna vers Adrienne. Le devant de son kaftan s'entrouvrit. Helman fixa ce qu'il dévoilait. Le Père portait un rosaire qui se terminait par un crucifix d'argent.

— Vous venez ici chercher un sanctuaire, murmura le Père à l'adresse d'Adrienne.

— Pour nous protéger du Conclave. Je voudrais pouvoir vous expliquer nos raisons d'agir ainsi.

Le Père hocha la tête, une fois. Lentement, laborieusement, comme si un geste brusque pouvait la faire se détacher et flotter dans l'air.

— Ce n'est pas nécessaire, dit le murmure fragile. Je vous l'accorde.

Adrienne ne put cacher sa surprise.

— Je savais que vous viendriez, expliqua-t-il gentiment, j'ai reçu un signe. Un signe de Dieu.

— De Dieu ? répéta Adrienne, dubitative.

Elle soupçonnait Diego de ne pas pleinement adhérer à l'aspect sataniste des Voies, mais elle n'avait jamais entendu parler d'un *yber* converti à la religion du Royaume de Lumière.

Le Père leva la tête. Helman remarqua qu'il n'avait pas de paupières. Ses yeux ne clignaient pas.

— Notre Seigneur et Sauveur Jésus-Christ m'a visité dans mes rêves et m'a accordé un signe. Ma punition touche à sa fin. Loué soit le Seigneur.

— De quelle punition parlez-vous, Père ?

Adrienne sentit un embryon de panique grandir en elle. Les jésuites avaient-ils contacté, ou pire, *converti* le Père ?

— Sept siècles durant, j'ai écumé la Terre en tant qu'agent de la Mort.

Les familiers fermèrent les yeux, et hochèrent la tête, comme s'ils avaient déjà entendu d'innombrables fois ce même sermon.

— Des milliers d'innocents tombèrent, victimes de ma soif de sang. Des millions ont souffert à cause de moi. J'ai servi les démons de l'Abîme. Mais le Seigneur est venu me guider, et je me suis éloigné des desseins maléfiques de ceux qui m'entouraient. Ceux-ci ont formé leur maudit Conclave. J'ai embrassé l'existence d'un pèlerin, voué au repentir, bien que je me croie condamné à ne jamais rencontrer mon Dieu.

Les jésuites pouvaient déjà être là, dans les couloirs, prêts à les cribler de flèches. Quelle sénilité insondable avait frappé celui qui avait été le plus grand des *yber* ?

— Pourquoi, Père ? demanda Adrienne.

Elle calcula ses mouvements en vue de se débarrasser des trois familiers qui se trouvaient là. Mentalement, elle mesura la distance qu'il lui faudrait parcourir jusqu'à la voiture. Ils seraient certainement poursuivis. Elle irait plus vite en portant Helman. Elle changea de position et se prépara à foncer.

— Chacun d'entre nous, chuchota le Père en étendant ses mains et ses griffes d'ivoire ciselé, chacun de nous doit servir Dieu du mieux qu'il le peut. Alors, lorsque nous mourrons, nous pourrons être transfigurés et accéder au Paradis. Mais notre race, Adrienne, ne peut mourir. Si nous choisissons de faire face aux feux du soleil ou de refuser de boire le sang frais, nous nous tuons nous-mêmes et, une fois de plus, appartenons à l'Abîme. Telle est la rançon de notre malédiction. Telle est notre punition.

Adrienne se pencha en avant, un œil braqué sur la porte du hall. Dieu sait combien de scolastiques pouvaient attendre là-derrière.

— Est-ce là ce que vous ont dit les jésuites ? demanda-t-elle.

De sa réponse dépendrait sa réaction. Elle pouvait voir que Helman s'armait de courage. Lui aussi avait additionné deux et deux.

— L'Église elle-même est aux mains de Satan, dit le Père. Je vous en prie, rasseyez-vous. Ici, vous êtes en sécurité. Je me contenterai de vous laisser venir au Seigneur lorsque vous le jugerez bon. Ce qui est important est que vous ayez rejeté les Voies. Vous avez cherché une meilleure méthode pour aider votre espèce.

Adrienne se détendit et s'adossa à sa chaise. Peut-être que tout irait bien, en fin de compte.

— Vos rêves vous ont raconté tout cela ?

— Non, Adrienne St. Clair. Tu es déjà venue ici en présence d'un Seigneur du Conclave. Les familiers parlent. Je les écoute. Je sais bien des choses sans les avoir rêvées. Mais maintenant, tu dois me communiquer les résultats de ton travail. Et ton compagnon humain doit s'en aller.

Adrienne réagit sur-le-champ.

— Il ne peut partir. Il est en danger, tout comme moi. Lui aussi a besoin d'un sanctuaire.

Le Père se leva ; la discussion était close.

— Il n'est pas *yber*. Il n'est pas un familier. Il n'a rien à faire ici. Il faut qu'il parte.

— Mais il a couru tant de risques pour me permettre d'arriver jusqu'ici !

— Il ne risquait rien. Dès le départ, j'ai su qu'il viendrait. Et maintenant, il doit s'en aller. Il n'y a de danger que lorsque la conclusion est incertaine. Mais ce qui doit nous arriver est déjà écrit.

Le Père se tourna vers Helman.

— Maintenant, humain, quitte cet endroit. Tu sais vers qui tu dois te tourner. Il n'y a ni risque ni incertitude.

Helman se leva. Il ne comprenait pas ce que voulait dire le Père.

— Je n'ai personne vers qui me tourner.

— Eh bien, ils se tourneront vers toi. Tu pourras revenir la nuit prochaine, si c'est là ce qui te retient. Pars maintenant.

Deux familiers, bien musclés sous leurs kaftans, saisirent ses bras et l'emmenèrent hors de la pièce. Il ne put qu'échanger un regard plein d'appréhension avec Adrienne avant qu'ils ne l'emmènent. Les familiers ne le lâchèrent pas avant de l'avoir jeté dans sa voiture, à l'extérieur des grilles.

Le soleil ne se lèverait pas avant une heure. Helman se dirigea vers le centre-ville de Nacimiento. Il comptait trouver un téléphone et appeler l'agent de Weston. Le numéro était inscrit sur la boîte d'allumettes. L'appel serait certainement transmis au major, qui devait se trouver quelque part dans le coin. Helman passerait la journée avec les hommes du projet Nevada. En sécurité. Il devait aussi prendre des nouvelles de sa sœur. Le message ambigu de Weston, soulignant que tout avait été prévu, le mettait toujours en rage.

En ce moment, le Conclave devait constater qu'il n'était pas retourné à West Heparton. Il ne s'étonnerait pas si le Conclave ne mettait que quelques jours— ou plutôt quelques nuits — à retrouver leurs traces. Il faudrait bien forcer Weston à lui dire ce qu'ils voulaient obtenir d'Adrienne.

Derrière Helman, une voiture sortit du couvert des buissons. La clarté soudaine de ses phares dans les rétroviseurs le surprit. A l'est, au-dessus des collines, le ciel commençait à s'éclaircir. Les phares clignotèrent. Un signal.

Helman se gara au bord de la route étroite. Weston venait à lui.

L'autre voiture le dépassa et resta à sa hauteur. Les vitres descendirent dans un bourdonnement électrique. A l'intérieur, une silhouette, plongée dans les ombres.

— Ce n'est pas trop tôt, dit Helman. Bon, maintenant qu'on lui a accordé sanctuaire, que fait...

La silhouette se retourna au milieu des ombres.

Révélant ses griffes.

— Tu nous as trahis, cracha le vampire.

Helman fit un bond en arrière.

— Tu es bien nerveux, humain ? Je ne crois pas que tes neveux seraient très impressionnés s'ils te voyaient en ce moment. Mais en fait, je suis sûr que *tu* serais impressionné si tu *les* voyais tels qu'ils sont maintenant.

La créature partit d'un rire hideux. Helman resta figé, bouillonnant de colère impuissante.

— Le Seigneur Diego vous retrouvera tous cette nuit, humain. Pour la dernière fois.

La voiture partit dans un crissement de pneus et de gravier. Le rire terrifiant résonnait encore aux oreilles de Helman.

Il réalisa que, dès le début, le Conclave devait savoir la destination choisie par Adrienne. Ce dernier vampire n'était là que pour s'assurer qu'Adrienne n'avait pas elle aussi quitté le domaine du Père. Ils savaient où elle se trouvait. Où il se trouvait. Et apparemment, il était déjà trop tard pour sauver sa sœur et les enfants.

Le soleil se levait. Seul sa lumière les empêchait de venir tuer Helman, là, tout de suite, sur cette route. Le soleil le protégerait encore une douzaine d'heures. Des larmes de frustration brûlèrent ses yeux.

Il hurla le nom de Weston aux collines désertes.

Le major lui dirait tout, ou bien ne vivrait pas pour voir le soleil se coucher.

Il allait mettre à profit les douze heures qui lui restaient.

CHAPITRE X

Les hommes qui accompagnaient Weston commirent deux erreurs. D'abord, lorsque Helman les appela depuis Naciemento, ils lui dirent où il pouvait les retrouver. Ensuite, lorsque Helman fit son apparition, ils le traitèrent en allié. Après qu'ils lui eurent ouvert la porte de leur chambre, au motel Santa Barbara, l'un des deux agents eut la surprise de recevoir un poing en plein visage et l'autre un coup de coude qui l'envoya sur le lit, le nez en sang. Ils n'eurent pas le temps de tirer leurs armes. Maintenant, c'était au tour de Weston de payer pour ses propres erreurs.

Helman pressa son avant-bras contre le larynx du major. Quelque chose en lui espérait que le vieil homme ne dirait rien. Ainsi, il aurait une excuse pour lui écraser la gorge et le laisser étouffer lentement. D'un autre côté, il savait ne pas pouvoir sortir vivant de la pièce sans Weston, mais il s'en moquait complètement. De toute façon, au coucher du soleil, il serait mort. Il n'allait pas laisser la perspective de quelques heures de vie supplémentaires le priver de la seule vengeance qu'il puisse exercer, aussi minime soit-elle.

Mais le major disposait d'informations. De pouvoir. Et Helman voulait l'un et l'autre.

Lorsque Weston, privé d'oxygène, se mit à hoqueter, Helman se décida. Il relâcha la pression exercée par son avant-bras et posa sa main libre sur la bouche de Weston.

— Le Conclave sait où elle se trouve. Idem pour moi. Nous n'avons pas pu les éviter. Vous, eux, tout le monde savait où nous retrouver. Chez le Père. Je veux savoir ce qui se passe. La vérité, pas vos conneries habituelles ou vos histoires de fin du monde. Je veux juste un moyen de m'en sortir vivant. Avec St. Clair. Et aussi Miriam et les enfants. Hochez la tête si vous avez compris.

Weston acquiesça. Ses poumons luttaient pour aspirer une bouffée d'air.

— Je vais retirer ma main. Appelez au secours si ça vous chante, mais avant que vos hommes aient fini d'ouvrir la porte, je vous aurai brisé le cou. Allons-y.

Helman leva son avant-bras. Weston porta aussitôt ses deux mains à sa propre bouche. Sa respiration sifflait désagréablement. Il montra du doigt une valise posée près de la porte de la chambre.

— Oxygène, hoqueta-t-il.

Helman jeta un regard suspicieux à Weston, puis à la valise.

— Ou bien je vais tousser, fit Weston en un murmure rauque.

Il pressa ses deux mains contre sa bouche et son nez. Son corps fut pris de convulsions et son front se couvrit de sueur.

Helman prit le risque. C'était trop gros pour être un piège. Il ouvrit la valise et en tira un petit réservoir à oxygène ainsi que le masque de plastique mou qui y était attaché. Tel un noyé, Weston le pressa contre son visage. Il toussa une ou deux fois dans le masque, mais quel que soit le mal qui l'affligeait, il sembla reprendre son souffle.

Helman le regarda, impassible.

— Dépêchez-vous de parler.

Weston fit signe à Helman pour qu'il l'aide à se relever ; dans sa frénésie, il l'avait fait tomber par terre. Helman le poussa dans une chaise de style néo-coloniale, près d'une écritoire. La respiration du major semblait s'être stabilisée. S'il n'avait pas pris d'oxygène et avait continué de tousser, les agents qui attendaient dehors auraient forcé la porte et tartiné Helman sur les murs. Il ne voulait pas finir comme ça, dans un motel de quatre sous.

Weston enleva le masque de sa bouche. Helman était occupé à ligoter les deux agents inconscients avec leurs ceintures et des lambeaux de drap.

— Comment l'avez-vous appris ? demanda Weston.

— Que le Conclave sait où nous sommes ?

— Oui.

— Après que j'eus quitté le domaine du Père, une voiture m'a suivi. Je croyais que c'était vous. Ou au moins vos hommes. Mais c'était un vampire, un envoyé du Conclave. Il a parlé de mes neveux, puis précisé que Diego nous retrouverait cette nuit.

— Qu'a-t-il dit exactement à propos de vos neveux ?

Un frisson parcourut Helman. Le message de Weston était bel et bien un tissu de mensonges.

— Il a dit que je n'aimerais pas les voir maintenant. Qu'est-ce qui leur est arrivé ? Pourquoi n'avez-vous pas envoyé vos hommes ?

Helman tremblait de rage. Malgré tout ce qu'il avait fait pour l'empêcher, ses pires craintes devenaient réalité.

— J'ai envoyé des hommes. Ils sont arrivés trop tard. Je suis désolé.

— *Qu'est-ce qui leur est arrivé ?*

— Votre sœur est morte. Vos neveux ont été enlevés.

— Miriam, hoqueta Helman. Comment ? Ils n'ont pas bu...

Weston secoua la tête.

— Non, Granger. Rien de tout ça. Elle n'a pas souffert. Ils l'ont surprise dans son sommeil. Elle n'a même pas réalisé ce qui lui arrivait, elle n'a rien senti.

Mentir lui était facile. Il avait vu les photos, imaginé ce qu'avait enduré Miriam Helman. Il ne pouvait trouver de mots pour décrire ce qu'on lui avait fait. Elle avait été troussée comme un animal, étripée et saignée à blanc. Mais il n'y avait pas de sang sur le sol. Celui-ci avait été enlevé, en même temps que les enfants. Mais il pouvait bien épargner ces détails à Helman.

Celui-ci tremblait, secoué jusqu'au fond de l'âme. La seule chose qui ait de l'importance lui avait été arrachée. Sa famille était morte. Et il avait tout fait pour les sauver. Il avait même plongé en enfer.

— Nous sommes toujours à la recherche des garçons, Granger. Rien ne prouve qu'on leur ait fait du mal.

Helman était au bord de l'hystérie.

— Bien sûr qu'on ne leur a pas fait de mal. Ce n'était pas nécessaire. On les a donnés à Diego, qui trouve leur sang si doux...

— Je suis désolé.

Weston ne trouvait rien d'autre à dire. C'était inutile. Stupide. Mais vrai.

Helman parlait comme s'il était seul dans la pièce.

— Maintenant, je n'ai plus rien. J'ai fait tout ce que je pouvais pour les sauver. J'ai même tué pour elle, lorsqu'on était gamins.

Weston se leva lentement et s'approcha de Helman.

— Ce salopard pour qui elle travaillait l'a violée. Elle m'a tout raconté ; elle ne voulait pas, mais je l'ai obligée. Alors je suis allé trouver ce fils de pute et je l'ai tué.

Weston leva la main pour la poser sur l'épaule de Helman.

— C'est fini, Granger. C'est fini.

— Je ne voulais pas le tuer, juste qu'il souffre, à son tour. Mais il n'a pas voulu se taire, il avait trop peur. C'est alors que j'ai découvert qu'il se comportait comme un salaud envers tout le monde, et que M. Dorsey voulait sa mort. M. Dorsey s'occupait de tout le monde, toute la rue. Le jeu, la protection, les filles. Il a découvert ce que j'avais fait et m'a remercié. Il m'a donné de l'argent et m'a dit que si j'en voulais encore, je n'avais qu'à le lui dire et qu'il me trouverait du travail. Et c'est ce que j'ai fait. A mon compte, cette fois. Puis à la mort de son mari, à nouveau pour Miriam.

Weston posa la main sur l'épaule de Helman tout en lui parlant doucement. Il ne pouvait se permettre de le perdre. Il se déplaça lentement autour de lui jusqu'à ce qu'il se retrouve dos à la porte. Le major s'apprêtait à jeter son réservoir d'oxygène contre celle-ci pour attirer l'attention de ses hommes, assis dans la voiture garée sur le parking, juste devant le bungalow. Il replia lentement son bras.

C'est alors que les doigts de Helman s'enfoncèrent douloureusement dans l'un des points sensibles au-dessus de son oreille.

— Lâchez ce truc ou je vous brise le cou, murmura-t-il.

Sa voix semblait distante, vide. Différente.

Weston posa doucement le cylindre sur le sol.

— Est-ce qu'on peut aller là-bas, la récupérer et repartir avant le coucher du soleil ? demanda Helman, les yeux froids. Peu m'importe si le Conclave rend publiques les preuves qui m'accusent. Je peux me cacher là où le gouvernement n'ira jamais me chercher.

Il relâcha sa prise sur le cou de Weston.

— Vous n'avez rien à craindre du gouvernement, Granger.

— Vous avez tout arrangé, pas vrai ?

Helman se frotta violemment le visage, essuyant les larmes.

— Tout a toujours été arrangé. Vous êtes Phénix, rappelez-vous.

— Ça, je n'en sais rien.

La voix de Helman était dépourvue d'expression ; il niait, sans colère.

— C'était le but du jeu, Helman. Vous n'avez pas à vous inquiéter des preuves que détient le Conclave. Le gouvernement n'en a pas besoin : il sait déjà tout sur vous, plus qu'il n'en faudrait à n'importe quel juge ou jury pour vous envoyer en prison. J'ai vu les dossiers qu'ils ont en main. Vous, Phénix, tout y est. La CIA, le FBI, la NSA, ils vous connaissent tous.

— De quoi parlez-vous ?

— Vos victimes ont toujours été des criminels, Granger. Des gens que le ministère de la Justice ne pouvait atteindre. Ils ont considéré que vous leur rendiez service. Tant que vous ne vous en preniez pas aux politiciens ou aux hommes d'affaires, le gouvernement vous soutenait. Il y a des douzaines de gens comme vous, qu'il observe sans rien dire, parce que leurs contrats servent la cause du gouvernement. Voilà pourquoi le FBI a effacé les opérations de votre "agent". Ils avaient un émissaire en place lors de l'opération Telford. Lorsqu'ils ont découvert que les jésuites l'avaient assassiné, ils se sont doutés que ses assurances allaient quitter leur coffre. Vous y figuriez, et l'enquête qui s'ensuivrait montrerait vos liens avec le gouvernement. Pourquoi pensez-vous que le FBI n'avait pas de voiture pour vous suivre le jour où vous avez obligé Roselynne Delvecchio à sortir de chez elle et aller vous rejoindre dans le parking ? Les ordres étaient clairs : laisser faire. Le gouvernement était toujours là, dans l'ombre, prêt à vous aider à accomplir ce qu'ils ne pouvaient faire eux-mêmes. L'un d'entre eux vous l'a dit. "*Monsieur Helman ? Vous n'avez pas à vous inquiéter. Tout est réglé de ce côté.*"

Helman regarda autour de lui avec des yeux morts.

— Ce n'était qu'un mensonge ? Je n'avais aucun talent ? Pas d'intelligence ? Dès le premier jour, on m'a surveillé ?

— Dès le début.

— Alors lorsque ce paquet est arrivé à la ferme, j'aurais pu ne rien faire du tout, l'ignorer ? J'aurais pu dire à cette créature au téléphone d'aller se faire voir, et ils auraient envoyé le tout aux autorités et le FBI les aurait enterrées ?

— Vous étiez protégé.

— *Alors tout ça n'a servi à rien ?*

Il accusait les chocs successifs. Weston pouvait sentir qu'Helman était au bord de l'hystérie.

— Mais c'est arrivé, Granger. Et il reste une chance de s'en tirer, de les battre.

— Pourquoi est-ce que je m'en mêlerais ?

— A cause d'Adrienne.

Helman venait de dire qu'il voulait la sortir du domaine du Père avant l'arrivée du Conclave. Weston en joua. Mais Helman avait la tête ailleurs.

— C'est une vampire. Je ne la connais pas. Rien de tout ça n'est arrivé.

— Pensez à vos neveux. Il n'est peut-être pas trop tard pour les sauver.

— Rien n'est arrivé. Ils sont toujours à West Heparton.

— Pensez aux millions de vies en jeu, des milliards peut-être.

— Conneries !

— La dernière fois que nous nous sommes parlé, vous vouliez tout savoir du projet Nevada. Est-ce toujours le cas ?

Helman fit une grimace qui pouvait passer pour un sourire.

— Bien sûr, major. Il ne va rien arriver. Pourquoi ne pas me raconter la fin du monde ?

Et le major Weston la lui raconta.

Tout commença par les chats.

En 1961, un fermier écossais découvrit une nouvelle espèce de chats. Leurs oreilles étaient pendantes et repliées vers l'avant. Ces chatons uniques en leur genre furent remarqués par un homme qui s'intéressait aux félins. Il les reconnut pour ce qu'ils étaient, s'en procura un, et donna naissance à la race appelée Scottish Fold.

En 1962, l'espèce produisit une subdivision du côté d'Indianapolis. Après qu'on eut compris l'importance de cette découverte, des recherches montrèrent que la mutation des Scottish Fold, qui avait donné naissance à la race, s'était produite dans seize endroits différents. Dans un seul de ces cas, les portées étaient assez rapprochées pour qu'il soit possible qu'elles aient été engendrées par un seul et même chat. Dans les quatorze autres cas, la mutation apparut comme spontanée, et les portées n'avaient aucune relation entre elles. Plus tard, les chercheurs conclurent que la mutation devait être apparue dans d'autres endroits, mais sans qu'elle n'attire l'attention d'amateurs de chats ou d'éleveurs patentés. Personne ne l'avait remarquée. Excepté le chaton écossais qui avait engendré une race nouvelle. Et celui d'Indianapolis, qui avait révélé au monde le sinistre avenir qui l'attendait.

C'est un généticien de l'université d'Indiana qui tomba sur le chaton d'Indianapolis. En 1965, il lut un compte rendu parlant de cette nouvelle race venue d'Ecosse. Il se rappela que, trois ans plus tôt, une amie de sa fille avait aussi un chaton ressemblant à celui que décrivait l'article. La petite fille possédait toujours l'animal. Le généticien s'interrogea sur le problème que causait l'apparition simultanée de deux mutations similaires à des milliers de kilomètres de distance. D'abord, il garda ses conclusions pour lui-même. Il se sentait sur le point de faire une découverte d'importance pour l'avenir de la science génétique. Il ne voulait pas qu'une autre université mieux équipée ne le batte au poteau et publie ses résultats avant lui.

Ce qu'il cherchait, c'était le mécanisme de l'évolution. Et il le trouva. Et sa découverte l'épouvanta à tel point qu'il ignora l'Université pour en référer directement au ministère de la Santé et de l'Education.

Il lui fallut trois mois pour obtenir un bref rendez-vous avec un responsable qu'il considérait comme digne d'apprendre la vérité. Ses recherches comme ses conclusions ne manquaient pas d'élégance. Le responsable se montra sceptique, mais ne put l'ignorer purement et simplement. Le gouvernement mit neuf mois pour confirmer les découvertes du généticien. Dans les cinq jours qui suivirent, on mit sur pied le projet Nevada.

On accepte l'évolution comme un fait scientifique. Mais les explications de ce phénomène, elles, ne sont pas si transparentes. On a édifié bien des théories différentes. Certaines démontraient que des changements minimes, impossibles à reconnaître individuellement, pouvaient s'amplifier au fil des générations, jusqu'au résultat final. D'autres prétendaient que des mutations de nature catastrophique pouvaient avoir des conséquences dramatiques et, au bout d'une ou deux générations, déboucher sur une nouvelle espèce. Mais aucune de ces théories ne semblait correcte. Et aucune n'était capable d'expliquer comment une modification sur un seul et unique individu pouvait affecter de façon radicale l'avenir de l'espèce entière, comme le montrait l'étude du passé.

Voilà ce qui attira l'attention du généticien lorsqu'il apprit l'existence des deux mutations. Etait-il concevable que celle-ci soit transmise par des moyens extérieurs afin de se manifester parmi de nombreux membres d'une même espèce, et ceci en l'espace d'une seule génération ? La réponse était positive.

Le généticien avait découvert une manifestation biologique qu'il appela virus-mutation, ou virus-M.

Les cellules reproductrices des créatures peuplant la terre sont en perpétuelle mutation. La majorité de celles-ci n'ont aucune conséquence, car le message génétique est brouillé à un point tel qu'il reste ignoré. Parmi les mutations portant des messages génétiques identifiables, la plupart d'entre elles sont fatales. Parmi des millions de mutations, une seule peut se révéler bénéfique à l'espèce en question. Et la façon dont cette modification bénéfique dans le message génétique peut se déclarer chez un individu pour se transmettre à l'ensemble de l'espèce ne peut se faire que par le virus-M.

Le corps réagit à la création d'une mutation reconnaissable, bénéfique ou dangereuse, en fabriquant des copies des minuscules chaînes d'ADN qu'affecte la mutation. Et ces chaînes, tout comme des virus, se retrouvent enchâssées dans des enveloppes protectrices de protéines, puis expulsées du corps.

Bientôt, l'espèce entière considérée contracterait ces virus-M.

Lorsqu'un virus-M bénéfique s'introduit dans un endroit favorable du corps de son porteur, il s'incorpore au code génétique des cellules de ce corps. La mutation se manifeste alors chez cet individu qui la transmet à la génération suivante. Si une mutation identique se présente chez plusieurs individus, ses chances de survie se voient considérablement augmentées.

Ces trouvailles enthousiasmèrent le généticien. De temps en temps avaient émergé des théories similaires, mais elles n'avaient jamais pu être confirmées ou infirmées par la découverte d'une mutation observable.

Il ne lui restait à surmonter qu'un problème avant de rendre publique sa théorie : pourquoi la population féline mondiale ne se voyait-elle pas soudain envahie de chatons de race Scottish Fold ? Lorsqu'il put y répondre, il alla directement trouver le gouvernement.

Lorsqu'un corps de l'espèce *ad hoc* devient porteur d'un virus-M, celui-ci doit trouver un endroit propice dans ce corps pour devenir viable. Si le message génétique tente de se transmettre à des cellules non réceptrices, le matériau génétique du porteur est désorganisé. Il en résulte des dommages causés par la reproduction accélérée de ces cellules, dont l'issue est presque inévitablement mortelle.

Ainsi le mécanisme — le virus-M — responsable d'une mutation bénéfique assure aussi que ladite mutation ne soit transmise, par reproduction, qu'à des individus porteurs des mêmes gènes altérés : en effet, il entraîne l'extinction de tous les individus non porteurs qui l'auraient contracté.

Le généticien obtint des échantillons sanguins venus du monde entier afin d'y rechercher la présence du virus-M. Il demanda même des prélèvements fossiles pour y chercher les fréquences bêta indiquant que les virus-M avaient existé sur des animaux éteints depuis longtemps. Il découvrit que le processus d'évolution du virus-M s'était toujours retrouvé, sous une forme ou une autre, chez presque toutes les espèces vivantes existantes ou ayant jamais existé. Parfois, il n'impliquait qu'une mutation simple, aléatoire, comme celle qui faisait tomber en avant les oreilles des chats.

Mais parfois, dans l'histoire d'une espèce, le mécanisme s'accélérait, comme si une horloge biologique interne la poussait en avant au cours de son évolution. Les virus-M étaient alors produits à une vitesse accélérée par presque tous les individus d'une population donnée. Les mutations abondaient, tout comme les accidents résultant de virus-M perturbant les messages génétiques.

C'est une telle période qui vit la disparition des dinosaures en l'espace d'une génération. Mais des virus-M permirent à certaines espèces de dinosaures d'évoluer pour devenir des oiseaux. D'autres subirent cette accélération, mais n'eurent pas la chance de bénéficier d'un virus-M bénéfique et viable ; ils furent alors balayés de la surface de la planète.

A l'heure actuelle, l'espèce humaine se trouvait en plein processus d'accélération de la mutation.

On la connaissait sous le nom de cancer.

En fait, le cancer était contagieux et, à la génération suivante, mortel à cent pour cent.

Les seuls survivants de la future épidémie de cancer seraient ceux ayant contracté un virus-M fixé dans un site cellulaire propice et ayant transmis ses caractéristiques de mutation bénéfique.

Le projet Nevada put déterminer qu'une telle mutation s'était déjà produite il y avait un peu plus de deux mille ans, probablement en Grèce.

Les individus porteurs de ce matériau génétique s'appelaient eux-mêmes *yber*.

Dans vingt ans, ils seraient la seule espèce humaine encore vivante.

Il ne resterait plus qu'un monde de vampires. Le reste de l'humanité serait éteint.

Le silence régnait sur la chambre.

Une douce lumière s'infiltrait à travers les lourds rideaux orange et noir qui cachaient le parking, de l'autre côté de la fenêtre. Les deux agents ligotés et bâillonnés que Helman avaient surpris gisaient là, immobiles. Le sang avait cessé de s'écouler du nez de l'un d'entre eux. Soit la blessure n'était pas sérieuse, soit il était mort.

Weston et Helman échangèrent un regard qui ressemblait à un duel de volontés. Helman fut le premier à détourner les yeux.

— C'est dingue, dit-il.

Il se leva et parcourut la pièce.

— Complètement dingue, continua-t-il. Je n'y comprends rien. Ça ne correspond à rien. C'est ridicule.

Les mots lui manquèrent.

— Je suis d'accord avec vous, reprit Weston. Sur tous les points. Mais c'est la vérité.

— *Tout* peut provoquer un cancer. Le soleil. Les pilules contre la migraine. Les voitures. Tout ce que vous voulez. C'est écrit noir sur blanc, depuis des années. Comment pouvez-vous dire que c'est une maladie contagieuse ?

— Ce que vous dites prouve que le projet Nevada a bien fait son travail. Car nous vous avons fait croire ces mensonges sur la nature de la maladie.

— Ce n'est pas vrai.

— Mais si, Granger. Il y a vingt ans, ce malheureux chercheur d'une petite université est venu au ministère de la Santé. Il avait l'air terrifié en nous racontant son histoire. Personne ne l'a cru, mais on a vérifié ses travaux. Au cours des années soixante, les mutations félines ont poussé comme de la mauvaise herbe. Des chats aux poils raides, sans poils, avec des griffes en plus, ou pas de griffes du tout. Et la leucémie les tuait comme des mouches. La leucémie féline. Le grand fléau des chats. Et contagieux, ça, n'importe quel vétérinaire vous le dira. Et s'il est contagieux chez les chats, pourquoi pas chez les humains ? Lorsque la mutation a commencé, les incidences ont quadruplé. C'est pour ça que le projet Nevada existe. Pour dissimuler la vérité. Rassembler sans cesse des informations. Assembler une équipe de scientifiques afin qu'ils continuent leurs recherches dans la plus grande discrétion. Mais rien ne devait transpirer tant que nous n'avions pas une explication et un remède.

— Et ce remède existe ?

— *Ce n'est pas une maladie*. C'est une incidence biologique telle que nous n'en avons jamais rencontrée. Voilà pourquoi nous avons pu garder le secret : les laboratoires qui n'étaient pas au courant regardaient toujours dans la mauvaise direction. Il y avait assez de pollution dans l'environnement pour causer des dommages cellulaires proches de ceux qu'entraîne le cancer. Voilà pourquoi les scientifiques continuent de chercher un remède. Ils auraient dû réaliser qu'ils examinaient de simples cas d'intoxication. Aucune des études menées sur des sujets humains n'est valable parce que maintenant, tout le monde sans exception a attrapé le virus. Il est juste en incubation. Ou bien, dans mon cas par exemple, il a déjà commencé d'envoyer son message. Mais vous en êtes atteint, Granger. Vous et tous mes agents. *Et tout le reste du monde*. La première période d'incubation touche à sa fin. D'ici un an, deux au maximum, la première vague va nous frapper de plein fouet.

— Mais on nous répète sans arrêt que les statistiques montrent une diminution du nombre de cancers.

De colère, Weston haussa la voix.

— Enfin, voyons ! D'où croyez-vous que viennent ces statistiques ? Qui les met en œuvre ? C'est *moi* qui les écrit. Elles viennent toutes d'un système gouvernemental qui nous dit que nous pouvons avoir des paix honorables, et un budget équilibré, et une baisse de l'inflation. Je n'ai jamais cru comment les gens pouvaient avaler ces statistiques alors que *tout le monde* connaît quelqu'un qui est atteint d'un cancer. Je pense que, si le projet Nevada a pu durer si longtemps, c'est parce que les gens *veulent* y croire. Ils n'osent pas penser autrement.

— Mais certainement, d'autres scientifiques, dans d'autres pays...

— Les pays auxquels nous faisons confiance nous suivent. D'autres, comme la France et le Canada, restent dans le noir. Si un de leurs chercheurs tombe sur quelque chose, nous lui offrons un poste grassement payé dans un labo où il peut travailler sur ce qu'il veut, sauf le cancer. Sinon, il a un accident.

— Vous allez jusqu'à *tuer* pour ça ?

— Il y a longtemps que j'ai dû faire face à ce problème, Granger. Croyez-moi, il vaut mieux qu'une ou deux personnes quittent cette terre un peu plus tôt que prévu si leur existence implique l'effondrement de notre structure économique et commerciale en l'espace de quelques jours. Pensez à ce qui arriverait si le monde entier était mis au courant. Le commerce s'effondrerait. Pourriez-vous rester assis dans un bureau à côté de gens qui peuvent vous refiler le virus du cancer ? Et même si vous êtes déjà atteint et le savez, vous vous direz toujours que vous pouvez devenir l'exception qui confirme la règle. Pourriez-vous rester dans l'armée ? Faire les magasins ? Ou quoi que ce soit qui vous oblige à sortir de chez vous ? D'ici à deux mois, la chaîne alimentaire serait rompue et les fermes se transformeraient en forteresses. Ce serait l'anarchie. La guerre civile. Vous prendriez un tel risque à cause d'un seul scientifique trop têtu ?

— Y a-t-il une réponse, alors ? Est-ce que le jeu en vaut la chandelle ?

— Il ne reste plus qu'un seul moyen de la trouver, Granger. Chez les *yber*.

— Est-ce qu'ils savent eux-mêmes ce qui se passe ?

— Nous sommes à peu près sûrs que le Conclave est au courant. Mais pas St. Clair.

— Il faudra bien qu'ils coopèrent. Ils se nourrissent de sang humain. Qu'est-ce qui va leur arriver lorsqu'il n'y aura plus personne ?

— Ils ne raisonnent pas comme nous, Granger. Pour autant que nous sachions, ils s'imaginent que Satan va ouvrir des restaurants pour qu'ils puissent y célébrer leur victoire sur Dieu. Nous avons déjà essayé de traiter avec eux. Au cours de ces dix dernières années, nous en avons capturé deux. Le premier est mort suite à une expérience ratée : nous voulions mesurer leur résistance aux rayons du soleil. Le second s'est échappé et a mis une ville du Texas à feu et à sang. Un reporter a eu vent de l'histoire. Il n'a pas voulu se laisser acheter. Sa voiture a explosé.

— Pourquoi deviez-vous les capturer ? Pourquoi ne pas négocier ?

— Adrienne St. Clair est, à notre connaissance, la première d'entre eux qui ne soit pas adoratrice du Diable. Tous les autres avec lesquels nous sommes entrés en contact sont fous à lier. A quoi bon concocter un vaccin à partir de leur sang si, entre autres modifications, il perturbe le bon fonctionnement de notre cerveau ?

— Vous pensez qu'il est possible de découvrir un vaccin contre le cancer ?

Weston inspira profondément. Il se sentait sur le point de récupérer Helman. Et s'il voulait que cela serve à quelque chose, il n'avait plus beaucoup de temps devant lui. A travers les rideaux, il voyait monter le soleil. Midi approchait. Il ne restait plus que la moitié de la journée.

— Les *yber* ne sont pas affectés par les virus-M. Celui des chats ne peut être transmis que par des fluides corporels : sang, salive, excréments. Mais celui qui agit sur les humains est transmis par l'air. Voilà pourquoi on ne peut y échapper. Une fois que le virus-M s'est correctement implanté dans le corps du porteur, il se produit un changement dans la composition du sang. Le porteur devient incapable d'accepter un autre virus-M transmis par les poumons. Mais il peut être introduit par le sang. Voilà pourquoi il leur faut vider leurs victimes avant de leur faire boire du sang *yber*. Lorsque les veines sont quasiment vides, les virus-M concentrés dans le sang *yber* se fixent automatiquement dans les bons réceptacles : le long de la trachée et dans le tissu intestinal.

— Je suis perdu, là, dit Helman.

Il semblait avoir totalement oublié que, moins d'une heure plus tôt, il était prêt à tuer Weston. Un nouveau défi avait supplanté l'ancien — pour l'instant.

— Vous voulez qu'Adrienne vous aide et vous laisse prélever son sang afin d'en infecter le monde entier ? S'il ne reste plus que des vampires, personne ne pourra attraper le cancer ?

— Non, Granger, vous simplifiez à outrance. La mutation qui engendre un *yber* est très complexe. Elle provoque des changements organiques, du cerveau, des muscles, de la peau, du système digestif, du métabolisme, de presque chaque aspect du corps humain. Dans la plupart des cas, celui-ci est amélioré. Il est plus efficace, résiste mieux aux maladies et aux blessures. En fait, toutes nos études démontrent que les *yber* sont stériles et, comme leur évolution ne semble suivre qu'une seule voie, celle de la survie du matériau génétique, il semble qu'une nouvelle expérience d'évolution soit en cours. Au lieu de créer des êtres qui peuvent transmettre ce matériau d'une génération à l'autre pour l'éternité, il semble qu'on ait conçu un corps qui, *en lui-même*, est capable de transmettre à l'infini ses gènes. Avec les *yber*, l'immortalité a évolué. Ce que nous voulons isoler dans le sang d'Adrienne, ce sont ces chaînes d'ADN particulières qui régissent la modification du sang, et qui le rendent incapable de fixer les virus-M responsables du cancer. Grâce à l'ingénierie génétique, nous pouvons dupliquer à l'infini ces chaînes. Ainsi, nous obtiendrons un vaccin contre le cancer. Après, nous aurons tout le temps d'étudier les autres conditions bénéfiques. Nous ne deviendrons pas forcément des vampires, mais nous pourrons partager certaines de leurs capacités.

— Est-ce que quelqu'un a pensé à en parler à Adrienne ?

— Vous-même ne me croyez pas vraiment. Pourquoi le ferait-elle ? Chris Leung devait la mettre sur la voie pour qu'elle en arrive à des conclusions semblables par elle-même. Tout aurait été plus facile si elle avait fait le premier pas. Mais maintenant, le temps manque. Nous allons bien devoir lui forcer la main. Quels que soient les risques.

Helman resta silencieux durant plusieurs minutes.

— Cela ne sera pas nécessaire. Je devrais pouvoir vous l'amener. Moi, elle me croira.

— Vous en êtes sûr ?

Weston n'osait pas le presser. Si Helman soupçonnait qu'on l'avait manipulé pour qu'il prenne cette décision, il refuserait d'aider le projet Nevada, quoi qu'il arrive. C'était bien dans sa nature.

— Est-ce que vous pouvez nous garantir votre protection ?

— Je ferai tout ce qui est du ressort du gouvernement.

— Est-ce que vous m'aiderez à débusquer Diego ?

— Ce sera quasi impossible, Granger. Je parle d'expérience. Mais oui, vous aurez tout ce que nous pourrons vous fournir.

— Il vaut mieux que cela ne soit pas impossible, major. Je vous tiens tous deux responsables de la mort de ma sœur et de ses enfants, Diego et vous. Si je ne peux tuer Diego, je me rabattrai sur vous.

— C'est entendu. Maintenant, aidez-moi à libérer ces deux-là et à remettre tout en ordre ici. Il faut nous préparer avant d'aller arracher Adrienne du domaine du Père. Il me faudra pas mal d'explications pour faire accepter ce qui s'est passé ici, et l'idée que nous pouvons vous faire confiance. Si toutefois nous pouvons vous faire confiance.

Helman hocha la tête.

— Pour cette nuit, oui, major Weston. Et selon la façon dont les choses se passeront, nous reparlerons plus tard de la suite.

A Washington, les derniers dossiers concernant le projet Nevada se consumaient dans un incinérateur. A part quatre enveloppes banales déposées chez un avocat londonien et, à Santa Barbara, un groupe d'hommes en armes qui attendaient le coucher du soleil, le projet qui, depuis si longtemps, avait modelé la vision scientifique du monde, était parti en fumée.

Et personne n'osait penser à ce qu'il en resterait le lendemain, en admettant qu'il en reste quelque chose.

C'était l'heure de l'affrontement final, et Helman y prenait part, sans savoir qu'il n'était toujours qu'un pion.

CHAPITRE XI

L'Air Force n'avait pas remarqué les modifications apportées à ce hangar, perdu en bordure d'un aérodrome abandonné. Celui-ci avait été construit durant la guerre du Viêt-nam pour y aiguiller les excédents de trafic de l'aéroport de Vandenberg. La cessation des hostilités le relégua au rang de surplus. A l'occasion, on le louait à des équipes cinématographiques chargées d'en faire la version hollywoodienne de n'importe quel aéroport de n'importe quelle guerre dans n'importe quel pays. Mais, ce jour-là, la piste était déserte, et il n'y avait personne dans le hangar principal hermétiquement clos. Juste des vampires.

C'étaient les émissaires de la Compagnie des *yber* de l'Ouest, réunis sous l'égide du Seigneur Diego. Ils n'avaient rien des hommes d'affaires et des financiers de la Compagnie de l'Est. Ils étaient féroces, sauvages. Beaucoup avaient formé leurs groupes en Russie, à l'époque des pogroms. Pour les fous qui prétendaient détenir l'autorité, à cette époque, un Juif de plus ou de moins n'attirait guère l'attention, même si le cadavre était exsangue et sauvagement égorgé. Pour les *yber* de la Compagnie de l'Ouest, les humains constituaient bien plus que de la nourriture. C'était un gibier. Malheureusement, le monde moderne laissait peu d'occasions de s'amuser.

Diego se tenait face aux vingt-deux *yber* qui composaient l'assemblée. Comme eux, il était revêtu d'un justaucorps noir qui ne risquait pas d'entraver ses réflexes surnaturels.

Les costumes comportaient en outre une capuche noire pourvue d'un masque destiné à cacher les crocs de ceux qui les portaient. Les émissaires de la Compagnie de l'Ouest avait tous ressenti un frisson d'excitation sanguinaire lorsque Diego leur avait dit qu'il ne serait pas nécessaire de porter le masque. Cette nuit-là, ceux qui tiendraient tête aux *yber* devaient savoir qui les détruirait.

Ils étaient là, assis ou accroupis sur les caisses posées dans un coin du hangar. Il y avait longtemps qu'on avait fourré de la mousse de polyuréthane dans chaque fissure ou interstice par lequel la lumière pouvait s'infiltrer. L'impatience les rendait nerveux et rétifs comme des animaux affamés.

Ils attendaient le coucher du soleil. Et le massacre à venir.

— Nous arriverons quarante minutes après la tombée de la nuit, leur dit Diego. A cette heure-là, les jésuites auront déjà forcé les grilles et les entrées principales. Les familiers du Père sont faibles et insipides. Ses émissaires ont renoncé à la violence. Ils n'opposeront aucune résistance. Ceux qui auront survécu aux flèches des jésuites sont à vous ; vous en userez à votre guise.

Les *yber* répondirent par des feulements avides.

— Les jésuites seront moins nombreux, faciles à maîtriser. Lorsque que le Père aura reçu la Mort Finale, *de préférence* des mains des jésuites, ceux-ci pourront être balayés. De plus, nous devrons éliminer jusqu'au dernier les *yber* associés au Père. Pas un seul ne doit en réchapper, car si l'un d'entre eux va raconter au Conclave ce qui s'est vraiment passé, nous verrons tous le soleil se lever.

Dans les ténèbres du hangar, la respiration des *yber* ressemblait à celle d'inimaginables créatures peuplant une grotte.

— Il faudra me laisser la femme. Et son humain. Il doit vivre assez longtemps pour voir la surprise que nous lui avons préparée. Ainsi, il saura ce qu'il en coûte à ceux qui osent nous trahir.

Les *yber* émirent des grognements d'approbation. La surprise de Helman se trouvait dans l'un des trois camions garés devant la grande porte du hangar. Ils avaient reçu la Communion trop récemment pour résister au sommeil lorsque le soleil brillait. Mais à la tombée de la nuit, ils s'éveilleraient de leur sommeil sans rêves et pourraient, à nouveau, attendre que Diego remplisse la promesse qu'il leur avait faite. Revoir enfin leur oncle.

Salivant d'impatience, les crocs avides, les *yber* de la Compagnie de l'Ouest attendaient leur heure.

CHAPITRE XII

Dans le camion de location U-Haul, tous, à part le chauffeur qui les menait sur cette route tortueuse, baissaient la tête, perdus dans leurs prières. Ils partaient pour la Sainte Croisade, et Clément leur avait ordonné de porter le symbole de leur ordre. Cette fois-ci, contrairement à certaines opérations top-secret auxquelles avaient pris part les plus âgés des jésuites, ils n'avaient pas à dissimuler leurs arbalètes.

Clément était assis au milieu des scolastiques et des novices, au fond du camion. Ses soldats de l'Eglise seraient protégés par leurs crucifix et leurs flacons d'eau bénite. S'ils arrivaient avant le lever du soleil, les marteaux et épieux que la plupart portaient dans leurs mallettes suffiraient. Mais Clément était toujours inquiet. Confronté aux objets sacrés, Diego n'avait rien ressenti. C'est pourquoi Clément lui réservait quelque chose de plus séculier, une arme susceptible de détruire celui qui ne croyait pas en la puissance du Seigneur. Une grenade à main, qu'un frère convers lui avait procurée.

Clément comptait s'offrir en pâture à Diego. Et lorsque les crocs impies plongeraient dans le cou de Clément, il dégoupillerait la grenade, les envoyant tous deux à la mort. Mais, avec la logique tordue qui avait toujours permis aux hommes de justifier les moyens par leurs fins, Clément était sûr qu'il n'en viendrait pas à bout si facilement. Un destin différent attendait les deux adversaires, le maître des jésuites et le Seigneur du Conclave.

Le camion ralentit. Le chauffeur frappa trois fois du poing contre la cloison de la cabine. C'était le signal. Le domaine s'étendait au-delà du prochain tournant.

Les portes arrière du camion s'ouvrirent et les jésuites défilèrent comme des soldats bien entraînés. Deux d'entre eux portaient les explosifs qui ferait sauter les grilles du domaine. Les tireurs les précédaient ; ils élimineraient les familiers qui montaient la garde.

Le soleil couchant allongeait les ombres des collines.

Les jésuites traversèrent les buissons en silence, convergeant vers les grilles. Les tireurs prièrent Dieu de guider leurs flèches pour qu'ils tuent les familiers sans coup férir.

Mais les familiers n'étaient pas devant les grilles.

Et celles-ci étaient ouvertes.

Les jésuites s'y engouffrèrent comme une marée noire.

Tout se passait comme dans le rêve du Père.

CHAPITRE XIII

Helman regardait le ciel, cherchant les hommes du projet Nevada. Il ne vit rien, rien que quelques nuages teintés de rose parsemant un horizon violacé. Le soleil touchait presque l'océan. Il accéléra, lançant la voiture rugissante le long de la route.

Au milieu du dernier tournant avant les grilles du domaine, un énorme camion U-Haul bouchait le chemin. Pour l'éviter, Helman sortit de la route dans un crissement de pneus ; la voiture alla s'enliser dans l'herbe molle.

Helman bondit hors de la Mustang et courut vers les grilles. Celles-ci étaient ouvertes. La cour était déserte. Mais de la fumée s'échappait de l'aile nord du bâtiment principal. Les fenêtres brisées du rez-de-chaussée s'ouvraient sur des silhouettes noires, furtives.

Trop tard. Les jésuites étaient déjà arrivés.

Helman alla se cacher derrière un arbre. Les derniers feux rougeoyants du soleil étiraient les ombres de la cour, et l'astre lui-même n'était plus qu'un demi-cercle posé sur l'horizon. Adrienne était quelque part dans ce bâtiment. Elle devait à peine s'éveiller. Sans défense face aux flèches des prêtres.

Il chargea, fonçant vers l'entrée principale. Le harnais qu'il portait en guise de holster ballottait contre son flanc et le déséquilibrait. Il contenait une des armes du projet Nevada, spécialement étudiée pour servir contre des créatures qui ne pouvaient mourir. Ils l'appelaient un gyrojet, un fusil servant de lance-roquettes et lançant des fusées miniatures propulsées par un comburant solide. Ces roquettes étaient beaucoup plus dévastatrices que des balles explosives : elles se fragmentaient au moindre impact, même contre la chair plus flexible des *yber*.

Helman tira son arme métallique et la tint en batterie, prête à tirer. Il partit en courant. Il ne pouvait espérer passer sous le nez des jésuites. Ce n'était qu'une question de secondes avant qu'ils le repèrent.

L'un d'entre eux était posté à la double porte de l'entrée principale. Il leva immédiatement son arbalète et ouvrit le feu. Helman ne put éviter la flèche. Elle le frappa de plein fouet à hauteur de la poitrine et ricocha contre le Kevlar du gilet qu'il portait sous son harnais. Elle alla égratigner son visage découvert, déchirant la chair et laissant sur son passage une trace sanglante.

Helman ouvrit le feu avec son gyrojet. La micro-fusée partit, crachant des flammes canalisées par les rainures du tube de lancement. Presque simultanément, il y eut une explosion sur l'escalier de marbre, face à la porte où se tenait le jésuite.

Helman avait visé bas pour compenser le recul de l'arme, mais le projectile était parti sans heurts. Le jésuite avait été déchiqueté par des centaines d'échardes de marbre. Il se tortillait sur les marches de l'escalier grêlé d'impacts, une main pressée sur son œil crevé.

Il n'y avait personne derrière. Helman se précipita sur le corps et le tira de l'autre côté de l'entrée. Le jésuite hurla ; Helman le frappa de la crosse du gyrojet. L'homme s'immobilisa. Adrienne était là-dedans. Rien ne l'empêcherait de la retrouver.

Il arracha la cape noire du jésuite et la passa par-dessus sa tête. Ce déguisement pouvait lui donner quelques instants l'avantage de la surprise.

Le soleil se coucha. Le reflet de ses feux sur les nuages embrasait la cour.

Helman se prépara à entrer dans le bâtiment. L'air bruissait d'une étrange vibration. Il leva les yeux. Trois hélicoptères se rapprochaient dans un ciel écarlate. L'équipe Nevada était arrivée. Mais Helman ne pouvait pas les attendre, pas plus maintenant que cet après-midi, lorsque Weston lui avait donné son équipement. Il devrait y aller seul.

La maison du Père résonnait de hurlements. Helman faillit buter sur les cadavres de deux familiers. Leurs kaftans blancs étaient souillés de sang. Ils étaient hérissés de flèches.

Leurs têtes avaient été sauvagement tranchées à coups de hache. Elles n'étaient plus rattachées à leurs corps que par des lambeaux de chair. Les jésuites étaient en guerre, et la bataille s'appelait Armaguedon. Pas de pitié pour les démons de l'Enfer.

La majorité des hurlements provenaient d'un grand escalier qui descendait vers les sous-sols, à côté de l'immense vestibule. Helman s'y précipita. Sous terre, ils seraient mieux protégés des rayons du soleil.

Un balcon flanquait trois des murs du vestibule, à une hauteur de quatre mètres. Il ne s'arrêtait qu'au bord de l'immense verrière, tendue de lourds rideaux, telle une scène de théâtre. Un seul escalier, à l'angle sud-ouest, permettait d'accéder au balcon. C'est là que Clément, non sans sagesse, avait placé ses tireurs. Ils avaient vu Helman endosser la cape de leur frère. Leurs flèches s'abattirent en pluie. Le Kevlar les arrêta, mais elles restèrent accrochées au tissu de la cape. Hérissé de traits, il plongea le long de l'escalier qui descendait vers les sous-sols.

Dans la cave, pensa-t-il. Comme s'il se lançait un avertissement.

Dans un fracas assourdissant, les hélicoptères touchèrent le sol. Les trente derniers hommes et femmes du projet Nevada se déplacèrent rapidement et prirent possession de la cour transformée en piste d'atterrissage improvisée. Deux hélicoptères restèrent au sol pendant qu'ils déchargeaient des caisses d'équipements. L'autre fut vidé de sa cargaison humaine et repartit sur-le-champ. Il devait tourner autour du domaine jusqu'à ce qu'on lui ordonne de venir prendre Adrienne St. Clair.

Weston vit ses agents se déployer, conformément aux plans. Les fenêtres du bâtiment avaient été aveuglées pour protéger les *yber* du soleil. Deux équipes de cinq hommes chacune brisèrent les vitres à l'aide des gyrojets. Certaines s'effondrèrent sans mal ; mais celles qui s'ouvraient sur le hall central étaient blindées et résistèrent aux explosions.

Les derniers membres de l'équipe assemblèrent trois gigantesques batteries de projecteurs. Des générateurs entrèrent en action. Jaillirent des halos d'une couleur violacée, surnaturelle, baignant la cour de rayons ultraviolets qui s'infiltrèrent par les vitres pour baigner l'intérieur de la résidence.

Ils s'emparèrent alors de leur premier *yber*.

Celui-ci traversa en hurlant l'une des fenêtres du second étage. Il portait la robe blanche des émissaires du Père. Il redoubla de cris perçants alors que la lumière le dévorait ; sa peau noircit et se couvrit de cloques. Les humains ne purent que regarder avec une épouvante mêlée de fascination.

La créature tomba comme une pierre. Seule sa robe blanche toucha le sol. Le corps n'était plus là. Il ne restait qu'une trace blanche, le sang de la vie.

Deux des hommes de Weston se ruèrent immédiatement sur ce qui restait de l'*yber*. Ils portaient une valise de métal contenant des containers à échantillons stérilisés. Ils se hâtèrent de ramasser autant de fluide que possible. Weston rappela l'hélicoptère pour qu'il vienne récupérer la précieuse substance. Il savait qu'ils n'avaient qu'une heure devant eux : le peu de temps que durait la substance hors du corps d'un *yber*. Mais il espérait bien que, d'ici à une heure, l'opération serait terminée. D'une façon ou d'une autre.

La lumière formait une barricade impénétrable aux *yber*. Tant qu'elle baignerait la cour, l'équipe de Weston serait en sécurité. Puis viendrait le signal indiquant qu'Adrienne sortait du bâtiment. Pendant trente secondes, il faudrait couper les projecteurs, le temps d'amener Adrienne jusqu'à l'hélicoptère ; trente secondes durant lesquelles ils seraient vulnérables.

L'hélicoptère remonta, emportant les échantillons. Weston rassembla la première vague d'assaut.

Puis les mena à l'intérieur du bâtiment.

Diego était sûr que les jésuites n'avaient rien à voir avec la douloureuse clarté bleue qui inondait le domaine du Père. Ils n'étaient pas assez malins pour employer de telles ruses. Les Américains entraient en jeu.

Mais, au cours des siècles passés, Diego n'avait pas été souvent pris par surprise. Il n'allait pas commencer aujourd'hui.

Il lança aux *yber* qui attendaient ses ordres quelques mots secs : “Les armures de combat.” Et ils surent ce qu'ils devaient faire.

Les *yber* de la Compagnie de l'Ouest passèrent des cagoules de plastique noir réfléchissant. Puis des gants épais se terminant en griffes de métal à ressort, acérées comme des rasoirs.

Ainsi équipés par-dessus leurs combinaisons noires, les *yber* étaient maintenant imperméables aux radiations mortelles.

Adrienne St. Clair avait fait naître en Diego une fascination pour la science et la technologie. Il regretta de ne jamais pouvoir la remercier comme elle le méritait.

Ce fut un massacre.

Les *yber* ressemblaient à d'infernales machines à découper, faisant virevolter leurs griffes de métal, trop rapides pour que l'œil humain puisse les suivre. Les hommes du projet Nevada qui étaient restés dans la cour furent mis en pièces, étripés et éparpillés comme du blé sous une moissonneuse. La plupart d'entre eux ne virent jamais les silhouettes noires et luisantes qui jaillirent de la nuit comme des éruptions de lave noire. En quelques secondes, tout fut terminé.

Les *yber* tranchèrent les câbles d'alimentation des générateurs, faisant jaillir des gerbes d'étincelles le long de leurs griffes sanguinolentes. Les lumières haïes s'éteignirent. De sa position élevée, l'hélicoptère tenta de contacter par radio les troupes au sol. Sans résultat. Le pilote de l'hélicoptère savait que, lorsque les lumières s'éteindraient, les troupes au sol seraient à la merci des *yber*. Il fit donc la seule chose qu'il convenait de faire. Il descendit à la rescousse.

Il ne comprit son erreur que lorsque les portes de chargement s'ouvrirent violemment et que les *yber* envahirent l'habitacle et le submergèrent.

Cette fois-ci, il n'y avait plus de lumière mortelle. Ils n'eurent pas besoin de prothèses. Leurs armes naturelles suffirent.

Avant que les griffes et les crocs ne s'abattent sur lui, le pilote eut un dernier geste désespéré et mit les gaz à fond.

L'appareil tressauta et partit en glissade. Il alla percuter les autres hélicoptères posés au sol. L'éruption de feu et de flammes qui s'ensuivit illumina la cour comme un nouveau soleil.

L'onde de choc fit s'effondrer une bonne partie de l'aile sud et éclater les dernières fenêtres encore debout.

Dans la petite ville de Nacimiento, le tonnerre de l'explosion envahit les rues. La plupart des résidents ne voulurent pas aller à la fenêtre voir ce qui se passait. La majorité d'entre eux savait qu'un jour ou l'autre, il arriverait quelque chose. Depuis que "ces gens-là" s'étaient installés, ils en étaient persuadés. D'autres tentèrent d'appeler la police d'Etat, les pompiers, l'armée même. Mais les dernières instructions du projet Nevada avait été exécutées. Personne parmi les habitants de la ville ne savait qu'il fallait prononcer un mot-de-passe pour mettre en branle n'importe quel organisme gouvernemental. Personne ne viendrait.

On exécuterait les ordres de Weston, quoi qu'il arrive. La responsabilité avait été confiée à des bureaucrates nerveux, bien trop épouvantés pour se rebeller. Et, certainement, une commission d'enquête chercherait à définir ce qui s'était passé cette nuit-là.

Mais il serait trop tard.

Le premier niveau du sous-sol avait été conçu comme une salle de repos. Il était décoré, les murs recouverts de boiseries. Mais des pans entiers de ces cloisons avaient été arrachés par des jésuites frénétiques. Derrière certaines des boiseries dévastées, ils avaient découvert des alcôves bien cachées. Après leur passage, chacune d'entre elles ne contenait plus qu'un pieu passé à travers un kaftan vide souillé de poussière et d'une épaisse mixture blanche.

Helman traversa les salles à toute allure. Il s'arrêtait devant chaque sanctuaire pour voir si les habits d'Adrienne gisaient au milieu des horribles restes d'un *yber*. Il commençait à paniquer. *Où était-elle ?*

Des pas claquèrent derrière lui. Il virevolta, cachant son gyrojet derrière une arbalète.

Un scolastique cria :

— Tout est fini, là en bas. On s'est occupé d'eux. Il faut qu'on trouve le Père. Le soleil s'est couché !

Helman hocha la tête et le suivit en courant. S'ils n'avaient pas encore trouvé le Père, peut-être qu'Adrienne était avec lui. Peut-être y avait-il encore une chance.

Ils franchirent l'angle d'un couloir. Un autre jésuite dévisagea Helman, incrédule.

— *C'est lui !*

Helman tira sa fusée dans la poitrine de l'homme. Son torse explosa, projetant bras et côtes à travers la pièce.

L'un des scolastiques brandit son arbalète. L'impact de la flèche fit reculer Helman d'un pas. Le trait pendait de sa robe.

— Visez sa tête ! cria le scolastique aux autres qui levaient leurs propres armes.

Helman leva le bras et fonça sur le jésuite. Le trait traversa son avant-bras levé, le faisant hurler de douleur.

De son bras valide, Helman frappa la tête du jésuite contre le sol avec un "pop" humide, malsain. Il dégaina sa baïonnette barbelée de son fourreau, fixé sur sa cuisse, et se tourna vers l'autre qui passait à l'assaut.

Helman calcula mal son coup ; son bras blessé glissa dans le sang du jésuite frappé par la micro-roquette. Helman roula sur lui-même, tentant d'échapper à l'autre adversaire qui avait empoigné une flèche en guise d'épieu.

Le jésuite chargea.

Helman tint la baïonnette devant lui, en un geste de protection dérisoire.

Soudain, une forme noire surgit de nulle part et envoya bouler le jésuite, dont le cou se brisa contre le sol du vestibule.

La forme se solidifia devant Helman. Ses griffes dégoulinaient de sang.

Une jambe gainée de noir jaillit, si rapide qu'elle en était invisible, et la baïonnette de Helman vola dans les airs.

L'*yber* le saisit.

— Diego t'a préparé une petite surprise, humain, feula-t-il. Nous attendons tous de voir ça.

Le nom de Diego enflamma Helman. Le vampire le traîna sur le sol ; Helman tendit le bras et saisit le crucifix du jésuite abattu. Il le leva et le pressa contre le visage de l'*yber*.

Le résultat fut instantané.

La chair grésilla, dégageant une odeur de brûlé. L'*yber* hurla et se tordit, relâchant sa prise. Ses mains griffèrent la plaie en forme de croix qui bouillonnait sur sa joue. Un de ses yeux était fermé par une cloque qui enflait toujours.

— Diego a dit que tu n'étais pas croyant, cracha le vampire, tentant de se protéger du crucifix que Helman tendait devant lui.

— Mais toi, si, n'est-ce pas ? dit Helman en se jetant sur le vampire.

Le manche du crucifix, qu'il plongea dans la douce chair sous la mâchoire, atteignit le cerveau sans rencontrer la moindre résistance.

L'*yber* se tortilla sur le sol. Ses bras remuaient, comme animés d'une vie indépendante, alors qu'il tentait de reprendre leur contrôle, d'éloigner la croix brûlante de son crâne.

Helman récupéra sa baïonnette.

L'*yber* arracha le crucifix et le rejeta de côté. Il gronda de douleur et de rage. Sous son cou, la peau était noircie et ses mains n'étaient plus que des plaies enflées et rougies.

Helman lui sauta dessus et lui plongea la baïonnette dans la poitrine.

Le hurlement de la créature faillit faire éclater les tympans de Helman. Sous lui, l'*yber* cessa de remuer, comme si un haut-parleur lui avait enjoint de s'immobiliser. Helman se sentit glisser au sol.

La baïonnette avait rempli son office. L'*yber* se désintégrait.

Helman se leva, tout tremblant.

Sa robe de jésuite était couverte d'une boue blanchâtre, la même qui s'échappait du justaucorps noir. Il l'arracha et la jeta au sol.

Il ramassa son gyrojet, le rechargea, et s'en alla dans la direction prise par les jésuites. Il partait à la recherche du Père.

Il devait trouver Adrienne avant Diego.

Weston, impuissant, regardait les débris embrasés de ses hélicoptères. Maintenant, même s'ils réussissaient à localiser St. Clair, il ne voyait pas comment ils pourraient bien l'emmener. A moins que ses agents n'arrivent à éliminer tous les jésuites et les *yber* qui fourmillaient dans le domaine.

Les jésuites ne constituaient pas un problème. Tant qu'ils s'entêteraient à viser à hauteur du cœur, le Kevlar protégerait ses hommes. Et les religieux, qui se croyaient sous la protection de Dieu, ne faisaient guère d'efforts pour se cacher ou se protéger entre eux.

Les *yber* étaient bien plus dangereux. Sauf ceux en robe blanche, les émissaires du Père. Apparemment, le raid des jésuites les avait balayés jusqu'au dernier.

Par contre, les *yber* vêtus de noir étaient des machines à détruire. Ils étaient tombés sous le feu ravageur des gyrojets, mais, sur tous ceux que portait la première vague d'assaut, il ne restait plus que deux fusils. Les autres avaient été perdus lorsque les *yber* portant des armures anti-UV s'étaient répandus dans la cour.

L'explosion des hélicoptères en avait emporté un bon tiers, les menant à la Mort Finale. Environnés de flammes, les *yber* ne pouvaient survivre longtemps au dessèchement. Mais les rescapés s'étaient réfugiés dans le bâtiment, empruntant d'autres entrées. Tout le monde cherchait la jeune femme avec frénésie. Weston n'avait pas d'autre choix que les rejoindre. Il rassembla huit de ses hommes et les mena au plus profond de la demeure du Père.

Helman trouva un passage qui descendait dans les entrailles du bâtiment. Deux jésuites gisaient au pied de l'escalier, la gorge déchirée. Il s'aventura lentement dans l'obscurité. Il portait un gyrojet dans une main, une croix dans l'autre.

Le sous-sol semblait reproduire les dimensions, longueur et largeur, du bâtiment au-dessus de lui. Il était vaguement éclairé par des lampes de secours diffusant une clarté orange. L'incendie de l'aile nord semblait avoir déclenché une sorte d'antique système anti-feu.

Alors qu'il s'enfonçait plus profondément dans l'immense blockhaus de béton, il pouvait sentir que l'air devenait plus épais, plus humide. De l'eau gouttait avec un bruit de métronome. Il essaya de se rappeler son parcours à travers les niveaux de la demeure pour déterminer approximativement sa position. Il se trouvait sous la cour. A sa gauche se trouvait le système de pompes qui alimentait la fontaine et la piscine. C'est de là que provenait le clapotement. Et celui-ci masquait les autres bruits. Derrière lui, quelque chose se déplaçait dans les ténèbres.

Il ressentit soudain une forte impression de déjà-vu. Il n'était plus seul. Il s'était déjà retrouvé dans cette cave, il y avait bien longtemps. Ou du moins, dans une autre cave semblable.

Un clapotement rythmé retentit derrière lui. On approchait. Il se retourna, le doigt crispé sur la détente du gyrojet. Le clapotement s'accéléra, plus près, plus près encore. Pour s'interrompre brutalement.

Une voix sèche et sifflante murmura dans les ténèbres :

— Tu cherches quelque chose, mon garçon ?

Helman se rappela alors de cette cave surgie du passé. De la porte qui se refermait. La pulsation de son bras blessé armé d'un crucifix disparut. Il sentit ses cheveux se dresser sous l'effet d'une terreur aussi vieille que l'humanité. Sa chair se hérissait, littéralement, alors qu'il scrutait l'obscurité et vit ce qu'il craignait tant lorsqu'il était enfant.

— Tu cherches ta balle ? Tu veux jouer avec nous ?

Helman baissa les yeux. Le clapotement était celui d'une balle qui rebondissait sur le sol inondé. Comment pouvaient-ils savoir ?

Une voix plus grave, plus dure répondit à sa question muette.

— Nous connaissons tes rêves, humain. Nous pouvons les réaliser, tous. Tes rêves comme tes cauchemars.

Helman sentit la panique bouillonner en lui. Ils avaient touché une corde sensible, une émotion profonde à laquelle il ne pouvait résister. Mais comment avaient-ils fait ?

Il regarda autour de lui, en haut, en bas. Il ne pouvait retrouver son chemin jusqu'à l'escalier. D'autres bruits de choses s'avançant dans le noir. Il était cerné. Sans qu'il s'en rende compte, un grognement de désespoir jaillit du tréfonds de son être. *Ils étaient là, tout autour de lui.*

— Qui veut jouer avec nous ? chantonnèrent deux voix.

— Viens chercher ta balle, mon garçon. Viens jouer dans la cave.

La poitrine de Helman se serra. Sa respiration vint en longs hoquets. Les bruits reptiliens étaient tout autour de lui. Il était cerné.

Alors quatre petites mains s'emparèrent gentiment de ses bras et il baissa les yeux, fixa ces visages familiers, adorables, et les crocs tout neufs qui dépassaient de leurs bouches, si petits qu'il pouvait presque croire qu'ils n'avaient pas changé.

— Oncle Granger ! dirent à l'unisson Steven et Campbell, tu nous as manqué.

Clément rampa lentement le long de l'escalier qui menait au balcon du grand hall d'entrée.

Diego. Il l'avait vu. Il devrait faire confiance à ses jeunes scolastiques, chargés de trouver et détruire la femme, mais Diego était à lui. Et le Seigneur du Conclave l'attendait dans la chambre, tout au bout du balcon, tout près des rideaux épais qui recouvraient la surface du mur.

Clément tira la grenade à main de son sac ventral et la glissa sous sa chemise. Il ne reboutonna pas cette dernière pour, au bon moment, pouvoir enlever la goupille du détonateur.

A l'intérieur de la pièce où attendait Diego, un *yber* vêtu de noir renifla et se déplaça en direction de la porte. Diego secoua la tête :

— Laisse-le faire. J'ai attendu quarante ans qu'il vienne à moi. Laisse-le faire.

Diego sourit. Il pouvait sentir la soif monter en lui. L'idée de l'étancher avec le sang de Clément l'excitait tant que ses crocs en dégoulinaient de salive.

Le père Clément apparut dans l'entrée.

— Viens, *Clemencito*. Je t'attendais.

Le bâtiment à demi détruit résonnait toujours du fracas des combats. Weston réalisa que, de ses hommes, il pouvait rester d'autres survivants que les trois qui l'accompagnaient. Une faible lueur d'espoir s'alluma en lui. Parmi les divers sons qui lui parvenaient, il reconnut le sifflement des gyrojets. Ainsi que des hurlements à glacer le sang. Ceux des mourants, humains et *yber* confondus.

La section du bâtiment où il se trouvait était désormais déserte. Les combats semblaient se concentrer dans les couloirs menant au hall d'entrée. Il fit signe à ses trois hommes de rester à l'abri et, gyrojet au poing, enfonça d'un coup de pied la porte d'une des chambres d'amis.

La pièce était vide. Il regarda dans les armoires, sous le lit, alla jusqu'à la fenêtre et tira les rideaux. La tringle à rideaux était largement renforcée, peut-être pour éviter qu'un tremblement de terre ne la fasse tomber pendant que des visiteurs *yber* occupaient la chambre. Mais il tira assez fort pour que le rideau s'effondre, dévoilant un ciel sombre.

La nuit avait été longue. Dans une heure, le soleil se lèverait à nouveau. Sans résoudre quoi que ce soit, pensa-t-il.

Puis il entendit un feulement, derrière lui. L'*yber* était dans l'entrée, tenant dans ses griffes la tête tranchée du dernier des agents du projet Nevada. Derrière, dans le vestibule, gisaient les corps massacrés des deux autres.

L'*yber* se précipita sur Weston.

Le gyrojet flamboya.

L'explosion décomposa la créature en une bourrasque de neige. Sa substance liquide resta un moment en suspension dans l'air, telle une brume crémeuse.

Weston se leva. L'onde de choc l'avait projeté au sol. Sa poitrine se serrait à nouveau. Il avait besoin d'une injection. La drogue soulagerait sa douleur et lui permettrait de respirer à nouveau. Mais il savait qu'il avait outrepassé ses limites, et l'effort demandé à son corps rendrait cette injection fatale. Celle-ci, ou la suivante.

Il se demanda si Helman était toujours en vie. Il se maudit de ne pas lui avoir parlé de la poche sur le harnais qu'il lui avait donné, la poche qui contenait une feuille de papier. Même si Helman devait sortir de cette demeure vivant, il ne trouverait probablement pas la feuille. Et même s'il la découvrait, il ne saurait qu'en faire.

Puis Weston se maudit à nouveau, cette fois-ci pour ne pas avoir rechargé son gyrojet, lorsqu'un autre *yber* surgit de l'obscurité du vestibule et plongea ses griffes dans son cou, le projetant contre le mur.

Sa vision était constellée de taches noires dues au manque d'irrigation sanguine, mais il put voir le visage de l'*yber*. Une femme. Dépourvue de crocs.

Weston contempla le visage déformé par la rage d'Adrienne St. Clair.

Dans la cave, ils s'étaient repus de son sang.

Épuisé, vidé, forcé d'endurer bien pire que ses terreurs enfantines, Granger Helman se vit tiré hors des ténèbres et amené à Diego. Ses yeux étaient vitreux, inexpressifs. La marque des damnés. Ils ne voulaient plus voir. Son sang maculait la bouche des enfants qui marchaient à ses côtés et les griffes des femmes qui restaient dans la cave. Il était couvert des blessures, et pas uniquement au cou.

Les fils de sa sœur le prirent gentiment par la main et l'emmenèrent voir leur nouveau père, le Seigneur Diego.

Mis en présence du monstre qui avait détruit sa vie, Helman se sentit vide de toute émotion. Tout ce qu'il chérissait au monde, ils le lui avaient pris. Tout ce qu'il conservait en lui et qui faisait sa force, son identité, ils l'avaient mis à nu et détruit. Il n'avait même plus le pouvoir de haïr Diego. Plus rien n'avait d'importance. Plus rien.

Mais Diego était extatique. En une nuit, Clément et le traître assassin lui étaient livrés. Il ne lui manquait plus que la fille, et à en croire les bruits de la bataille, sa capture paraissait imminente.

— Alors, mes enfants, fit-il en souriant de tous ses crocs, vous m'avez finalement ramené votre oncle. Tant de choses se sont passées depuis que je l'ai rencontré, à New York. N'es-tu pas d'accord, humain ?

Helman resta silencieux.

— Mon ami ici présent, le père Clément, a fini par se rendre à la raison, humain. Il veut redevenir mon familier, comme il l'a été voilà des années. Voudrais-tu aussi être mon familier, humain ? Rester en compagnie de tes charmants neveux, à jamais ?

— S'il te plaît, Granger, dis oui. Fais ce qu'il dit, insistèrent les enfants.

Helman baissa les yeux pour les regarder. Leurs visages si familiers, si monstrueux. Il ne dit rien.

— Regarde comme c'est facile, humain.

Diego s'approcha du père Clément. L'*yber* qui le maintenait depuis son arrivée le lâcha et s'éloigna. Clément ne pensa plus. Il pria. La grenade était froide contre son ventre.

— Le père Clément ici présent fera un excellent familier. Son esprit est discipliné. Il est difficile de le sonder.

Diego se tint face à Clément. Il le regardait de haut, comme un insecte à écraser.

— D'un autre côté, humain, ton esprit à toi est faible. Tu avais bien trop à perdre. Tu étais ouvert comme un livre. Certains *yber* sont entraînés pour pouvoir lire dans ces esprits ouverts. Comme cette femme dans la cave. Nous savons tout de tes rêves, humain. Mais dans ton cas, *Clemencito*... à quoi rêves-tu ?

Diego étendit les bras, telle une chauve-souris infernale, enveloppant sa victime. Les mains de Clément entourèrent son cou et écartèrent son col de prêtre, puis ouvrirent sa robe et sa chemise.

Diego serra le jésuite dans ses bras et plongea dans ses yeux. Helman les regarda faire, impassible. Cette vision semblait fasciner les autres *yber* : un jésuite s'offrant librement à son seigneur.

— A quoi rêves-tu ? dit Diego.

Ses lèvres effleurèrent le visage de Clément et se penchèrent vers le cou offert.

Les mains du père Clément se déplacèrent.

Diego se raidit.

Ses doigts griffus eurent un sursaut et agrippèrent quelque chose que Helman ne put distinguer.

Clément ferma les yeux.

Ceux de Diego s'écarquillèrent de surprise.

D'une main, il saisit le cou de Clément et le souleva dans les airs ; de l'autre, il l'envoya traverser en vol plané l'ouverture de la porte.

Le corps du père Clément explosa ainsi, à mi-chemin entre le sol et le plafond. L'onde de choc fit trembler la pièce entière.

Helman se vit projeté contre l'un des murs et tomba assis. Ses neveux s'affalèrent au sol. Le garde *yber* tituba, mais resta debout.

Le corps de Clément avait dirigé la force de l'explosion vers l'intérieur de la pièce. Et la porte ouverte était juste en face de Diego. Celui-ci se retourna lentement et fit face aux occupants de la pièce. Son visage n'était plus qu'un magma informe dégoulinant d'un liquide blanc et épais. Son justaucorps noir était en lambeaux. Mais il souriait aux anges.

— Quelle surprise ! dit-il.

Son visage et la chair de sa poitrine, là où les shrapnels avaient déchiré, rampaient littéralement sous les yeux de Helman alors que son métabolisme accéléré réparait les dommages subis.

Diego se tourna vers Helman.

— Et toi, qu'est-ce que tu me gardes en réserve ? Une petite blague pour me distraire avant que je ne t'égorge ?

Helman ne leva pas les mains pour se protéger.

Il ne se demanda même pas si ce serait douloureux.

Il savait juste que rien, non, rien ne pourrait être pire que ce qu'il avait enduré dans la cave, lorsque les aiguilles vivantes qu'étaient les crocs de ses neveux s'étaient glissées dans sa peau, au plus profond de ses veines et de sa chair, pour lui prendre bien plus que son sang. Après cela, il pouvait supporter n'importe quoi. N'importe quoi.

Diego se rapprocha.

Quelque chose bougea dans l'embrasure de la porte.

— *Eduardo.*

Cette voix se répandit comme une lame de fond dans l'esprit de Helman. Il regarda derrière Diego. Lui aussi avait reconnu la voix. Il se retourna.

Adrienne St. Clair se tenait là, dans l'embrasure de la porte. Avec elle, le major Weston.

Et Adrienne avait en main un des gyrojets du projet Nevada.

Diego ouvrit la bouche, comme pour dire quelque chose.

L'explosion l'embrasa à hauteur de la taille, le projetant en arrière. Helman sentit la chaleur intense qui se dégageait du corps en mouvement. Les jambes de Diego, arrachées par l'explosion, retombèrent devant lui. Elles furent parcourues de spasmes, puis, comme du papier consumé par les flammes, s'effondrèrent sur elles-mêmes et disparurent dans le néant.

Le fusil de Weston désintégra le garde *yber*.

— Adrienne, dit Helman.

Il lui restait donc encore quelque chose.

Elle courut vers lui et la serra dans ses bras.

— Tout va bien, dit-elle. Nous allons nous tirer d'ici. Il y a bien trop d'*yber* dans le coin pour que leur sens de détection puisse me repérer. Weston m'a tout raconté.

— Tu l'as cru ?

— Si toi, tu le crois, c'est tout ce qui m'importe. Je les ai vus t'amener ici. Je croyais que tu étais perdu.

Helman sentit la vie revenir en lui. Il regarda Weston.

Son visage était figé en une expression horrifiée.

— *Diego !* hurla-t-il.

Une chose griffue agrippa la jambe de Helman.

Le visage dément de Diego lui montra les dents. Une main avait saisi la cheville de Helman. L'autre se tendait, cherchant à atteindre son cou. Elle enserra le harnais et ses griffes plongèrent à travers le gilet de Kevlar, dans sa chair, fouillant à la recherche de son cœur.

Adrienne recula. L'explosion n'avait pas touché le cœur de Diego. Il ne lui restait plus guère qu'un torse et deux bras, mais il était en vie.

Elle tira la baïonnette de Weston de son étui, fixé sur sa jambe. Helman se débattit, tentant d'échapper à l'étreinte de la monstruosité mutilée qui rampait inexorablement le long de son corps.

Adrienne attaqua. Elle plongea la baïonnette dans le dos de Diego. Il hurla et se détourna de Helman. Elle ne relâcha pas sa prise sur l'arme, qui glissa du corps.

Elle se prépara à frapper de nouveau. Weston tentait désespérément de recharger le gyrojet de ses mains tremblantes. Helman vint l'aider. Ses neveux désorientés se contentèrent de regarder le combat.

Diego lança son bras en direction d'Adrienne et la faucha aux genoux. Déséquilibrée, elle tomba ; il rampa sur elle.

Helman avait fini de recharger le fusil, mais ne pouvait tirer sans atteindre Adrienne.

Il envoya son pied sur la tempe de Diego.

Sans son propre poids pour le stabiliser, Diego se retourna.

Helman visa.

Mais Adrienne se mit en travers de sa ligne de tir et martela violemment de ses poings le torse vivant et gigotant de Diego. Elle poussait des hurlements hystériques. Ses yeux ne voyaient plus que le corps de Jeffery, tentant d'échapper à ses chaînes alors que le soleil se levait.

Elle frappa encore et encore, lacérant Diego qui dégoulinait de sang blanc, telle une infection purulente.

— Vise le cœur, cria Helman. *Le cœur !*

Diego avait rampé jusqu'à la porte et atteignait presque le balcon. Helman posa sa main sur l'épaule d'Adrienne. Il comptait l'écarter de son chemin pour pouvoir tirer sur Diego. Mais elle tourna la tête et feula :

— Il est à moi. Pour Jeffery.

Elle se tourna vers Diego. Il n'était plus là.

Elle courut vers le balcon, Helman sur ses talons. Diego s'éloignait, rampant comme une grosse araignée.

— *Regarde-moi en face, Eduardo !* hurla Adrienne.

Diego se tortilla au sol.

La baïonnette plongea vers son cou.

Au dernier instant, il tordit ce qui restait de son corps. La baïonnette traversa son bras droit, qui se décomposa avant que la pointe ne touche le sol.

Diego poussa un rugissement. Il fit un roulé-boulé et tenta de se relever sur son bras gauche. Adrienne plongea la baïonnette dans son dos, si violemment qu'il brisa la rambarde du balcon et tourbillonna vers le sol de marbre du hall d'entrée. Il le heurta avec un bruit mou. Puis il y eut un dernier râle. Puis le silence.

Dans les ténèbres, il n'y avait plus rien. Helman s'agenouilla près d'Adrienne.

— Nous devons nous cacher. Ils sont tout autour de nous.

Elle se tourna vers lui. Dans la faible lumière des veilleuses, il vit ses traits perdre leur expression de haine animale.

— C'est fini, dit-elle.

— C'est fini, confirma Helman. Maintenant, occupons-nous de Weston.

Elle se retourna à nouveau pour scruter les ténèbres au-delà du balcon.

— Viens, dit Helman.

Elle se raidit.

De l'autre côté du hall, sur le balcon opposé, jaillit un cri de triomphe.

— Mort à la fille de Satan !

Adrienne se rejeta en arrière, tout contre Helman, les yeux écarquillés. Une flèche s'était fichée dans son épaule. Sa bouche s'ouvrit, cherchant de l'air, et une goutte de sang blanc visqueux s'en échappa.

Adrienne pressa ses mains contre sa poitrine. De l'autre côté, Helman vit un jésuite recharger son arbalète. Il leva le gyrojet. L'explosion carbonisa le tireur.

Il porta Adrienne jusqu'à la chambre où attendait Weston. Campbell et Steven étaient là, assis dans un coin de la pièce, gémissant à fendre l'âme.

Helman essaya d'arracher la flèche. Adrienne arrêta son geste.

— Elle est trop près du cœur, hoqueta-t-elle. Elle le touche. Ne la force pas.

— Et ton armure ? demanda Helman, comme si cela pouvait servir à quelque chose.

— Je l'ai toujours, dit-elle en tentant de sourire. Elle a glissé de mon épaule.

— Qu'est-ce que je peux faire ?

— Il me faut du calme. Que je me concentre pour l'expulser. Petit à petit. Tout doucement, et ça ira.

Elle s'interrompit et toussa, crachant un peu plus de sang blanc.

— Le soleil va se lever, dit Weston. Il faut tout arrêter.

— N'y comptez pas trop, major, dit Helman. Elle m'a parlé de leurs bureaux de Munich. Tant qu'ils sont à l'abri du soleil, ils continuent de fonctionner.

— Il me reste cinq roquettes pour le gyro. Les dernières.

Weston alla s'accroupir devant la porte, montant la garde.

— Est-ce que je peux faire quelque chose ? demanda Helman à Adrienne.

— Prends-moi dans tes bras, dit-elle. Cela m'aide à me concentrer.

Il la serra contre lui.

Dans un coin, les deux enfants, qui n'avaient reçu la Communion que depuis deux jours, plongèrent dans un sommeil sans rêves.

Dehors, le soleil se levait.

Deux heures après le lever du soleil, les bruits de combat n'étaient plus que sporadiques. Les hurlements s'étaient presque tus, et les deux dernières explosions avaient été provoquées par Weston. Deux *yber* en justaucorps noir, portant les casques-miroirs sombres qui les protégeaient des UV, avaient rejoint le néant.

Un cône de lumière resplendissait à travers un pli de l'immense rideau masquant la verrière, laquelle faisait face au soleil levant.

Weston avait essayé de tirer sur le rideau, mais le tissu n'était pas assez dense pour faire exploser la micro-roquette. Celle-ci avait brisé la vitre derrière le rideau. Là où l'explosion s'était produite, n'était apparu qu'un mince rayon de lumière.

Weston avait visé l'énorme barre qui servait de tringle à rideaux, mais elle aussi avait été renforcée en guise de protection contre les tremblements de terre.

Adrienne, Helman et Weston restèrent donc dans cette pièce dont Diego avait fait son quartier général. Il ne restait plus qu'une micro-roquette. Et, dans la faible lumière, ils pouvaient voir que les jésuites tenaient toujours le balcon et les *yber* le hall en contrebas. De temps en temps, ils appelaient les humains pris au piège dans les hauteurs. Les jésuites répondaient par une salve de flèches qui ne frappaient que le sol, faisant hurler de joie les *yber*.

— Comment va-t-elle ? demanda Weston.

— Elle s'en sort bien, Major, dit Adrienne. Jusque-là, la flèche n'est sortie que de trois centimètres. Je sens comme une résistance. Je crois que la pointe est barbelée. Si je tire encore plus, elle va déchirer le muscle cardiaque. Il va falloir la laisser là où elle est.

— Vous ne pouvez rien y faire ?

Tout en parlant, Weston leur tournait le dos et surveillait la situation dans le hall, en contrebas.

— Je peux marcher, mais pas trop vite. Si j'arrive jusqu'à un docteur, il lui suffira d'ouvrir la chair au-dessus de la flèche et la retirer par cette incision, vers le haut. En une nuit, la plaie sera cicatrisée.

— Vous pensez qu'on pourra sortir d'ici cette nuit, major ? demanda Helman.

— Je ne sais pas. Mais venez voir. Ces jésuites, là-bas. Ils mijotent quelque chose.

Helman rampa jusqu'à la porte et s'allongea à côté de Weston. La voix de ce dernier était faible, tremblante. Helman l'avait vu s'injecter un liquide quelconque. Depuis, il s'était rapidement détérioré. Helman connaissait les effets de bien des produits chimiques. Même s'ils parvenaient à sortir d'ici, avec Adrienne, il ne savait pas si Weston pourrait les suivre. Ni même s'il survivrait assez longtemps.

— Ces deux-là, dit le major en pointant le canon du gyrojet.

Dans l'obscurité, Helman put distinguer deux jésuites accroupis dans une des entrées au bout du balcon, de l'autre côté du hall, au même niveau qu'eux. Ils semblaient se préparer.

Soudain, l'un d'entre eux se précipita vers le mur de verre. Les deux autres sautèrent sur la corniche, de l'autre côté de la rambarde, et déchargèrent leurs arbalètes dans les ténèbres.

Le troisième jésuite atteignit l'extrémité du balcon et sauta. Il plongea droit sur le rideau.

Des flèches volèrent à sa rencontre, et au moins cinq d'entre elles l'atteignirent. En hurlant, il heurta le rideau et rebondit pour aller s'écraser sur le sol, six mètres plus bas.

Des silhouettes noires surgirent des ombres et entourèrent son corps. Les jésuites restés sur la rambarde rechargèrent leurs armes tout en agonisant d'injures les *yber* rassemblés en contrebas. Ils tirèrent à nouveau sur les créatures qui traînaient le corps de leur frère. Puis deux silhouettes jaillirent par-dessus la rambarde.

Elles étaient restées là, suspendues sous le balcon, la tête en bas, comme des chauves-souris. Attendant leur heure, le moment de s'emparer des deux hommes.

Elles jetèrent du balcon les corps décapités des jésuites. En contrebas, les *yber* poussèrent des cris de triomphe.

— Ils finiront par nous avoir, affirma Weston. Ce n'est qu'une question de temps. Il y en a sans doute une demi-douzaine de suspendus sous notre portion de balcon, attendant le moment où ils nous croiront à court de munitions.

— Et ils utilisent les arbalètes des jésuites. Ils n'ont même pas besoin de s'approcher.

Helman pensa à la tentative désespérée des trois jésuites.

— On doit pouvoir réussir ce coup-là, dit Weston.

— Faire tomber le rideau ?

— Le tout, c'est de ne pas se faire descendre en plein vol.

— Et comment ?

— Lorsque vous commencerez à courir, je vais tirer tout droit au milieu du hall, là en bas. Cela devrait les retenir au moins deux secondes. Le temps d'arracher ce rideau. Votre poids et la force du choc devraient suffir.

— Mon poids ? Attendez un peu...

— Je ne peux pas courir, Granger. Je n'irai pas plus loin. J'ai pris trop de stimulants et d'analgésiques pour me traîner ici, moi et ce qui reste de mes poumons. Je suis là et j'y crèverai.

— Et le projet Nevada ?

— C'est vous, maintenant. Il ne reste plus personne d'autre. Plus que vous et quelques rumeurs qui vont se répandre lorsqu'on ouvrira les enveloppes que l'on a envoyée à l'étranger. Mais il n'y a plus personne pour faire le travail. Juste vous et Adrienne.

— Comment ? Tout ce que je sais, c'est ce que vous m'avez raconté l'autre jour.

— Dans votre harnais. La poche, là, près de l'agrafe. Il y a tout ce que vous devez savoir. Allez-y. Faites entrer le soleil avant qu'ils ne décident de nous forcer la main.

Helman rampa jusqu'à Adrienne.

— Je vais ouvrir ce rideau. Faire entrer le soleil.

Il tira le tapis posé au sol et en recouvrit Adrienne.

— Je reviens, dit-il.

— Granger...,commença-t-elle.

Il la fit taire d'un geste.

— Ne t'en fais pas, je vais revenir.

Il tira l'autre moitié du tapis sur les corps comateux de Steven et Campbell, puis rejoignit Weston dans l'entrée.

— La cavalerie ne va pas venir nous tirer de là ? demanda-t-il.

— N'y comptez pas. Tout est en place. Personne ne va mettre les pieds ici avant des jours. On est déjà en train de raconter aux braves gens de Nacimiento qu'on tourne encore un film dans le coin. Quelque part à Washington, on parle d'un incident impliquant des armes biologiques. Le code est parti à un niveau tel qu'il faudra des jours avant qu'une des agences ne s'aperçoive qu'aucune mesure n'a été prise. Il n'y a plus que nous.

Helman tapa sur l'épaule de Weston.

— Alors préparez-vous à tirer dans le tas.

Helman se dressa dans l'embrasure de la porte. Regarda le long du balcon. La voie semblait libre.

Weston s'agenouilla à grand-peine. Il n'était pas très stable et dut se cramponner des deux mains à la crosse du gyrojet.

— Maintenant ! fit sèchement Helman.

Il partit en courant.

En contrebas, les *yber* poussèrent des cris bestiaux.

Helman atteignit l'extrémité du balcon. Weston se jeta en avant et tira droit en dessous de lui. L'explosion illumina le hall plongé dans l'obscurité.

Helman sauta.

Aveuglé par la lumière soudaine, Weston perçut plus qu'il ne vit la forme sombre qui se jetait sur lui.

Pas une flèche ne vint intercepter Helman.

Il heurta le tissu et glissa sur deux mètres avant de trouver une prise. Les replis glissèrent entre ses doigts ; la friction mordit dans sa chair. Mais il insista et finit par s'immobiliser.

Son élan le fit se balancer, d'un côté, puis de l'autre. L'énorme tringle à rideaux s'affaissa un tout petit peu et, lorsque Helman arriva en bout de course, le tissu s'écarta un instant, laissant entrer un cône de lumière mortelle.

Helman retomba. Le cône disparut. La barre tenait bon.

Enfin leurs flèches le trouvèrent.

Certaines ne frappèrent que le rideau. Il en sentit d'autres qui s'écrasaient contre son gilet de Kevlar. Il se débattit. Son bras blessé lâcha prise. Il resta accroché d'une seule main au tissu.

Un trait transperça sa jambe. Un autre son bras blessé. Les *yber* hurlaient à la mort. Il se sentit tout étourdi. Une autre flèche dans sa cuisse. Il tomba, les pieds devant, le long du rideau immuable, puis heurta le sol et roula sur le marbre.

Il était à moitié assommé, incapable de faire un geste. Mais il vit que le hall d'entrée était toujours plongé dans l'obscurité.

Et de ces ténèbres, ils vinrent à sa rencontre.

CHAPITRE XIV

C'était fini.

Les griffes des créatures s'enfoncèrent dans sa chair.

Il se sentit traîné sur le marbre, tiré vers la chambre sombre dans laquelle ils s'étaient rassemblés.

Il entendit leurs rires. Ils arrachèrent leurs casques pour le narguer de leurs crocs dégoulinants de bave et de sang.

Leurs cris et leurs grognements l'entourèrent jusqu'à ce qu'il ne puisse plus les entendre. Les *yber* dansèrent frénétiquement autour de lui en hurlant, avides de son sang. Mais l'esprit de Helman le protégeait de la folie. Il ne voyait qu'un mince rayon de lumière qui traversait le petit trou dans le rideau.

Les créatures l'emmenèrent au plus profond des ténèbres.

Il vit des poussières en suspension flotter dans le cône brillant. Tournoyer doucement. Puis plus vite. Puis follement.

Il regarda plus attentivement. Réalisa qu'il voyait des poussières brillantes là où il n'y avait pas de lumière. Elles étaient enchâssées dans un tentacule qui sinuait à terre. Comme si le fin rayon de soleil s'étalait sur le sol, puis fondait en créant des formes impossibles.

Il brillait plus encore. Plus dense. Se tordant tel un nuage d'épaisse fumée au-dessus d'un projecteur.

Cela semblait naître du marbre, et se tendre vers le haut. Puis ce fut une forme de deux mètres environ, qui se stabilisa. Les poussières brillantes se coagulèrent et la silhouette du Père se dressa devant eux, dans toute sa squelettique horreur.

Il leva les bras. Sa voix fit trembler le sol et les murs.

— Contemplez !

Ses mains, tout en joints et phalanges et tendons, s'étirèrent loin derrière lui selon un angle peu naturel, et plongèrent dans le tissu du rideau.

Les *yber* avaient cessé leurs simagrées. Le hall était silencieux.

Et alors, le Père parla.

— Je suis la Résurrection et la *lumière* !

Et il tira sur les rideaux, qui s'envolèrent comme feuilles dans la tempête.

Le soleil se déversa en un raz de marée de brillance. A son impact, le Père s'effondra, et il ne fut plus que poussière.

Autour de Helman, les *yber* furent projetés au sol, comme par une explosion. Ils hurlèrent à nouveau. Mais, cette fois-ci, leurs cris reflétaient leur mortelle souffrance.

Et à travers ce pandémonium, Helman pouvait entendre la voix d'Adrienne, qui appelait son nom.

Ses jambes percées par les flèches et abîmées par sa chute ne le portaient plus. Il rampa vers elle.

Tout autour de lui, des choses couvertes de cloques noires et rouges se tortillaient dans l'étreinte mortelle du soleil. Les *yber* tentaient frénétiquement de remettre leurs casques noirs, mais ils avaient été frappés par des rayons de pure lumière et le choc les avait assommés. Ceux restés dans l'ombre furent moins chanceux : le soleil mit plus longtemps à les détruire. Leur peau se plissa et tomba en lambeaux comme sous l'effet d'un lance-flammes. Finalement, elle prit la consistance du charbon et leurs cris ne furent plus que gargouillements liquides. Finalement, il ne subsista plus d'eux que des piles de vêtements vides et une flaque du sang de vie qui séchait rapidement.

Helman suivait toujours les appels d'Adrienne.

Lentement, douloureusement, il se hissa sur l'escalier. Tout autour de lui, des vampires se dissolvaient.

Il rampa tout le long du balcon et arriva à la porte.

Weston gisait là. Mort. L'épieu d'un jésuite traversait son cœur. Le corps décomposé et noirci d'un *yber* le chevauchait. Le rideau était tombé quelques secondes trop tard.

Le tapis ne recouvrait qu'à moitié Adrienne. Un cône de lumière brillante avait fait irruption dans la pièce et avait carbonisé ses jambes. En-dessous des genoux, il ne restait plus que d'horribles moignons.

Helman tira le corps de Weston à l'intérieur et ferma la porte menant au balcon. La lumière s'infiltrait par tous les interstices.

Il alla s'agenouiller auprès d'Adrienne.

Sa peau était rouge. La moitié de son visage, celle qui était tournée vers la porte, était couverte de cloques.

— Weston m'a sauvé, sanglota-t-elle. Il s'est levé pour se jeter au devant de l'*yber* qui attaquait. Il a reçu l'épieu qui m'était réservé. Puis la lumière est venue...

Elle se mit à pleurer. Il la tint dans ses bras pour la réconforter.

Il était fatigué, tout étourdi par le sang qu'il avait perdu, mais il s'accrocha à elle comme s'il entendait ne jamais la lâcher.

— Et le temps qu'il nous fallait ? lui dit-il.

— Tu peux l'avoir, répondit-elle à travers ses larmes. Tout le temps qu'il faudra. Tout le temps du monde.

Elle murmura dans son oreille, doucement, des mots qui ne concernaient que lui. Ceux qu'il rêvait d'entendre.

Il la serra dans ses bras et murmura en retour.

— Embrasse-moi, Granger, dit-elle.

Sur son visage, les cloques noircissaient. Son corps tremblait. La flèche était enfoncée trop profondément, le soleil était trop violent.

La main d'Adrienne chercha son propre cou. Le sang de la vie coulait de sa blessure.

— Embrasse-moi. *Maintenant !*

Le goût était indescriptible, et il se découvrit affamé.

CHAPITRE XV

Les nuages qu'on pouvait entrevoir sur l'horizon étaient aussi rouges que les flammes qui dévoraient la demeure du Père.

Helman, debout sur une colline surplombant le domaine Rand, regarda le feu qu'il avait lui-même déclenché consumer le dernier sanctuaire de la femme qu'il aimait.

Ses neveux étaient en sécurité dans le sous-sol, près des pompes. Les flammes n'iraient jamais les débusquer à une telle profondeur. Si Weston avait dit la vérité, ils ne verraient personne avant une bonne semaine. En attendant, ils devraient se contenter du gibier des collines et des forêts pour se nourrir. Helman regretta de ne pas pouvoir les emmener avec lui, mais il reviendrait bientôt les chercher. Très bientôt.

La nuit serait courte. Il avait tant à faire ! Il jeta un dernier regard à l'incendie qui se propageait rapidement et se retourna.

Caché dans les hautes herbes, quelque chose siffla son nom.

Helman s'immobilisa. Ses sens amplifiés détectèrent un léger mouvement à sa droite. Cela se dirigeait droit sur lui.

Les herbes se couchèrent.

En émergea l'innommable.

C'était une sorte d'énorme limace blanchâtre recouverte de chair à vif. A une extrémité, deux yeux sombres, presque humains, s'enfonçaient dans une masse bulbeuse de tissu cicatriciel. Et ils le regardaient.

La chose agita ce qu'il croyait être une queue, et qui était en réalité un bras.

Cette abomination était tout ce qui restait d'Eduardo Diego y Rey, Seigneur du Conclave.

— Helmannn, siffla-t-il à nouveau.

Sa bouche enflée était presque recouverte par la douzaine de lacérations qu'Adrienne lui avait infligées sur le balcon. Ses mots étaient à peine intelligibles.

— Maintenant, tu es l'un des nôtres, Helmannn. Tu dois mmm'aider. M'emmener à ton sssanctuaire. Ccc'est ton devoir.

La chose pulsait doucement dans l'herbe. Elle devait respirer profondément pour que l'air pénètre dans ses multiples gorges déchiquetées.

— Je suis peut-être semblable à Adrienne, dit Helman. Mais je ne serai jamais comme ceux du Conclave. *Jamais.* L'humanité survivra. Maintenant, j'ai ce pouvoir.

On eut dit que les masses de tissu cicatriciel se plissaient en une horrible parodie de sourire.

— Bien sssûr que l'humanité sssurvivra, hoqueta-t-il. Que deviendraient les *yber,* privés du sssang des humains ? Où ssserais-tu, Helmannn ? Nous avons de l'avanccce sssur votre gouvernement et vos ssscientifiques. La fffille nous a ouvert la voie. Tout cccecі fait partie du Plan Final, Helmannn.

— Quel Plan Final ? Que t'a-t-elle montré ?

— Que notre don n'est pas isssu des puissanccces infernales. Sss'est une maladie. Ou une mutation.

— Tu sais ça ?

— Et bien plusss encore, oui. Bien plusss. *Nous avons le remède*, Helmannn. Tiré du sssang de la vie. Tous nos familiers en prennent. Ils sssont immunisés contre le canccer. Comme tous les humains que nous choisisssons. Le Plan Final est le remède final. L'humanité sssurvivra en tant que réserve de nourriture. A sa placcce. N'essse pas ? Tu vas m'emmener à un sssanctuaire, et je t'en dirai davantaggge.

Helman sentit déferler en lui la fureur primitive qui avait consumé Adrienne.

— Tu me dégoûtes, feula-t-il. Tu ne mérites même pas de ramper.

Helman se pencha et saisit le bras unique de Diego. Une force nouvelle brûlait dans ses muscles. Le corps ravagé de la chose ne pouvait lui résister. Helman posa un pied contre l'épaule de Diego, puis tira et tordit brutalement le membre.

Le bras se démit de son logement.

Le hurlement de Diego vrilla l'air nocturne.

Le bras se décomposa entre les mains de Helman.

Le torse gigota et se tortilla.

— Je ne peux plus bouger ! cria-t-il, horrifié. Je n'arriverai jamais au sssanctuaire. Le sssoleil ! *Je dois échapper au sssoleil !*

Helman fit le tour du monticule blanchâtre et grinçant.

— Reviens. Le sssoleil. Le sssoleil !

Après un kilomètre de marche, les cris se firent plus faibles, presque inaudibles. Au bout de deux kilomètres, il ne les entendit plus.

Helman continua son chemin. Les blessures de ses jambes et de ses bras étaient entièrement guéries, et il s'étonna de se sentir si plein d'énergie. Le seul désagrément se trouvait dans sa bouche. Dans son sommeil, durant la journée, ses incisives étaient tombées et les nouvelles dents perçaient douloureusement ses gencives.

Mais cela passerait, il le savait. Il aurait bientôt besoin de ses dents. La soif commençait à le brûler.

L'autoroute 101 était à sept kilomètres. Il pouvait facilement l'atteindre en une heure. Il ferait du stop, atteindrait Salinas et y trouverait une église tranquille pour y dormir.

La nuit suivante, il atteindrait San Francisco et rencontrerait le docteur dont le nom était écrit sur la feuille de papier, celle que Weston avait glissée dans son harnais.

C'était un épidémiologue. Récemment, il avait effectué quelques découvertes surprenantes sur la répartition des cancers dans des communautés où la pollution était réduite au minimum.

Il avait refusé toutes les offres des responsables du projet Nevada qui, par des voies détournées, lui avaient proposé des positions lucratives au Canada et en France, là où il pourrait étudier n'importe quoi, sauf la répartition des cancers. Weston l'avait trouvé très obstiné. Tellement têtu qu'à côté de son nom, Weston avait écrit : "Accident de voiture".

Helman en conclut que le docteur était très proche de la vérité. Du moins il l'espérait. En ce cas, il pourrait limiter ses explications.

Mais il y avait encore plus simple, pensa-t-il en regardant ses ongles en pleine croissance et en les frottant contre son cou. Peut-être qu'il lui suffirait de remettre le bavardage à plus tard. Il commencerait par proposer au docteur de boire un petit coup.

Une expérience à laquelle, il en était sûr, le docteur ne pourrait résister.

REMERCIEMENTS

Je dois une gratitude particulière aux les éditeurs originaux de *Bloodshift* : Ellen Aggar, Mr. Beatty, Susan Birmingham, Mark Biller, Mr. Church, Dean Cooke, Peter Doyle, Maureen Ford, Warren Knetchel, Robert Massoud, Tad McIlroy, Rob Mitchell, Gary Murphy, Steve Osborne, Susan Perry, Dawn Philips, Grâce Philips, Keesha Lorraine Philips, Joel Sears, Peter Selk, Ruth Shamai, Tom Walmsley, Walter Warner, Robert Webster, Mel Wilson, Graham Yost, et notre fidèle banquier, Mr Gorilla — alias Virgo Press, 1977-1981.

"*... pour un bref instant de lumière...*"

GRS

TABLE DES MATIÈRES

Achevé d'imprimer en août 1993
sur les presses de l'Imprimerie Bussière
à Saint-Amand (Cher)

POCKET - 12, avenue d'Italie - 75627 Paris Cedex 13
Tél. : 44-16-05-00

— N° d'imp. 1904. —
Dépôt légal : septembre 1993.

Imprimé en France